SAG ES BESSER!

SAG ES BESSER!

Über 20.000 Begriffe im Schnellsuch-Register

WISSEN

Lizenzausgabe 1991 für
Wissen Verlag GmbH, Herrsching
Umschlaggestaltung: Bine Cordes, Weyarn
Printed in Germany
ISBN 3-8075-0022-7

Vorwort

Schulaufsätze, Geschäftsbriefe, Bewerbungsschreiben, Annoncen oder auch Liebesbriefe – es gibt tausend Gelegenheiten, bei denen es darauf ankommt, den wirklich genauen und präzisen Ausdruck zu finden.
Im Berufs- und Privatleben ist ein Schreiben oft die Visitenkarte des Verfassers. Schließlich hängt davon die persönliche Beurteilung ab, die über den Erfolg oder Mißerfolg entscheiden kann. Um so wichtiger ist es, immer den treffenden Ausdruck zu wählen und Wortwiederholungen zu vermeiden.
In allen Fällen gibt es mehrere Begriffe oder Redewendungen, die einen Sachverhalt exakt ausdrücken. Hierbei hilft Ihnen die Benutzung dieses Synonymwörterbuches. Es vermittelt Ideen und Anregungen, die Möglichkeiten unserer deutschen Sprache besser auszuschöpfen.

Der erste Teil (S. 7–136) des vorliegenden Buches ist ein alphabetisch geordnetes Verzeichnis von Stichwörtern, denen jeweils eine Reihe von Synonymen zugeordnet wurde. Hier findet man Begriffe, die anstelle des Stichwortes in einem Satz eingebaut werden können.

Der zweite Teil (S. 137–335) ist ein ebenfalls alphabetisch geordnetes Schnellsuchregister, das Ihnen die Suche nach dem geeigneten Begriff wesentlich erleichtert. Hier werden alle Begriffe mit Hinweispfeil (→) auf ihre Fundstelle im ersten Teil, das heißt also mit Hinweis auf ihre Synonyme, Fachtermini, Umschreibungen und Fremdwortversionen, aufgeführt.
Wörter ohne Hinweispfeil (→) zeigen an, daß es sich um ein Stichwort handelt, das Sie auch an dieser Stelle im alphabetisch geordneten Verzeichnis (Teil I) finden.

Beispiel: *Abbau*. Hier finden Sie unter *Abbau* eine Auswahl an Synonymen. Wörter mit Hinweispfeil führen Sie zum richtigen Stichwort. **Beispiel:** *abändern → ändern*. Hier finden Sie unter *ändern* die verschiedenen Synonyme.
Der Umgangssprache entnommene Wörter sind mit der Abkürzung *usp.* gekennzeichnet, reflexive Verben erkennt man an dem nachgestellten *sich.* Redewendungen (Idiome) findet man unter ihrem Anfangsbuchstaben, *zur Neige gehen* also unter Z.
Wir wünschen uns, daß dieses Lexikon ein hilfreicher Begleiter für Sie sein möge.
Besonderer Dank gebührt Ulrike Emrich und Achim Frerker, die im Endspurt zum Gelingen dieses Buches beigetragen haben.

Ute Kloosterziel
Margret Löwi

A

abartig
abnorm, pervers, unnatürlich, verkehrt
Abbau
Abbruch, Demontage, Zerlegung
abbiegen
abschwenken, abwehren, einbiegen, verhindern
abbilden
darstellen, nachbilden, reproduzieren, wiedergeben
abbrechen
abtrennen, aufgeben, aufhören, beenden
Abendessen
Abendbrot, Dinner, Nachtessen
aber
doch, freilich, indessen, jedoch, trotzdem, zwar
Aberglaube
Geisterglaube, Gespensterglaube, Wunderglaube
Abfall
Abkehr, Abwendung, Kehricht, Müll, Unrat
abgelegen
abgeschieden, abseitig, entlegen
Abgeordneter
Beauftragter, Delegierter, Repräsentant, Volksvertreter
Abgrund
Kluft, Schlucht, Tiefe
abhängig
angewiesen, hörig, unfrei, unselbständig, verfallen
Abhängigkeit
Sucht, Unmündigkeit, Unselbständigkeit
Ableger
Schößling, Setzling, Steckling
ablehnen
abweisen, ausschlagen, verschmähen, zurückweisen
Ablehnung
Abfuhr, Absage, Versagung, Verweigerung
abmachen
abbrechen, entfernen, lösen, vereinbaren
Abmachung
Abkommen, Absprache, Übereinkunft, Vereinbarung
abnehmen
abmagern, nachlassen, schlanker werden, verringern
Abneigung
Abscheu, Antipathie, Aversion, Ekel, Unlust, Widerwille
abscheulich
gräßlich, häßlich, scheußlich, widerlich
Abschrift
Duplikat, Durchschrift, Kopie, Zweitschrift
absichtlich
absichtsvoll, beabsichtigt, bewußt, vorsätzlich, willentlich
absondern
abgeben, ausdünsten, ausscheiden
Abstand
Distanz, Entfernung, Zwischenraum
Abtreibung
Schwangerschaftsabbruch, Schwangerschaftsunterbrechung

Abwehr
Defensive, Gegenwehr, Verteidigung
abweichen
abgleiten, abkommen, abschweifen
Abweichung
Anomalie, Ausnahme, Diskrepanz, Sonderfall
Abwesenheit
Fehlen, Unaufmerksamkeit, Zerstreutheit
Abzeichen
Emblem, Hoheitszeichen, Plakette
Achtung
Anerkennung, Bewunderung, Hochachtung, Respekt
aktiv
betriebsam, fleißig, rührig, unternehmend
Aktivität
Betätigungsdrang, Tatkraft, Unternehmungsgeist
alle
allesamt, jeder, jedermann, sämtliche
allein
einsam, ohne Begleitung, solo
allgemein
global, umfassend, unbestimmt, universal, universell, vage
also
danach, demnach, ergo, folglich, somit
alt
abgenutzt, altertümlich, betagt, nicht mehr jung, nicht mehr neu
Alter
Greis, Lebensabend, Lebensalter
Amt
Behörde, Dienststelle
Amtsdeutsch
Behördensprache, Kanzleistil, Papierdeutsch
anbei
beigefügt, beiliegend, inliegend
anbieten
anpreisen, antragen, darbieten, feilbieten, offerieren
Andenken
Erinnerungsstück, Gedenken, Souvenir
ändern
abändern, modifizieren, revidieren, umformen, umwandeln
Anfang
Anbruch, Auftakt, Beginn, Eröffnung, Start
anfangen
ansetzen, beginnen, in Angriff nehmen, in die Wege leiten, loslegen (ugs.), starten
Anfänger
Debütant, Greenhorn, Neuling, Newcomer
Angeber (ugs.)
Aufschneider, Gernegroß, Maulheld (ugs.), Prahlhans (ugs.)
angemessen
entsprechend, gebührend, geziemend, schicklich
angesehen
anerkannt, geachtet, geschätzt, renommiert
angreifen
attackieren, herfallen über, überfallen, zum Angriff übergehen
Angriff
Anfeindung, Attacke, Offensive
angriffslustig

aggressiv, angreifend, kämpferisch, offensiv
Angst
Ängstlichkeit, Bangigkeit, Beklommenheit, Furcht, Phobie, Scheu
ängstlich
angstvoll, bang, beklommen, verschreckt, verschüchtert
Anhänger
Fan, Jünger, Parteigänger, Sympathisant, Verehrer
ankommen
Anklang finden, anlangen, eintreffen
anmaßend
dünkelhaft, hochnäsig, überheblich
Anmut
Charme, Grazie, Liebreiz
anmutig
bezaubernd, geschmeidig, graziös
anonym
inkognito, namenlos, ungenannt
anregen
animieren, aufputschen, ermuntern, veranlassen
anregend
aufpeitschend, belebend, geistreich, stimulierend
Anregung
Ansporn, Anstoß, Ermunterung, Impuls
Ansammlung
Anhäufung, Auflauf, Gedränge, Zusammenrottung
anschaulich
bildhaft, einprägsam, plastisch
anscheinend
angeblich, dem Anschein nach, denkbar, offenbar
ansehen
anblicken, anschauen, besichtigen, betrachten
Ansehen
Ehre, Geltung, Leumund, Prestige
Anspruch
Anforderung, Anrecht, Recht
anständig
artig, gesittet, ordentlich, tugendhaft, unbescholten
anstandslos
bedenkenlos, ohne weiteres, unbesehen
anstößig
obszön, unanständig, ungebührlich, unschicklich, zweideutig
Anzeige
Annonce, Bekanntmachung, Inserat
anziehend
ansprechend, attraktiv, einnehmend, gewinnend
appetitlich
delikat, köstlich, lecker, wohlschmeckend
Arbeit
Arbeitsverhältnis, Beruf, Beschäftigung, Betätigung, Tätigkeit, Verrichtung
arbeiten
betätigen (sich), schaffen, werken, wirken
arbeitslos
beschäftigungslos, erwerbslos, stellungslos
Ärger
Empörung, Unmut, Wut, Zorn

ärgern
aufbringen, quälen, reizen, wütend machen
Arglist
Hinterhältigkeit, Intrige, Unaufrichtigkeit, Winkelzug
arm
bedürftig, bettelarm, mittellos, unbemittelt
ärmlich
armselig, dürftig, karg, kümmerlich
artig
brav, gehorsam, manierlich, wohlerzogen
auch
desgleichen, ebenfalls, ebenso, gleichermaßen
aufbegehren
auflehnen (sich), aufmucken, opponieren, rebellieren, widersetzen (sich), zur Wehr setzen (sich)
aufdecken
bloßlegen, demaskieren, enthüllen, nachweisen
auffallend
aufsehenerregend, hervorstechend, unübersehbar
Aufgabe
Arbeit, Entäußerung, Funktion, Obliegenheit
aufgeben
abbestellen, abbrechen, auflösen, schließen
aufheben
aufbewahren, auflesen, rückgängig machen, zurücklegen
aufmerksam
achtsam, andächtig, höflich, interessiert, zuvorkommend
Aufnahme
Aufzeichnung, Empfang, Foto
aufpassen
achtgeben, aufmerken, beaufsichtigen, vorsehen (sich)
aufrichtig
ehrlich, freimütig, geradeheraus, offen
aufsässig
aufmüpfig, renitent, widerborstig
aufschlußreich
beachtenswert, bedeutungsvoll, bemerkenswert, interessant
Aufstand
Aufruhr, Erhebung, Putsch, Rebellion, Revolte, Revolution
Aufstieg
Beförderung, Besteigung, Emporkommen, Rangerhöhung
Auftrag
Anordnung, Anweisung, Bestellung, Mission
Aufwand
Aufwendung, Ausgaben, Pomp, Prunk, Werbungskosten
aufziehen
foppen, großziehen, herannahen, hochziehen
Aufzug
Aufmachung, Fahrstuhl, Lift
Augenblick
Moment, Nu, Zeitpunkt
Ausbildung
Anleitung, Berufsausbildung, Erziehung, Lehre, Schulbildung
ausbürgern
aussiedeln, ausweisen, verbannen
ausdauernd
beharrlich, beständig, stetig
Ausdehnung
Ausweitung, Erweiterung, Ex-

pansion
ausgefallen
auffallend, aufsehenerregend, ungewöhnlich, unüblich
ausgeglichen
gelassen, gemäßigt, harmonisch
ausgelassen
aufgekratzt (ugs.), übermütig, unbändig, ungestüm
ausgewogen
ausgefeilt, ausgereift, wohlüberlegt
ausgezeichnet
exzellent, hervorragend, preisgekrönt, vorzüglich
auslassen
aussparen, freilassen, weglassen, zerlassen
ausreichend
genügend, hinlänglich, hinreichend, zureichend
Aussage
Ausführung, Äußerung, Darlegung
aussagen
ausführen, bedeuten, darlegen
ausschließlich
alleinig, lediglich, uneingeschränkt
Ausschweifung
Exzeß, Orgie, Unmäßigkeit
Außenseiter
Außenstehender, Geächteter, Outsider, Sonderling
außerdem
ansonsten, ferner, im übrigen, obendrein (ugs.), zudem
außergewöhnlich
außerordentlich, extraordinär, überragend, umwerfend
äußern
anmerken, ausdrücken, in Worte fassen, Stellung nehmen
aussichtslos
ausweglos, chancenlos, hoffnungslos
ausstatten
ausrüsten, ausstaffieren, dekorieren, versorgen
Auswahl
Auslese, Kollektion, Sortiment
ausweichen
aus dem Weg gehen, beiseite gehen, Platz machen
ausweichend
andeutungsweise, hinhaltend, vage
ausziehen
auskleiden, entkleiden, herausziehen, wegziehen
Auto
Automobil, Fahrzeug, Kraftfahrzeug, Pkw, Wagen
automatisch
mechanisch, selbsttätig, zwangsläufig

B

Bad
Badeanstalt, Badeort, Schwimmbad, Strandbad
baden
ein Bad nehmen, erfrischen (sich), schwimmen
bagatellisieren
als unbedeutend hinstellen, herunterspielen, verharmlosen, verniedlichen
bahnbrechend
revolutionär, umwälzend, wegweisend
bahnen
Bahn brechen, ebnen, gangbar machen
bald
binnen kurzem, demnächst, in Kürze, kurzfristig
balgen (sich) (ugs.)
rangeln, raufen, schlagen
ballen
verdichten, zusammendrängen, zusammenknäulen
balsamieren
cremen, einreiben, ölen, salben
banal
alltäglich, geistlos, gewöhnlich, nichtssagend
banausisch
kleinkariert, spießig, ungebildet, ungeistig
Band
Bändel, Bindeglied, geistiges Band, Schnur
bändigen
mäßigen, zähmen, zügeln
Bandit
Dieb, Räuber, Verbrecher
bang
angsterfüllt, besorgt, furchtsam
Bank
(Spar)kasse, Geldinstitut, Kreditanstalt
bankrott
insolvent, pleite (ugs.), zahlungsunfähig
Bankrott
Geschäftsaufgabe, Konkurs, Ruin, Zusammenbruch
Bann
Ächtung, Bannspruch, Fluch, Verwünschung
bannen
behexen, besiegen, in Bann schlagen
bar
bloß, entkleidet, mit Bargeld
Barbar
Rohling, Scheusal, Unmensch, Wüterich
barbarisch
grausam, roh, unbarmherzig, unzivilisiert
bärbeißig
ungehalten, unwillig, unwirsch
barfüßig
bloßfüßig, mit nackten Füßen, unbeschuht
barmherzig
gütig, mild(tätig), warmherzig, weichherzig
barsch
patzig, ruppig, unfreundlich
Basis
Ausgangspunkt, Fundament, Grundlage
basteln

handarbeiten, tüfteln, werkeln
Bauch
Leib, Rundung, Wanst (ugs.)
bauchig
gerundet, gewölbt, vorgewölbt
bauen
aufbauen, erbauen, errichten
Bauer
Agrarier, Farmer, Landmann, Landwirt
baufällig
abbruchreif, morsch, verfallen
beabsichtigen
abzielen auf, bezwecken, vorhaben
beabsichtigt
absichtsvoll, mit Absicht, vorsätzlich
beachten
achten (auf), aufpassen, berücksichtigen, Rechnung tragen
beachtlich
außergewöhnlich, beeindruckend, hervorragend
beängstigen
einschüchtern, entmutigen, erschrecken, verängstigen
beanspruchen
Anspruch erheben, fordern, in Anspruch nehmen, verlangen
beanstanden
anfechten, kritisieren, mäkeln, reklamieren
beantragen
Antrag stellen, ein Gesuch stellen, einreichen
bearbeiten
anbauen, ausarbeiten, beschwatzen (ugs.), bewirtschaften, gestalten, überreden
beargwöhnen
argwöhnisch sein, mißtrauen, verdächtigen
beaufsichtigen
aufpassen auf, bewachen, hüten
beauftragen
auferlegen, aufgeben, betrauen
bebauen
bepflanzen, bestellen, bewirtschaften, kultivieren
Bebauung
Anbau, Anpflanzung, Besiedlung
Bedacht
Besonnenheit, Umsicht, Weitsicht
bedächtig
ausgeglichen, gemächlich, geruhsam, ruhig
bedachtsam
besonnen, mit Überlegung, mit Vorsicht, umsichtig
Bedarfsartikel
Bedarfsgüter, Gebrauchsgegenstand, Gebrauchsgüter, Konsumgüter
bedauern
beklagen, bemitleiden, bereuen
bedauernswert
beklagenswert, bemitleidenswert, erbärmlich
bedecken
bewölken (sich), verdecken, zudecken
bedenken
erwägen, in Erwägung ziehen, nachdenken, überlegen
Bedenken
Reserviertheit, Skepsis, Vorbehalt
bedeuten
Ansehen haben, besagen, jemand sein, meinen

bedeutend
bedeutsam, ersten Ranges, nennenswert
bedeutsam
bedeutungsvoll, grandios, sensationell, spektakulär
Bedeutung
Ansehen, Belang, Gehalt, Inhalt, Sinn, Wichtigkeit
bedeutungslos
belanglos, irrelevant, unerheblich
bedingt
mit Einschränkung, unter Vorbehalt, vorbehaltlich
Bedingung
Auflage, Einschränkung, Verpflichtung, Voraussetzung, Vorbehalt
bedrängen
anflehen, bitten, keine Ruhe geben, zu bewegen suchen, zusetzen
bedrängt
beengt, eingeengt, in die Enge getrieben
bedrückt
schwermütig, sorgenvoll, trübsinnig
Bedürfnis
Bedarf, Nachfrage, Notwendigkeit
bedürftig
arm, notleidend, unvermögend
beeiden
schwören, vereidigen, versichern
beeilen (sich)
eilen, schnell machen, überstürzen
beeindrucken
auffallen, Aufsehen erregen, Eindruck machen
beeinflussen
bereden, Einfluß haben (auf), Einfluß nehmen, einwirken, manipulieren, zu bewegen suchen
beenden
abschließen, aufhören, einstellen, Schluß machen
beerdigen
begraben, beisetzen, bestatten, zu Grabe tragen
befallen
anwandeln, heimsuchen, überfallen
befangen
beklommen, gehemmt, schüchtern, tendenziös, voreingenommen
befassen mit (sich)
abgeben mit (sich), beschäftigen mit (sich), tragen mit (sich), widmen (sich)
Befehl
Anweisung, Auftrag, Geheiß, Vorschrift, Weisung
befehlen
anordnen, anweisen, gebieten, veranlassen, verfügen
Befehlshaber
Kapitän, Kommandant, Oberhaupt
befestigen
anbringen, anheften, anmachen, festmachen
Befestigungsanlage
Bastion, Bollwerk, Festung, Verteidigungsanlage
befinden (sich)
aufhalten (sich), fühlen (sich),

gehen, gelegen sein, sein
befindlich
befindend, gelegen, liegend
beflecken
bekleckern (ugs.), beklecksen (ugs.), besudeln
beflissen
diensteifrig, dienstwillig, pflichteifrig
befolgen
beherzigen, einhalten, Folge leisten, fügen (sich)
Beförderung
Aufstieg, Karriere, Transport, Vorwärtskommen
befreien
beurlauben, erlösen, freimachen, freistellen
befremden
sonderbar finden, stutzig machen, zu denken geben
befriedigen
Forderungen erfüllen, Genüge tun, zufriedenstellen
Befruchtung
Begattung, Besamung, Fortpflanzung, Zeugung
befugt
berechtigt, bevollmächtigt, zuständig
Befund
Beurteilung, Diagnose, Gutachten
befürworten
für eine Sache sprechen, zuraten, zustimmen
begabt
genial, hochintelligent, talentiert
Begabung
Fähigkeit, Talent, Veranlagung
begatten
besamen, decken, paaren (sich)
begegnen
aufeinandertreffen, treffen, wiedersehen, zusammentreffen
begehbar
betretbar, gangbar, zugänglich
begehrt
erwünscht, gefragt, gesucht
begeistern
entzücken, inBegeisterung versetzen, mitreißen
begeistert
entflammt, fanatisch, hingerissen, leidenschaftlich, schwärmerisch
Begeisterung
Enthusiasmus, Fanatismus, Inbrunst, Schwärmerei, Überschwenglichkeit
Begierde
Begehrlichkeit, Gelüste, Gier, Leidenschaft
begierig
begehrlich, lüstern, versessen auf
beglaubigen
bekräftigen, bescheinigen, bezeugen
begleiten
anschließen (sich), mitgehen, zugesellen (sich)
beglücken
beseligen, erfreuen, Freude bereiten
Begnadigung
Amnestie, Gnade, Straferlaß, Vergebung
begnügen (sich)
bescheiden (sich), vorliebnehmen, zufriedengeben (sich)
begreifen
einleuchten, kapieren (ugs.), klarmachen

begreiflich
einleuchtend, einsichtig, erklärlich, faßbar
begrenzen
einengen, eingrenzen, limitieren, verringern
Begriff
Auffassung, Idee, Vorstellung
begrüßen
empfangen, grüßen, willkommen heißen
begutachten
beurteilen, bewerten, einschätzen
behaglich
anheimelnd, gemütlich, traulich
behalten
aufbewahren, aufheben, merken (sich), verwahren
behandeln
ärztlich betreuen, handhaben, umgehen mit, verfahren mit etw.
Behandlung
Bearbeitung, Heilbehandlung, Therapie, Umgang
beharrlich
ausdauernd, beständig, hartnäckig, ruhig, unermüdlich
behaupten
beteuern, durchsetzen (sich), versichern
Behauptung
Aussage, Feststellung, Hypothese, These
beheimatet
ansässig, eingeboren, heimisch
behelligen
aufdrängen (sich), belästigen, lästig fallen
behende
flink, gewandt, rasch
beherbergen
aufnehmen, Quartier geben, unterbringen, Unterkunft gewähren
beherrschen
bezwingen, gebieten, herrschen über, zurückhalten (sich)
beherzt
couragiert, kühn, mutig, unerschrocken
Behörde
Administration, Amt, Verwaltung
behüten
beschirmen, beschützen, Schutz gewähren
behutsam
sacht, sanft, schonend, schonungsvoll
beibehalten
aufrechterhalten, bestehenlassen, festhalten
beidseitig
bilateral, doppelseitig, zweiseitig
Beifall
Applaus, Beifallsbezeugung, Beifallskundgebung, Beifallssturm, Ovation
beifügen
beigeben, beilegen, beimischen
Beigabe
Beilage, Zugabe, Zutat
beige
cremefarben, eierschalfarben, elfenbeinfarben, lehmfarben
beiliegend
als Anlage, anbei, anliegend, inliegend
beinahe
fast, nahezu, ungefähr, zirka
beirren
irremachen, irritieren, verwirren

Beisammensein
Geselligkeit, Treffen, Zusammenkunft, Zusammensein
Beispiel
Einzelfall, Exempel, Muster, Vorbild
beispiellos
einzigartig, ohne Beispiel, ohnegleichen
beißen
abbeißen, ätzen, hineinbeißen, zubeißen
beistehen
Hilfe angedeihen lassen, unter die Arme greifen, zur Seite stehen
Beitrag
Abgabe, Anteil, Spende, Zuschuß
beitragen
beisteuern, dazutun, zuschießen
beiwohnen
anwesend sein, dabeisein, teilnehmen
bejahen
beistimmen, billigen, gutheißen, zustimmen
bekämpfen
ankämpfen, befehden (sich), entgegenwirken
bekanntermaßen
bekanntlich, wie bekannt, wie man weiß
bekanntgeben
kundgeben, mitteilen, verkünden, veröffentlichen
Bekenntnis
Beichte, Eingeständnis, Geständnis
beklagen
bejammern, Klage führen, nachweinen, wehklagen
bekleidet
angekleidet, angetan mit, angezogen, gekleidet
bekommen
empfangen, erhalten, guttun, zuteil werden, zuträglich sein
bekömmlich
leicht verdaulich, verträglich, zuträglich
bekümmern
betrüben, beunruhigen, Kummer machen
bekunden
an den Tag legen, kundgeben, kundtun, zum Ausdruck bringen
beladen
aufladen, bepacken, verladen, vollpacken
belagern
einkesseln, einkreisen, einschließen, umzingeln
belangen
gerichtlich belangen, Klage führen, verklagen
belangvoll
bedeutend, von Bedeutung, wesentlich, wichtig
belassen
auf sich beruhen lassen, bewenden lassen, unverändert lassen
belasten
anlasten, aufbürden, bedrücken, überfordern
belastet
gedrückt, schuldbeladen, schuldvoll
Belästigung
Aufdringlichkeit, Behelligung, Zudringlichkeit
Belastung
Bemühung, Beschuldigung, Bezichtigung, Überlastung

beleben
anregen, aufputschen, stimulieren
belehrend
aufschlußreich, informativ, lehrreich, unterrichtend
beleidigen
beschimpfen, insultieren, kränken, treffen, verletzen
Beleidigung
Affront, Beschimpfung, Kränkung, Schmähung, Verunglimpfung
beleuchtet
angestrahlt, erleuchtet, hellerleuchtet
beliebig
nach Gutdünken, nach Wunsch, wahlweise
beliebt
gern gesehen, geschätzt, umschwärmt
belohnen
entlohnen, entschädigen, vergelten
belustigen (sich)
amüsieren (sich), erheitern, Spaß machen
bemerken
auffallen, feststellen, merken, registrieren
bemerkenswert
beeindruckend, beträchtlich, erwähnenswert
bemessen
zubilligen, zumessen, zusprechen
bemühen (sich)
anstrengen (sich), engagieren (sich), Mühe geben (sich), mühen (sich)
benachrichtigen
informieren, melden, mitteilen
Benachteiligung
Diskriminierung, Vernachlässigung, Zurücksetzung
Benehmen
Auftreten, Benimm (ugs.), Manieren, Umgangsformen
benehmen (sich)
aufführen (sich), betragen (sich), gebärden (sich), verhalten (sich)
benommen
benebelt (ugs.), betäubt, dumpf
benutzen
gebrauchen, nutzen, verwenden, zunutze machen (sich)
beobachten
achtgeben, aufpassen, zuschauen
Bequemlichkeit
Annehmlichkeit, Behaglichkeit, Komfort
beraten
anraten, beratschlagen, empfehlen, zuraten
Beratung
Besprechung, Erörterung, Sprechstunde
berauschen (sich)
begeistern (sich), berücken (sich), entflammen (sich)
berechnen
durchrechnen, kalkulieren, schätzen, veranschlagen
Bereich
Gebiet, Ressort, Sektor, Sparte
bereichern
anreichern, erhöhen, steigern, Vorteile verschaffen (sich)
bereinigen
beilegen, einrenken (ugs.), klären, schlichten
bereisen

befahren, durchqueren, durchreisen, durchwandern
bereit
bereitwillig, geneigt, gewillt
bereitwillig
anstandslos, ohne weiteres, ohne Zögern
Berg
Gebirge, Gebirgsmassiv, Gipfel
Bergmann
Grubenarbeiter, Hauer, Kumpel, Steiger
Bericht
Dokumentation, Report, Reportage
Berichterstatter
Journalist, Kommentator, Korrespondent, Reporter
berichtigen
korrigieren, revidieren, richtigstellen
berücksichtigen
anrechnen, einbeziehen, mitberücksichtigen
Beruf
Geschäft, Gewerbe, Job (ugs.), Metier, Profession
berufen
beordern, designieren, einstellen, ernennen
berufstätig
angestellt, beschäftigt, erwerbstätig, werktätig
beruhigen
begütigen, besänftigen, beschwichtigen
Beruhigungsmittel
Beruhigungspille, Sedativum, Tranquilizer
berühmt
bekannt, namhaft, populär
berühren
anfassen, anrühren, befühlen
beschädigen
demolieren, ramponieren, verschandeln (ugs.)
beschädigt
defekt, lädiert, schadhaft
beschaffen
aufbringen, herbeischaffen, verschaffen (sich)
beschäftigen
Arbeit geben, einstellen, engagieren, verpflichten
beschauen
anstarren, beäugen (ugs.), begucken (ugs.), mustern
beschaulich
besinnlich, erbaulich, kontemplativ, versponnen
bescheiden
anspruchslos, einfach, schlicht
Bescheinigung
Beglaubigung, Erklärung, Quittung, Testat
beschlagen
bewandert, erfahren, firm, versiert
beschlagnahmen
einziehen, enteignen, konfiszieren, sicherstellen
beschließen
aufhören, Beschluß fassen, Schluß machen, zum Abschluß kommen
beschneiden
abschneiden, kürzen, zurechtstutzen, zurückschneiden
beschönigen
bemänteln, schönfärben, verbrämen, verklären
beschränken
einengen, einschränken, schmälern, vermindern, verringern

beschreiben
ausmalen, schildern, vollkritzeln, vollschreiben
Beschreibung
Darstellung, Gestaltung, Schilderung, Wiedergabe
Beschuldigung
Anschuldigung, Unterstellung, Verdächtigung
Beschwerde
Anzeige, Klage, Meldung
beschwingt
beflügelt, leichtfüßig, schwungvoll
beseitigen
abschaffen, beheben, fortschaffen, wegwerfen
besessen
beherrscht, beseelt, ekstatisch, fanatisch
besichtigen
anschauen, ansehen, betrachten
besiegen
bezwingen, überwältigen, überwinden
Besitz
Eigentum, Hab und Gut, Habe, Habseligkeiten
Besitzer
Eigentümer, Eigner, Halter, Inhaber
besonders
ausdrücklich, hauptsächlich, insbesondere, vorzugsweise
besprechen
auseinandersetzen, debattieren, diskutieren, erörtern, rezensieren, zur Debatte stellen
Besprechung
Kritik, Referat, Rezension
Besserwisser
Alleswisser, Neunmalkluger, Rechthaber
Bestand
Fortbestand, Grundstock, Vorrat
bestärken
ermuntern, ermutigen, stabilisieren, stärken
Bestätigung
Bejahung, Bekräftigung, Bestärkung, Zuspruch
bestechlich
käuflich, korrupt, verführbar
bestehen
durchkommen, existieren, vorhanden sein
bestehen auf
beharren auf, dringen auf, insistieren, pochen auf
bestellen
anfordern, Auftrag erteilen, in Auftrag geben
bestimmt
genau festgelegt, gewiß, zweifelsfrei, zweifelsohne
bestrafen
maßregeln, vergelten, züchtigen
bestreiten
abstreiten, dementieren, von sich weisen
Bestürzung
Betroffenheit, Erschrockenheit, Erschütterung
Besuch
Aufwartung, Besichtigung, Einkehr, Kommen, Visite
besuchen
aufsuchen, Besuch machen, vorsprechen
betätigen

bedienen, handhaben, hantieren mit, umgehen mit
betäuben
chloroformieren, einschläfern, narkotisieren
beteiligt sein
dazugehören, partizipieren, teilhaben, teilhaftig werden
beten
anbeten, Gebete sprechen, Gott anrufen
betonen
deutlich machen, herausheben, hervorheben, pointieren, verstärken
betont
akzentuiert, eindringlich, pointiert, zugespitzt
betrachten
anschauen, besehen, in Augenschein nehmen, studieren
betreffen
anbelangen, angehen, drehen um (sich), handeln um (sich)
betreiben
ausüben, innehaben, tätigen, versehen
betreten
eintreten, hineingehen, hineingelangen
Betreuer
Begleiter, Beschützer, Fürsorger, Manager
Betrieb
Fabrik, Firma, Industrieanlage, Werk
betrinken (sich)
besäuseln (sich) (ugs.), einen über den Durst trinken (ugs.), zu tief ins Glas schauen (ugs.)
betroffen
bestürzt, entgeistert, fassungslos
betrüblich
bedauerlich, schade, traurig
Betrug
Betrügerei, Gaunerei, Hintergehung, Machenschaft, Schiebung
betrügen
hereinlegen, überlisten, übervorteilen
Betrüger
Fälscher, Gauner, Hehler, Lügner, Schwindler
betrunken
angeheitert, angetrunken, berauscht, beschwipst (ugs.), blau (ugs.)
Bett
Bettgestell, Bettstatt, Liegestatt, Schlafgelegenheit
beugen
biegen, bücken, ducken, krümmen, niederbeugen
beurteilen
begutachten, bewerten, einschätzen
bevölkert
besiedelt, dichtbesiedelt, volkreich
Bevölkerung
Bürgerschaft, Einwohnerschaft, Öffentlichkeit, Population
bevormunden
entmündigen, gängeln, lenken
bevorstehen
herannahen, heraufziehen, in der Luft liegen
bevorzugen
begünstigen, favorisieren, vorziehen
bewahrheiten (sich)
eintreffen, Wahrheit werden, Wirklichkeit werden

bewährt
altbewährt, erprobt, probat
bewältigen
erledigen, meistern, schaffen
bewegen
fortbewegen, regen, rühren
beweglich
biegsam, elastisch, gelenkig, geschmeidig
bewegt
betroffen, ergriffen, gerührt
Bewegung
Gang, Gebärde, Geste, Handbewegung, Wink
beweihräuchern
glorifizieren, lobhudeln (ugs.), schmeicheln, über den grünen Klee loben (ugs.)
Beweis
Belastungsmaterial, Beweismaterial, Indiz
beweisen
belegen, Nachweis erbringen, nachweisen
Bewerbung
Bewerbungsschreiben, Empfehlungsschreiben, Stellenbewerbung, Stellengesuch
Bewerkstelligung
Abwicklung, Arrangierung, Durchführung, Organisation
Bewilligung
Einwilligung, Genehmigung, Gewährung
Bewohner
Anwohner, Einheimischer, Einwohner, Hausbewohner
bewölkt
bedeckt, bezogen, verhangen, wolkig
bewundern
aufschauen zu, aufsehen zu, bestaunen, hochschätzen
bewundernswert
beifallswürdig, bewunderungswürdig, imponierend
bewußt
mutwillig, wissentlich, wohlweislich
Bewußtsein
Bewußtheit, Urteilskraft, Zurechnungsfähigkeit
Bewußtseinsstörung
Bewußtlosigkeit, Bewußtseinstrübung, Verwirrtheit, Wahnvorstellung
bezahlen
abzahlen, bestreiten, finanzieren, nachzahlen, zuzahlen
bezaubern
bestricken, entzücken, faszinieren, verzaubern
bezeichnen
benennen, betiteln, titulieren
bezeugt
beurkundet, dokumentiert, garantiert, urkundlich, verbrieft
bezichtigen
anschuldigen, beschuldigen, unterstellen, zur Last legen
beziehen
abonnieren, bestellen, bewohnen, einziehen, überziehen mit
bezüglich
betreffend, betreffs, in bezug auf
bezwingen
niederringen, unterjochen, unterwerfen
bieder
ehrenhaft, kleinbürgerlich, rechtschaffen, spießig
Biederkeit
Achtbarkeit, Bürgerlichkeit,

Ehrsamkeit, Honorigkeit
biegen
abbiegen, falten, knicken, umbiegen
Biegsamkeit
Beweglichkeit, Elastizität, Geschmeidigkeit, Wendigkeit
Biegung
Bogen, Krümmung, Kurve
bieten
anbieten, bereitstellen, ermöglichen
Bild
Abbild, Abbildung, Gemälde, Illustration
bilden
ausbilden, erziehen, formen, gestalten, schulen
bildhaft
bilderreich, illustrativ, lebendig, plastisch, veranschaulichend
bildlich
gleichnishaft, im übertragenen Sinne, sinnbildlich, symbolisch
Bildnis
Porträt, Selbstbildnis, Selbstporträt
Bildung
Allgemeinbildung, Erziehung, Gebildetsein, Wissen
bildungshungrig
lernbegierig, wissensdurstig, wißbegierig
billig
erschwinglich, preisgünstig, preiswert, wohlfeil
billigen
beipflichten, einverstanden sein, gutheißen, zustimmen
binden
anbinden, festbinden, festknoten, schnüren
binden (sich)
Bindung eingehen, festlegen (sich), heiraten, verpflichten
binnen
im Laufe von, in, in der Zeit von, innerhalb
bisher
bis heute, bis jetzt, bislang
Bissen
Brocken, Eckchen, Häppchen, Happen
bissig
bitter, ironisch, scharfzüngig, schnippisch, verletzend
bisweilen
mitunter, nicht immer, sporadisch
bitte
bitte sehr, freundlicherweise, tunlichst
bitten
ausbitten (sich), erbitten, ersuchen, nachsuchen
bitter
gallenbitter, gallig, herb, streng
blank
glänzend, poliert, spiegelblank, spiegelnd
blasen
anwehen, hauchen, pusten, schnauben
Blässe
Bläßlichkeit, Bleichheit, Fahlheit, Farblosigkeit
Blatt
Blütenblatt, Bogen Papier, Seite
blau
hellblau, kornblumenblau, lavendelblau, marineblau

bleiben
aufhalten (sich), verharren, verweilen, von Dauer sein
bleibend
immerwährend, überdauernd, unendlich
bleich
aschfahl, blaß, kreidebleich, leichenblaß
blenden
beeindrucken, blind machen, täuschen
blendend
funkelnd, gleißend, leuchtend, strahlend
Blick
Anblick, Ausblick, Panorama, Sicht
blicken
anblicken, schauen, sehen
Blickwinkel
Gesichtspunkt, Perspektive, Standpunkt, Warte
blind
erblindet, matt, sehbehindert, trübe
blitzschnell
blitzartig, im Nu, pfeilschnell, schnellstens
Blockade
Absperrung, Barriere, Schranke, Sperre
blöde
geisteskrank, idiotisch, stupide, unerfreulich, verblödet
blond
aschblond, blondhaarig, hellblond, strohblond
bloßstellen
blamieren, kompromittieren, verächtlich machen
Bloßstellung
Beschämung, Blamage, Kompromittierung, Preisgabe
bluffen
beschummeln (ugs.), irreführen, mogeln
blühen
florieren, gedeihen, sprießen
Blumenstrauß
Blumenarrangement, Blumenbukett, Strauß
Blutbad
Blutvergießen, Gemetzel, Massaker
Blüte
Aufschwung, Blume, Blütenstand, Boom
blutig
blutbefleckt, blutend, blutüberströmt
blutleer
abgestorben, blaß, empfindungslos
bockig
dickköpfig, störrisch, widerspenstig
Boden
Dachboden, Erdboden, Erde, Fußboden
bodenständig
angestammt, einheimisch, verwurzelt
Bogen
Arkaden, Bogengang, Laubengang, Rundung
bohnern
einwachsen, polieren, wichsen
bohren
anbohren, ausbohren, aushöhlen, stochern
Boot
Gondel, Kahn, Paddelboot, Ruderboot
borniert

kurzsichtig, stur, unaufgeschlossen, verbohrt
Borniertheit
Begriffsstutzigkeit, Beschränktheit, Unverständigkeit
Börsenkurs
Aktienkurs, Effektenkurs, Kurs
böse
bösartig, boshaft, gehässig, schlimm, übelwollend
Bosheit
Bösartigkeit, Boshaftigkeit, Gemeinheit, Niedertracht
Bote
Austräger, Botenjunge, Kurier, Laufbursche
Botschaft
Benachrichtigung, Bescheid, Konsulat, Kunde
Botschafter
Diplomat, Gesandter, Regierungsvertreter
Boxer
Faustkämpfer, Fighter, Preisboxer
Brachland
Brache, Brachfeld, brachliegendes Land
brachliegen
stilliegen, unbebaut sein, ungenützt sein
Brand
Feuer, Feuersbrunst, Flammenmeer, Großbrand
brandmarken
ächten, verdammen, verurteilen
Brandung
Gischt, Schaum, Schaumkrone
braten
brutzeln, dünsten, grillen, rösten, schmoren
Brauch
Gebräuche, Sitte, Tradition
brauchen
bedürfen, benötigen, gebrauchen, nötig haben
braun
hellbraun, kaffeebraun, nußbraun, schokoladenbraun
brechen
auseinanderbrechen, Freundschaft aufkündigen, knicken
Brei
Mus, Pamp (ugs.), Püree
breit
ausführlich, ausgedehnt, eingehend, weitläufig
bremsen
abbremsen, abstoppen, anhalten, drosseln, Tempo verringern
brennen
flammen, lodern, lohen
brennend
beißend, feurig, glühend, stechend
Brennstoff
Brennmaterial, Heizmaterial, Heizstoff
Brett
Bohle, Latte, Planke
Brief
Korrespondenz, Schreiben
Briefschreiber
Absender, Briefpartner, Korrespondent, Schreiber
Briefträger
Briefzusteller, Postbote, Zusteller
bringen
herbeibringen, herschaffen, hinbringen, liefern
brisant
explosiv, hochaktuell, kritisch, spannungsgeladen, zugespitzt

Broterwerb
Beruf, Einkommen, Erwerbstätigkeit, Lebensunterhalt, Verdienst
Bruch
Einschnitt, Sachschaden, Spaltung, Trennung
Brücke
Steg, Überführung, Übergang
brüderlich
einträchtig, freundschaftlich, kameradschaftlich, partnerschaftlich
brummig
mißmutig, ungehalten, unwillig, verdrießlich
brüsk
grob, kurz angebunden, schroff, unliebenswürdig
Brust
Brüste, Brustkorb, Busen
brutal
bestialisch, gewalttätig, unmenschlich
brüten
ausbrüten, nachdenken
Buch
Band, Publikation, Schmöker (ugs.), Veröffentlichung, Wälzer (ugs.)
buchen
auflisten, erfassen, registrieren, verbuchen, verzeichnen
Bücherei
Bibliothek, Büchersammlung, Leihbibliothek, Stadtbibliothek
Büchse
Blechbüchse, Blechdose, Dose, Konservenbüchse
bucklig
gebeugt, krumm, schief, verwachsen
Bude
Baracke, Bretterbude, Verkaufsstand, Verschlag
Bühne
Podium, Schauplatz, Theater, Tribüne
Bummel
Einkaufsbummel, Stadtbummel, Streifzug
bummeln
flanieren, promenieren, schlendern
Bund
Allianz, Bündnis, Koalition, Union, Zusammenschluß
Bundestagsabgeordneter
Delegierter, Deputierter, Mitglied des Bundestags
bunt
buntscheckig, knallig (ugs.), mannigfaltig, mehrfarbig, vielfältig
Burg
Befestigungsanlage, Feste, Festung, Fort
bürgen
einstehen, geradestehen, verbürgen (sich)
bürgerlich
angepaßt, etabliert, geordnet, gutbürgerlich, konservativ
Bürgschaft
Garantie, Gewähr, Sicherheit

Büro
Amtszimmer, Kanzlei, Kontor, Office
bürokratisch
behördlich, buchstabengetreu, vorschriftsmäßig
Buße
Geldbuße, Strafe, Sühne, Sühneleistung, Wiedergutmachung
büßen
abbüßen, Buße tun, Strafe verbüßen

C

Café
Cafeteria, Kaffeehaus
Chaos
Anarchie, Gesetzlosigkeit, Konfusion, Unordnung, Verwirrung
charakterfest
achtbar, ehrbar, ehrsam, unbestechlich
charakteristisch
bezeichnend, kennzeichnend, typisch, unverkennbar
charakterlos
ehrlos, nichtswürdig, würdelos
chiffrieren
kodieren, verschlüsseln
Choleriker
Feuerkopf, Hitzkopf
cholerisch
aufbrausend, hitzköpfig, unbeherrscht
Chor
Gesangsverein, Singgemeinschaft, Singkreis
clever
findig, gewitzt, pfiffig, schlau
Computer
Datenverarbeitungsanlage, Elektronengehirn, Rechenanlage, Rechner

D

dafür
anstatt, hierfür, zu diesem Zwecke, zwecks
dahinschwinden
abflauen, schwinden, verebben
damals
ehemals, einst, früher, seinerzeit, vor Zeiten
Dämmerung
Halbdunkel, Morgengrauen, Schummerlicht, Tagesende, Verdunklung
Dampf
Dunst, Nebel, Schwaden
Dank
Dankbarkeit, Danksagung, Lohn, Vergeltung
dankbar
dankenswert, dankerfüllt, ergiebig, erkenntlich, lohnend, verbunden
danke
danke sehr, danke vielmals, herzlichen Dank
danken
bedanken (sich), Dank sagen, erkenntlich zeigen (sich), verdanken
dann
danach, hernach, sodann
darben
fasten, Mangel leiden, schmachten
darbieten
auftragen, aufwarten, darreichen, hinreichen
Darlegung
Ausführung, Betrachtung, Veranschaulichung
Darlehen
Belehnung, Beleihung, Hypothek, Kredit
darstellen
abbilden, erörtern, schildern, wiedergeben
Darsteller
Akteur, Bühnenkünstler, Mitwirkender, Schauspieler
Dauer
Fortbestand, Fortgang, Länge
dauerhaft
haltbar, solide, unverwüstlich
dauern
andauern, hinziehen (sich), weitergehen
dauernd
anhaltend, fortdauernd, permanent, ununterbrochen
davonlaufen
ausrücken, durchbrennen, durchgehen, entweichen, entwischen
dazwischenreden
dreinreden, ins Wort fallen, nicht ausreden lassen, über den Mund fahren, unterbrechen
debattieren
diskutieren, disputieren, erörtern, verhandeln
decken
beschirmen, schützen, überdecken, zudecken
deckungsgleich
gleichartig, kongruent, übereinstimmend
Demonstration
Massenkundgebung, Protest,

Protestmarsch
Demut
Ergebenheit, Hingabe, Selbstlosigkeit
demütig
devot, ehrerbietig, ergeben, unterwürfig
demütigen
entwürdigen, erniedrigen, herabsetzen
denkbar
erdenklich, möglich, wahrscheinlich
Denken
Denkprozeß, Gedankenarbeit, Kopfzerbrechen, Reflexion
denken
Gedanken machen (sich), grübeln, nachdenken, nachsinnen, reflektieren
Denkweise
Denkungsart, Gesinnung, Ideologie, Lebenseinstellung, Weltanschauung
dennoch
doch, gleichwohl, trotzdem
depressiv
melancholisch, schwermütig, todunglücklich, trübselig
deprimiert
entmutigt, mutlos, niedergeschlagen, verzagt
derb
grob, handfest, rauh, rüde, ungeschlacht
deshalb
aus diesem Grund, daher, darum, deswegen
deutlich
klar erkennbar, merklich, spürbar, unmißverständlich
Deutlichkeit
Eindeutigkeit, Klarheit, Unmißverständlichkeit
dicht
eng beieinander, kompakt, undurchdringlich, undurchlässig
dichten
ausdenken (sich), erdichten, ersinnen
Dichtung
Dichtkunst, Literatur, Poesie
dick
beleibt, feist, fett
dickfellig
dickhäutig, gleichgültig, ungerührt
Dickicht
Buschwerk, Gebüsch, Gestrüpp, Unterholz
dickköpfig
aufsässig, starrköpfig, widersetzlich
Diebstahl
Eigentumsdelikt, Entwendung, Raub, widerrechtliche Aneignung
dienen
bedienstet sein, in Diensten stehen, zur Hand gehen, zur Verfügung stehen
Diener
Bediensteter, Butler, Hausdiener, Lakai, Page
Dienst
Aufgabe, Entgegenkommen, Gefälligkeit, Verpflichtung
Dienstmädchen
Hausangestellte, Hausgehilfin, Haushaltshilfe
diesbezüglich
in bezug auf, in diesem Punkt, mit Bezug auf
Diktatur

Alleinherrschaft, Gewaltherrschaft, Tyrannei
direkt
geradeheraus, geradewegs, ohne Umschweife, unumwunden
Dirigent
Kapellmeister, Orchesterchef, Orchesterleiter
Dirne
Freudenmädchen, Prostituierte, Straßenmädchen
doch
aber, indessen, jedoch
Doppel
Duplikat, Durchschrift, Kopie, Zweitschrift
doppelsinnig
doppeldeutig, mehrdeutig, vieldeutig
doppelt
paarweise, verdoppelt, zweifach
Dorf
Gemeinde, Kaff (ugs.), Marktflecken, Nest (ugs.), Winkel
dörflich
bäuerlich, ländlich, provinziell
dort
an jenem Ort, an jener Stelle
dösen (ugs.)
Nickerchen machen (ugs.), ruhen, schlummern
drängen
drängeln, pressen, schieben, zwängen
drangsalieren
malträtieren, schikanieren, traktieren
drastisch
anschaulich, eindringlich, energisch, nachdrücklich
draußen
außerhalb, im Freien, unter freiem Himmel
Dreck
Schmutz, Schund, Schutt, Unrat, Verdreckung
drehen
kreisen, rollen, wenden
driften
dahintreiben, gleiten, treiben
dringend
akut, brennend, dringlich, eilig
drohen
bedrohen, bevorstehen, gefährden, unter Druck setzen
drosseln
herabmindern, herunterschrauben, verlangsamen
Druck
Pression, Schwere, Unterdrückung, Wucht, Zwang
drücken
beengen, niederdrücken, niederhalten, quetschen, zusammendrücken
Duft
Aroma, Odeur, Parfüm, Wohlgeruch
duftend
Duft ausströmend, parfümiert, wohlriechend
dulden
aushalten, durchmachen, erleiden, ertragen
dumm
doof (ugs.), unbedarft, unintelligent
Dummheit
Begriffsstutzigkeit, Beschränktheit, Unklugheit
Dummkopf
Depp (ugs.), Dummerjan (ugs.), Idiot, Schwachkopf, Trottel (ugs.)

dumpf
gedämpft, matt, modrig, stickig, unklar
dunkel
abendlich, düster, finster, nächtlich, rätselhaft, unklar, unverständlich
Dunkelheit
Düsterkeit, Finsternis, Nacht
dunkeln
dämmern, verdunkeln (sich), verfinstern (sich)
dünn
schlank, schmächtig, schmal, schwach
durchbringen
verbrauchen, vertun, verwirtschaften
durchdenken
abwägen, durch den Kopf gehen lassen (sich), überdenken
durchdringen
durchnässen, durchsickern, durchweichen, eindringen
durchdringend
beißend, scharf, schrill, stechend
durcheinander
chaotisch, ungeordnet, verworren, wirr
Durchfahrt
Durchfuhr, Durchgang, Passage, Transit
durchfallen
durchrasseln (ugs.), durchsausen (ugs.), nicht bestehen, nicht versetzt werden
durchfliegen
durchfallen, oberflächlich lesen, überfliegen
durchführen
abwickeln, ausführen, verwirklichen
durchhalten
aushalten, ausharren, standhalten
durchkommen
davonkommen, überstehen, weiterkommen
durchlässig
durchlöchert, leck, porös, undicht
durchnehmen
behandeln, einpauken (ugs.), eintrichtern (ugs.)
durchschnittlich
alltäglich, gewöhnlich, mäßig, mittelmäßig
Durchschnittsbürger
Alltagsmensch, Dutzendmensch, einfacher Mann
durchsetzen (sich)
behaupten (sich), durchkämpfen (sich), Oberhand gewinnen, seinen Willen durchsetzen
durchsichtig
durchscheinend, gläsern, transparent
durchsuchen
absuchen, durchstöbern, durchwühlen
Durchsuchung
Hausdurchsuchung, Inspektion, Razzia, Visitation
dürfen
Erlaubnis haben, ermächtigt sein, freistehen
dürftig
ärmlich, armselig, karg, kümmerlich, spärlich
Dürftigkeit
Armut, Kargheit, Knappheit, Spärlichkeit
durstig
Durst haben, dürstend, lechzend

E

Ebenmaß
Gleichmaß, Harmonie, Proportioniertheit
echt
authentisch, natürlich, richtig, unverfälscht
edel
erlesen, exquisit, großherzig, uneigennützig
Edelmut
Aufopferung, Edelsinn, Uneigennützigkeit
egoistisch
egozentrisch, eigennützig, ichbezogen, selbstsüchtig
Ehe
Bund fürs Leben, Ehebund, Ehestand
Ehefrau
Ehepartner, Gattin, Gemahlin
Ehemann
Ehepartner, Gatte, Gemahl
Eheschließung
Heirat, Hochzeit, Trauung, Vermählung
ehrbar
achtbar, ehrenwert, ehrsam
ehren
achten, auszeichnen, Ehre erweisen, verehren
ehrfürchtig
devot, ehrerbietig, ehrfurchtsvoll
Ehrgeiz
Ambition, Ehrsucht, Ruhmsucht
ehrgeizig
ambitioniert, ehrsüchtig, ruhmsüchtig, streberhaft
ehrlos
charakterlos, ehrvergessen, nichtswürdig, niederträchtig
Eid
Gelübde, Schwur
Eifer
Beflissenheit, Bereitwilligkeit, Rührigkeit, Strebsamkeit, Tatendrang
eifrig
bestrebt, betriebsam, rührig, unermüdlich
Eigenart
Eigenheit, Eigentümlichkeit, Schrulligkeit, Wesensart, Wesenszug
eigenartig
eigen, merkwürdig, schrullig, seltsam, verschroben
Eigenschaft
Attribut, Beschaffenheit, Erscheinungsart, Merkmal
Eigensinn
Dickschädeligkeit, Eigensinnigkeit, Halsstarrigkeit, Starrsinnigkeit
eigensinnig
bockig, dickköpfig, halsstarrig, verstockt
eigentlich
genaugenommen, gewissermaßen, im Grunde, quasi, ursprünglich
Eile
Dringlichkeit, Hast, Hetze, Unrast
eilen
beeilen (sich), hasten, hetzen (sich), sputen (sich)
eilig
dringend, dringlich, hurtig, zügig
einbeziehen

eingliedern, einplanen, einschließen
Einbildung
Halluzination, Hirngespinst, Sinnestäuschung, Utopie
eindeutig
exakt, festumrissen, klar, klipp und klar (ugs.)
eindringen
einbrechen, einschleichen (sich), einsteigen, Zutritt verschaffen (sich)
Eindruck
Empfindung, Impression
einengen
beengen, beschränken, einschränken
einfach
anspruchslos, mühelos, primitiv, schlicht, schmucklos
Einfachheit
Anspruchslosigkeit, Unbedarftheit, Unkompliziertheit
einfädeln
arrangieren, durchziehen, in die Wege leiten
Einfall
Eingebung, Gedanke, Geistesblitz (ugs.), Idee, Intuition
einfallslos
einförmig, geistlos, monoton, phantasielos
einfallsreich
erfinderisch, geistvoll, ideenreich, phantasievoll, schöpferisch
Einfallsreichtum
Erfindungsgabe, Ideenreichtum, Kreativität, Phantasie
einfältig
arglos, borniert, naiv, treuherzig
Einfältigkeit
Arglosigkeit, Naivität, Treuherzigkeit
einfarbig
nicht bunt, uni
Einfluß
Beeinflussung, Einflußnahme, Einwirkung
einfügen
einarbeiten, einpassen, integrieren
eingebildet
arrogant, aufgeblasen, dünkelhaft, überheblich, unwirklich
eingehend
ausführlich, gründlich, tiefgehend
Eingemachtes
Eingekochtes, Eingewecktes, Konserviertes
eingreifen
dazwischentreten, durchgreifen, einschreiten
einheimisch
alteingesessen, ansässig, eingeboren, heimisch
Einheit
Einheitlichkeit, Ganzes, Ganzheit, Geschlossenheit
einheitlich
gleichartig, übereinstimmend, zusammenhängend
einig
einträchtig, solidarisch, zusammenhaltend
einige
diverse, etliche, mehrere
Einigkeit
Einmütigkeit, Eintracht, Einvernehmen, Übereinstimmung
einkreisen
einkesseln, umringen, umzingeln
Einkünfte
Bezüge, Einkommen, Einnahmen, Gehalt, Lohn

Einleitung
Einführung, Eröffnung, Vorbemerkung, Vorwort
einmütig
einhellig, einträchtig, übereinstimmend
einordnen
ablegen, einfügen, eingliedern, einreihen
einpacken
einrollen, einschlagen, einwickeln, verpacken, zusammenpacken
einprägen
beibringen, einbleuen (ugs.), eindrücken, eingraben, einschärfen
einrahmen
einfassen, rahmen, umranden
Einrahmung
Einfassung, Rahmung, Umrahmung
einreiben
eincremen, einölen, salben
Einrichtung
Ausstattung, Institution, Organisation, Vorrichtung
Einsamkeit
Alleinsein, Verlassensein, Zurückgezogenheit
einschließlich
eingerechnet, inbegriffen, inklusive
einschüchtern
entmutigen, ins Bockshorn jagen (ugs.), unter Druck setzen
einseitig
eingleisig, einspurig, parteiisch, verzerrt, voreingenommen
Einspruch
Beanstandung, Beschwerde, Einwand, Veto
einzeln
abgesondert, isoliert, separat, vereinzelt
eisig
eiskalt, frostig, gefühllos
eitel
gefallsüchtig, geziert, kokett
ekelhaft
ekelerregend, eklig, unappetitlich
elastisch
biegsam, dehnbar, federnd, flexibel
elegant
chic, erlesen, geschmackvoll, stilvoll
Element
Bestandteil, Grundstoff, Materie, Urstoff
elend
erbärmlich, jämmerlich, kläglich, unpäßlich
Elend
Ärmlichkeit, Armut, Not, Verelendung
Empfang
Ankunft, Anmeldung, Begrüßung, Einladung, Eintreffen
empfangen
annehmen, entgegennehmen, in Empfang nehmen
empfänglich
ansprechbar, aufgeschlossen, aufnahmebereit, zugänglich
empfehlen
anbieten, anraten, vorschlagen
Empfehlung
Angebot, Anpreisung, Anraten, Rat
empfindlich
anfällig, mimosenhaft, überempfindlich, wehleidig
empfindsam
feinfühlig, gefühlvoll, sensibel

Emporkömmling
Aufsteiger, Neureicher, Parvenü
empört
ärgerlich, aufgebracht, entrüstet, ungehalten
Ende
Abschluß, Ausgang, Finale, Schluß
enden
ausgehen, ein Ende machen, endigen, zu Ende gehen
endgültig
definitiv, unabänderlich, numstößlich, unwiderruflich
endlich
letztendlich, schließlich, vergänglich
Energie
Kraft, Spannkraft, Triebkraft
energisch
entschlossen, resolut, zielstrebig, zupackend
eng
beengt, dicht, eingeengt, engstirnig, gedrängt, schmal
Enge
Beengtheit, Beengung, Engpaß, Engstirnigkeit
Entbehrung
Kargheit, Knappheit
enteignen
beschlagnahmen, vergesellschaften, verstaatlichen
entfernen
auf den Weg machen (sich), ausmerzen, beseitigen, eliminieren, weggeben
entgegenkommend
freundlich, kulant, verbindlich, wohlwollend
entgeistert
bestürzt, konsterniert, verdattert (ugs.), verdutzt (ugs.)
enthaltsam
abstinent, anspruchslos, asketisch, genügsam
Enthaltsamkeit
Abstinenz, Askese, Entsagung
entkommen
entgehen, entrinnen, entschlüpfen, entwischen (ugs.)
entlassen
freilassen, hinauswerfen, kündigen
Entlassung
Ablösung, Amtsenthebung, Kündigung
entmutigt
deprimiert, mutlos, niedergedrückt, verzagt
entnervt
angeschlagen, aufgerieben, durchgedreht (ugs.), entkräftet, gerädert (ugs.), groggy (ugs.)
enträtseln
auflösen, dechiffrieren, entschlüsseln, entwirren
entschädigen
abfinden, abgelten, wettmachen, wiedergutmachen
Entschädigung
Abfindung, Ablösung, Gegenleistung, Wiedergutmachung
entscheiden
eine Wahl treffen, entschließen (sich), urteilen
Entscheidung
Beschluß, Entschließung, Entschluß, Urteil
Entschlossenheit
Entschlußfähigkeit, Entschlußfreudigkeit, Entschlußkraft

entschuldigen
nachsichtig sein, vergeben, verzeihen
entschuldigen (sich)
Abbitte tun, abbitten, um Verzeihung bitten
Entschuldigung
Abbitte, Pardon, Vergebung, Verzeihung
entspannen
beschwichtigen, entkrampfen, lockern, lösen
entspannt
entkrampft, gelockert, gelöst, leger
entstellen
deformieren, verfälschen, verunstalten
entstellt
verfälscht, verhunzt (ugs.), verschandelt (ugs.), verunstaltet
enttäuschen
desillusionieren, frustrieren, nicht entsprechen, verprellen
Enttäuschung
Desillusionierung, Ernüchterung, Frustration
entwerfen
ausarbeiten, disponieren, konzipieren, skizzieren, umreißen
entwickeln (sich)
entfalten (sich), entstehen, herausbilden (sich), herauskristallisieren (sich)
Entwicklung
Entfaltung, Entwicklungsprozeß, Werdegang
entwöhnen
abbringen von, abgewöhnen, abstillen
Entwurf
Disposition, Konzept, Konzeption, Skizze
Erbe
Erbschaft, Erbteil, Hinterlassenschaft, Nachlaß, Vermächtnis
erdreisten (sich)
anmaßen (sich), erfrechen (sich), erkühnen (sich)
Ereignis
Begebenheit, Geschehen, Sensation, Vorfall, Vorkommnis, Zwischenfall
erfahren
aufschnappen, durchleben, herausbekommen, lebenserfahren, mitbekommen, welterfahren
Erfahrung
Einblick, Kenntnis, Know-how, Routine
erfinden
ausdenken (sich), ausklügeln, ersinnen
Erfolg
Durchbruch, Effekt, Triumph
ergänzen
abrunden, komplettieren, vervollkommnen, vervollständigen
Ergänzung
Abrundung, Einschiebung, Einschub, Nachtrag, Vervollständigung
Ergebnis
Auswirkung, Fazit, Resultat
ergiebig
ertragreich, lukrativ, rentabel
Ergriffenheit
Betroffenheit, Erschütterung, Rührung
erheben (sich)
auflehnen (sich), aufrichten (sich), aufstehen, aufsteigen
Erhöhung
Anhebung, Anstieg, Aufbesserung

erholen (sich)
ausspannen, regenerieren, zu Kräften kommen
Erholung
Belebung, Regeneration, Rekonvaleszenz, Urlaub
erinnern (sich)
besinnen (sich), entsinnen (sich), gedenken, zurückblicken
Erinnerung
Erinnerungsvermögen, Reminiszenz, Retrospektive, Rückblick
erkennen
durchschauen, erfassen, identifizieren
erklären
auseinandersetzen, darlegen, deuten, erläutern, interpretieren
Erklärung
Ausführung, Darlegung, Definition, Deutung, Erläuterung, Interpretation
erlassen
anordnen, anweisen, befreien von, veranlassen
erlauben
bewilligen, billigen, genehmigen, gestatten, zugestehen
Erlaubnis
Bewilligung, Einwilligung, Genehmigung, Zustimmung
erledigen
abfertigen, abwickeln, bewerkstelligen, fertigmachen (ugs.)
erleichtern
abnehmen, entlasten, erträglicher machen, lindern, mildern
ermitteln
ergründen, eruieren, feststellen, recherchieren
ernennen
berufen, designieren, nominieren
erneuern
ausbessern, instand setzen, renovieren, restaurieren
Erneuerung
Ausbesserung, Instandsetzung, Reform, Renovierung, Restaurierung
erniedrigen
demütigen, diskriminieren, herabsetzen
Erniedrigung
Deklassierung, Demütigung, Diskriminierung, Herabsetzung
ernst
ernsthaft, ernstlich, humorlos, seriös
ernten
abernten, einbringen, erzielen
eröffnen
einweihen, in Betrieb nehmen, offenbaren
erörtern
abhandeln, auseinandersetzen, debattieren, diskutieren
erquicken
beleben, erfrischen, laben
erregt
aufgeregt, gereizt, hektisch
Erregung
Aufregung, Erregtheit, Gereiztheit, Hektik
erschöpft
abgespannt, ausgelaugt, gestreßt, schlapp (ugs.)
Erschöpfung
Abgespanntheit, Entkräftigung, Ermattung, Schlappheit
erschrecken
einen Schreck bekommen, zusammenfahren, zusammenschrecken

Erstaunen
Staunen, Verblüffung, Verwunderung
erstaunlich
frappant, frappierend, verblüffend
erstklassig
erstrangig, überragend, unübertrefflich, vorzüglich
ertragen
erdulden, erleiden, verschmerzen
erträglich
akzeptabel, leidlich, passabel, vertretbar
erwidern
antworten, entgegnen, kontern
Erwiderung
Antwort, Entgegnung, Replik
erzählen
mitteilen, schildern, wiedergeben
erzeugen
erschaffen, erstellen, herstellen, produzieren
Erzeuger
Hersteller, Produzent, Schöpfer, Urheber
Erziehung
Charakterbildung, Dressur, Schulung, Unterweisung
essen
futtern (ugs.), schmausen, speisen, tafeln, verzehren
ewig
endlos, immerwährend, ohne Ende, unvergänglich, zeitlos
Ewigkeit
Endlosigkeit, Jenseits, Unendlichkeit, Unvergänglichkeit, Zeitlosigkeit
Existenz
Bestehende (das), Dasein, Lebensunterhalt, Sein
explodieren
aus der Haut fahren, bersten, detonieren, in die Luft fliegen
Explosion
Detonation, Entladung, Eruption
extrem
exzessiv, maßlos, radikal, übertrieben

F

fabelhaft
eindrucksvoll, großartig, sagenhaft
fabulieren
fabeln, phantasiereich erzählen, phantasieren
Fachmann
Experte, Kenner, Sachkundiger, Sachverständiger
fachmännisch
fachgerecht, fachkundig, sachkundig
Faden
Bindfaden, Faser, Schnur
fadenscheinig
dünn, schäbig, unglaubwürdig
fähig
geeignet, imstande, in der Lage sein
Fähigkeit
Befähigung, Können, Kraft, Macht, Vermögen
Fahne
Banner, Flagge, Standarte, Wimpel
fahren
kutschieren, lenken, reisen, rollen
Fahrer
Autofahrer, Chauffeur, Kraftfahrer, Lenker
fahrig
aufgeregt, hektisch, nervös, rastlos
Fahrkarte
Billett, Fahrschein, Fahrausweis, Ticket
fahrlässig
oberflächlich, unvorsichtig, verantwortungslos
Fahrt
Ausflug, Exkursion, Reise, Tour, Trip
Fahrzeug
Auto, Fuhrwerk, Gefährt, Kraftfahrzeug, Verkehrsmittel
Fall
Angelegenheit, Begebenheit, Ereignis, Sturz
fallen
Halt verlieren, hinfallen, stürzen, zu Fall kommen
falls
für den Fall, gegebenenfalls, gesetzt den Fall, wenn
falsch
fehlerhaft, unrichtig, unzutreffend, verkehrt
Falschheit
Heuchelei, Scheinheiligkeit, Unaufrichtigkeit
Falte
Bruch, Falz, Kerbe, Knick, Runzel
faltig
knittrig, runzlig, zerfurcht, zerknittert
Familie
Clan, Geschlecht, Sippe, Verwandtschaft
Familienname
Geburtsname, Nachname, Zuname
fangen
auffangen, einfangen, erwischen, haschen
Farbe
Farbenpracht, Farbigkeit, Farb-

ton, Kolorit
färben
einfärben, kolorieren, tönen
farbig
bunt, farbenfroh, farbenreich
faseln
daherreden, dummes Zeug reden, schwafeln
fassen
anfassen, ergreifen, verstehen
Fassung
Auflage, Ausgabe, Bearbeitung, Einfassung
fassungslos
entgeistert, erschüttert, verstört
Fastnachtszug
Faschingszug, Fastnachtsumzug, Karnevalszug
faul
arbeitsscheu, faulig, müßig, verdorben, verfault
faulen
verfaulen, vermodern, verrotten, verwesen
Faulenzer
Faulpelz (ugs.), Müßiggänger, Nichtstuer, Tagedieb
Feder
Daune, Flaum, Flocke, Gefieder, Schreibfeder, Schwungfeder
federn
abfedern, hüpfen, wippen, zurückschnellen
fehlen
abwesend sein, fernbleiben, mangeln
Fehler
Entgleisung, Fehlgriff, Makel, Mißgriff, Unrichtigkeit
Fehlschlag
Mißerfolg, Mißlingen, Niederlage
Feier
Feierstunde, Festakt, Festveranstaltung, Fete (ugs.), Party
feierlich
erhaben, festlich, gemessen, würdevoll
feige
ängstlich, feigherzig, kleinmütig, mutlos
Feigheit
Ängstlichkeit, Hasenherzigkeit, Kleinmut, Mutlosigkeit
Feigling
Angsthase (ugs.), Drückeberger, Hasenfuß, Memme (ugs.)
feilbieten
anbieten, feilhalten, zum Kauf anbieten
feilschen
handeln, herunterhandeln, schachern, spekulieren
fein
edel, elegant, erlesen, grazil
Feind
Gegner, Kontrahent, Rivale, Widersacher
feindlich
gegnerisch, spinnefeind (ugs.), überworfen, verfeindet
Feindschaft
Fehde, Feindseligkeit, Unfriede, Zwietracht
feinfühlig
einfühlsam, empfindlich, empfindsam, feinnervig, sensibel, zartfühlend
Feingefühl
Feinfühligkeit, Fingerspitzengefühl, Zartgefühl

Feld
Acker, Flur, Land, Scholle
Feldherr
Befehlshaber, Heerführer, Kommandant
fern
abgelegen, entfernt, fernab
ferner
ansonsten, des weiteren, überdies, weiterhin, zudem
Fernsehgerät
Empfangsgerät, Fernsehapparat, Fernsehempfänger, Fernseher, Mattscheibe (ugs.)
Fernsprecher
Telefon, Telefonanschluß, Telefonapparat
fertig
abgeschlossen, beendet, getan, in Bereitschaft
Fertigkeit
Geschicklichkeit, Gewandtheit, Kunstfertigkeit, Übung
fertig sein
abgekämpft, am Ende, entkräftet, erschöpft
fest
bestimmt, energisch, entschieden, standhaft
Fest
Festival, Festivität, Festlichkeit, Festspiel, Party
festigen
erhärten, konsolidieren, kräftigen, stabilisieren, stärken
Festigkeit
Härte, Robustheit, Stabilität, Zähigkeit
festlegen
beschließen, bestimmen, festsetzen
festliegen
abgemacht sein, festgefahren sein, festgesetzt sein, festsitzen, steckengeblieben sein
festmachen
anbringen, anlegen, anmontieren, vor Anker gehen
festnehmen
gefangennehmen, inhaftieren, verhaften
fett
dick, fleischig, gehaltvoll, üppig, voll
fettig
fetthaltig, fetttriefend, ölig, schmierig
feucht
klamm, naß, verregnet
feuergefährlich
entflammbar, entzündbar, entzündlich, leicht brennbar
fidel
ausgelassen, gut aufgelegt, lebenslustig, lustig, wohlgemut
fiebrig
aufgeregt, erwartungsvoll, fieberkrank
filtern
durchseihen, durchsieben, filtrieren, seihen, sieben
finden
auffinden, ausfindig machen, entdecken, stoßen auf, vorfinden
fingerfertig
geschickt, handfertig, kunstfertig, praktisch
fischen
angeln, Fische fangen, Netze auswerfen
fit
in Form, topfit, trainiert
Fläche

Ebene, Gebiet, Plateau, Plattform
Flachland
Niederung, Tiefebene, Tiefland
Fleck
Klecks, Ort, Spritzer
fleckig
befleckt, besudelt, verdreckt, verschmutzt
Flegel
Lümmel, Rüpel, Strolch
flehen
bedrängen, bestürmen, betteln
Fleiß
Beflissenheit, Eifer, Strebsamkeit
fleißig
arbeitsam, emsig, geschäftig, tüchtig, unermüdlich
flicken
ausbessern, reparieren, zusammennähen
fliegen
flattern, schweben, schwirren
fliehen
entkommen, entlaufen, Flucht ergreifen, flüchten
fließen
ausströmen, ergießen (sich), fluten, rinnen, strömen
fließend
flüssig, geläufig, übergangslos, ununterbrochen
flimmern
blinken, flirren, glitzern, schillern
flink
fix, flott, hurtig, schnell
Fluch
Verdammung, Verfemung, Verwünschung
fluchen
verdammen, verwünschen
flüchtig
leichthin, oberflächlich, vergänglich
Flugplatz
Airport, Flughafen, Landeplatz
Fluß
Flußlauf, Strom, Wasserarm, Wasserlauf
flüssig
aufgelöst, verflüssigt, zerflossen
flüstern
raunen, tuscheln, wispern, zischeln
Folge
Auswirkung, Ergebnis, Konsequenz, Nachwirkung, Reihenfolge, Teil
folgen
hinterherkommen, mitkommen, nachkommen
folgerichtig
logisch, schlüssig, sinnfällig, widerspruchsfrei
folgern
ableiten, deduzieren, herleiten, Schluß ziehen, schlußfolgern
Folter
Marter, Martyrium, Peinigung, Qual
fördern
begünstigen, protegieren, unterstützen
Form
Ausformung, Bau, Design, Formgebung, Gestalt
formelhaft
gleichbleibend, stereotyp, wiederholend (sich)
formlos
amorph, ungeformt, ungestaltet, ungezwungen, unzeremoniell

forschen
auskundschaften, ergründen, erkunden, ermitteln, nachforschen
fort
abwesend, nicht da, verschwunden, weg
fortschrittlich
modern, progressiv, zeitgemäß
fortsetzen
fortführen, weiterführen, weitermachen, weiterverfolgen
fortwährend
immerfort, in einem fort, kontinuierlich, pausenlos, unablässig
Fotografie
Aufnahme, Bild, Foto, Lichtbild
Fotokopie
Ablichtung, Kopie, Vervielfältigung
Frage
Befragung, Erkundung, Ermittlung
fragen
erkundigen (sich), um Auskunft bitten, zu Rate ziehen
fraglos
ohne Frage, unbestritten, zweifellos
fragwürdig
anrüchig, suspekt, ungewiß, unglaubwürdig, zweifelhaft
Fratze
Entstellung, Grimasse, Karikatur, Zerrbild
Frau
Dame, Ehefrau, Gattin, Lady, Sie, weibliches Wesen
Frauenheld
Casanova, Charmeur, Don Juan, Playboy, Schürzenjäger, Verführer
frech
dreist, keck, keß, unartig, ungezogen
Frechheit
Dreistigkeit, Kaltschnäuzigkeit, Ungezogenheit, Unverfrorenheit
frei
selbständig, unabhängig, unbefangen, uneingeschränkt, ungebunden
freigeben
freilassen, freisetzen, herausgeben
freigiebig
freizügig, gebefreudig, nobel, spendabel (ugs.)
Freiheit
Eigenständigkeit, Selbstbestimmung, Ungebundenheit, Ungezwungenheit
freiheitlich
demokratisch, freiheitsliebend, liberal
freilassen
auf freien Fuß setzen, entlassen, laufenlassen
freimütig
aufrichtig, freiweg, offen, rundheraus, rundweg
freiwillig
aus eigenem Antrieb,
aus freien Stücken, unaufgefordert
Freizeit
Feierabend, Mußestunden, nach Arbeitsschluß
fremd
fremdartig, neu, ortsfremd, ungewohnt, unvertraut
Fremde
Ausland, Ferne, weite Welt
fressen

grasen, verschlingen, weiden
Freude
Fröhlichkeit, Heiterkeit, Vergnügen
freuen (sich)
beglücken, erfreuen, Freude bereiten
Freund
Busenfreund, Gefährte, Kamerad, Kumpan (ugs.), Vertrauter
freundlich
charmant, herzlich, liebenswürdig, wohlwollend
Freundschaft
Beziehung, Kameradschaft, Partnerschaft
Frieden
Einigkeit, Eintracht, Entspannung, Friedenszustand
friedlich
beschaulich, einträchtig, friedfertig, friedvoll, idyllisch
frieren
bibbern (ugs.), frösteln, gefrieren, vereisen
frisch
ausgeruht, erholt, jugendlich, unverbraucht
Frisur
Haarmode, Haarschnitt, Haartracht
froh
erleichtert, freudig, frohen Mutes, glücklich
fromm
gläubig, gottesfürchtig, religiös
Front
Fassade, Kampflinie, Schlachtfeld, Vorderseite
frontal
an der Frontseite, stirnseitig, von vorn
fruchtbar
ertragreich, fortpflanzungsfähig, fruchtbringend
fruchtlos
ergebnislos, unergiebig, vergeblich
früh
beizeiten, frühzeitig, in aller Frühe, zeitig
Frühling
Frühjahr, Lenz
fühlen
bewußt werden (sich), empfinden, spüren, wahrnehmen
führen
befehligen, kommandieren, leiten, vorangehen
führend
beherrschend, tonangebend, überlegen, überragend
Führer
Anführer, Führungskraft, Leiter
Fülle
Übermaß, Üppigkeit, Vielfalt
füllen
anfüllen, ausfüllen, eingießen, vollschütten
füllig
dick, korpulent, stattlich, vollschlank, wohlgenährt
Fund
Auffindung, Ausgrabung, Entdeckung, Fundsache
Furcht
Angst, Bangigkeit, Furchtsamkeit, Zaghaftigkeit
furchtbar
entsetzlich, fürchterlich, grauenvoll, schauerlich, schrecklich

fürchten
ängstigen (sich), bangen, befürchten
fürsorglich
hilfsbereit, human, sozial, wohltätig
füttern
Futter geben, nähren, sättigen, stillen, zu essen geben

G

Gabe
Begabung, Geschenk, Präsent, Spende
ganz
gänzlich, heil, hundertprozentig, intakt, unversehrt, völlig
gastlich
gastfrei, gastfreundlich
Gauner
Ganove, Schuft, Spitzbube
Gebärde
Geste, Handzeichen
gebären
entbinden, Kinder bekommen, niederkommen
geben
aushändigen, reichen, überreichen, weggeben
Gebiet
Bereich, Bezirk, Distrikt, Region, Revier, Territorium
gebildet
belesen, gelehrt, kultiviert, kundig, versiert
gebogen
gekrümmt, geschwungen, gewölbt, krumm, rund
geborgen
beschirmt, gut aufgehoben, in guten Händen, sicher
Geborgenheit
Behütetsein, Geborgensein, Obhut
gebrechlich
altersschwach, hinfällig, tatterig (ugs.)
Geburt
Entbindung, Kindbett, Niederkunft
Geburtstag
Ehrentag, Wiegenfest
gediegen
dezent, lauter, solide, wertbeständig
Geduld
Ausdauer, Gelassenheit, Gleichmut, Langmut
geduldig
gelassen, gleichmütig, langmütig, nachsichtig
Gefahr
Bedrohung, Gefährdung, Gefährlichkeit, Risiko
gefährlich
gefahrvoll, gewagt, riskant, tollkühn, verwegen
gefallen
genehm sein, imponieren, zusagen
Gefallen
Gefälligkeit, Sympathie, Wohlwollen
Gefangenschaft
Gewahrsam, Haft, Verwahrung
Gefühl
Emotion, Empfinden, Empfindung, Instinkt, Intuition
gefühlsmäßig
emotional, instinktiv, intuitiv
Gegensatz
Antagonismus, Divergenz, Gegensätzlichkeit, Kontrast
gegensätzlich
antagonistisch, divergierend, kontrastierend, nicht vereinbar, oppositionell

Gegenstand
Ding, Gebilde, Objekt
gegenständlich
dinglich, figürlich, konkret
Gegenstück
Gegenteil, Korrelat, Pendant
gegenüber
gegenüberliegend, jenseits, vis-à-vis
Gegenwart
Anwesenheit, Dabeisein, Jetztzeit, Zugegensein
gehen
fortbewegen (sich), marschieren, schlendern, schreiten, spazieren
gehorchen
gehorsam sein, parieren (ugs.), spuren (ugs.)
Gehorsam
Folgsamkeit, Fügsamkeit, Gefügigkeit
Gehweg
Bürgersteig, Fußgängerweg, Gehsteig, Trottoir
Geist
Esprit, Genie, Gespenst, Intellekt, Spukgestalt
Geistesgegenwart
Entschlußkraft, Reaktionsschnelligkeit, Reaktionsvermögen
geistesgegenwärtig
gefaßt, kaltblütig, reaktionsschnell
geistesgestört
geisteskrank, idiotisch, irre, unzurechnungsfähig, wahnsinnig
geistlich
kirchlich, klerikal, nicht weltlich, sakral
Geiz
Geldgier, Habgier, Knickrigkeit (ugs.), Profitgier
Geizkragen
Geizhals, Knicker (ugs.), Pfennigfuchser (ugs.)
gelingen
glattgehen, glücken, hinhauen (ugs.), klappen (ugs.)
gemein
infam, niederträchtig, schnöde
Gemeinheit
Bosheit, Gehässigkeit, Niedertracht, Ruchlosigkeit
gemeinsam
gemeinschaftlich, kooperativ, miteinander, vereint
gemessen
gefaßt, gemächlich, geruhsam
gemütlich
anheimelnd, lauschig, wohlig, wohnlich
genau
akkurat, exakt, gewissenhaft, pünktlich, treffend
generell
durchgängig, gemeinhin, im allgemeinen, im großen und ganzen
genießerisch
genußfreudig, genüßlich, kulinarisch, lukullisch
genug
hinlänglich, hinreichend, sattsam, zureichend
Genuß
Hochgenuß, Lust, Wonne
gerade
aufrecht, eben, in diesem Moment, kerzengerade, soeben
gerecht

objektiv, unbeeinflußt, unparteiisch
Gerechtigkeit
Objektivität, Unbestechlichkeit, Unparteilichkeit
geringfügig
nicht ins Gewicht fallend, unerheblich, unwesentlich
geringschätzig
abfällig, abschätzig, abwertend, verächtlich
gern
anstandslos, bereitwillig, freilich, selbstverständlich
Gerücht
Gerede, Legende, Ondit
gescheit
begabt, intelligent, klug
Geschicklichkeit
Fingerfertigkeit, Geschick, Kunstfertigkeit
geschickt
fingerfertig, gewandt, praktisch
geschlossen
gemeinschaftlich, komplett, ungeöffnet, versperrt
Geschmack
Aroma, Formgefühl, Stil, Stilgefühl
geschmacklos
abscheulich, fade, kitschig, ohne Würze, stillos
Geschwindigkeit
Rasanz, Schnelligkeit, Tempo
gesellig
extrovertiert, kommunikationsfreudig, kontaktfähig, umgänglich, zwanglos
Gesellschaft
Gemeinschaft, Geselligkeit, Sozialwesen
Gesetz
Bestimmung, Erlaß, Recht, Regel
gesetzlich
legal, legitim, rechtlich, rechtmäßig
gesetzwidrig
illegal, kriminell, ungesetzlich
Gesicht
Angesicht, Antlitz, Gesichtszüge, Visage (ugs.)
gestehen
auspacken (ugs.), beichten, bekennen, eingestehen, zugeben
Gesuch
Antrag, Eingabe, Petition
Gesundheit
Rüstigkeit, Wohlbefinden, Wohlergehen
Getränk
Drink, Trank, Trunk
Gewinn
Erlös, Ertrag, Profit
gewinnen
erkämpfen, erlangen, erzielen, siegen
gewissenlos
bedenkenlos, rücksichtslos, skrupellos
gewöhnlich
gemein, ordinär, üblicherweise, unfein, vulgär
Gewöhnung
Akklimatisierung, Anpassung, Eingewöhnung
Gipfel
Glanzpunkt, Höhepunkt, Spitze
glänzend
blank, glanzvoll, leuchtend, poliert, spiegelblank
glatt
faltenlos, flach, glitschig, plan, rutschig, schlüpfrig
glätten
bügeln, ebnen, egalisieren, ni-

vellieren, schleifen
glauben
annehmen, für wahr halten, gläubig sein, meinen, wähnen
glaubhaft
einleuchtend, glaubwürdig, plausibel
gleich
augenblicklich, identisch, kongruent, sofort, übereinstimmend
gleichberechtigt
gleichgestellt, gleichrangig, gleichwertig
gleichgültig
desinteressiert, egal, interesselos
Gleichgültigkeit
Desinteresse, Interesselosigkeit, Teilnahmslosigkeit
Gleichmut
Gefaßtheit, Gelassenheit
gleichzeitig
simultan, synchron, zugleich
Glied
Bindeglied, Körperteil, Mitglied, Penis
Glück
das Große Los, Fortuna, Glücksfall, Segen
glücklich
beglückt, glückselig, selig
glücklicherweise
Gott sei Dank, gottlob, zum Glück
glühen
glimmen, schwelen, sengen
Gnade
Begnadigung, Gunst, Huld
Grausamkeit
Bestialität, Gewalttätigkeit, Roheit
grell
gellend, schreiend, schrill
grob
derb, grobschlächtig, ungeschliffen, unwirsch
groß
hochgewachsen, kolossal, riesig, stattlich, überragend
Größe
Ausmaß, Höhe, Stattlichkeit, Überlegenheit
großzügig
freigiebig, hochherzig, nicht kleinlich
Grund
Beweggrund, Boden, Motiv, Terrain, Ursache
gründen
errichten, etablieren (sich), ins Leben rufen, konstituieren
Grundlage
Ausgangspunkt, Basis, Fundament, Unterlage
grundlegend
elementar, fundamental, grundsätzlich
grundlos
gegenstandslos, unbegründet, unmotiviert
Gruppe
Clique, Ensemble, Team, Truppe
günstig
erfolgversprechend, verheißungsvoll, vorteilhaft
gut
gut gelungen, gutartig, gütig
Gut
Anwesen, Gutshof, Hof, Landsitz
Guthaben
Aktiva, Ersparnisse, Haben
gut zureden
ins Gewissen reden, zur Besonnenheit mahnen, zur Vernunft mahnen, zuraten

H

haarig
bärtig, behaart, borstig, struppig
haben
besitzen, gehören, innehaben
Habgier
Gewinnsucht, Raffgier, Unersättlichkeit
habgierig
auf Gewinn bedacht, besitzgierig, geldgierig
Hader
Entzweiung, Streit, Zerwürfnis, Zwist
haften
bürgen, festhängen, garantieren, halten
hager
dürr, knochig, mager, schlank
halb
halb und halb, zur Hälfte, zweigeteilt
halbieren
halbe-halbe machen (ugs.), in zwei Hälften teilen, zweiteilen
halsstarrig
bockbeinig, eigensinnig, kompromißlos, unbelehrbar
Halt
Anhaltepunkt, Aufenthalt, Haltestelle, Rückhalt, Stütze
haltbar
durabel, langlebig, strapazierfähig, unverderblich
halten
festhalten, innehalten, nicht loslassen, zum Stehen kommen
haltlos
charakterlos, ohne jeden Halt, unbegründet, willenlos
Handel
Export, Geschäftsverkehr, Import, Tauschhandel, Warenaustausch
handeln
agieren, Geschäfte machen, tätig sein, tun
handlich
bequem, gut zu handhaben, handgerecht
hängen
baumeln, pendeln, schwingen
hantieren
herumfuhrwerken, herumhantieren, herumwerkeln
harmlos
einfältig, gutgläubig, ungefährlich, unschädlich
Harmonie
Ausgewogenheit, Einigkeit, Einvernehmen, Zusammenklang
harmonisch
ebenmäßig, friedlich, wohlklingend, wohlproportioniert
hart
fest, knochenhart, steif, unelastisch, verhärtet
Hartherzigkeit
Gefühlskälte, Ungerührtheit, Unnachsichtigkeit
hassen
Haß empfinden, nicht ausstehen können, verabscheuen, zuwider sein
häßlich
abstoßend, mißgestaltet, unansehnlich, unästhetisch, unschön

Hast
Eile, Hektik, Hetze, Rastlosigkeit
hasten
abhetzen (sich), abjagen (sich), beeilen (sich)
hastig
gehetzt, in fliegender Hast, in großer Eile, schnell
hauen
durchbleuen (ugs.), durchhauen, verhauen, versohlen (ugs.)
Haufen
Bande, Horde, Stapel, Stoß
häufig
mehrmals, oft, vielfach, vielmals
Hauptperson
Hauptdarsteller, Hauptfigur, Hauptrolle, Held
Hauptsache
Entscheidendes, Kernpunkt, Mittelpunkt, Schwerpunkt
Haus
Bauwerk, Gebäude, Heim, Zuhause
heben
aufheben, hochheben, lüften, lupfen (ugs.), zu Tage fördern
heftig
hitzig, intensiv, unbändig, ungestüm
heikel
anspruchsvoll, kompliziert, kritisch, problematisch, wählerisch
heil
ganz, unbeschädigt, unverletzt, unversehrt
heilen
abheilen, gesund machen, kurieren
Heim
Herberge, Pflegeheim, Wohnheim, Zuhause
Heimat
Geburtsland, Heimatland, Vaterland
heimatlos
beziehungslos, elternlos, entwurzelt, verwaist
heimkehren
heimkommen, heimreisen, zurückkehren
heimlich
diskret, insgeheim, stillschweigend, unbeobachtet
heimsuchen
anwandeln, befallen, beschleichen
heiraten
ehelichen, trauen lassen (sich), vermählen (sich)
heiser
klanglos, krächzend, mit belegter Stimme, stockheiser
heiter
fröhlich, munter, unbeschwert, vergnügt
heizen
einheizen, Feuer machen, wärmen
Hektik
Geschäftigkeit, Rastlosigkeit, Ruhelosigkeit, Unrast
Held
Bezwinger, Heros, Sieger, Triumphator
helfen
assistieren, Beistand leisten, beistehen
Helfer
Assistent, Aushilfe, Beistand, Gehilfe, rechte Hand
hell

beleuchtet, lichtdurchflutet, lichterfüllt, taghell
hellsehen
in die Zukunft sehen, orakeln, voraussehen, vorhersehen
hellseherisch
prophetisch, vorhersehend, weissagend
Hemmung
Gehemmtheit, Gehemmtsein, Schüchternheit
hemmungslos
unbeherrscht, ungehemmt, ungezügelt, zügellos
henken
aufhängen, erhängen, hängen
her
heran, heraus, herbei, hervor, herzu
herab
herunter, hinab, hinunter, nach unten
herablassend
dünkelhaft, hoheitsvoll, von oben herab
herabsetzen
abqualifizieren, degradieren, einschränken, vermindern, verringern
herangehen
annähern an (sich), lossteuern auf, zugehen auf
herankommen
gleichkommen, heranreichen, nicht nachstehen
heranwachsen
aufwachsen, erwachsen werden, heranreifen
herauf
aufwärts, empor, in die Höhe, nach oben
heraufbeschwören
hervorrufen, ins Gedächtnis zurückrufen, provozieren, verursachen
heraufsetzen
anheben, erhöhen, hinaufsetzen
heraufziehen
im Anzug sein, zusammenbrauen (sich), zusammenziehen (sich)
herausfinden
aufspüren, ausfindig machen, entdecken, in Erfahrung bringen
herausfordern
brüskieren, fordern, provozieren, Streit vom Zaun brechen
herausfordernd
aufreizend, provokant, provozierend, streitbar
herausgeben
edieren, erscheinen lassen, verlegen
herauskommen
auftauchen, erscheinen, ins Freie gelangen, zutage treten
herausnehmen (sich)
anmaßen (sich), erdreisten (sich), vermessen sein
herausplatzen (ugs.)
entfahren, entschlüpfen, laut herauslachen
herausreden (sich)
Ausflüchte machen, Ausreden gebrauchen, Vorwände benutzen
herausreißen
ausrupfen, auszupfen, herausziehen
herbeischaffen
besorgen, heranschaffen, her-

bringen
Herde
Menge, Meute, Rudel
hereinfallen
auf den Leim gehen, aufsitzen, in die Falle gehen
hereinkommen
Einzug halten, hereinspazieren, hineinkommen
hereinschauen
besuchen, hineinsehen, vorbeischauen
hergeben
abgeben, herschenken, weggeben
Herkommen
Abkunft, Abstammung, Herkunft
herkömmlich
althergebracht, traditionell, überliefert
Herr
Gentleman, Kavalier, Weltmann
herrisch
autoritär, despotisch, gebieterisch, tyrannisch
herrlich
prächtig, unübertrefflich, wunderschön
Herrschaft
Oberhoheit, Regierung, Regime
herrschen
bestehen, gebieten, regieren, walten
Herrscher
Machthaber, Monarch, Regent, Staatsoberhaupt
herstammen
abstammen, herleiten, herrühren
herstellen
anfertigen, erzeugen, produzieren, verfertigen
Herstellung
Erstellung, Fabrikation, Fertigung
herumtreiben (sich)
herumstreunen, umherschweifen, umherstreifen
heruntergekommen
verkommen, verlottert (ugs.), verwahrlost, verwildert
Hervorhebung
Betonung, Herausstellung, Nachdrücklichkeit
hervorrufen
herbeiführen, hervorbringen, ins Rollen bringen, verursachen
hervortreten
auffallen, offenbar werden, zum Vorschein kommen, zutage treten
herzlos
erbarmungslos, hart, hartherzig, mitleidlos, unerbittlich
Hetze
Eile, Hast, Hetzerei
hetzen
aufrühren, aufstacheln, aufwiegeln, stänkern (ugs.), verhetzen
heucheln
verstellen (sich), vortäuschen
heuchlerisch
betrügerisch, doppelzüngig, unwahrhaftig
heulen
jaulen, klagen, weinen
heute
heutig, heutzutage, jetzt
hier
an diesem Ort, an dieser Stelle, diesseits, hierzulande
Hilfe

Beihilfe, Beistand, Hilfestellung, Unterstützung
hilflos
hilfsbedürftig, machtlos, schutzbedürftig, unselbständig
hilfsbereit
behilflich, entgegenkommend, zu Diensten
Hilfskraft
Aushilfskraft, Handlanger, Hilfsarbeiter, Teilzeitkraft
Himmel
Firmament, Himmelsgewölbe, Sternenzelt
hin
dorthin, hinab, hinauf, hinaus, hinein
hinabsteigen
absteigen, hinunterklettern, hinuntersteigen
hinabstürzen
herunterpurzeln, hinunterfallen, in die Tiefe fallen, niederfallen
hinaufgehen
aufwärts gehen, bergauf gehen, emporsteigen, hochsteigen
hinauswerfen
ausquartieren, ausweisen, entlassen, fortjagen, fortschicken
hinauszögern
aufschieben, hinausschieben, in die Länge ziehen, verschieben
hinbringen
liefern, zusenden, zustellen
hindern
beeinträchtigen, behindern, erschweren, hemmen
Hindernis
Behinderung, Einengung, Einschränkung, Hemmnis
hineinkommen
hineingeraten, hineingezogen werden, hineinschlittern (ugs.)
hineinreden
das Wort abschneiden, dazwischenreden, einmischen (sich)
hinfällig
altersschwach, gebrechlich, gegenstandslos, kraftlos, unwichtig
Hingabe
Aufopferung, Entsagung, Selbstlosigkeit
hingeben
ergeben (sich), hergeben, opfern, überlassen, widmen (sich)
hinhalten
anstehen lassen, aufhalten, vertrösten
hinkommen
auskommen, einfinden (sich), einstellen (sich), erscheinen
hinnehmen
aushalten, ertragen, gefallen lassen (sich), in Kauf nehmen
hinreißend
betörend, reizend, reizvoll
hinscheiden
ableben, aus dem Leben scheiden, das Zeitliche segnen, sterben, zu Tode kommen
hinsichtlich
betreffend, im Hinblick auf, in Anbetracht, in Bezug auf
hinstellen
absetzen, abstellen, deponieren, niederlegen, plazieren
hinten
am Ende, an letzter Stelle, rückseitig
hintereinander
aufeinanderfolgend, der Reihe

nach, nacheinander
hintergehen
betrügen, prellen, übervorteilen
Hintergrund
Background, Fond, Hintergedanke, Untergrund
Hinterhalt
Falle, Fallstrick, Netz, Schlinge
hinterhältig
lügenhaft, lügnerisch, verstellt
Hinterhältigkeit
Arglist, Böswilligkeit, Hinterlist, Intriganz
hinterher
danach, nachher, später
hinterherlaufen
hinterherrennen, nachjagen, nachlaufen
hinterlassen
nachlassen, vererben, vermachen, zurücklassen
hinterlistig
scheinheilig, unehrlich, verlogen
Hinterteil
Gesäß, Hintern, Hinterseite, Rückteil
hintertreiben
boykottieren, hindern an, sabotieren, vereiteln
hinterziehen
unterschlagen, veruntreuen
hinuntergehen
herabkommen, hinabgehen, nach unten gehen
hinunterschlucken
hinunterschlingen, hinunterwürgen, verschlucken
hinunterspringen
abspringen, herunterspringen, hinunterstürzen
hinwegsetzen (sich)
mißachten, nicht einhalten, verstoßen gegen
Hinweis
Fingerzeig, Tip, Wink
hinweisen
aufmerksam machen, aufzeigen, hindeuten
hinwerfen
abbrechen, aufgeben, hinschleudern
hinzufügen
beifügen, dazutun, ergänzen, zufügen
hinzuziehen
heranholen, herbeiholen, konsultieren, zu Hilfe holen
hirnverbrannt (ugs.)
aberwitzig, unsinnig, wahnwitzig
hissen
flaggen, hochhieven, in die Höhe ziehen
Hitze
Bruthitze, Gluthitze, Schwüle
hitzig
aufbrausend, auffahrend, heftig, jähzornig
Hobby
Freizeitbeschäftigung, Liebhaberei, Steckenpferd
hoch
haushoch, himmelhoch, hochragend, oberhalb, turmhoch
Hochachtung
Achtung, Ehrfurcht, Respekt, Verehrung
hochgewachsen
groß, hochaufgeschossen, lang, von hohem Wuchs
Hochmut

Arroganz, Blasiertheit, Einbildung, Überheblichkeit
hochmütig
arrogant, aufgeblasen, hochfahrend, stolz, überheblich
hochspielen
aufbauschen, dramatisieren, hochputschen, übertreiben
höchstens
allenfalls, im äußersten Fall, maximal
Höchstleistung
Glanzleistung, Rekord, Spitzenleistung
hochwertig
erstrangig, kostbar, qualitätsvoll, wertvoll
Hochzeit
Eheschließung, Heirat, Trauung, Vermählung
hoffentlich
erhofft, erwünscht, wünschenswert
Hoffnung
Optimismus, Vertrauen, Zutrauen, Zuversicht
hoffnungslos
aussichtslos, ausweglos
höflich
artig, aufmerksam, gefällig, zuvorkommend
Höhepunkt
Gipfel, Krönung, Maximum, Optimum, Orgasmus
hohl
ausgehöhlt, eingebogen, leer, stumpfsinnig, stupide
Hohlkopf
Dussel (ugs.), Holzkopf, Kindskopf, Strohkopf, Wirrkopf
hold
anmutig, anziehend, attraktiv
holen
abholen, herbeischaffen, herholen
Hölle
Inferno, Ort der Verdammnis, Unterwelt
holprig
abgehackt, höckerig, stotternd, uneben
hölzern
grobschlächtig, klobig, klotzig, schwer beweglich
horchen
abhören, lauschen, zuhören
hören
Gehör schenken, vernehmen, wahrnehmen
hörig
gefügig, unselbständig, verfallen, willfährig
Hotel
Absteigequartier, Gästehaus, Gasthof, Herberge, Pension
hübsch
anmutig, apart, bildhübsch, gutaussehend
huldigen
ehren, verherrlichen, würdigen
Hülle
Etui, Futteral, Schale, Verpackung
Humor
Frohsinn, Komik, Scherz, Witz
Hunger
Appetit, Gelüste, Heißhunger, Hungersnot, Nahrungsmangel
hungern
am Hungertuch nagen, darben, fasten, Hunger leiden

hungrig
ausgehungert, lüstern sein, ungesättigt

Hürde
Barrikade, Hindernis, Wall, Zaun

hüten
beaufsichtigen, beschirmen, beschützen, bewachen, bewahren

I

Ideal
Idol, Leitbild, Wunschbild
Idee
Abstraktion, Einfall, Gedanke, Inspiration, Leitmotiv
ideell
abstrakt, geistig, imaginär, immateriell
Illusion
Halluzination, Hirngespinst, Selbsttäuschung, Wunschvorstellung
immer
am laufenden Band (ugs.), fortgesetzt, kontinuierlich, pausenlos, unaufhörlich
impfen
eine Impfung vornehmen, immunisieren
imponierend
außergewöhnlich, imposant, pompös
impotent
kraftlos, unfruchtbar, zeugungsunfähig
in
binnen, inmitten, innendrin
individuell
individualistisch, persönlich, subjektiv
Individuum
Einzelperson, Einzelwesen, Subjekt
Inhalt
Gehalt, Substanz
innen
drinnen, im Innern, innerlich, intern
Instinkt
Gefühl, Gespür, Impuls, Trieb
intensiv
eindringlich, gründlich, heftig, nachhaltig
interessant
anregend, aufschlußreich, außergewöhnlich, auffallend, beachtenswert, erwähnenswert, faszinierend, informativ, instruktiv, kurzweilig, lehrreich, packend, ungeläufig, ungewöhnlich, unterhaltsam, verblüffend, wissenswert, wunderbar
Interesse
Aufmerksamkeit, Gespanntheit, Wißbegier
international
überstaatlich, weltweit, zwischenstaatlich
Invalide
Behinderter, Körperbehinderter, Schwerbeschädigter, Versehrter
inzwischen
interimistisch, mittlerweile, unterdessen, währenddessen, zwischenzeitlich

J

Jagd
Nachstellung, Treibjagd, Verfolgung
Jahrestag
Gedenktag, Jubiläum
Jammer
Klagen, Wehgeschrei
jämmerlich
beklagenswert, erbärmlich, herzzerreißend, jammervoll, kläglich
jammern
lamentieren, wehklagen, weinen
jeder
alle, jedermann, jedweder, jeglicher
jenseits
auf der anderen Seite, drüben, gegenüber
jetzt
augenblicklich, eben, gerade, zur Stunde
Joch
Bedrückung, Fron, Kreuz, Plage
johlen
Geschrei machen, krakeelen (ugs.), kreischen, schreien
jubeln
frohlocken, jauchzen, jubilieren
Jugend
Jugendlichkeit, Jugendzeit, junge Generation
Jugendlicher
Halbwüchsiger, Jüngling, Teenager
jung
halbwüchsig, heranwachsend, minderjährig
Junge
Bengel (ugs.), Bub, Knabe
jungfräulich
keusch, unberührt, unerforscht, unerschlossen
Justiz
Gerichtbarkeit, Gerichtswesen, Rechtsprechung, Rechtswesen

K

kahl
haarlos, kahlköpfig, unbelaubt, unbewachsen
kalt
eisig, gefühlskalt, kühl
Kälte
Frische, Gefühlskälte, Kühle
Kamerad
Freund, Gefährte, Kumpel (ugs.), Weggefährte
Kampf
Auseinandersetzung, Gefecht, Krieg, Wettkampf
kämpferisch
aggressiv, angriffslustig, streitbar
kaputt
defekt, entzwei, lädiert, ramponiert, schadhaft
kassieren
abkassieren, einnehmen, eintreiben, einziehen
Katastrophe
Desaster, Heimsuchung, Schicksalsschlag, Unglück, Verhängnis
Kauf
Ankauf, Einkauf, Erwerb
kaufen
einkaufen, erstehen, erwerben
kaum
gelegentlich, schwerlich, selten
keimfrei
aseptisch, desinfiziert, steril
keineswegs
auf keinen Fall, keinesfalls, unter keinen Umständen
Kennzeichen
Charakteristikum, Chiffre, Merkmal
Kerzenständer
Armleuchter, Kerzenhalter, Kerzenleuchter
Kind
Abkömmling, Nachwuchs, Sprößling
kindisch
albern, infantil, läppisch
Kino
Filmtheater, Lichtspielhaus, Lichtspieltheater
Kitsch
Geschmacklosigkeit, Schund, Tand
Klage
Anklage, Jammer, Wehklage
klagen
jammern, lamentieren, verklagen, vor Gericht gehen
Klasse
Gattung, Kaste, Kategorie, Rubrik, Schulklasse
Klatsch
Gerede, Geschwätz, Tratsch (ugs.)
klatschen
applaudieren, Beifall klatschen, tratschen (ugs.)
kleben
kitten, kleistern, leimen
Kleidung
Bekleidung, Garderobe, Klamotten (ugs.), Kleider, Tracht
klein
knapp, kurz, winzig
Könner
Fachmann, Kapazität, Koryphäe, Sachkenner
konservativ
am Bestehenden festhalten,

bürgerlich, rückschrittlich, rückwärtsgerichtet
Konservativer
Bürgerlicher, Reaktionär, Rechter
Kontakt
Anschluß, Berührung, Interaktion, Verbindung
Konzentration
Achtsamkeit, Aufmerksamkeit, Sammlung, Zusammenballung
Kopf
Haupt, Rübe (ugs.), Schädel
Körper
Gestalt, Leib, Organismus
Korrespondenz
Briefwechsel, Schriftverkehr, Schriftwechsel
korrigieren
berichtigen, revidieren, verbessern
kostbar
hochwertig, viel wert, wertvoll
kosten
abschmecken, einen Preis haben, probieren, versuchen
kostenlos
gratis, kostenfrei, umsonst, unentgeltlich
kräftig
kraftstrotzend, kraftvoll, markig, muskulös, stark
krank
indisponiert, kränklich, malade, unpäßlich
Kleinigkeit
Bagatelle, Geringfügigkeit, Lappalie
kleinlich
kleinkariert, pedantisch, pingelig, übergenau
klobig
klotzig, plump, vierschrötig
knapp
knappsitzend, kümmerlich, spärlich
Koalition
Allianz, Bündnis, Pakt, Zusammenschluß
kochen
brodeln, Essen zubereiten, sieden
Köder
Blickfang, Lockmittel, Lockvogel
kommen
anrücken, aufkreuzen (ugs.), einfinden (sich), eintreffen
Kommune
Gemeinde, Wohngemeinschaft, Wohngruppe
Komödie
Burleske, Lustspiel, Posse, Schwank
Kompliment
Artigkeit, Höflichkeitsbekundung, Schmeichelei
Konflikt
Dilemma, Kalamität, Zwiespalt
Konkurrenz
Existenzkampf, Rivalität, Wettbewerb, Wettstreit
können
befugt sein, imstande sein, meistern, vermögen
Krankenhaus
Heilanstalt, Hospital, Klinik
Krankheit
Erkrankung, Leiden, Unpäßlichkeit
kratzen
kribbeln, ritzen, schaben, scharren
Krawatte
Binder, Schlips, Selbstbinder
Kredit

Anleihe, Darlehen, Schulden
Kritik
Mißbilligung, Nörgelei, Rezension
kritisch
argwöhnisch, brenzlig, prekär
kritisieren
attackieren, beurteilen, rezensieren, werten
krumm
bucklig, gebogen, schief, verkrümmt
Kultur
Anzucht, Lebensart, Lebensstil, Zivilisation
Kunde
Käufer, Klient, Mandant, Nachricht
künstlich
gekünstelt, synthetisch, unecht
Kurve
Kehre, Schleife, Serpentine
kurz
knapp, kurzfristig, zeitweise
kürzlich
jüngst, letzthin, neulich, vor kurzem

L

laben (sich)
erfrischen (sich), erquicken (sich), stärken (sich)
lächeln
feixen (ugs.), grinsen, schmunzeln
lachen
auflachen, in Lachen ausbrechen, totlachen (sich) (ugs.)
lächerlich
albern, lachhaft, töricht
laden
aufbürden, befrachten, belasten, einladen, vorladen
Laden
Geschäft, Geschäftslokal, Kaufhaus, Warenhaus
Ladung
Fracht, Fuhre, Warenladung
Lage
Lebenslage, Situation, Stand der Dinge
Lager
Camp, Flüchtlingslager, Konzentrationslager, Zeltlager, Zeltplatz
Lagerhaus
Depot, Vorratshaus, Warenlager
lagern
ablegen, deponieren, einlagern, horten
lahm
gehbehindert, gelähmt, kraftlos, langsam
lähmen
bewegungsunfähig machen, blockieren, handlungsunfähig machen, lahmlegen
Laie
Amateur, Dilettant, Liebhaber, Nichtfachmann
laienhaft
dilettantisch, mangelhaft, nicht fachgerecht, stümperhaft
Lampe
Beleuchtungskörper, Funzel (ugs.), Leuchte, Lichtquelle
Land
Gebiet, Gelände, Region, Staat
Landwirtschaft
Ackerbau, Agrikultur, Feldbau, Landbau
lang
ausgedehnt, groß, lange, langfristig, langgestreckt
Länge
Ausdehnung, Ausmaß, Dauer, Größe
langjährig
jahrelang, mehrjährig, über Jahre
langsam
allmählich, gemächlich, nach und nach, schrittweise
längst
bereits, seit langem, seit langer Zeit
langweilig
einförmig, eintönig, uninteressant
Lärm
Geräusch, Getöse, Krach, Radau (ugs.)
lärmen
Krach machen, poltern, rumoren, rumpeln, spektakeln
lärmend
hörbar, lautstark, vernehmbar
lasch
fade, ohne Würze, schal,

schlaff
lassen
gewähren lassen, loslassen, unterlassen
lässig
leger, nonchalant, salopp, zwanglos
Last
Ballast, Belastung, Bürde, Gewicht
Laster
Schwäche, Übel, Unsitte
lasterhaft
sittenlos, unanständig, unzüchtig
lästerlich
frevelhaft, gotteslästerlich, ruchlos
lästig
beschwerlich, hinderlich, unbequem, unerwünscht
lau
handwarm, lauwarm, lind
Lauf
Ablauf, Hergang, Verlauf, Wettlauf
laufen
fortbewegen (sich), funktionieren, in Betrieb sein, rennen, zu Fuß gehen
launisch
flatterhaft, grillenhaft, kapriziös, launenhaft
lauschen
belauschen, erlauschen, hinhören, horchen
laut
geräuschvoll, ohrenbetäubend, vernehmlich
läuten
bimmeln (ugs.), klingeln, schellen
lauter
aufrichtig, ehrenhaft, makellos, rein
Läuterung
Bekehrung, Besserung, Katharsis, Reinigung
leben
am Leben sein, aufhalten (sich), existieren, wohnen
Leben
Dasein, Existenz, Sein
lebendig
am Leben, belebt, lebend, lebensvoll
Lebensabend
Alter, Bejahrtheit, Greisenalter, Lebensherbst, Ruhestand
lebensfremd
idealistisch, lebensfern, theoretisch
Lebensgefährte
Ehepartner, Partner, Weggefährte
Lebensgeschichte
Autobiographie, Biographie, Lebensbeschreibung, Lebenserinnerung
Lebenslauf
Karriere, Laufbahn, Lebensweg, Werdegang
lebenslustig
daseinsfreudig, lebensfroh, positiv, unverzagt
Lebensunterhalt
Lebenshaltung, Lebenshaltungskosten, Unterhalt, Versorgung
Lebensweise
Lebensart, Lebensform, Lebensstil
lebhaft
fit, lebendig, rege, temperamentvoll

leblos
abgestorben, unbelebt, unbewegt
lecken
ablecken, lutschen, schlecken
legen
ablegen, hinlegen, hinstellen, niederlegen
Legende
Fabel, Märchen, Sage
Lehrbuch
Handbuch, Nachschlagewerk, Ratgeber, Schulbuch
Lehre
Ausbildung, Dogma, Doktrin, Lehrmeinung, Lehrsatz
lehren
beibringen, unterrichten, unterweisen
Lehrer
Erzieher, Lehrkraft, Lehrmeister, Pädagoge
Lehrling
Auszubildender, Gehilfe, Lehrjunge, Lehrmädchen, Stift (ugs.)
Leiche
Gebeine, Leichnam, sterbliche Überreste
leichenblaß
aschfahl, aschgrau, kreideweiß, totenbleich
leicht
einfach, federleicht, gewichtslos, kinderleicht
leichtfertig
blindlings, fahrlässig, gedankenlos, unbesonnen, verantwortungslos
Leichtfuß (ugs.)
Liederjan (ugs.), Luftikus, Windhund (ugs.)
leichtlebig
sorglos, unbekümmert, unbesonnen, unbesorgt
leichtsinnig
bedenkenlos, leichtfertig, unbedacht
Leid
Gram, Kummer, Schmerz
leiden
aushalten, dulden, durchstehen
leidend
erkrankt, gebrechlich, hinfällig, indisponiert, unpäßlich
Leidenschaft
Begeisterung, Begierde, Glut, Inbrunst, Passion
leidenschaftlich
feurig, heißblütig, passioniert, stürmisch
Leidenschaftslosigkeit
Desinteresse, Gefühllosigkeit, Phlegma
leider
bedauerlicherweise, unglücklicherweise, zu meinem Bedauern
leidlich
einigermaßen, halbwegs befriedigend, hinlänglich
leihen
anpumpen, ausleihen (sich), borgen (sich), entleihen, pumpen (sich) (ugs.), verleihen
leise
gedämpft, halblaut, lautlos
leisten
bewerkstelligen, gönnen (sich), vollbringen, vollführen
Leistung
Arbeitsleistung, Schöpfung, Verdienst
leiten

dirigieren, lotsen, Vorsitz führen, weiterleiten
Leiter
Boß (ugs.), Chef, Direktor, Geschäftsführer, Vorsteher
Leitung
Kabel, Regie, Verbindungsschnur, Vorsitz, Zuleitung
lenken
gängeln, kommandieren, steuern
lernen
einprägen (sich), erlernen, Kenntnisse aneignen (sich)
lesen
durchlesen, entziffern, studieren
Leser
Bücherfreund, Bücherwurm, Leseratte (ugs.)
letzte
allerletzte, äußerste, vergangene
letztlich
im Endeffekt, letzten Endes, letztendlich
leuchten
funkeln, glänzen, strahlen
leugnen
bestreiten, verleugnen, verneinen
licht
gelichtet, hell, schütter, spärlich bewachsen
Licht
Helle, Helligkeit, Lichtfülle
lichten
abholzen, aufhellen, ausdünnen, verringern
lichtscheu
obskur, verrufen, zwielichtig
lieb
brav, folgsam, gut, gutherzig
Liebe
Eros, Hingebung, Hingezogenheit, Zuneigung
lieben
liebhaben, liebkosen, mögen, verehren
liebevoll
aufopfernd, hingebungsvoll, voller Liebe
Liebhaber
Freund, Geliebter, Liebster, Verehrer
liebkosen
hätscheln, herzen, küssen, schmusen, streicheln
lieblich
anmutig, entzückend, reizend
Liebling
Herzblatt, Herzchen, Schätzchen
lieblos
gefühllos, kalt, ungerührt
Lied
Gesang, Melodie, Song, Weise
liederlich
nachlässig, oberflächlich, schlampig (ugs.)
liefern
beliefern, übermitteln, zusenden, zustellen
Lieferung
Abgabe, Auslieferung, Überstellung, Zuleitung
Liege
Couch, Diwan, Sofa
liegen
alle viere von sich strecken (ugs.), daliegen, hingestreckt sein, lagern, ruhen
lindern
abschwächen, dämpfen, mil-

dern
Linie
Gerade, Strich, Zeile
linkisch
unbeholfen, ungelenk, ungeschickt
links
auf der linken Seite, linker Hand, zur Linken
List
Schachzug, Trick, Tücke, Winkelzug
Liste
Auflistung, Aufzählung, Übersicht, Verzeichnis
listig
durchtrieben, gerissen, gewitzt, pfiffig
Lob
Anerkennung, Beifall, Belobigung
loben
lobpreisen, preisen, rühmen, würdigen
lobenswert
glorreich, rühmenswert, ruhmreich
Lobrede
Laudatio, Lobgesang, Loblied
locken
anlocken, ködern, verlocken
locker
gelockert, gelöst, lose, losgelöst, unbefestigt
lockern
ablösen, auflockern, enthemmen, entkrampfen, locker machen
lockig
gelockt, gewellt, kraus
lodern
brennen, in Flammen stehen, lohen
Lohn
Arbeitslohn, Belohnung, Entgelt, Gehalt
lohnend
einträglich, lukrativ, rentabel
Los
Glückslos, Schicksal
löschen
beseitigen, tilgen, zum Erlöschen bringen
lose
abgerissen, frivol, leichtlebig, los, lotterhaft
lösen
ablösen, auflösen, enträtseln, herausfinden
loslassen
freigeben, freilassen, laufenlassen
losreißen
abreißen, herausreißen, trennen (sich)
lossagen (sich)
abkehren von (sich), abschwören, aufgeben
Losung
Kennwort, Losungswort, Parole
Lösung
Antwort, Aufklärung, Auflösung
loswerden
an den Mann bringen, entledigen (sich), vom Halse schaffen (sich)
löten
verlöten, verschweißen, zusammenschweißen
Lücke
Fuge, Ritze, Zwischenraum
lückenhaft
bruchstückhaft, fragmentarisch, unvollständig
lückenlos
ganz, restlos, vollständig

Luft
Atem, Atmosphäre, Lufthauch, Windhauch
lüften
auslüften, belüften, entschleiern, hochheben
luftig
böig, luftdurchlässig, windig, zugig
Luftschloß
Schimäre, Utopie, Wolkenkuckucksheim, Wunschtraum
Lüge
falsche Behauptung, Geflunker, Schwindel (ugs.), Unwahrheit
lügen
beschwindeln, flunkern, Unwahrheit sagen
lümmelhaft
grobschlächtig, rüpelhaft, unkultiviert
Lust
Begehren, Gelüste, Lebenslust, Lustgefühl
lustig
amüsant, belustigend, fröhlich, spaßig, zum Lachen bringend
lustlos
sauertöpfisch, überdrüssig, unlustig, widerwillig

M

machen
anfertigen, herstellen, tun, zubereiten
Macht
Autorität, Einfluß, Gewalt, Kraft, Machtvollkommenheit
mächtig
allmächtig, kraftvoll, machtvoll, stark
mahnen
ermahnen, ins Gewissen reden, monieren, tadeln
manchmal
ab und zu, bisweilen, gelegentlich, sporadisch
Mangel
Defekt, Knappheit, Manko, Nachteil, Verknappung
Mann
Herr, männliches Wesen, Mannsbild (ugs.)
markant
ausgeprägt, einprägsam, interessant, scharf geschnitten
markieren
ankreuzen, anzeichnen, kennzeichnen
Maschine
Apparat, Gerät
Masse
Anzahl, Fülle, Menge, Unzahl, Vielzahl
maßgeblich
ausschlaggebend, federführend, maßgebend, tonangebend
mäßig
durchschnittlich, gemäßigt, maßvoll, mittelmäßig
Mauer
Mauerwerk, Wall, Wand
Medikament
Arznei, Heilmittel, Medizin
mehrdeutig
doppeldeutig, doppelsinnig, vieldeutig, zweideutig
Mehrheit
Majorität, Mehrzahl, Überzahl
Meinung
Anschauung, Ansicht, Auffassung
Mensch
Geschöpf, Individuum, Person, Wesen
messen
abmessen, ausmessen, berechnen, vergleichen, vermessen
mild
gütig, lau, lind, sacht
Minderheit
Minderzahl, Minorität
mindestens
geringstenfalls, wenigstens, zumindest
mischen
mengen, mixen, untermengen, vermischen, zusammenschütten
Mischung
Gemenge, Gemisch, Mixtur
mißachten
geringachten, geringschätzen, verachten, verschmähen
Mißachtung
Geringschätzung, Herabsetzung, Respektlosigkeit, Verachtung

Mißerfolg
Fehlschlag, Fiasko, Reinfall (ugs.)
mißtrauisch
argwöhnisch, skeptisch, zweifelnd
Mitleid
Erbarmen, Mitgefühl, Teilnahme
mitmachen
mitarbeiten, mitwirken, teilnehmen
modern
aktuell, en vogue, modisch, up to date, zeitgemäß
mogeln (ugs.)
schummeln (ugs.), täuschen, übervorteilen
möglich
denkbar, durchführbar, potentiell
Möglichkeit
Chance, Gelegenheit
müde
ermüdet, schläfrig, schlaftrunken, verschlafen
mürbe
bröckelig, krümelig, locker, morsch
mürrisch
bärbeißig, griesgrämig, launisch, mißlaunig
müssen
gezwungen sein,
sollen,
verpflichtet sein
Muster
Dekor, Dessin, Modell, Ornament, Schablone
Mut
Courage, Kühnheit, Tapferkeit, Unerschrockenheit
mutig
couragiert, kühn, tapfer, unerschrocken, wagemutig

N

nach
gemäß, im Anschluß an, in Richtung auf, nachfolgend
nachahmen
gleichtun, imitieren, nachäffen, nachmachen
Nachahmer
Epigone, Nachläufer, Plagiator
Nachbar
Anlieger, Anwohner, Mitbewohner
nachdenken
Gedanken machen (sich), grübeln, nachsinnen, überlegen
Nachdruck
Emphase, Gewichtigkeit, Nachdrücklichkeit
nachdrücklich
ausdrücklich, eindringlich, inständig, mit Nachdruck
nacheinander
aufeinanderfolgend, darauffolgend, nachfolgend
nachfolgen
anschließen (sich), nacheifern, Nachfolge antreten
Nachfolger
Amtsnachfolger, Thronfolger
nachforschen
nachprüfen, nachspüren, recherchieren, spionieren
Nachforschung
Ermittlung, Fahndung, Recherche
nachfühlen
einfühlen (sich), mitfühlen, nachempfinden, verstehen
nachgeben
einlenken, klein beigeben, Zugeständnisse machen, zurückstecken
nachgiebig
beugsam, biegsam, schmiegsam, widerstandslos
Nachhall
Nachklang, Resonanz, Widerhall
nachhaltig
anhaltend, eindrucksvoll, entscheidend
Nachkomme
Abkömmling, Angehöriger, Nachwelt
Nachlaß
Erbe, Erbschaft, Hinterlassenschaft
nachlassen
abflauen, ablaufen, abnehmen, erlahmen, verebben, vermindern
nachlässig
lax, schludrig (ugs.), unachtsam, unsorgfältig
nachplappern (ugs.)
nachbeten, nachsprechen, wiederholen
nachprüfen
kontrollieren, nachschauen, nachsehen, überprüfen
Nachricht
Information, Meldung, Mitteilung, Neuigkeit
Nachruf
Grabrede, Leichenrede, Nekrolog, Totenrede
Nachsicht
Entschuldigung, Milde, Toleranz, Verständnis
nachstehen

hintenanstehen, Nachsehen haben, zurückstehen
Nächstenliebe
Barmherzigkeit, Humanität, Menschenfreundlichkeit, Philanthropie, Wohltätigkeit
nachtragen
ergänzen, hinzufügen, nicht verzeihen, übelnehmen
nachtragend
empfindlich, grollend, rachsüchtig, unversöhnlich
nachträglich
hinterher, im nachhinein, in Verzug, mit Verspätung
nachts
während der Nacht, zu nächtlicher Stunde
Nachweis
Beleg, Beweis, Beweisstück, Erweis
nachweislich
beweisbar, erwiesenermaßen, nachweisbar
Nachwort
Epilog, Nachschrift, Nachtrag, Schlußwort
Nachzügler
Letzter, Nachhut, Schlußlicht
nackt
bloß, enthüllt, hüllenlos, unbekleidet
nah
benachbart, in der Nähe, nahebei, nebenan
Nähe
Nachbarschaft, Reichweite, Umgebung, Vertrautheit
naheliegend
begreiflich, evident, plausibel
nahen
herankommen, herannahen, heraufziehen, nähern (sich)
nähen
handarbeiten, schneidern, zunähen
nähern (sich)
herankommen, nahekommen (sich), nahen
nahrhaft
gehaltvoll, nährend, nährstoffreich, sättigend
Nahrung
Ernährung, Kost, Lebensmittel
Nahrungsmittel
Eßwaren, Fressalien (ugs.), Lebensmittel
naiv
gutgläubig, treuherzig, unerfahren
namenlos
anonym, inkognito, ohne Namen
namentlich
ausdrücklich, mit Namen
nämlich
genauer gesagt, sozusagen, und zwar
Narr
Einfaltspinsel, Spaßmacher, Tölpel (ugs.), Tor
närrisch
durchgedreht (ugs.), übergeschnappt (ugs.), verdreht (ugs.)
neigen (sich)
beugen (sich), senken (sich)
Neigung
Faible, Hang, Interesse, Veranlagung, Vorliebe, Zug
nein
durchaus nicht, keineswegs, nicht im geringsten

nennen
bezeichnen, erwähnen, Namen geben
Nervosität
Herzklopfen, Lampenfieber, Unruhe
nett
angenehm, einnehmend, sympathisch
neu
erstmalig, neuartig, unbekannt, unbenutzt
Neuerung
Neugestaltung, Neuordnung, Reform
Neugestaltung
Erneuerung, Innovation, Neubau
neugierig
indiskret, schaulustig, wißbegierig
Neuheit
Neuerscheinung, Novität, Novum
neulich
jüngst, kürzlich, unlängst, vor kurzem
neumodisch
in, modern, neuzeitlich, up to date, zeitgemäß
naß
durchnäßt, feucht, klatschnaß (ugs.), tropfnaß
Natur
Flora und Fauna, im Grünen, Landschaft, Wald und Feld, Wesen
natürlich
echt, ungekünstelt, unverfälscht, ursprünglich
naturrein
naturbelassen, unvermischt
Nebel
Brodem, Brühe (ugs.), Dunst, Smog, Suppe (ugs.)
nebelig
diesig, dunstig, verhangen
neben
an der Seite, daneben, seitlich
nebenbei
am Rande, beiläufig, nebenher
Nebensache
Bagatelle, Belanglosigkeit, Nebensächlichkeit
nebensächlich
an zweiter Stelle, sekundär, untergeordnet, unwichtig
necken
aufziehen, foppen, frotzeln (ugs.), lustig machen (sich)
nehmen
aneignen (sich), bemächtigen (sich), entgegennehmen, entwenden
neiden
eifersüchtig sein, mißgönnen, mißgünstig sein
Neider
Geizkragen, Neidhammel (ugs.), Neidkragen (ugs.)
Nichtachtung
Außerachtlassung, Geringschätzung, Respektlosigkeit
nichtig
hinfällig, ungültig, wertlos
nichts
gar nichts, nicht das geringste, überhaupt nichts
Nichts
Leere, Nullpunkt, Vakuum
nie
niemals, zu keiner Zeit
Niedergang
Untergang, Verfall, Zerfall, Zerrüttung

niedergeschlagen
deprimiert, down (ugs.), gedrückt, niedergeschmettert, resigniert
Niederlage
Fehlschlag, Mißerfolg, Unterliegen
niederreißen
abbrechen, abreißen, einreißen
Niederschlag
Regen, Schauer, Wolkenbruch
Niederschrift
Aufzeichnung, Handschrift, Notiz
niedersetzen
hinsetzen (sich), niederstellen, Platz nehmen
niederträchtig
boshaft, gemein, schändlich, schimpflich, schurkisch
niederwerfen
niedermachen, niederschlagen, niederschmettern
niedlich
hübsch, puppig (ugs.), putzig, zierlich
niedrig
flach, fußhoch, seicht
niemand
kein Mensch, keiner, nicht einer
nirgends
an keinem Ort, an keiner Stelle, nirgendwo
Nische
Erker, Kochnische, Winkel
nobel
elegant, exklusiv, fein, vornehm
noch
derzeit, gegenwärtig, nach wie vor, zur Zeit
nochmals
abermals, neuerlich, nochmalig
nörgeln
bekritteln, herumhacken, mäkeln (ugs.)
Norm
Maßstab, Regel, Richtlinie
normal
der Norm entsprechend, mit gesundem Menschenverstand, regelrecht, üblich
normalisieren
beruhigen, in Ordnung bringen, ins Gleichgewicht bringen, Normen anpassen
normen
eichen, normieren, regulieren, standardisieren
Not
Bedrängnis, Elend, Hilflosigkeit
notdürftig
behelfsmäßig, schlecht und recht, unzureichend
notgedrungen
gezwungenermaßen, unfreiwillig, zwangsläufig
nötig
erforderlich, geboten, unerläßlich, vonnöten
Notwendigkeit
Erfordernis, Unabwendbarkeit, Unerläßlichkeit
nuancieren
abschattieren, abtönen, differenzieren
nüchtern
mit leerem Magen, nicht betrunken, rational, sachlich
numerieren
beziffern, durchnumerieren, mit Ziffern versehen

nun
derzeit, gegenwärtig, momentan
nur
ausschließlich, lediglich, nichts als
nutzbringend
einträglich, ergiebig, ertragreich, gewinnbringend
Nutzen
Ertrag, Gewinn, Vorteil, Wert
nützen
auszahlen (sich), einbringen, fruchten, Nutzen bringen
nützlich
brauchbar, förderlich, hilfreich, zweckmäßig
nutzlos
überflüssig, unnötig, unnütz, zwecklos

O

oben
in der Höhe, oberhalb
Oberfläche
Außenseite, Fassade, Oberseite, Überzug
oberflächlich
äußerlich, banal, flatterhaft, geistlos, ohne Tiefgang
Oberflächlichkeit
Äußerlichkeit, Banalität, Flachheit, Flatterhaftigkeit, Geistlosigkeit
Oberschicht
Elite, Establishment, Hautevolee, High-Society
obgleich
obschon, obwohl, obzwar, ungeachtet, wenngleich
obig
obenerwähnt, obengenannt, vorgenannt
öde
brach, langweilig, unfruchtbar, verödet, verwildert
Öde
Einöde, Ödland, Unwirtlichkeit
oder
andernfalls, beziehungsweise, respektive, sonst
offen
freimütig, geöffnet, offenstehend, ungelöst
Offenbarung
Eingeständnis, Enthüllung, Eröffnung
Offenheit
Aufrichtigkeit, Ehrlichkeit, Freimut, Unverblümtheit
offenkundig
augenscheinlich, evident, offensichtlich
öffentlich
allen zugänglich, amtlich, offiziell
Öffentlichkeit
Allgemeinheit, Bevölkerung, öffentliches Leben
öffnen
aufmachen, aufreißen, aufschließen, entfalten (sich)
oft
mehrfach, öfters, oftmals, vielfach, wiederholt
ohne
abzüglich, außer, exklusive, nicht inbegriffen
Ohnmacht
Bewußtlosigkeit, Machtlosigkeit, Unfähigkeit
ohnmächtig
bewußtlos, handlungsunfähig, machtlos
Oma
Großmama, Großmutter, Omi
Omnibus
Autobus, Bus
Opa
Großpapa, Großvater
Operation
Eingriff, Handhabung, Manöver
Opfer
Aufopferung, Entsagung, Geschädigter, Spende, Verzicht
opfern
aufopfern (sich), hingeben (sich), spenden
Opposition
Auflehnung, Gegenpartei, Gegenseite

Optimismus
Fortschrittsglaube, Zukunftsglaube, Zuversicht
Optimist
Frohnatur, Idealist, Zukunftsgläubiger
optimistisch
hoffnungsfroh, hoffnungsvoll, zukunftsgläubig, zuversichtlich
ordnen
aufräumen, einteilen, gliedern, rubrizieren, sortieren, strukturieren
Ordnung
Anordnung, Disziplin, Gliederung, Systematik
ordnungsgemäß
geordnet, laut Vorschrift, vorschriftsmäßig
ordnungswidrig
rechtswidrig, unrechtmäßig, widerrechtlich
organisieren
arrangieren, auf die Beine stellen, beschaffen, veranstalten
Original
Kauz, Sonderling, Urtext, Vorlage
originell
eigenständig, erfinderisch, geistvoll, spezifisch
Ort
Dorf, Örtlichkeit, Ortschaft, Platz, Stätte, Stelle
orten
aufspüren, aufstöbern (ugs.), ausfindig machen, herausbekommen
ortsfest
ortsgebunden, standörtlich, stationär

P

paar
einige, etliche, mehrere
paaren (sich)
befruchten, koitieren, vereinigen
packen
ergreifen, nahegehen, verpacken
packend
aufregend, fesselnd, spannend
Packung
Päckchen, Packen, Paket, Schachtel
Palast
Palais, Palazzo, Schloß
Paradies
Elysium, Garten Eden, Jenseits
paradox
einander ausschließend, gegensätzlich, unlogisch, widersprüchlich
parallel
gleichgerichtet, gleichlaufend, nebeneinandergeschaltet, übereinstimmend, zeitgleich
Parallele
Analogie, Entsprechung, Übereinstimmung, Vergleich
Park
Garten, Grünanlage, Grünfläche, Parkanlage
Partei
Fraktion, politische Gruppierung, Sekte
parteiisch
einseitig, nicht objektiv, parteilich, subjektiv, voreingenommen, vorurteilsvoll
patzig
keck, vorlaut, vorwitzig
pauschal
alles in allem, im großen und ganzen, in toto
Pause
Rast, Ruhepause, Unterbrechung, Verschnaufpause
pausenlos
ständig, stets, unaufhörlich
pausieren
ausruhen (sich), haltmachen, Pause einlegen, unterbrechen, verschnaufen (sich)
Pech
Mißgeschick, Pechsträhne (ugs.), Schicksalsschlag, Unheil
Pechvogel
Unglücksrabe (ugs.), Unglückswurm (ugs.)
pedantisch
kleinlich, penibel, pingelig (ugs.)
Pein
Leiden, Plage, Qual, Quälerei
peinigen
drangsalieren, foltern, martern, quälen
peinlich
beschämend, blamabel, unangenehm
Peitsche
Geißel, Gerte, Knute
Person
Einzelwesen, Individuum, Jemand,
Persönlichkeit
persönlich
eigenhändig, höchstpersönlich, in persona, leibhaftig, selbst, subjektiv

Pessimismus
Panikmache, Schwarzmalerei, Skepsis
Pessimist
Miesmacher (ugs.), Schwarzmaler (ugs.), Schwarzseher (ugs.), Unheilsprophet
Pferd
Gaul, Reitpferd, Roß
pfiffig
ausgefuchst (ugs.), ausgekocht, clever, gewieft (ugs.), raffiniert
Pflanze
Blume, Gewächs, Kraut, Vegetation
pflanzen
anbauen, anpflanzen, bebauen
Pflege
Betreuung, Erhaltung, Fürsorge, Wartung
pflegen
hegen, instand halten, pfleglich behandeln, umsorgen
Pflicht
Obliegenheit, Verbindlichkeit, Verpflichtung
pflichtbewußt
pflichteifrig, pflichtgemäß, pflichtgetreu, verantwortungsbewußt
pflichtvergessen
säumig, unredlich, unzuverlässig
pflücken
abpflücken, abzupfen, ernten
Pförtner
Concierge, Portier, Türhüter
Pfosten
Mast, Pfahl, Pflock
pfuschen (ugs.)
murksen (ugs.), patzen (ugs.), quacksalbern, schludern, stümpern (ugs.)
phänomenal
aufsehenerregend, ausgefallen, außerordentlich, einzigartig
Phantasie
Einfallsreichtum, Fiktion, Imagination, Unwirklichkeit, Vorstellungskraft
phantasieren
erdichten, fiebern, träumen, wirr reden
phantastisch
einmalig, märchenhaft, unglaublich, unwahrscheinlich
Phase
Entwicklungsstufe, Periode, Zeitraum, Zeitspanne
Phrase
Binsenweisheit, Geschwätz, Platitüde, Redensart
phrasenhaft
abgedroschen (ugs.), inhaltslos, nichtssagend, stereotyp, trivial
pikant
anstößig, frivol, scharf gewürzt, schlüpfrig, unanständig
Pistole
Handfeuerwaffe, Revolver, Schußwaffe
plagen
beunruhigen (sich), piesacken (ugs.), schikanieren, schinden (sich), stören
Plakat
Aushang, Poster, Transparent
Plan
Entwurf, Konzept, Planung, Skizze
planen

beabsichtigen, im Sinn haben, vorbereiten, vornehmen (sich)
planlos
unbesonnen, unorganisiert, unsystematisch, unüberlegt
planmäßig
durchdacht, methodisch, planvoll, systematisch, überlegt
plappern
palavern, plaudern, schwatzen
plastisch
anschaulich, heraustretend, modelliert
plätschern
gluckern, rieseln, rinnen
Platz
Marktplatz, Ort, Sitzplatz, Spielraum, Stelle
platzen
bersten, detonieren, explodieren, zerspringen
plausibel
auf der Hand liegend, begreiflich, einleuchtend
plötzlich
mit einem Male, unerwartet, unvermittelt
plump
schwerfällig, unförmig, ungelenk
Plus
Gewinn, Trumpf, Vorsprung, Vorteil
pochen
anklopfen, hämmern, klopfen
poetisch
ausdrucksvoll, dichterisch, stimmungsvoll
positiv
affirmativ, bejahend, erfreulich, günstig, vorteilhaft
Post
Brief, Postamt, Postsendung, Sendung
prächtig
pompös, prachtvoll, prunkvoll
prahlen
angeben, aufschneiden, brüsten (sich), großtun (sich), protzen, wichtig machen (sich)
prall
enganliegend, gut gefüllt, straff, stramm
prassen
schlemmen, schmausen, schwelgen
präzise
akkurat, exakt, haargenau, klar
predigen
eine Predigt halten, moralisieren, verkünden
Preis
Betrag, Gewinn, Kosten, Preislage
preisen
Lob spenden, loben, schwärmen
Preiserhöhung
Preisanstieg, Preissteigerung, Teuerung, Verteuerung
preisgeben
ausliefern, aussetzen, bloßstellen
Preisnachlaß
Ermäßigung, Preissenkung, Rabatt, Skonto, Verbilligung
Preissturz
Baisse, Preisnachlaß, Sturz
primitiv
einfach, niveaulos, ordinär, vulgär
prinzipiell
fundamental, grundlegend, grundsätzlich
privat
daheim, familiär, heimisch,

vertraulich, zu Hause
Privatleben
Intimsphäre, persönlicher Bereich, Privatsphäre
pro
für, je, pro Kopf
Probe
Experiment, Test, Versuch
probieren
durchprobieren, kosten, prüfen, versuchen
problematisch
kompliziert, kritisch, schwierig, vertrackt (ugs.)
problemlos
mühelos, unkompliziert, unproblematisch
Produktivität
Ergiebigkeit, Leistungsfähigkeit, Schaffensdrang
proportioniert
ausgeglichen, ausgewogen, ebenmäßig
protzig
angeberisch, großspurig, großtuerisch, prahlerisch
prozessieren
den Prozeß machen, den Rechtsweg beschreiten, klagen, vor Gericht gehen
prüfen
abfragen, erproben, examinieren, kontrollieren, testen
Prüfung
Befragung, Examen, Kontrolle, Überprüfung, Untersuchung
prügeln
Prügel verabreichen, schlagen, verdreschen (ugs.), züchtigen
Prunk
Gala, Gepränge, Pomp, Pracht, Staat
prunken
glänzen, prangen, protzen
prunkvoll
komfortabel, luxuriös, pompös
Publikum
Auditorium, Besucher, Teilnehmer, Zuhörer, Zuhörerschaft
pudern
bepudern, einpudern, einstäuben
pulsieren
pulsen, vibrieren
Pulver
Mehl, Puder, Staub
pünktlich
fristgemäß, fristgerecht, rechtzeitig, termingemäß
Putz
Aufmachung, Aufputz, Schmuck, Verputz
putzen
reinigen, säubern, zurechtmachen (sich)

Q

Qual
Marter, Martyrium, Pein, Schmerz, Tortur
quälend
marternd, nagend, peinigend, peinvoll, schmerzvoll, verzehrend
Qualität
Beschaffenheit, Brauchbarkeit, Güte, Güteklasse, Niveau
Quantität
Anzahl, Menge, Pensum, Quantum
Quartier
Asyl, Herberge, Logis, Obdach, Unterkunft
Quaste
Bommel, Franse, Troddel
Quelle
Bezugsquelle, Born, Brunnen, Informationsquelle, Urfassung, Urschrift, Ursprung
quellen
aufgehen, aufquellen, heraustreten, rieseln, sickern
quer
querbeet, querfeldein, schief, schräg
Querschnitt
Durchschnitt, Überschau
Querulant
Hintertreiber, Nörgler, Quertreiber
quetschen
drücken, klemmen, kneifen, kneten
Quittung
Bescheinigung, Bon, Kassenzettel
Quiz
Preisausschreiben, Preisrätsel, Ratespiel, Rätselspiel

R

Rache
Abrechnung, Revanche, Vergeltungsmaßnahme
rächen
ahnden, heimzahlen, vergelten
Rachen
Hals, Kehle, Schlund
radikal
bedingungslos, extrem, kompromißlos, unnachgiebig
Radio
Radioapparat, Rundfunkgerät
Rahmen
Einfassung, Umrahmung, Umrandung
räkeln (sich)
aalen (sich) (ugs.), fläzen (sich) (ugs.), flegeln (sich), lümmeln (sich)
rammen
anfahren, auffahren auf, bohren, versenken
Rand
Bord, Kante, Saum
Randgebiet
Außenbezirk, Peripherie, Stadtrand
Rang
Dienstgrad, Stellung, Stufe, Titel
Rangordnung
Hackordnung (ugs.), Hierarchie, Rangfolge
ranken
emporranken, hochklettern, schlingen um (sich), winden um (sich)
Ranzen
Rucksack, Schulranzen, Schultasche, Tornister
rappeln
klappern, rasseln, rütteln, scheppern
rasant
flott, rapide, rasch, schneidig, zackig
rascheln
knacken, knirschen, knistern
Rasen
Grasdecke, Rasenfläche, Spielfeld, Wiese
Raserei
Besessenheit, Tobsucht, Wutanfall
rasieren
barbieren, Bart schaben, Bart scheren
Rast
Erholungspause, Halt, Unterbrechung
rasten
haltmachen, Rast machen, ruhen, verschnaufen (sich), verweilen
rastlos
ruhelos, umhergetrieben, unstet
Rat
Anregung, Anweisung, Belehrung, Beratung, Direktive, Empfehlung, Ermunterung, Ermutigung, Fingerzeig, Hinweis, Mahnung, Ratschlag, Tip, Unterweisung, Vorschlag, Wink
raten
anheimstellen, anraten, Rat geben
Ratgeber
Beirat, Berater, Leitfaden

ratlos
aufgeschmissen (ugs.), festgefahren, hilflos, keinen Rat wissen, unberaten
ratsam
angezeigt, geraten, sinnvoll
rätselhaft
geheimnisvoll, unerforschlich, unergründlich
rätseln
den Kopf zerbrechen (sich), grübeln, herumrätseln, raten
rauben
berauben, entführen, entreißen, stehlen, wegnehmen
rauchen
paffen (ugs.), qualmen, schmauchen
rauh
rissig, schroff, spröde, uneben
Raum
Gebiet, Platz, Räumlichkeit, Zimmer
Raumausstatter
Dekorateur, Innenarchitekt, Raumgestalter
räumen
fortschaffen, verlassen, weichen
raunen
brummeln (ugs.), murmeln, nuscheln (ugs.), wispern
Rausch
Ekstase, Euphorie, Sinnestaumel, Verzückung
rauschen
branden, brausen, tosen
reagieren
ansprechen auf, antworten, erwidern, Wirkung zeigen
Reaktion
Gegenbewegung, Gegenwirkung, Rückwirkung, Verhalten
real
dinglich, existent, gegenständlich, stofflich, wirklich
realistisch
den Tatsachen ins Auge sehend, nüchtern, sachlich, wirklichkeitsnah
Rebell
Aufständischer, Revolutionär, Umstürzler
rebellieren
aufbegehren, auflehnen (sich), revoltieren
Rechenschaft
Aufklärung, Rechtfertigung, Verantwortung
rechnen
ausrechnen, berechnen, zusammenrechnen
Rechnung
Forderung, Kostenaufstellung, Zeche
recht
angemessen, gerecht, in Ordnung, richtig, zufriedenstellend
Recht
Anrecht, Anspruch, Berechtigung
rechtfertigen (sich)
entlasten (sich), erklären, fürsprechen, in Schutz nehmen, verteidigen (sich)
rechtlos
ausgestoßen, entrechtet, geächtet, verbannt, vogelfrei
rechtmäßig
legitim, mit Fug und Recht, von Rechts wegen, zu Recht
rechts
rechter Hand, rechtsseitig, zur Rechten
rechtschaffen
aufrichtig, ehrlich, integer, redlich

Rechtschaffenheit
Ehrbarkeit, Lauterkeit, Pflichttreue, Redlichkeit
Rechtsstreit
Gerichtsverfahren, Prozeß, Rechtsfall, Rechtsverfahren
Rede
Ansprache, Festrede, Predigt
redegewandt
beredsam, eloquent, wortgewandt, zungenfertig
Redekunst
Beredtheit, Redegewalt, Rednergabe, Rhetorik
reden
äußern, formulieren, sprechen, zum Ausdruck bringen
Redensart
Floskel, Phrase, Redewendung, Schlagwort
redlich
anständig, ehrenhaft, unbescholten
Redseligkeit
Geschwätzigkeit, Gesprächigkeit, Mitteilsamkeit, Schwatzhaftigkeit (ugs.)
rege
betriebsam, geschäftig, lebhaft, rührig
Regel
Prinzip, Regelung, Reglement, Richtschnur
regelmäßig
ausgewogen, gleichförmig, in gleichen Abständen, periodisch
regeln
erledigen, leiten, lenken, regulieren
regelrecht
buchstäblich, förmlich, geradezu, nachgerade
reglos
bewegungslos, starr, unbeweglich
regnen
fisseln (ugs.), gießen, nieseln, schütten
regulär
gängig, gebräuchlich, verbreitet
reiben
abreiben, aufreiben, bürsten, frottieren, rubbeln (ugs.), schrubben
reibungslos
ohne Hindernisse, ohne Zwischenfälle, störungsfrei, ungehindert
reich
begütert, vermögend, wohlhabend
reichen
anbieten, ausreichen, darreichen, genügen, überreichen
reichlich
in Hülle und Fülle, massenhaft, unerschöpflich, üppig
Reichtum
Besitz, Reichhaltigkeit, Überfluß, Wohlstand
reif
ausgereift, erfahren, gefestigt, herangewachsen
Reife
Blütezeit, Erfahrenheit, Erwachsensein
Reihe
Aufeinanderfolge, Folge, Serie
reimen
dichten, Gedichte schreiben, Reime machen, Verse schmieden

rein
blitzblank, blütenrein, fleckenlos, gereinigt, gesäubert, reinlich
Reinheit
Lauterkeit, Makellosigkeit, Sauberkeit, Unbeflecktheit
Reinlichkeit
Hygiene, Körperpflege, Sauberkeit
reisen
durchreisen, umherreisen, unterwegs sein, verreisen
Reisender
Fahrgast, Passagier, Reisegefährte, Tourist
reißen
entzweigehen, ziehen, zurren
reißend
ungebändigt, ungebärdig, wild
reiten
galoppieren, Reitsport treiben, traben
Reiz
Anziehungskraft, Faszination, Stimulation, Verlockung
reizbar
aufbrausend, cholerisch, hitzköpfig, jähzornig
reizen
aufstacheln, entflammen, erregen, herausfordern, interessieren, stimulieren
reizend
bezaubernd, entzückend, gewinnend, hübsch
reizlos
phantasielos, uninteressant, unoriginell
rennen
flitzen, preschen, rasen, stürmen
renovieren
erneuern, instand setzen, restaurieren, wiederherstellen
reparieren
ausbessern, einen Schaden beheben, flicken
respektabel
beträchtlich, stattlich
Rest
Neige, Restbestand, Restposten, Überbleibsel (ugs.), Überrest
retten
befreien, bergen, erlösen, in Sicherheit bringen
Reue
Reumütigkeit, Schuldbewußtsein, Zerknirschung
Revision
Durchsicht, Inspektion, Nachprüfung
Revolution
Aufstand, Revolte, Umsturz, Volkserhebung
Rezept
Anleitung, Gebrauchsanweisung, Verhaltensmaßregel, Verordnung, Verschreibung
richtig
einwandfrei, fehlerlos, korrekt
Richtung
Kurs, Neigung, Tendenz, Trend
richtungweisend
richtunggebend, wegweisend, zielsetzend
riechen
duften, Geruch wahrnehmen, stinken, wittern
Riese
Gigant, Hüne, Koloß, langer Lulatsch (ugs.)
riesengroß
monströs, monumental, voluminös, wuchtig
ringen
catchen, kämpfen,

sich mit jdm. messen, wettstreiten
ringsum
rings, ringsumher, rundherum, rundum
Ritze
Riß, Schlitz, Spalte
ritzen
eingravieren, einritzen, kratzen, rillen
Rivale
Konkurrent, Mitbewerber, Nebenbuhler
robust
kräftig, unempfindlich, widerstandsfähig
röcheln
hecheln, japsen (ugs.), keuchen
roden
abholzen, Bäume fällen, urbar machen
roh
gnadenlos, schonungslos, ungehobelt, ungekocht, verroht
Rolle
Part, Partie, Spiel, Theaterrolle
rollen
kreiseln, kugeln, kullern
romantisch
gefühlsbetont, gefühlvoll, idealistisch, schwärmerisch
röntgen
bestrahlen, durchleuchten, Röntgenaufnahmen machen
rosig
aussichtsreich, günstig, pink, rosa, rosenfarbig, vielversprechend
rosten
einrosten, korrodieren, Rost ansetzen, verrosten
rot
mohnrot, purpur, rubin, tiefrot
Ruck
Schlag, Schubs (ugs.), Stoß
Rückblick
Erinnerung, Retrospektive, Rückschau
rücken
bewegen, verschieben, verstellen
Rückgang
Abnahme, Nachlassen, Regression, Schwund
Rückkehr
Heimfahrt, Heimkehr, Rückfahrt
rückläufig
abnehmend, auslaufend, gegenläufig, nachlassend
Rückschritt
Rückfall, Rückschlag, Verschlechterung
Rückseite
Gegenseite, Hinterseite, Kehrseite
Rücksicht
Aufmerksamkeit, Berücksichtigung, Rücksichtnahme
rücksichtslos
mitleidlos, rigoros, skrupellos, unbarmherzig
Rücksichtslosigkeit
Bedenkenlosigkeit, Gefühllosigkeit, Gewissenlosigkeit
rückständig
fortschrittsfeindlich, konservativ, reaktionär, unzeitgemäß
Rückständigkeit
Überalterung, Vergreisung, Zurückgebliebenheit

Rücktritt
Abdankung, Amtsniederlegung, Austritt, Demission
rückwärts
nach hinten, zurück, zurückgewandt
Rückzug
Abzug, Rückziehung, Widerruf, Zurückweichen
rüde
brüsk, flegelhaft, rüpelig, unhöflich
Ruf
Ansehen, Aufruf, Berufung, Zuruf
rufen
anrufen, ausrufen, herbeirufen, kommen lassen, zusammenrufen
Rüffel (ugs.)
Anpfiff (ugs.), Mißbilligung, Vorwurf
rügen
bemängeln, meckern (ugs.), mißbilligen, schelten
Ruhe
Gelassenheit, Schlaf, Stille
ruhelos
fieberhaft, friedlos, unruhig, zappelig
ruhen
ausruhen (sich), entspannen (sich), erholen (sich), rasten
Ruhepause
Atempause, Erholung
Ruhestand
Altenteil, Pension, Rente
Ruhetag
Feiertag, Ferientag, Sonntag, Urlaubstag
ruhig
geräuschlos, lautlos, reglos, still
rühmen
belobigen, Gutes nachsagen, Lob zollen, nachrühmen
rühmlich
löblich, rühmenswert, ruhmreich, verdienstvoll
ruhmlos
erfolglos, namenlos, unbekannt, unberühmt
rühren
umrühren, verquirlen, verrühren
rührend
aufwühlend, bewegend, ergreifend
rührselig
gefühlsduselig (ugs.), schmalzig (ugs.), sentimental, süßlich, verkitscht
ruinieren
verderben, zerrütten, zerstören
Rummel (ugs.)
Jahrmarkt, Kirmes, Rummelplatz, Trara (ugs.), Zirkus
rund
kreisförmig, kugelrund, ringförmig
Rundfunk
Funk, Hörfunk, Radio
rundheraus
geradeheraus, ohne Umschweife, unumwunden
runzelig
knitt(e)rig, verschrumpelt, welk, zerfurcht
runzeln
falten, furchen, krausen
rüpelhaft
flegelhaft, lümmelhaft, unhöflich, unverfroren

rüsten (sich)
aufrüsten, bewaffnen (sich), mobil machen, wappnen (sich)
rüstig
fit, leistungsfähig, ungebrochen, vital
rutschen
ausrutschen, gleiten, glitschen (ugs.), schlittern
rütteln
rappeln, rucken, schütteln

S

Saat
Saatgut, Samen, Sämerei
Sache
Affäre, Angelegenheit, Fall
sachlich
logisch, nüchtern, objektiv, realistisch, vorurteilslos
saftig
feucht, kräftig, saftvoll, voller Saft
sagen
ankündigen, berichten, beschreiben, kundtun, plaudern, vorbringen
Saison
Hauptbetriebszeit, Jahreszeit, Kampagne, Spielzeit
Sakrileg
Gotteslästerung, Kirchendiebstahl, Religionsfrevel, Religionsvergehen
Salbe
Creme, Paste
Salzlake
Lake, Lauge, Salzbrühe, Salzlösung
sämig
angedickt, eingedickt, gebunden, legiert
sammeln
anhäufen, ansammeln, hamstern (ugs.), horten
Sammlung
Arsenal, Dokumentation, Erfassung, Kollekte, Registrierung
Sanatorium
Erholungsheim, Genesungsheim, Heilstätte, Kurheim
Sanktion
Boykott, Druckmittel, Erlaubnis, Gegenmaßnahme
sanktionieren
einwilligen, genehmigen, gestatten, zubilligen, zugestehen
Sarg
Sarkophag, Schrein, Totenschrein
Satire
Karikatur, Parodie, Persiflage, Spottgedicht
satt
gesättigt, nicht mehr hungrig, überdrüssig, voll
sauber
blitzblank, fleckenlos, gesäubert, proper, rein, schmutzfrei
Sauberkeit
Fleckenlosigkeit, Makellosigkeit, Reinheit, Unbeschmutztheit
säubern
putzen, reinigen, saubermachen
sauer
bitter, essigsauer, gesäuert, säuerlich
saugen
absorbieren, aufsaugen, lutschen, nuckeln (ugs.)
Säule
Pfeiler, Pfosten, Strebe, Stütze
säumig
in Verzug, nachlässig, saumselig, unpünktlich
schäbig
abgeschabt, abgetragen, jämmerlich, schändlich, verschlissen, zerfleddert (ugs.)

Schachtel
Faltschachtel, Karton, Pappschachtel
schade
bedauerlicherweise, dummerweise, jammerschade, unglücklicherweise
schaden
beeinträchtigen, schädigen, übelwollen, zum Schaden gereichen
Schaden
Beeinträchtigung, Beschädigung, Mißgeschick, Schädigung
schadenfroh
gehässig, hämisch, maliziös
schal
abgestanden, fade, flau
Schale
Borke, Haut, Hülle, Kruste, Rinde, Schüssel
Schall
Geräusch, Hall, Klang, Laut, Tonfolge
schallen
dröhnen, erschallen, hallen, klingen, tönen
schämen (sich)
erröten, genieren (sich), Scham empfinden
schamlos
dreist, frech, impertinent, unverschämt
Schande
Beschämung, Kompromittierung, Schimpf, Schmach, Skandal, Unehre
schänden
entehren, entweihen, entwürdigen, mißbrauchen, vergewaltigen
scharf
begierig, gepfeffert, geschärft, gewetzt, gewürzt
scharfmachen
anmachen, anstacheln, aufgeilen (sich), aufhetzen
Scharfsinn
Hellsichtigkeit, Kombinationsgabe, Scharfsichtigkeit, Scharfsinnigkeit, Weitblick
scharfsinnig
hellsichtig, klug, scharfblickend, weitblickend
schattenhaft
andeutungsweise, schemenhaft, unscharf, verschwommen
schattieren
abschatten, abschattieren, abstufen, abtönen, nuancieren
schätzen
abschätzen, hochachten, taxieren, veranschlagen, wertschätzen
Schätzung
Kalkulation, Überschlag, Veranschlagung, Voranschlag
Schau
Ausstellung, Exposition, Revue, Show
Schaufel
Schippe, Spaten
Schaufenster
Auslage, Schaukasten, Vitrine
Schauspieler
Akteur, Darsteller, Filmstar, Komödiant, Mime
scheiden
fortgehen, separieren, trennen
Scheidung
Auflösung, Ehescheidung, Trennung
Schein

Anschein, Geldschein, Helligkeit, Schimmer
scheinbar
angeblich, fiktiv, gedacht, trügerisch, vorgeblich
scheinen
glühen, leuchten, schimmern
Scheinwerferlicht
Flutlicht, Rampenlicht, Signallicht
scheitern
fehlschlagen, mißlingen
Schelm
Eulenspiegel, Schalk, Spaßvogel
schelten
auszanken, maßregeln, schimpfen
schematisch
einförmig, formelhaft, schablonenhaft, stereotyp
schenken
beschenken, stiften, verschenken, zukommen lassen
Schenkung
Erbe, Geschenk, Stiftung, Zueignung
Scherz
Jux (ugs.), Schabernack, Spaß, Ulk
scherzen
albern, schäkern, spaßen, ulken
schicken
senden, überweisen, verschicken, zuleiten, zusenden
Schicksal
Fügung, Geschick, Los, Vorsehung
schieben
drängen, schmuggeln, stoßen
schießen
abschießen, ballern (ugs.), feuern
schikanieren
martern, piesacken (ugs.), plagen, schinden, tyrannisieren
Schlaf
Nachtruhe, Schlummer
schlafen
dösen, nicht bei der Sache sein, pennen (ugs.), schlummern
schlaff
lasch (ugs.), schlaksig, schlapp (ugs.), schlotterig
Schlag
Hieb, Klaps, Prügel
schlagen
hauen, prügeln, pulsieren, übertreffen, züchtigen
Schlägerei
Keilerei (ugs.), Prügelei, Rauferei
Schlagzeile
Headline, Titel, Überschrift
schlank
dünn, gertenschlank, hager, mager, schmächtig
Schlankheitskur
Abmagerungskur, Diät, Fastenkur, Hungerkur
Schlauheit
Bauernschläue, Cleverness, Klugheit, Raffiniertheit, Verschlagenheit
schlecht
desolat, miserabel, übel, verdorben
schlechtgelaunt
mißgelaunt, mürrisch, unwirsch, verdrossen
Schlichtheit
Biederkeit, Einfalt, Geradheit
schließen
ableiten, absperren, deduzie-

ren, folgern, zumachen, zuschließen
schlimm
arg (ugs.), böse, ernsthaft, schwerwiegend
Schlinge
Knoten, Masche, Schlaufe, Schleife
schlingen
ranken, ringeln (sich), schlängeln, winden (sich)
schmeicheln
flattieren, hofieren, schöntun
Schmeichler
Charmeur, Heuchler, Liebediener, Schönredner, Süßholzraspler
Schmuck
Geschmeide, Juwelen, Pretiosen
schmücken
ausschmücken, dekorieren, garnieren, verzieren
Schmutz
Dreck, Kehricht, Müll, Schund, Unrat
schmutzig
dreckig, schmierig, schmuddelig (ugs.), unsauber, verdreckt
schneiden
auseinanderschneiden, scheren, schnitzeln, zerkleinern, zerstückeln
Schneise
Kahlschlag, Lichtung
schnell
flugs, geschwind, hastig, hurtig, rasant, rasch
schon
bereits, seit langem, sogleich
schön
formvollendet, herrlich, hübsch, prächtig, wohlgestaltet, wunderschön
schonen (sich)
hegen, sorgsam behandeln, verschonen
Schönheit
Ebenmaß, Formvollendung, Harmonie, Wohlgestalt
schräg
geneigt, schief, steil
Schräge
Neigung, Schiefe, Schiefheit, Schräglage
Schramme
Kratzer, Riß, Schürfung
Schranke
Barriere, Hürde, Schlagbaum, Sperre
Schrecken
Entsetzen, Grauen, Grausen, Horror, Schreck
schrecklich
bestürzend, erschreckend, gräßlich, katastrophal, schauderhaft
schreiben
abfassen, aufzeichnen, formulieren, notieren, verfassen
Schreiben
Brief, Schrieb (ugs.), Zuschrift
schreien
brüllen, johlen, kreischen, rufen
Schrift
Broschüre, Druckwerk, Handschrift, Schreibweise
Schriftsteller
Autor, Dichter, Schreiber, Texter, Verfasser
Schriftwechsel
Briefverkehr, Briefwechsel, Korrespondenz, Schriftverkehr
Schrittmacher
Avantgardist, Protagonist, Vor-

kämpfer, Wegbereiter
schroff
brüsk, rüde, ruppig, taktlos, ungehobelt
schrumpfen
einlaufen, eintrocknen, zusammenschrumpfen
Schublade
Lade, Schubfach, Schubkasten
Schuft
Gauner, Halunke, Lump, Schurke
Schuld
Schuldverschreibung, Verbindlichkeit, Verpflichtung, Verschulden
Schuldgefühl
Gewissensbisse, Schuldkomplex, Skrupel
schuldig
haftbar, schuldbeladen, schuldhaft
schütten
ausgießen, ausleeren, ausschütten, kippen
Schutz
Abschirmung, Bewachung, Deckung, Obhut, Sicherung
schützen
abschirmen, beschützen, dekken, erhalten, sichern, wahren
Schützling
Günstling, Protegé, Schutzbefohlener
schutzlos
ausgeliefert, preisgegeben, ungeschützt
schwach
kraftlos, schwächlich, schwunglos, wehrlos
Schwäche
Erschöpfung, Kraftlosigkeit, Schwächezustand, Schwachheit, Schwunglosigkeit
schwanken
schlingern, taumeln, torkeln, wanken
schwankend
labil, unschlüssig, wankelmütig, zögernd
schwatzhaft (ugs.)
geschwätzig, gesprächig, mitteilsam, redselig
Schwatzhaftigkeit (ugs.)
Geschwätzigkeit, Klatschsüchtigkeit, Redseligkeit
schweigen
dichthalten (ugs.), nichts sagen, stillschweigen, totschweigen, verschweigen
schweigsam
einsilbig, schweigend, stumm, verschlossen, wortkarg, zugeknöpft (ugs.)
schwelgen
genießen, prassen, schlemmen
schwer
beschwerlich, bleiern, gewichtig, massig, schwerwiegend
schwerfällig
tölpelhaft, träge, unbeholfen, ungelenk
Schwermut
Depression, Melancholie, Niedergeschlagenheit, Trübsinn, Wehmut
schwermütig
depressiv, deprimiert, elegisch, melancholisch, wehmütig
schwierig
kompliziert, problematisch, vertrackt (ugs.), verwickelt
Schwierigkeit
Dilemma, Kalamität, Komplexität, Problem,

Verwicklung
schwingen
pendeln, schaukeln, vibrieren, wippen
schwören
beeiden, einen Eid ablegen, garantieren, versprechen
schwül
drückend, feuchtwarm, gewittrig, stickig, tropisch
Schwung
Drall, Dynamik, Elan, Vehemenz, Verve
schwungvoll
beschwingt, dynamisch, flott, schmissig (ugs.), temperamentvoll
See
Gewässer, Teich, Tümpel, Weiher
Seele
Gemüt, Innenleben, Psyche
sehen
erblicken, erspähen, schauen, sichten
sehr
höchst, überaus, ungemein
seicht
flach, knöcheltief, niedrig, untief
Seil
Leine, Strang, Strick, Tau
sein
befinden (sich), existieren, gelten, leben, verkörpern, weilen
Sein
Dasein, Existenz, Leben, Vorhandensein
seit
seit dieser Zeit, seitdem, seither, von da an
Seitensprung
Ehebruch, Eskapade, Untreue
selbständig
autark, autonom, eigenmächtig, eigenständig, souverän, unabhängig
Selbständigkeit
Autarkie, Autonomie, Eigenständigkeit, Unabhängigkeit
selbstbewußt
selbstsicher, selbstüberzeugt, stolz
Selbstbewußtsein
Selbstsicherheit, Selbstvertrauen, Selbstwertgefühl, Stolz
selbstlos
altruistisch, aufopfernd, idealistisch, karitativ, uneigennützig
Selbstsucht
Egoismus, Egozentrik, Eigennutz, Eigensucht, Ichbezogenheit
selbstsüchtig
egoistisch, egozentrisch, eigennützig, eigensüchtig, ichbezogen
selten
fast nie, gelegentlich, rar, sporadisch
seltsam
eigentümlich, merkwürdig, sonderbar, verwunderlich
Seltsamkeit
Absonderlichkeit, Eigentümlichkeit, Merkwürdigkeit, Verwunderlichkeit
Sendung
Ausstrahlung, Fracht, Lieferung, Übertragung, Zustellung
servieren
auftragen, bedienen, bewirten, kredenzen, vorsetzen
setzen
absetzen, einpflanzen, hinset-

zen (sich), niederlassen (sich), plazieren
sicher
gefahrlos, gewiß, risikolos, ungefährdet, ungefährlich
Sicherheit
Bürgschaft, Garantie, Gesichertheit, Gewähr, Kaution, Schutz
sichern
absichern, abstützen, sicherstellen, untermauern
singen
schmettern, trällern
sinken
absacken, absinken, fallen, untergehen, versinken
Sinnbild
Allegorie, Emblem, Symbol, Zeichen
sinnlich
kreatürlich, sinnenfreudig, sinnenhaft, triebhaft, wahrnehmbar
sinnlos
absurd, paradox, unsinnig, widersinnig
Sinnlosigkeit
Absurdität, Irrwitz, Unsinn, Wahnwitz
sinnvoll
angebracht, sinnig, sinnreich, wohlüberlegt, zweckmäßig
Sitte
Brauchtum, Ethik, Moral, Sittlichkeit, Umgangsformen
sittlich
ethisch, moralisch, sittenstreng
sitzen
hocken, im Gefängnis sein, kauern, passen
so
auf diese Weise, dementsprechend, dergestalt, folgendermaßen
sonnig
aufgeheitert, heiter, klar, wolkenlos
Sorge
Besorgnis, Fürsorge, Kummer
sorgenlos
arglos, sorglos, unbekümmert, unbeschwert
sorgen (sich)
betrüben (sich), grämen (sich), kümmern (sich), umsorgen, versorgen
sorgenvoll
bedrückt, bekümmert, gramvoll, sorgenschwer
Sorgfalt
Akkuratesse, Akribie, Behutsamkeit, Genauigkeit, Gewissenhaftigkeit, Präzision
sorgfältig
behutsam, gewissenhaft, gründlich, pedantisch, pingelig (ugs.)
spannend
atemberaubend, erregend, faszinierend, fesselnd, prickelnd
Spannung
Anspannung, Dramatik, Erwartung, Mißstimmung, Nervosität
sparen
auf die hohe Kante legen (ugs.), beiseite legen, das Geld zusammenhalten, ersparen
sparsam
eingeschränkt, geizig, haushälterisch, ökonomisch, rationell, wirtschaftlich
spät
spätabends, unpünktlich, verspätet, zu spät

später
dereinst, in spe, künftig, späterhin
spazierengehen
bummeln, flanieren, promenieren, wandern
speichern
beiseite legen, deponieren, verwahren
spiegeln
reflektieren, widerspiegeln, zurückstrahlen
Spiel
Match, Partie, Spielerei, Turnier, Wettspiel
spielen
abspielen, agieren, aufführen, Spiele machen
Spießer
Kleinbürger, Philister, Spießbürger
spießig
engstirnig, kleinbürgerlich, provinziell, spießbürgerlich
Spitze
Dorn, Führung, Seitenhieb, Stachel, Stichelei
Sport
Körpererziehung, Leibeserziehung, Leibesübungen, Turnen
Spott
Gespött, Hohn, Neckerei
spöttisch
bissig, höhnisch, ironisch, mokant, schnippisch, spitz
sprechen
artikulieren, aussprechen, äußern (sich), eine Ansprache halten, reden, zum Ausdruck bringen
Sprecher
Ansager, Moderator, Vortragender, Wortführer
Sprengkörper
Bombe, Granate, Sprengladung, Sprengsatz
springen
hoppeln, hopsen, hüpfen, schnellen, zerspringen
spröde
abweisend, prüde, unelastisch, zurückhaltend
Sprung
Absprung, Bruch, Hopser, Hüpfer
spürbar
einschneidend, merklich, tiefgehend
stämmig
bullig, gedrungen, kompakt, untersetzt
Stämmigkeit
Bulligkeit, Gedrungenheit, Untersetztheit
stampfen
stapfen, trampeln, zermalmen, zerquetschen
Standesbewußtsein
Dünkel, Kastengeist, Klassenbewußtsein, Korpsgeist
standhaft
aufrecht, eisern, unbeugsam, unerschütterlich
standhalten
aushalten, bestehen können, das Feld behaupten, durchhalten
Stange
Stab, Stecken, Stock
Stärke
Festigkeit, Härte, Intensität, Kraft
stärken
aufrichten, festigen, kräftigen, steif machen

Stärkung
Erfrischung, Erquickung, Festigung, Kräftigung, Stählung
starr
dogmatisch, reglos, steif, stur, unbelehrbar, ungelenkig
statt
anstatt, anstelle von, stellvertretend
stattlich
ansehnlich, ausdrucksvoll, eindrucksvoll, hochgewachsen, hünenhaft, imposant
stechen
bohren, kneifen, piksen (ugs.), stochern
stehen
aufgerichtet sein, nicht sitzen
stehenbleiben
anhalten, aussetzen, stoppen, zum Stillstand kommen
stehlen
an fremdem Eigentum vergreifen (sich), bestehlen, entwenden, wegnehmen
steigen
aufsteigen, besteigen, erklimmen, klettern
steigern
aufwerten, erhöhen, eskalieren, heraufsetzen
Steigerung
Aufbesserung, Erhöhung, Eskalation, Zuwachs
stellen
absetzen, abstellen, aufstellen, postieren
stellenweise
gebietsweise, mancherorts, streckenweise, strichweise
Stellung
Anstellung, Haltung, Pose, Positur
Stempeluhr
Kontrolluhr, Stechuhr, Zeiterfassungsuhr
sterben
ableben, dahinscheiden, entschlafen, umkommen, versterben
sterblich
irdisch, vergänglich, zeitlich
Sterblichkeit
Endlichkeit, Vergänglichkeit, Zeitlichkeit
Steuer
Abgabe, Besteuerung, Lenkrad, Steuerrad, Steuerung
steuern
chauffieren, lenken, manövrieren
stichhaltig
beweiskräftig, triftig, unwiderlegbar
Stichwort
Kennwort, Losung, Merkwort, Schlagwort
still
geräuschlos, lautlos, leise, ruhig
Stille
Geräuschlosigkeit, Lautlosigkeit, Ruhe, Stillschweigen
Stillstand
Flaute, Stagnation, Stockung
Stimmung
Atmosphäre, Gemütslage, Laune
stocken
aussetzen, innehalten, stagnieren, steckenbleiben, stottern
stockend
abgehackt, stammelnd, stotternd
Stoff
Droge, Gewebe, Materie, Sub-

stanz, Tuch
stöhnen
ächzen, aufstöhnen, seufzen
stören
behelligen, belästigen, ins Wort fallen, sabotieren
Störung
Behelligung, Belästigung, Panne, Sabotage, Unterbrechung
Strafe
Abrechnung, Bestrafung, Denkzettel (ugs.), Maßregel
strafen
ahnden, bestrafen, maßregeln, züchtigen
straff
gespannt, gestrafft, straffgezogen, stramm
Strapaze
Anstrengung, Beschwerlichkeit, Kraftaufwand, Mühe
strapazieren
anstrengen (sich), beanspruchen, belasten
streben
anstreben, nacheifern, trachten
Streber
Ehrgeizling, Karrierist, Musterschüler, Opportunist
strecken
ausweiten, dehnen, verlängern, ziehen
streichen
anmalen, kürzen, tilgen, übertünchen
Streik
Arbeitskampf, Arbeitsniederlegung, Ausstand
Streit
Auseinandersetzung, Hader, Konflikt, Zank, Zerwürfnis, Zwist
streiten
entzweien (sich), zanken (sich), zerstreiten (sich)
streng
drakonisch, gebieterisch, rigoros, strikt, unerbittlich
Strenge
Gnadenlosigkeit, Rigorosität, Striktheit, Unerbittlichkeit
streunen
herumstrolchen, herumtreiben (sich), vagabundieren
struppig
strubbelig, unfrisiert, zerzaust, zottig
Stück
Abschnitt, Bruchstück, Coupon, Strecke, Theaterstück
stufenweise
abgestuft, etappenweise, phasenweise
Stümper (ugs.)
Dilettant, Kurpfuscher, Nichtskönner, Pfuscher (ugs.)
stümperhaft
dilettantisch, launenhaft, minderwertig
stumpf
dumpf, lethargisch, ungeschliffen, unscharf
Stumpfsinn
Geistlosigkeit, Langweiligkeit, Stupidität, Teilnahmslosigkeit
stumpfsinnig
borniert, einfältig, geisttötend, langweilig, stupid
Stundung
Aufschub, Moratorium, Prolongation, Verlängerung
stützen
abstützen, beistehen, stabilisieren, unterstützen
Subkultur

Alternativszene, Gegenkultur, Protestkultur, Underground
suchen
ergründen, fahnden, forschen
Summe
Endbetrag, Gesamtbetrag, Resultat
Sumpf
Moor, Morast, Schlamm
Sünde
Frevel, Sakrileg, Verfehlung
Sympathie
Faible, Schwäche, Vorliebe, Zuneigung
sympathisch
ansprechend, einnehmend, gewinnend, liebenswürdig, nett

T

tabu
unantastbar, unberührbar, verboten
Tadel
Rüge, Verweis, Zurechtweisung
tadellos
einwandfrei, ohne Fehler, untadelig, vollkommen, vorbildlich
tadeln
Anstoß nehmen, beanstanden, kritisieren, schelten
tadelnswert
schimpflich, verabscheuungswert, verwerflich
täfeln
mit Holz verkleiden, paneelieren, vertäfeln
tagen
dämmern, grauen, hell werden, konferieren, Tag werden, zusammentreffen
Tagesanbruch
Frühe, Morgengrauen, Tagesbeginn
Tageslicht
heller Tag, hellichter Tag, Taghelle
täglich
alle Tage, alltäglich, jeden Tag, Tag für Tag
tagsüber
am hellichten Tage, untertags, während des Tages
Tagung
Konferenz, Sitzung, Versammlung
Takt
Diskretion, Feinheit, Rhythmus, Unaufdringlichkeit, Zartgefühl, Zeitmaß
taktisch
berechnet, planvoll, strategisch, vorbedacht
taktlos
geschmacklos, unhöflich, unverschämt, vorlaut
Talent
Anlage, Begabung, Genie, Ingenium
talentlos
minderbegabt, unbegabt, untalentiert
Tand
Firlefanz (ugs.), Flitter, Flitterkram, Kinkerlitzchen (ugs.), Krimskrams (ugs.), Plunder (ugs.), Zierat
tanken
auffüllen, auftanken, nachfüllen, volltanken
tantenhaft
betulich, umständlich
Tanz
Ausdruckstanz, Ballett, Kunsttanz, Tanzabend, Tanzvergnügen
tänzeln
leichtfüßig gehen, tippeln (ugs.), trippeln
tanzen
rocken (ugs.), Tanzbein schwingen (ugs.), Tänzchen wagen, walzen
Tapete
Verkleidung, Wandbekleidung, Wandbespannung
tapfer
beherzt, furchtlos, mutig

Tapferkeit
Furchtlosigkeit, Kühnheit, Unerschrockenheit
tarnen
kaschieren, verbergen, verschleiern
Tarnung
Maskierung, Verhüllung, Vermummung
tasten
berühren, betasten, fühlen
Tat
Großtat, Handlung, Meisterleistung
Tatendrang
Arbeitseifer, Feuereifer, Tatendurst
tatenlos
faul, müßig, passiv, untätig
Täter
Gewalttäter, Übeltäter, Verbrecher
tätig
aktiv, regsam, rührig, unternehmend
Tätigkeit
Beschäftigung, Betätigung, Tun, Verrichtung
Tatkraft
Energie, Schwung, Spannkraft, Unternehmungslust
Tatsache
Faktum, Realität, Sachverhalt, Tatsächlichkeit
tatsächlich
faktisch, gegeben, real, wirklich
tätscheln
betätscheln, hätscheln, liebkosen
Tau
Nachtfeuchtigkeit, Rauhreif, Reif
taub
gehörlos, schwerhörig, unempfindlich
tauchen
eintauchen, eintunken, untertauchen
tauen
auftauen, schmelzen, zergehen
taugen
eignen (sich), geeignet sein, passen
tauglich
brauchbar, dienlich, verwendbar
Taumel
Entrücktheit, Trunkenheit, Überschwang
taumelig
benommen, schwindlig, taumelnd
taumeln
schwanken, torkeln, wanken
tauschen
eintauschen, umtauschen, vertauschen, wechseln
täuschen
belügen, beschwindeln, hinters Licht führen, irren (sich), narren
Täuschung
Betrug, Irrtum, Schwindel
Teil
Bestandteil, Bruchstück, Element, Fragment
teilen
auseinandernehmen, dividieren, zergliedern, zerlegen
Teilhaber
Gesellschafter, Kompagnon, Mitinhaber, Partner
Teilnahme
Anteilnahme, Beileid, Beteili-

gung, Mitgefühl, Mitwirkung
Teilnahmslosigkeit
Gleichgültigkeit, Interesselosigkeit, Lethargie, Stumpfheit
teilnehmen
beteiligen (sich), dabeisein, mitwirken, teilhaben
Teilnehmer
Beteiligte, Mitarbeiter, Mitwirkende
teilweise
nicht uneingeschränkt, partiell, teils, zum Teil
Telefongespräch
Anruf, Telefonanruf, Telefonat
telefonieren
anklingeln (ugs.), anrufen, Telefonate führen
Telefonnummer
Fernsprechnummer, Ruf, Rufnummer
Telegramm
Funkspruch
Temperament
Lebhaftigkeit, Schwung, Unbändigkeit, Ungestüm, Wesensart
temperamentlos
gefühlsarm, lahm, leidenschaftslos, phantasielos
temperamentvoll
dynamisch, impulsiv, lebhaft, schwungvoll
tendieren
geneigt sein, hinneigen zu, streben
Teppich
Auslegware, Bodenbelag, Teppichboden, Wandteppich
Termin
Befristung, Datum, Terminierung, Verabredung, Zeitangabe, Zeitpunkt
Testament
Letzter Wille, Verfügung, Vermächtnis
teuer
aufwendig, kostbar, kostspielig, wert
Teufel
Beelzebub, Luzifer, Satan
tief
abgrundtief, bodenlos, in der Tiefe
Tiefe
Abgrund, Kluft, Schlucht
tiefkühlen
einfrieren, einfrosten, gefrieren
Tiefpunkt
Flaute, Talsohle, Tief, Tiefstand
Tiefsinn
Gedankentiefe, Tiefgang (ugs.), Tiefgründigkeit
tiefsinnig
gehaltvoll, hintergründig, tiefgründig, tiefschürfend, vielsagend
tierisch
animalisch, tierhaft, triebhaft
Titel
Anrede, Buchtitel, Rang
toben
austoben (sich), herumtoben, tollen, tummeln (sich)
Tod
Ableben, Entschlafen, Hinscheiden, Verscheiden
tödlich
lebensgefährlich, letal, todbringend, verderbenbringend
tolerant
duldsam, freizügig, liberal, vorurteilsfrei
toll
enorm, sensationell, überwälti-

gend, unvergleichlich
tollkühn
verwegen, wagemutig, waghalsig
tolpatschig (ugs.)
täppisch, tapsig (ugs.), tölpisch
Ton
Färbung, Klang, Tonfall
tönen
erklingen, ertönen, lauten, schallen
Tönung
Abschattierung, Abstufung, Färbung, Nuance
Tor
Portal, Torbogen, Treffer, Zufahrt
Torheit
Einfältigkeit, Narrheit, Unvernunft
töricht
einfältig, unklug, unvernünftig
tot
dahingeschieden, gestorben, verschieden, verstorben
total
ganz und gar, gänzlich, hundertprozentig, voll und ganz, vollkommen
töten
ermorden, morden, totschlagen, umbringen
Totenmesse
Requiem, Seelenmesse, Trauerfeier, Trauermesse
Tötung
Bluttat, Ermordung, Mord, Totschlag
träge
dickfellig, phlegmatisch, schwerfällig, unbeweglich
tragen
befördern, mit sich führen, schleppen, transportieren
tragisch
fatal, schicksalhaft, verhängnisvoll
trainieren
drillen, schulen, trimmen (ugs.), üben
tränenreich
gefühlsbetont, gefühlsselig, rührselig, sentimental
tränken
einflößen, säugen, zu trinken geben
Trauer
Betrübnis, Schwermut, Traurigkeit, Wehmut
trauern
beweinen, grämen (sich), untröstlich sein
Trauernder
Betroffener, Hinterbliebener, Leidtragender
Traum
Alptraum, Traumbild, Träumerei, Wunschtraum
Träumer
Phantast, Tagträumer, Traumtänzer
traurig
betrübt, melancholisch, trübsinnig, unglücklich
Treffen
Begegnung, Rendezvous, Versammlung, Zusammenkunft
treffend
passend, zutreffend
trefflich
exzellent, vortrefflich, vorzüglich
treiben
antreiben, in Gang halten, vorantreiben

trennen
auseinanderbringen, durchtrennen, entzweien, scheiden
Trennung
Abspaltung, Abtrennung, Auseinandergehen, Ehescheidung
treten
herantreten, mit Füßen treten, vortreten, zu nahe treten
treu
anhänglich, ergeben, getreu
Treue
Beständigkeit, Loyalität, Verläßlichkeit, Zuverlässigkeit
treuherzig
leichtgläubig, vertrauensselig, zutraulich
treulos
abtrünnig, eidbrüchig, untreu, wortbrüchig
Trick
Dreh, Kniff, Kunstgriff, Raffinesse
tricksen (ugs.)
anschmieren (ugs.), beschummeln (ugs.), übers Ohr hauen (ugs.)
Trieb
Antrieb, Drang, Impuls, Instinkt
trinken
bechern (ugs.), Durst löschen, Durst stillen, zechen
Trinker
Alkoholiker, Säufer, Trunksüchtiger
trocken
ausgetrocknet, herb, verdörrt
Trockenheit
Dürre, Regenarmut, Wassermangel
trocknen
abtrocknen, eintrocknen, verdorren, vertrocknen
trödeln (ugs.)
bummeln (ugs.), nachzotteln (ugs.), säumen, vertrödeln (ugs.)
tropfen
rieseln, sickern, träufeln, tröpfeln
Trost
Aufrichtung, Tröstung, Trostworte, Zuspruch
trösten
aufheitern, aufmuntern, ermutigen
tröstlich
beruhigend, tröstend, trostreich
trostlos
desolat, freudlos, öde, trist, trübselig
trotz
dennoch, obgleich, obwohl, wenngleich
trotzen
aufbegehren, auflehnen (sich), opponieren, widersetzen (sich)
trotzig
eigensinnig, halsstarrig, unfolgsam
Trotzkopf
Dickkopf (ugs.), Dickschädel (ugs.), Querkopf (ugs.)
trübe
grau, verhangen, verschmutzt
Trubel
Betriebsamkeit, Gedränge, Getümmel, Treiben
trüben (sich)
beeinträchtigen, verdunkeln (sich), verfinstern (sich), verschmutzen
Trugbild
Halluzination, Hirn-

gespinst, Sinnestäuschung, Vision
trügerisch
illusorisch, irreführend, täuschend
Trümmer
Ruine, Scherben, Trümmerhaufen, Wrack
tüchtig
befähigt, fähig, fleißig, geschickt
Tücke
Arglist, Heimtücke, Verschlagenheit
tückisch
falsch, intrigant, niederträchtig
tüfteln
ausklamüsern (ugs.), ausknobeln (ugs.), austüfteln
Tugend
Moral, Sittsamkeit, Unbescholtenheit
tugendhaft
anständig, gesittet, sittsam, züchtig
tun
betätigen (sich), machen, tätig sein, wirken
tunlichst
freundlichst, gefälligst, möglichst
Tür
Eingang, Pforte, Tor, Zugang
turbulent
aufgeregt, hektisch, ruhelos
typisch
charakteristisch, eigentümlich, kennzeichnend, unverkennbar

U

übelnehmen
nachtragen, verargen, verübeln
üben
einstudieren, einüben, proben, trainieren
über
darüber, höher als, mehr als, oberhalb
überall
allenthalben, allerorten, allseits
Überblick
Übersicht, Umsicht, Zusammenfassung
Überdruß
Übersättigtsein, Übersättigung
Übereifer
Beflissenheit, Diensteifrigkeit, Überschwang
übereinkommen
arrangieren (sich), einigen (sich), verabreden (sich)
Übereinstimmung
Einhelligkeit, Einklang, Gleichgesinntheit, Gleichklang, Kongruenz
Überfall
Anschlag, Attentat, Handstreich
Überfluß
Opulenz, Überangebot, Übermaß, Üppigkeit
überflüssig
entbehrlich, überschüssig, überzählig, unnötig
übergeben
erbrechen (sich), überbringen, weitergeben
überhandnehmen
ausarten, überborden, überwuchern, um sich greifen
Überheblichkeit
Arroganz, Blasiertheit, Dünkel, Hochmut, Vermessenheit
überlegen
erwägen, nachdenken, übermächtig
übernatürlich
surrealistisch, transzendent, überirdisch, übersinnlich
überraschen
ertappen, frappieren, verblüffen
übersehen
ignorieren, keines Blickes würdigen, nicht beachten
überspannt
extravagant, skurril, übertrieben
übertreffen
ausstechen, überbieten, überflügeln, übersteigen, übertrumpfen
übertreiben
aufbauschen, dramatisieren, hochspielen
Übertreibung
Angeberei (ugs.), Aufschneiderei, Prahlerei
überwachen
beaufsichtigen, beschatten, inspizieren, kontrollieren, observieren
Überwachung
Beaufsichtigung, Beschattung, Kontrolle, Observation
überwiegend
größtenteils, vorherrschend, vornehmlich, vorwiegend
überzeugen

gewinnen für, überreden, vergewissern (sich)
üblich
alltäglich, gängig, gebräuchlich, landläufig
Übung
Gewandtheit, Schulung, Training
umfallen
umkippen (ugs.), umschwenken, umsinken, umstürzen, zusammensinken
Umfang
Ausmaß, Dimension, Format
umfassen
umarmen (sich), umfangen, umklammern, umschlingen
Umfrage
Befragung, demoskopische Untersuchung, Interview
Umgebung
Ambiente, Nachbarschaft, Umkreis
umkehren
kehrtmachen, umdrehen, wenden, zurückgehen
Umriß
Kontur, Profil, Schattenriß, Silhouette
Umschlag
Einband, Hülle, Kompresse, Kuvert, Wickel
umständlich
langatmig, ungeschickt, unpraktisch, weitschweifend
Umwandlung
Abwandlung, Änderung, Transformation, Umformung, Umsetzung, Verwandlung
Umwelt
Lebensbedingungen, Lebensbereich, Milieu, Wirkungskreis
unachtsam
achtlos, nachlässig, unaufmerksam, unbedacht
Unachtsamkeit
Achtlosigkeit, Nachlässigkeit, Unaufmerksamkeit, Unbedachtheit
unangenehm
leidig, unbequem, unerfreulich, unliebsam
unartig
frech, impertinent, ungezogen, unverfroren, unverschämt
unaufhörlich
ständig, stets, unablässig, ununterbrochen
unaufrichtig
arglistig, heuchlerisch, hinterhältig, unehrlich
Unaufrichtigkeit
Arglist, Heuchelei, Hinterhältigkeit, Unehrlichkeit, Unredlichkeit
unausgegoren
unausgereift, unausgewogen, unfertig, unreif
unbedeutend
belanglos, unerheblich, unwesentlich, zweitrangig
unbedingt
auf alle Fälle, bedingungslos, unabdingbar, unter allen Umständen
unbefangen
lässig, ungeniert, ungezwungen, unparteiisch, zwanglos
unbeholfen
linkisch, tolpatschig (ugs.), ungelenk, ungeschickt
unbekannt
anonym, fremd, unentdeckt
unbeliebt
mißliebig, unerwünscht, un-

sympathisch
unbequem
störend, unbehaglich, ungemütlich, unnachgiebig
Unbequemlichkeit
Unbehaglichkeit, Ungemütlichkeit, Unnachgiebigkeit
unberechenbar
unabsehbar, unkalkulierbar, unwägbar
unbesonnen
impulsiv, übereilt, unüberlegt, unvorsichtig
Unbesonnenheit
Impulsivität, Unbedachtsamkeit, Unüberlegtheit
unbeständig
sprunghaft, unstet, veränderlich, wechselhaft, wetterwendisch
Unbeständigkeit
Sprunghaftigkeit, Unstetheit, Veränderlichkeit, Wechselhaftigkeit
unbewußt
instinktiv, unbeabsichtigt, unterschwellig, unwillkürlich
undeutlich
ungenau, unklar, unpräzise, unscharf, unübersichtlich
undurchdringlich
undurchlässig, unwegsam, unzugänglich
uneben
bergig, hügelig, rauh, wellig
unendlich
endlos, grenzenlos, unbegrenzt, unermeßlich
unentbehrlich
nötig, notwendig, unabdingbar, unersetzlich
Unentschlossenheit
Unbeständigkeit, Unschlüssigkeit, Wankelmut
unerbittlich
erbarmungslos, schonungslos, unnachgiebig
unerhört
empörend, haarsträubend (ugs.), unfaßbar, ungeheuerlich, unglaublich
unersättlich
gierig, maßlos, unmäßig, unstillbar
unfähig
außerstande, inkompetent, unqualifiziert, untauglich
Unfähigkeit
Inkompetenz, Untüchtigkeit, Unvermögen
unfair
unkameradschaftlich, unkollegial, unlauter, unsportlich
unfaßbar
unbegreiflich, unbeschreiblich, unerklärlich
Unfreiheit
Knechtschaft, Sklaverei, Unterdrückung, Unterjochung
unfruchtbar
impotent, ineffizient, kümmerlich, unproduktiv
Ungeduld
Ruhelosigkeit, Unrast, Voreiligkeit
ungeduldig
erwartungsvoll, ruhelos, unstet
ungefähr
annähernd, fast, in etwa, schätzungsweise, zirka
ungehalten
ärgerlich, erzürnt, unwillig
ungerecht
einseitig, parteiisch, unbillig
ungewiß

fraglich, umstritten, unbestimmt, ungeklärt
Ungewißheit
Fraglichkeit, Unbestimmtheit, Unsicherheit
Unglück
Kummer, Misere, Unheil, Verhängnis
unglücklich
fatal, miserabel, unglückselig, unselig
ungünstig
nachteilig, ungelegen, unvorteilhaft
unhöflich
barsch, rüpelhaft, unfreundlich, ungeschliffen
Unhöflichkeit
Barschheit, Schroffheit, Unfreundlichkeit, Ungeschliffenheit
Unkenntnis
Ahnungslosigkeit, Ignoranz, Nichtwissen, Unwissenheit
unlauter
unehrlich, unkorrekt, unredlich, unreell
unleidlich
quengelig (ugs.), unausstehlich, ungeduldig
Unlust
Mißbehagen, Unbehagen, Verdrießlichkeit, Widerwille
unmittelbar
direkt, geradlinig, spontan, umweglos
unmöglich
indiskutabel, unannehmbar, undenkbar
unnötig
entbehrlich, überflüssig, umsonst
unrealistisch
versponnen, verträumt, weltfremd
unschuldig
keusch, nicht schuldig, schuldlos, unberührt
unseriös
nicht astrein (ugs.), undurchsichtig
Unsinn
Blödsinn, Nonsens, Unfug
unsittlich
anstößig, lasterhaft, unmoralisch, unschicklich, unzüchtig
Untadeligkeit
Fehlerlosigkeit, Makellosigkeit, Mustergültigkeit, Vollkommenheit
unten
in der Tiefe, unterhalb, zutiefst, zuunterst
unterbrechen
innehalten, pausieren, stoppen
unterdrücken
drangsalieren, knebeln, knechten, niederhalten
Untergang
Ruin, Sturz, Zerfall
unterhalten
amüsieren (sich), erhalten, Konversation machen, plaudern, vergnügen (sich)
Unterhaltung
Amüsement, Gespräch, Konversation, Plauderei, Zeitvertreib
unterordnen
anpassen (sich), nachgeben, subsumieren, unterwerfen (sich)
unterrichten
dozieren, instruieren, lehren, unterweisen

unterschätzen
herabsetzen, unterbewerten, verharmlosen
unterscheiden
abgrenzen, auseinanderhalten, differenzieren
Unterschied
Differenz, Kontrast, Unähnlichkeit, Verschiedenheit
unterwürfig
devot, ergeben, fügsam, kriecherisch, servil, untertänig
Unterwürfigkeit
Devotion, Ergebenheit, Fügsamkeit, Kriecherei, Servilismus, Servilität, Untertänigkeit
untreu
abtrünnig, ehebrecherisch, illoyal, treulos
Untreue
Abtrünnigkeit, Illoyalität, Treuebruch, Treulosigkeit
unüberwindlich
unbesiegbar, unbezwinglich, unüberwindbar
unverbesserlich
eingefleischt, überzeugt, unbekehrbar, unbelehrbar
unvergeßlich
bleibend, denkwürdig, unvergessen
unvermeidlich
unabwendbar, unausbleiblich, unumgänglich, zwangsläufig
unverzeihlich
sträflich, unentschuldbar, unverantwortlich, unvertretbar
unvollständig
bruchstückhaft, fragmentarisch, lückenhaft, unfertig
unwahrscheinlich
unglaublich, unsicher, unvorstellbar
unwissend
ahnungslos, ungeschult, uninformiert, unkundig
Unwissenheit
Ahnungslosigkeit, Dummheit, Nichtwissen, Unkenntnis
unzeitgemäß
antiquiert, überholt, unmodern, veraltet
unzufrieden
enttäuscht, frustriert, verbittert, verhärmt
unzumutbar
unausführbar, ungebührlich
unzuverlässig
bestechlich, ehrvergessen, pflichtvergessen

V

Vagabund
Herumtreiber, Landstreicher, Penner (ugs.), Tramp
vage
andeutungsweise, unbestimmt, ungenau
verabreden
absprechen, übereinkommen, vereinbaren
Verabredung
Abkommen, Abmachung, Arrangement, Rendezvous, Vereinbarung
verabscheuen
ablehnen, Abscheu empfinden, angewidert sein
verachten
geringachten, geringschätzen, ignorieren, verpönen
Verachtung
Mißachtung, Verächtlichmachung
verallgemeinern
abstrahieren, generalisieren, schablonisieren
veränderlich
unbeständig, unstet, variabel, wechselhaft
verändern
modifizieren, umarbeiten, umformen, variieren, verwandeln
Veränderung
Abänderung, Abwandlung, Umgestaltung, Umwandlung
veranlassen
anordnen, in die Wege leiten, in Gang setzen, initiieren
Veranlassung
Beweggrund, Grund, Motiv, Ursache
veranstalten
arrangieren, auf die Beine stellen, bewerkstelligen, organisieren
verantwortlich
befugt, haftbar, haftpflichtig
verantwortungsbewußt
pflichtbewußt, verantwortungsvoll, verläßlich
verausgaben (sich)
aufreiben (sich), zermürben (sich)
Verband
Bandage, Genossenschaft, Verein, Vereinigung
Verbannung
Ausbürgerung, Ausweisung, Exil, Vertreibung
verbergen
kaschieren, tarnen, unkenntlich machen, verheimlichen, verstecken
verbessern
optimieren, verfeinern, verschönern
Verbesserung
Berichtigung, Korrektur, Richtigstellung, Vervollkommnung
verbieten
Einhalt gebieten, nicht gestatten, untersagen, verweigern
verbilligen
ermäßigen, Preise senken, reduzieren
verbinden
aneinanderfügen, vereinigen, verknüpfen, zusammenfügen

verbindlich
gültig, unwiderruflich, verpflichtend
Verbindung
Beziehung, Verhältnis, Verknüpfung, Zusammenfügung
verblassen
entfärben, Farbe verlieren, nachlassen, verbleichen, verschießen
verblüffend
erstaunlich, frappant, überraschend
verblüfft
fassungslos, staunend, verdutzt (ugs.), verwundert
verborgen
latent, verdeckt, verhohlen, verhüllt, verschleiert
Verbot
Tabu, Untersagung, Verweigerung
verboten
unerlaubt, untersagt, unzulässig, verwehrt
verbrauchen
aufbrauchen, aufzehren, konsumieren, verzehren
Verbrecher
Gesetzesbrecher, Krimineller, Straftäter
verbreiten
ausbreiten, ausstreuen, in Umlauf bringen, popularisieren, verströmen
verbunden
unzertrennlich, vereinigt, zusammengehörig
verbünden (sich)
alliieren (sich), koalieren, paktieren, zusammenschließen (sich)
Verbündeter
Alliierter, Bundesgenosse, Komplize
verbürgt
authentisch, belegt, gewährleistet
Verdacht
Argwohn, Bedenken, Mißtrauen, Vermutung
verdächtig
anrüchig, dubios, undurchsichtig, zwielichtig
verdächtigen
anschwärzen (ugs.), im Verdacht haben, nachsagen
verderben
Spaß verderben, vergällen, verkommen, verleiden, zerfallen
Verderben
Unglück, Verderbnis, Verhängnis, Zerfall
verderblich
nicht haltbar, unheilvoll, verderbenbringend
verdienen
beziehen, Einnahmen haben, einnehmen, gebühren, zukommen, zustehen
verdienstvoll
anerkennenswert, löblich, rühmlich
verdorben
anstößig, schlecht, schlüpfrig, unschicklich, zweideutig
verdrießlich
grantig, griesgrämig, mißgelaunt, übellaunig
Verdruß
Gereiztheit, Ungehaltenheit, Verdrossenheit, Verstimmung
verehren
hochachten, in Ehren halten, vergöttern, wertschätzen
Verehrung
Achtung, Anbetung, Ehrfurcht, Kult

vereinfachen
simplifizieren, vereinfacht darstellen, vereinheitlichen, verständlicher machen
vererben
hinterlassen, nachlassen, vermachen
Verfahren
Methode, Strategie, Vorgehen, Weg
verfallen
baufällig werden, einfallen, verwittern, zusammenfallen
verfassen
abfassen, formulieren, niederschreiben
verfehlt
deplaziert, falsch, fehlgeschlagen, unangebracht
verflucht
verdammt, verflixt und zugenäht (ugs.), zum Donnerwetter (ugs.)
verfolgen
auf den Fersen sein, hinterher sein, nachjagen, nachstellen
verfügen
innehaben, zu eigen haben, zu Gebote stehen, zur Hand haben
verführen
in Versuchung bringen, verleiten, verlocken
Verführerin
Femme fatale, Vamp
vergangen
dahin, lange her, vorbei, vorüber
Vergangenheit
Gewesenes, Vorleben, Vorzeit
vergänglich
kurzlebig, sterblich, zeitlich
Vergänglichkeit
Hinfälligkeit, Unbeständigkeit, Zeitlichkeit
vergeben
freisprechen von Schuld, nicht nachtragen, Verzeihung gewähren
vergeblich
erfolglos, umsonst, vergebens
vergehen
dahingehen, entschwinden, verrinnen, verstreichen, versündigen (sich), vorübergehen
Vergeltung
Gegenmaßnahme, Gegenschlag, Rache, Revanche, Sanktionen
vergessen
entfallen, nicht entsinnen (sich), nicht erinnern (sich)
vergessen (sich)
aus der Fassung geraten, Beherrschung verlieren, erzürnen
Vergleich
Ausgleich, Einigung, Gegenüberstellung, Konfrontation
vergleichbar
analog, vergleichsweise
vergleichen
aneinander messen, gegeneinander abwägen, gleichsetzen, Parallelen ziehen
Vergnügen
Entzücken, Ergötzen, Freude, Frohlocken
verhalten
gedämpft, im Flüsterton, kaum hörbar, leise
verhältnismäßig
entsprechend, im Verhältnis zu, relativ
verheimlichen
geheimhalten, verhehlen, verschweigen, vorenthalten

verheißungsvoll
glückverheißend, hoffnungsvoll, zukunftsträchtig
verherrlichen
glorifizieren, lobpreisen, verklären
verhindern
vereiteln, verwehren, zunichte machen
verirren (sich)
abirren, fehlgehen, in die Irre gehen, verfranzen (sich) (ugs.), verlaufen (sich)
verjähren
ablaufen, Gültigkeit verlieren, ungültig werden, verfallen
Verkauf
Abgabe, Absatz, Vertrieb
verkaufen
feilbieten, veräußern, verhökern (ugs.), verschachern (ugs.)
verkleiden (sich)
kostümieren (sich), maskieren (sich), tarnen (sich), vermummen (sich)
verknüpfen
verketten, verweben, verzahnen, zusammenknoten, zusammenkoppeln
verkörpern
bedeuten, darstellen, repräsentieren
verkraften
ertragen, fertigwerden mit, überstehen, verschmerzen
verlangen
ausbedingen (sich), begehren, geltend machen, wünschen
Verlangen
Begehren, Drängen, Streben, Wunsch
verlassen
allein lassen, im Stich lassen, weggehen
verlassen
abgetrennt, isoliert, mutterseelenallein, vereinzelt
verlaufen
ablaufen, abspielen (sich), vonstatten gehen
verlauten
an die Öffentlichkeit dringen, bekannt werden, herumsprechen (sich), kundwerden, ruchbar werden
verlegen
befangen, gehemmt, verkrampft, verwirrt
Verlegenheit
Beschämung, Schüchternheit, Verschämtheit
verletzen
kränken, schmähen, verwunden, Wunden zufügen
verleugnen
abstreiten, negieren, verneinen, von sich weisen
verleumden
diffamieren, diskreditieren, schmähen, verunglimpfen
Verleumdung
Beleidigung, Rufmord, üble Nachrede, Verdächtigung
verlieben (sich)
sein Herz verlieren, vergucken (sich) (ugs.), verknallen (sich) (ugs.), vernarren (sich), Zuneigung fassen
verlieren
Niederlagen erleiden, unterliegen, Verluste erleiden
verlockend
bestrickend, einladend, unwiderstehlich, verführerisch
verlogen

unaufrichtig, unehrlich, unlauter
verloren
abhanden, nicht zurückholbar, verschwunden, vertan
Verminderung
Herabminderung, Rückgang, Verringerung
Vermittler
Mittelsmann, Unterhändler, Verbindungsmann
vermuten
annehmen, erwarten, für möglich halten, mutmaßen, wähnen
verneigen (sich)
Diener machen, dienern, verbeugen (sich)
Vernunft
Einsicht, gesunder Menschenverstand, klarer Verstand, Klugheit
vernünftig
einsichtsvoll, gescheit, klug, verständig
verordnen
anweisen, bestimmen, erlassen, Rezept ausstellen, verschreiben
verpacken
einhüllen, einpacken, verschnüren, zusammenpacken
verpfuschen (ugs.)
verderben, verhunzen (ugs.), vermasseln (ugs.), vermurksen (ugs.), verpatzen (ugs.)
Verrat
Untreue, Verschwörung, Vertrauensbruch
verraten
anzeigen, denunzieren, petzen (ugs.), verpfeifen (ugs.)
verreißen
heruntermachen (ugs.), herunterreißen, kein gutes Haar lassen, schlechtmachen
verrichten
ausüben, betreiben, praktizieren
verrückt
geistesgestört, nicht bei Sinnen, schwachsinnig, toll
versagen
aussetzen, erlahmen, nicht bewähren (sich), stillstehen
Versagen
Ausfall, Untüchtigkeit, Unzulänglichkeit
Versager
Nichtsnutz, Niete (ugs.), Schwächling, Taugenichts
versammeln (sich)
sammeln (sich), zusammenkommen, zusammentreffen
versäumen
verbummeln (ugs.), verpassen, verschlampen (ugs.), verstreichen lassen, vertrödeln (ugs.)
verschieben
auf die lange Bank schieben, hinausschieben, umdisponieren
verschieden
andersartig, ungleich, unterschiedlich, verschiedenartig
Verschiedenartigkeit
Inkongruenz, Ungleichheit, Unterschiedlichkeit
verschleißen
abnutzen (sich), abschaben (sich), abwetzen (sich)
verschonen
behüten, bewahren vor, nichts zuleide tun
verschroben
seltsam, skurril, wunderlich

verschwenden
vergeuden, verprassen, verschleudern
verschwiegen
diskret, einsilbig, reserviert, schweigsam
verschwinden
abhanden kommen, untergehen, verlorengehen
verschwommen
unartikuliert, undeutlich, undifferenziert, vage
Verschwörung
Intrige, Komplott, Konspiration, Ränke
versichern
bekräftigen, beteuern, betonen, zusichern
versorgen
annehmen (sich), aufkommen für, ausstatten, kümmern (sich), versehen
verspätet
unpünktlich, zu spät
Verspätung
Unpünktlichkeit, Verzögerung, Verzug
verspielt
spielend, spielerisch, unernst
verspotten
auslachen, hänseln, verhöhnen, zum Gespött machen
versprechen
geloben, sein Wort geben, verheißen, versichern
Verstand
Denkvermögen, Erkenntnisvermögen, Intelligenz, Ratio
verständlich
deutlich vernehmbar, einzusehen, faßbar, vorstellbar
Verständnis
Einfühlungsvermögen, Einsicht, Mitgefühl
verständnisvoll
einsichtig, nachsichtig, tolerant
verstehen
auffassen, begreifen, erfassen, nachvollziehen
verstehen (sich)
harmonieren, sympathisieren, vertragen (sich)
Verstimmung
Gereiztheit, Mißstimmung, Verärgerung
verstören
aufregen, aus der Fassung bringen, beirren, kopfscheu machen
Verstoß
Delikt, Frevel, Vergehen, Zuwiderhandlung
versuchen
ausprobieren, erproben, Versuch machen
versuchsweise
behelfsweise, probeweise, provisorisch
vertagen
aufschieben, hinauszögern, verzögern
verteidigen
abwehren, erwehren (sich), Partei ergreifen, zur Wehr setzen (sich), zurückschlagen
Verteidiger
Anwalt, Fürsprecher, Verfechter
verteilen
austeilen, vergeben, zuteilen
vertiefen
ausbauen, festigen, intensivieren
vertragen (sich)
harmonisieren, schätzen (sich), sympathisieren, verstehen (sich)

vertrauen
trauen, Vertrauen entgegenbringen, zählen auf
vertraulich
intern, intim, persönlich, unter vier Augen, verschwiegen
verträumt
gedankenverloren, träumerisch, versonnen
vertraut
bekannt, gewohnt, nahestehend
vertreiben
davonjagen, verscheuchen, verstoßen, wegjagen
vertreten
aushelfen, einspringen, in die Bresche springen, Vertretung übernehmen
verübeln
krummnehmen (ugs.), verargen, verdenken
verunreinigen
beschmutzen, besudeln, verdrecken
verunsichern
beirren, beunruhigen, unsicher machen
verursachen
auslösen, bewirken, erzeugen, verschulden
verurteilen
anprangern, brandmarken, schuldig sprechen, verdammen
vervielfältigen
kopieren, reproduzieren, vermehren
Verwahrung
Aufbewahrung, Lagerung, Speicherung
verwandt
ähnlich, anverwandt, zur selben Familie gehörig
Verwandtschaft
Angehörige, Sippe, Verwandte
verwegen
heldenhaft, heldenmütig, todesmutig
verwirklichen
durchziehen (ugs.), in die Tat umsetzen, realisieren, wahr machen
verwirren
durcheinander bringen, in Unordnung bringen, verhaspeln (ugs.), verheddern (ugs.), verwühlen
verwöhnt
verhätschelt (ugs.), verzärtelt, verzogen
verwüsten
beschädigen, in Trümmer legen, verheeren, zerstören
verzeihen
entschuldigen, Nachsicht zeigen, nicht übelnehmen, vergeben
verzichten
enthalten (sich), entsagen, zurückstehen
Verzierung
Ausschmückung, Dekoration, Ornament, Schnörkel
verzogen
fortgezogen, umgezogen, weggezogen
verzögern
hinausziehen, hinauszögern, retardieren, verlangsamen
verzweifelt
gebrochen, niedergedrückt, ohne Ausweg, ohne Hoffnung, resigniert
vieldeutig
doppelsinnig, hintergründig, mehrdeutig

viele
nicht wenige, ungezählte, zahlreiche
Vielfalt
Mannigfaltigkeit, Vielfältigkeit, Vielgestaltigkeit, Vielheit
violett
fliederfarben, lavendelfarben, lila
Vision
Fata Morgana, Halluzination, Sinnestäuschung, Trugbild
Volk
Nation, Nationalität, Volksgemeinschaft
volkstümlich
allgemein verständlich, angesehen, eingängig, populär, traditionell
Volksvertreter
Abgeordneter, Delegierter, Parlamentarier
voll
gefüllt, komplett, randvoll, überfüllt
vollbringen
bewältigen, bewerkstelligen, leisten
vollenden
beenden, fertigstellen, zum Abschluß bringen
Völlerei
Orgie, Prasserei, Schlemmerei, Schwelgerei
vollkommen
meisterhaft, mustergültig, perfekt, vollendet
vollschlank
dick, korpulent, stämmig, stattlich
vollständig
komplett, lückenlos, restlos, völlig
vollziehen
ausführen, durchführen, vollführen, vollstrecken
vorangehen
an der Spitze gehen, Fortschritte machen, vorausgehen, vorwärtskommen
vorbehaltlos
bedingungslos, ohne Vorbedingung, voraussetzungslos
vorbei
gewesen, passé, überholt, verflossen
vorbereiten
bereitstellen, herrichten, zurechtlegen (sich)
vorbestellen
freihalten, reservieren, vormerken
vorbeugend
präventiv, prophylaktisch, vorsorglich
Vorbild
Beispiel, Idol, Leitbild, Vorlage
vordringlich
maßgeblich, unaufschiebbar, vorrangig
vorenthalten
für sich behalten, nicht zukommen lassen, zurückhalten
vorerst
einstweilen, fürs erste, vorläufig, zunächst
Vorgang
Ablauf, Hergang, Prozeß, Verlauf
vorgehen
Maßnahmen ergreifen, tun, verfahren
Vorgesetzter
Boß, Chef, Vorsitzender
vorhaben

Absicht haben, intendieren, sinnen auf, zum Ziel setzen
vorhanden
da, existierend, wirklich
Vorherrschaft
Hegemonie, Überlegenheit, Vorrangstellung
vorherrschen
dominieren, überwiegen, vorwiegen
vorhersagen
prophezeien, verheißen, verkünden, wahrsagen, weissagen
vorhersehbar
absehbar, voraussehbar, vorauszusehen
vornehm
adlig, aristokratisch, erlaucht, feudal
Vorrang
Priorität, Vorrangstellung, Vorrecht
Vorrat
Potential, Reserve, Reservoir, Rücklage
vorrätig
auf Lager, verfügbar, vorhanden, vorliegend
Vorrecht
Monopol, Privileg, Vergünstigung
vorsätzlich
absichtlich, bewußt, geplant, willentlich
vorschießen
vorauszahlen, vorläufig bezahlen, vorstrecken
Vorschlag
Angebot, Antrag, Offerte
vorschlagen
anerbieten (sich), empfehlen, offerieren, unterbreiten
vorschnell
übereilt, überstürzt, voreilig
vorschreiben
auferlegen, festlegen, reglementieren, verfügen
Vorschrift
Anweisung, Instruktion, Order, Verordnung
vorschriftsmäßig
gesetzmäßig, nach Vorschrift, ordnungsgemäß
vorsichtig
behutsam, schonend, sorgsam
Vorspiel
Einführung, Einleitung, Präludium, Vorspann
vorstellen
bekannt machen, einführen, präsentieren
Vorstellung
Aufführung, Darbietung, Inszenierung
Vorstoß
Angriff, Attacke, Erstürmung
vorstoßen
eindringen, gewaltsam vordringen, vorrücken
vortäuschen
fingieren, markieren, simulieren, vorgaukeln, vorgeben
Vorteil
Nutzen, Plus, Vergünstigung, Vorsprung
vorteilhaft
dienlich, förderlich, gedeihlich
Vortrag
Ansprache, Auftritt, Ausführung, Berichterstattung, Darbietung, Einführung, Erläuterung, Lesung, Predigt, Rede, Referat, Rezitation, Vorlesung
vortragen
aufsagen, deklamieren, eine

Rede halten, rezitieren
vorübergehend
auf kurze Zeit, flüchtig, temporär, zeitweise
Vorurteil
Parteilichkeit, Voreingenommenheit, vorgefaßte Meinung
vorwärts
geradeaus, nach vorn, voran, weiter
vorwegnehmen
antizipieren, vorgreifen, zuvorkommen
vorwerfen
ankreiden (ugs.), anschuldigen, Vorhaltungen machen
vorwiegend
hauptsächlich, maßgeblich, wesentlich
Vorwort
Einleitung, Prolog, Vorbemerkung, Vorrede
vorzeitig
im voraus, verfrüht, vor der Zeit
Vorzug
Bevorzugung, gute Eigenschaft, Vorteil
vorzüglich
delikat, köstlich, vortrefflich

W

wach
aufgewacht, ausgeschlafen, erwacht
wachen
achtsam sein, wach sein, Wache halten
wachsam
achtsam, auf der Hut, aufmerksam
wachsen
aufwachsen, entwickeln (sich), gedeihen, heranwachsen
Wachstum
Entwicklungsphase, Fortschritt, Reifung, Zuwachs
Wächter
Aufseher, Hüter, Pfleger, Wachtposten, Wärter
wackelig
gelockert, schwankend, zittrig
wackeln
kippeln (ugs.), lose sein, zappeln
waffenlos
entwaffnet, machtlos, unbewaffnet, ungerüstet
wagen
erkühnen (sich), herausnehmen (sich), riskieren, trauen (sich), unterstehen (sich)
Wagen
Auto, Kraftwagen, Personenwagen
Wagnis
Abenteuer, Risiko, Wagestück
Wahl
Abstimmung, Auswahl, Erwählung, Urnengang
wählen
abstimmen, eine Wahl treffen, erküren, ernennen, votieren
wahllos
aufs Geratewohl, beliebig, willkürlich
wahnsinnig
geistesgestört, irrsinnig, schwachsinnig
wahr
ungelogen, wahrheitsgetreu, zutreffend
wahren
aufrechterhalten, beibehalten, bewahren
während
indessen, inzwischen, unterdessen, währenddessen
Wahrheit
Gewißheit, Richtigkeit, Tatsache
wahrnehmen
bemerken, gewahr werden, gewahren
wahrscheinlich
anscheinend, mutmaßlich, vermutlich
Wald
Forst, Gehölz, Hain, Waldung
waldig
baumbestanden, bewaldet, waldreich
wallen
aufwallen, brodeln, schäumen, sprudeln
wälzen
rollen, suhlen (sich)
Wandel
Umwälzung, Veränderung, Wandlung, Wende

wandelbar
anpassungsfähig, veränderbar, wandlungsfähig
wandeln
ändern (sich), anders werden, ergehen (sich), lustwandeln, schlafwandeln, spazieren, wenden (sich)
wandern
herumstreifen, schweifen, spazierengehen, Wanderungen machen
wankelmütig
unbeständig, unentschlossen, unschlüssig
Ware
Artikel, Erzeugnis, Handelsware, Produkt
warm
durchwärmt, heiß, lind, mild, temperiert
Wärme
Bruthitze (ugs.), Hitze, Schwüle
wärmen
anwärmen, aufwärmen, erwärmen, heizen
warnen
alarmieren, mahnen, verwarnen
warten
abwarten, erwarten, gedulden (sich), harren, verharren
warum
weshalb, weswegen, wieso
waschen
abwaschen, auswaschen, reinigen, säubern
Waschmittel
Seifenartikel, Seifenpulver, Waschpulver
Wasser
Flüssigkeit, Gewässer, Naß
wasserarm
entwässert, niederschlagsarm, regenarm, trocken
wäßrig
dünnflüssig, fade, verwässert, wasserhaltig
wechseln
abwechseln, austauschen, verändern
wechselseitig
abwechselnd, gegenseitig, wechselweise
wecken
aufstören, aufwecken, wachrufen, wachrütteln
Weg
Lauf (bei Flüssen), Pfad, Route, Steg
wegbringen
beiseite schaffen, entfernen, fortschaffen
wegen
aufgrund, infolge, kraft, weil, zwecks
wegfallen
ausfallen, entfallen, fortfallen
weggehen
aufbrechen, davongehen, fortgehen, seiner Wege gehen
weglassen
ausklammern, auslassen, fortlassen, streichen, überspringen
weglaufen
das Weite suchen, davonlaufen, entlaufen, Reißaus nehmen (ugs.), türmen (ugs.)
wegnehmen
abnehmen, entnehmen, entreißen, entwenden
wegräumen
abräumen, beiseite stellen, wegschaffen, wegstellen
wegschicken
abschicken, absenden, fort-

schicken, hinauswerfen, zum Gehen auffordern
wegschieben
abschieben, verdrängen, wegrücken
weg sein
auf und davon sein, spurlos verschwunden sein, unterwegs sein
wegwerfen
ausrangieren, aussondern, fortwerfen, wegschmeißen (ugs.), wegtun
wegwerfend
abfällig, abschätzig, geringschätzig, verächtlich
wegziehen
aufdecken, ausziehen, sichtbar machen, umsiedeln, umziehen, verziehen
wehen
flattern, säuseln, winden
wehleidig
überempfindlich, weichlich, weinerlich, zimperlich
wehmütig
bekümmert, schwermütig, trübselig
wehren (sich)
sträuben (sich), verteidigen (sich), widersetzen (sich), Widerstand leisten, widerstehen
wehrlos
ausgeliefert, preisgegeben, schutzlos
weiblich
feminin, frauenhaft, fraulich
weich
flauschig, mollig, samtweich, seidig
weichen
ausweichen, zurückweichen, zurückziehen (sich)
Weihnachten
Heiligabend, Weihnachtsabend, Weihnachtsfeiertage, Weihnachtsfest
weilen
aufhalten (sich), verharren, verweilen
weinen
heulen (ugs.), in Tränen ausbrechen, schluchzen, wimmern
weise
abgeklärt, gereift, klug, lebenserfahren
Weisheit
Lebenserfahrung, Lebensklugheit, Lebensweisheit
weiß
blütenweiß, perlweiß, silberweiß, weißlich
Weisung
Anordnung, Direktive, Verfügung, Verhaltensmaßregel
weit
entfernt, in weiter Ferne, weitläufig, weiträumig
weitblickend
vorausblickend, vorausschauend, weitsichtig
Weite
Ausdehnung, Ferne, Reichweite
weiten
ausbreiten (sich), ausweiten, entfalten (sich), erweitern
welk
schlaff (ugs.), verblüht, verdorrt, vertrocknet, verwelkt
Welle
Brandung, Brecher, Woge
Welt
Erdball, Erde, Kosmos, Universum, Weltall

weltfremd
unrealistisch, weltentrückt, weltverloren, wirklichkeitsfern
weltgewandt
welterfahren, weltläufig, weltmännisch
weltlich
diesseitig, irdisch, profan, säkular
Wendigkeit
Agilität, Flexibilität, Gewandtheit, Mobilität
wenig
kaum etwas, kümmerlich, spärlich, zuwenig
wenn
falls, für den Fall, sofern
werben
anpreisen, anwerben, bewerben, propagieren
Werbung
Propaganda, Public Relations, Reklame
werfen
katapultieren, schleudern, schmettern, schnellen
Werk
Gesamtwerk, Meisterwerk, Œuvre, Opus, Schaffen
Werkstatt
Arbeitsraum, Atelier, Studio, Werkstätte
wertlos
belanglos, minderwertig, nutzlos, ohne Wert
Wesen
Charakter, Geschöpf, Kreatur, Lebewesen, Naturell
wesentlich
essentiell, gewichtig, relevant, signifikant, substantiell, wichtig
wider
entgegen, gegen, im Widerspruch zu
Widerhall
Echo, Nachhall, Resonanz
widerlegen
ad absurdum führen, das Gegenteil beweisen, entkräften
widernatürlich
abartig, abnorm, anormal, pervers, unnormal
widerrechtlich
illegal, rechtswidrig, unrechtmäßig
Widerruf
Ableugnung, Dementi, Zurücknahme
widerrufen
dementieren, rückgängig machen, verleugnen, zurücknehmen
Widersacher
Antipode, Gegenspieler, Gegner, Kontrahent
widersinnig
absurd, unsinnig, vernunftwidrig
widerspenstig
bockbeinig, starrsinnig, trotzköpfig, widerborstig
widersprechen
dagegenreden, Einspruch erheben, entgegenhalten, kontern, protestieren
Widerstand
Auflehnung, Gegendruck, Renitenz, Weigerung, Widerspruch
widerstandsfähig
abgehärtet, immun, resistent, robust, unempfindlich
wieder
abermals, erneut, nochmals, wiederum
Wiederaufleben

Neubelebung, Renaissance, Wiederbelebung, Wiedererweckung, Wiedergeburt
Wiedergabe
Kopie, Reproduktion, Vervielfältigung
Wiederherstellung
Instandsetzung, Restaurierung, Wiederbelebung, Wiedererstehung
wiederholen
noch einmal tun, rekapitulieren, repetieren
wild
lebhaft, ungebändigt, ungezähmt, unzugänglich
Wille
Absicht, Entschluß, Vorsatz, Wollen
willensschwach
energielos, haltlos, nachgiebig, weich, willenlos
wirklich
faktisch, real, realiter, tatsächlich
Wirklichkeit
Gegebenheit, Realität, Sachlage, Tatbestand, Tatsache
wirkungsvoll
effektvoll, effizient, erfolgreich, wirksam
wirr
heillos, undurchschaubar, unübersichtlich, verfahren
wirtschaftlich
gewinnbringend, lohnend, ökonomisch, rentabel
Wissen
Erfahrung, Gelehrtheit, Gewißheit, Kenntnis
wodurch
wobei, woher, womit, wonach, wovon
wohlwollend
geneigt, gewogen, wohlgesinnt, wohlmeinend
wohnen
besiedeln, bewohnen, hausen, logieren
Wohnsitz
Domizil, Heim, Wohnung, Zuhause
wollen
anstreben, gewillt sein, vorhaben, willens sein, zu tun gedenken
Wortbruch
Eidbruch, Meineid, Wortbrüchigkeit
wortgewandt
beredt, redegewaltig, zungenfertig
wortkarg
einsilbig, lakonisch, schweigsam, verschlossen
wörtlich
buchstäblich, wortgetreu, wortwörtlich
Wunde
Blessur, Verletzung, Verwundung
wundern (sich)
erstaunen, staunen, verblüfft sein, verwundern (sich)
Wunsch
Anliegen, Begehren, Bitte, Ersuchen, Verlangen
wünschen
begehren, erhoffen, ersehnen, erträumen (sich)
Würde
Ansehen, Anstand, Gemessenheit, Haltung, Unantastbarkeit
würdevoll
erhaben, gefühlvoll, pathe-

tisch, weihevoll
würdigen
anerkennen, ehren, loben, rühmen
würzig
gut gewürzt, herzhaft, pikant, scharf
wüten
ausbrechen, brausen, explodieren, heftig werden, rasen, toben

Z

zackig
flott, gezackt, gezähnt, scharfkantig, schneidig
zaghaft
ängstlich, bänglich, schüchtern, verängstigt
zäh
ledern, unbeirrbar, unverdrossen, widerstandsfähig
Zahl
Anzahl, Nummer, Ziffer
zahlen
anlegen, ausgeben, begleichen, bezahlen, entrichten
zählen
aufzählen, dazuzählen, zusammenzählen
zahllos
in großer Zahl, unendlich, unzählbar, unzählig
Zahlung
Abzahlung, Begleichung, Bezahlung, Einzahlung
zahlungsfähig
flüssig, kapitalkräftig, kaufkräftig, liquid, solvent, zahlungskräftig
zahm
abgerichtet, gebändigt, gezähmt, zutraulich
Zahnersatz
Gebiß, Prothese, Zahnfüllung, Zahnprothese
Zank
Gezänk, Reibereien (ugs.), Streitigkeiten
zanken (sich)
auseinandersetzen (sich), in Streit geraten, zerstreiten (sich)
zänkisch
streitsüchtig, unverträglich, zanksüchtig
zappelig
aufgeregt, rastlos, unruhig
zart
behutsam, fein, sacht, zerbrechlich
zartbesaitet
einfühlsam, empfindlich, feinfühlig, sensibel
zärtlich
liebevoll, sanft, weich
Zärtlichkeit
Liebkosung, Streicheleinheiten (ugs.), Umarmung
Zauber
Betörung, Bezauberung, Hokuspokus, Magie
zauberhaft
betörend, bezaubernd, charmant, entzückend
Zauberin
Fee, Hexe, Magierin
zaubern
hexen, verhexen, Zauberei betreiben
Zaun
Einfriedung, Einzäunung, Gatter, Umzäunung
zehren
auslaugen, erschöpfen, nagen, strapazieren
Zeichen
Anzeichen, Hinweis, Mal, Merkmal, Sinnbild
zeichnen
abzeichnen, aufzeichnen,

nachzeichnen
zeigen
demonstrieren, deuten, einsichtig machen, hindeuten, weisen
Zeit
Frist, Weile, Zeitspanne
zeitlich
endlich, kurzlebig, zeitgebunden
zeitlos
bleibend, nicht der Mode unterworfen, zeitungebunden
Zeitmaß
Rhythmus, Takt
Zeitraum
Ära, Epoche, Periode, Zeitabschnitt, Zeitalter
Zeitschrift
Illustrierte, Wochenmagazin, Wochenzeitschrift
Zeitung
Lokalzeitung, Organ, Tageszeitung
zensieren
benoten, beurteilen, rezensieren
Zensur
Benotung, Kontrolle, Note, Zeugnisnote
zerbrechen
auseinanderbrechen, in die Brüche gehen,
in Stücke brechen, zerschellen
zerbrechlich
brechbar, fragil, splittrig
zerfallen
auseinanderfallen, zerbröckeln, zersetzen (sich)
zerfurchen
aufwühlen, furchen, pflügen
zergliedern
analysieren, aufgliedern, auseinandernehmen, zerstückeln
zerkleinern
zerhacken, zerkrümeln, zerschneiden
zerknirscht
beschämt, bußfertig, reumütig, schuldbewußt
zerknittern
knittern, zerdrücken, zerknautschen (ugs.), zerknüllen (ugs.)
zerlegen
abbauen, demontieren, zerteilen
zermahlen
mahlen, pulverisieren, zerreiben, zerstoßen
zermalmen
breitdrücken, zerquetschen, zerstampfen
zerreißen
in Stücke reißen, zerfasern, zerfetzen, zerrupfen
zerrüttet
gebrochen, ruiniert, vernichtet
zersetzend
ätzend, auflösend, subversiv, umstürzlerisch
zerstören
auslöschen, ruinieren, vernichten, zugrunde richten
Zerstörung
Verheerung, Vernichtung, Verwüstung, Zersetzung
zerstreuen
ablenken (sich), aufmuntern, auseinandertreiben, versprengen
zerstreut
geistesabwesend, unaufmerksam, unkonzentriert, zerfahren

Zerstreutheit
Abgelenktheit, Gedankenlosigkeit, Konzentrationsschwäche
Zerstreuung
Ablenkung, Abwechslung, Unterhaltung
zertrümmern
demolieren, zerschlagen, zerschmettern
zerzaust
strähnig, strubbelig, ungekämmt, verstrubbelt, zottig
Zeug
Gewebe, Kleidung, Kram, Krempel (ugs.), Material
Zeuge
Augenzeuge, Tatzeuge, Zuschauer
Zeugnis
Aussage, Befähigungsnachweis, Bekundung, Zertifikat
Zeugungskraft
Fruchtbarkeit, Gebärfähigkeit, Potenz, Zeugungsfähigkeit
ziehen
ins Schlepptau nehmen, spannen, zerren
Ziel
Bestimmung, Bestreben, Vorhaben, Zielsetzung
zielbewußt
entschlossen, unbeirrt, zielsicher, zielstrebig
zielen
ansteuern, anvisieren, ins Auge fassen
ziellos
planlos, ungeplant, unsystematisch
ziemen (sich)
gehören (sich), geziemen (sich), schicken (sich)
ziemlich
annähernd, einigermaßen, ungefähr
Zierde
Dekor, Schmuck, Verzierung
zieren
ausschmücken, dekorieren, verzieren
zieren (sich)
anstellen (sich), genieren (sich), haben (sich), sträuben (sich)
zierlich
grazil, schlank, schmächtig
zischen
fauchen, lispeln, zischeln
zittern
beben, erschauern, schlottern (ugs.), vibrieren
zögern
unschlüssig sein, zagen, zaudern
zögernd
entschlußlos, schwankend, zaudernd
Zoo
Tiergarten, Tierpark, Zoologischer Garten
Zorn
Empörung, Gereiztheit, Verärgerung, Wut
zornig
entrüstet, erbost, wütend
Zubehör
Accessoires, Beigabe, Extra, Utensilien
zubereiten
anrichten, bereiten, herrichten
zubilligen
bewilligen, stattgeben, zugestehen
Zubringer
Auffahrt, Autobahnzubringer, Zufahrt, Zuleitung

Zucht
Aufzucht, Disziplin, Ordnung, Selbstbeherrschung
züchten
heranziehen, kultivieren, veredeln
züchtig
keusch, sittlich, sittsam
Züchtigung
Bestrafung, Maßregelung, Prügelstrafe
zuchtlos
lasterhaft, unsittlich, verrucht
zucken
durchzucken, zusammenfahren, zusammenzucken
zuckern
süßen, überzuckern, versüßen
zudecken
bedecken, überdecken, verhüllen
zudringlich
aufdringlich, lästig, unverschämt
Zudringlichkeit
Annäherungsversuch, Belästigung, Dreistigkeit
zuerst
als erstes, vorab, zunächst, zuvor
Zufall
Fügung, Gelegenheit, Zufälligkeit
zufallen
ins Schloß fallen, zuklappen, zuschnappen
zufällig
unabsichtlich, unerwartet, unverhofft
zufließen
zuführen, zulaufen, zuströmen
Zuflucht
Asyl, Refugium, Zufluchtsort
zufolge
demnach, gemäß, laut
zufrieden
befriedigt, genügsam, wunschlos
zufügen
antun, ergänzen, hinzufügen, jdn. schädigen, zuleide tun
Zufuhr
Abgabe, Lieferung, Zuführung
Zug
Eisenbahnzug, Kolonne, Luftzug, Prozession, Umzug
zugänglich
aufgeschlossen, empfänglich, umgänglich
zugeben
bekennen, eingestehen, einräumen
zugehörig
angeschlossen, dazugehörend, integriert
zugeknöpft (ugs.)
unaufgeschlossen, unzugänglich, verbohrt (ugs.)
Zügel
Kandare, Zaum, Zügelung
Zugeständnis
Entgegenkommen, Kompromiß, Konzession
zugkräftig
reißerisch, schlagkräftig, werbewirksam
zugrunde gehen
sterben, untergehen, verkommen, verwildern
zugunsten
für, zuliebe, zum Vorteil von
zugute kommen
von Nutzen sein, Vorteil bringen, zustatten kommen
zuhören
anhören (sich), hinhören, lauschen

Zukunft
bevorstehende Zeit, Folgezeit, Kommendes
zukünftig
in Zukunft, künftig, nächstens, später
zulassen
geschehen lassen, hinnehmen, tolerieren
zulässig
genehmigt, gestattet, statthaft
zuletzt
am Schluß, an letzter Stelle, letztlich, schließlich
zumindest
geringstenfalls, mindestens, wenigstens
zumutbar
auszuhalten, tragbar, zuzumuten
zunächst
einstweilen, vorerst, vorläufig
zünden
anzünden, auslösen, entfachen, entzünden
zunehmen
ausdehnen (sich), dick werden, vergrößern (sich), vermehren (sich)
zunehmend
in erhöhtem Maße, steigend, vermehrt, wachsend
Zuneigung
Geneigtheit, Liebe, Sympathie, Wohlwollen
zupacken
anpacken, helfen, zufassen, zugreifen
zurechtkommen
auskommen, fertigwerden (ugs.), klarkommen (ugs.), pünktlich sein
zurechtweisen
ermahnen, maßregeln, Vorhaltungen machen
zureichend
genügend, hinlänglich, hinreichend
zürnen
grollen, verargen, verübeln, zornig sein
zurückbleiben
abfallen, übrigbleiben, zurückfallen
zurückerinnern (sich)
zurückblicken, zurückdenken, zurückschauen
zurückgeben
wiedergeben, zurückbringen, zurückerstatten, zurücksenden
zurückgehen
umkehren, zurückbegeben (sich), zurückbilden (sich)
zurückgezogen
abgeschieden, abgesondert, einsiedlerisch
zurückhalten
hemmen, nicht aufkommen lassen, unterdrücken
zurückhaltend
dezent, passiv, taktvoll, unaufdringlich
zurückkommen
wiederkehren, wiederkommen, zurückkehren
zurücklassen
dalassen, hinterlassen, übriglassen
zurücklegen
aufheben, aufsparen, beiseite legen, reservieren
zurückliegend
entschwunden, lange her, vergangen

zurückrufen
abberufen, abrufen, zurückbeordern
zurückstellen
benachteiligen, verschieben, zurücksetzen
zurücktreten
abdanken, aus dem Amt scheiden, kündigen, sein Amt niederlegen
zurückweisen
abweisen, ausschlagen, verschmähen
zurückwerfen
reflektieren, widerspiegeln, zurückstrahlen
zurückziehen (sich)
abkapseln (sich), distanzieren (sich), isolieren (sich)
zusagen
garantieren, gefallen, verpflichten (sich), versprechen
zusammen
beisammen, gemeinsam, miteinander
zusammenballen (sich)
ansammeln (sich), heranziehen, zusammenbrauen (sich), zusammenziehen (sich)
zusammenbrechen
einfallen, einstürzen, zusammenstürzen
Zusammenfassung
Abriß, Inhaltsangabe, Kurzfassung, Resümee
zusammenfügen
verknüpfen, zusammenheften, zusammensetzen
zusammenhalten
solidarisieren, zueinander halten, zusammenstehen
zusammenhängen
abhängen, in Zusammenhang, verbunden
zusammenhanglos
diskontinuierlich, stückweise, unterbrochen, unzusammenhängend
zusammenlaufen
herbeieilen, herbeiströmen, versammeln (sich), zusammenströmen
zusammennehmen (sich)
bezwingen (sich), fassen (sich), zusammenreißen (sich)
zusammenschlagen (ugs.)
niederschlagen, zu Boden schlagen, zusammenhauen (ugs
zusammensinken
ohnmächtig werden, umfallen, zusammenklappen (ugs.), zusammensacken (ugs.)
zusammenstellen
anordnen, einrichten, gruppieren, katalogisieren
Zusammenstoß
Anprall, Aufprall, Aufschlag, Karambolage
zusammenstoßen
aufeinandertreffen, kollidieren, zusammenprallen
zusammentun (sich)
verbrüdern (sich), verbünden (sich), vereinigen (sich)
zusätzlich
außerdem, obendrein, überdies
zuschauen
betrachten, gaffen (ugs.), zusehen
Zuschauer
Beobachter, Beschauer, Betrachter
Zuschlag
Aufpreis, Aufschlag, Mehrpreis

zuschließen
abschließen, absperren, verriegeln, verschließen
zuschnüren
umschnüren, verschnüren, zubinden, zusammenbinden
Zuschuß
Beihilfe, Subvention, Unterstützung
Zusicherung
Beteuerung, Ehrenwort, Versprechen, Zusage
Zustand
Befinden, Lage, Status, Verfassung
zustande bringen
auf die Beine stellen, fertigbringen, schaffen, zuwege bringen
zuständig
autorisiert, ermächtigt, verantwortlich
Zuständigkeit
Kompetenz, Sachverständigkeit, Vollmacht
zustimmend
anerkennend, beipflichtend, billigend, einverstanden
Zustimmung
Billigung, Einverständnis, Einwilligung, Genehmigung, Plazet
zustoßen
begeben (sich), geschehen, passieren, widerfahren
Zustrom
Andrang, Ansturm, Zulauf
zuteilen
austeilen, verteilen, zuerteilen, zuweisen
zuverlässig
glaubwürdig, verantwortungsbewußt, verbürgt, verläßlich
zuversichtlich
getrost, hoffnungsvoll, optimistisch, vertrauensvoll
zuviel
allzuviel, über Gebühr, übermäßig, überschüssig
zuweilen
ab und zu, dann und wann, hin und wieder, von Zeit zu Zeit
zuwenden (sich)
hinwenden (sich), zudrehen (sich), zukehren (sich)
zuwiderhandeln
entgegenhandeln, freveln, sündigen, verstoßen (gegen)
zuziehen
ansiedeln (sich), einhandeln (sich), heranziehen, hinzuziehen, niederlassen (sich)
zuzüglich
dazu, hinzukommend, ungerechnet
Zwang
Druck, Gewalt, Unfreiheit
zwanglos
gelöst, natürlich, unbefangen, ungezwungen
zwar
allerdings, wohl, zumal
zwecklos
fruchtlos, müßig, vergebens
zweckmäßig
sachdienlich, sinnvoll, zweckdienlich, zweckentsprechend
Zweifel
Argwohn, Bedenken, Mißtrauen, Unsicherheit, Verdacht
zweifelhaft
fraglich, umstritten, unbewiesen, unglaubhaft

zweifellos
unbestreitbar, unzweifelhaft, zweifelsfrei
zweifeln
bezweifeln, in Frage stellen, in Zweifel ziehen
Zweig
Ast, Bereich, Branche, Gebiet
Zweigstelle
Außenstelle, Filiale, Nebenstelle, Niederlassung
Zwerg
Däumling, Gnom, Kobold, Wicht
Zwiespalt
Dilemma, Klemme, Konflikt, Ratlosigkeit, Widerstreit
zwiespältig
gespalten, mit sich uneins, unentschieden, zerrissen
zwingen
Druck ausüben, erpressen, nötigen
zwingend
einleuchtend, stichhaltig, überzeugend
zwischen
dazwischen, inmitten, mittendrin, unter
Zwischenfall
Episode, Störung, Unannehmlichkeit
Zwischenspiel
Einlage, Interludium, Intermezzo
Zwist
Auseinandersetzung, Konflikt, Kontroverse, Zwistigkeit
zwitschern
pfeifen, piepen, piepsen
Zwitter
Doppelgeschlechtlichkeit, Zwittertum, Zwittrigkeit
zynisch
bissig, sarkastisch, spöttisch

Schnellsuchregister

A

aalen (sich) (ugs.)
→ räkeln (sich)
abändern → ändern
Abänderung
→ Veränderung
abartig
abartig
→ widernatürlich
Abbau
abbauen → zerlegen
abbeißen → beißen
abberufen
→ zurückrufen
abbestellen
→ aufgeben
abbiegen
abbiegen → biegen
Abbild → Bild
abbilden
abbilden
→ darstellen
Abbildung → Bild
Abbitte
→ Entschuldigung
abbitten
→ entschuldigen
(sich)
Abbitte tun
→ entschuldigen
(sich)
abbrechen
abbrechen
→ abmachen
abbrechen
→ aufgeben
abbrechen
→ hinwerfen
abbrechen
→ niederreißen
abbremsen
→ bremsen
abbringen von
→ entwöhnen
Abbruch → Abbau
abbruchreif
→ baufällig
abbüßen → büßen
abdanken
→ zurücktreten
Abdankung
→ Rücktritt
Abendbrot
→ Abendessen
Abendessen
abendlich → dunkel
Abenteuer
→ Wagnis
aber
aber → doch
Aberglaube
abermals
→ nochmals
abermals → wieder
abernten → ernten
aberwitzig
→ hirnverbrannt
(ugs.)
Abfall
abfallen
→ zurückbleiben
abfällig
→ geringschätzig
abfällig
→ wegwerfend
abfassen
→ schreiben
abfassen
→ verfassen
abfedern → federn
abfertigen
→ erledigen
abfinden
→ entschädigen
Abfindung
→ Entschädigung
abflauen
→ dahinschwinden
abflauen
→ nachlassen
abfragen → prüfen
Abfuhr
→ Ablehnung
Abgabe → Beitrag
Abgabe → Lieferung
Abgabe → Steuer
Abgabe → Verkauf
Abgabe → Zufuhr
abgeben
→ absondern
abgeben
→ hergeben
abgeben mit (sich)
→ befassen mit
(sich)
abgedroschen (ugs.)
→ phrasenhaft
abgehackt → holprig
abgehackt
→ stockend
abgehärtet
→ widerstandsfähig
abgekämpft → fertig
sein
abgeklärt → weise
abgelegen
abgelegen → fern
Abgelenktheit
→ Zerstreutheit
abgelten
→ entschädigen

abgemacht sein
→ festliegen
abgenutzt → alt
Abgeordneter
Abgeordneter
→ Volksvertreter
abgerichtet → zahm
abgerissen → lose
abgeschabt
→ schäbig
abgeschieden
→ abgelegen
abgeschieden
→ zurückgezogen
abgeschlossen
→ fertig
abgesondert
→ einzeln
abgesondert
→ zurückgezogen
abgespannt
→ erschöpft
Abgespanntheit
→ Erschöpfung
abgestanden
→ schal
abgestorben
→ blutleer
abgestorben
→ leblos
abgestuft
→ stufenweise
abgetragen
→ schäbig
abgetrennt
→ verlassen
abgewöhnen
→ entwöhnen
abgleiten
→ abweichen
abgrenzen
→ unterscheiden
Abgrund
Abgrund → Tiefe
abgrundtief → tief
abhandeln
→ erörtern
abhanden
→ verloren
abhanden kommen
→ verschwinden
abhängen
→ zusammenhängen
abhängig
Abhängigkeit
abheilen → heilen
abhetzen (sich)
→ hasten
abholen → holen
abholzen → lichten
abholzen → roden
abhören → horchen
abirren → verirren (sich)
abjagen (sich)
→ hasten
abkapseln (sich)
→ zurückziehen (sich)
abkassieren
→ kassieren
Abkehr → Abfall
abkehren von (sich)
→ lossagen (sich)
Abkommen
→ Abmachung
abkommen
→ abweichen
Abkommen
→ Verabredung
Abkömmling → Kind
Abkömmling
→ Nachkomme
Abkunft
→ Herkommen
Ablauf → Lauf
Ablauf → Vorgang
ablaufen
→ nachlassen
ablaufen
→ verjähren
ablaufen
→ verlaufen
ableben
→ hinscheiden
ableben → sterben
Ableben → Tod
ablecken → lecken
ablegen → einordnen
ablegen → lagern
ablegen → legen
Ableger
ablehnen
ablehnen
→ verabscheuen
Ablehnung
ableiten → folgern
ableiten
→ schließen
ablenken (sich)
→ zerstreuen
Ablenkung
→ Zerstreuung
Ableugnung
→ Widerruf
Ablichtung
→ Fotokopie
ablösen → lockern
ablösen → lösen
Ablösung
→ Entlassung
Ablösung
→ Entschädigung
abmachen
Abmachung
Abmachung
→ Verabredung
abmagern
→ abnehmen

Abmagerungskur
→ Schlankheitskur
abmessen
→ messen
Abnahme
→ Rückgang
abnehmen
abnehmen
→ erleichtern
abnehmen
→ nachlassen
abnehmen
→ wegnehmen
abnehmend
→ rückläufig
Abneigung
abnorm → abartig
abnorm
→ widernatürlich
abnutzen (sich)
→ verschleißen
abonnieren
→ beziehen
abpflücken
→ pflücken
abqualifizieren
→ herabsetzen
abräumen
→ wegräumen
Abrechnung
→ Rache
Abrechnung
→ Strafe
abreiben → reiben
abreißen
→ losreißen
abreißen
→ niederreißen
Abriß
→ Zusammenfassung
abrufen
→ zurückrufen
abrunden
→ ergänzen
Abrundung
→ Ergänzung
absacken → sinken
Absage
→ Ablehnung
Absatz → Verkauf
abschaben (sich)
→ verschleißen
abschaffen
→ beseitigen
abschatten
→ schattieren
abschattieren
→ nuancieren
abschattieren
→ schattieren
Abschattierung
→ Tönung
abschätzen
→ schätzen
abschätzig
→ geringschätzig
abschätzig
→ wegwerfend
Abscheu
→ Abneigung
Abscheu empfinden
→ verabscheuen
abscheulich
abscheulich
→ geschmacklos
abschicken
→ wegschicken
abschieben
→ wegschieben
abschießen
→ schießen
abschirmen
→ schützen
Abschirmung
→ Schutz
abschließen
→ beenden
abschließen
→ zuschließen
Abschluß → Ende
abschmecken
→ kosten
abschneiden
→ beschneiden
Abschnitt → Stück
Abschrift
abschwächen
→ lindern
abschweifen
→ abweichen
abschwenken
→ abbiegen
abschwören
→ lossagen (sich)
absehbar
→ vorhersehbar
abseitig
→ abgelegen
absenden
→ wegschicken
Absender
→ Briefschreiber
absetzen
→ hinstellen
absetzen → setzen
absetzen → stellen
absichern → sichern
Absicht → Wille
Absicht haben
→ vorhaben
absichtlich
absichtlich
→ vorsätzlich
absichtsvoll
→ absichtlich
absichtsvoll
→ beabsichtigt
absinken → sinken

Absonderlichkeit
→ Seltsamkeit
absondern
absorbieren
→ saugen
Abspaltung
→ Trennung
absperren
→ schließen
absperren
→ zuschließen
Absperrung
→ Blockade
abspielen → spielen
abspielen (sich)
→ verlaufen
Absprache
→ Abmachung
absprechen
→ verabreden
abspringen
→ hinunterspringen
Absprung → Sprung
abstammen
→ herstammen
Abstammung
→ Herkommen
Abstand
absteigen
→ hinabsteigen
Absteigequartier
→ Hotel
abstellen
→ hinstellen
abstellen → stellen
abstillen
→ entwöhnen
abstimmen
→ wählen
Abstimmung
→ Wahl
abstinent
→ enthaltsam
Abstinenz
→ Enthaltsamkeit
abstoppen
→ bremsen
abstoßend
→ häßlich
abstrahieren
→ verallgemeinern
abstrakt → ideell
Abstraktion → Idee
abstreiten
→ bestreiten
abstreiten
→ verleugnen
abstufen
→ schattieren
Abstufung
→ Tönung
abstützen → sichern
abstützen → stützen
absuchen
→ durchsuchen
absurd → sinnlos
absurd
→ widersinnig
Absurdität
→ Sinnlosigkeit
abtönen
→ nuancieren
abtönen
→ schattieren
Abtreibung
abtrennen
→ abbrechen
Abtrennung
→ Trennung
abtrocknen
→ trocknen
abtrünnig → treulos
abtrünnig → untreu
Abtrünnigkeit
→ Untreue
ab und zu
→ manchmal
ab und zu
→ zuweilen
abwägen
→ durchdenken
Abwandlung
→ Umwandlung
Abwandlung
→ Veränderung
abwarten → warten
abwaschen
→ waschen
abwechseln
→ wechseln
abwechselnd
→ wechselseitig
Abwechslung
→ Zerstreuung
Abwehr
abwehren
→ abbiegen
abwehren
→ verteidigen
abweichen
Abweichung
abweisen
→ ablehnen
abweisen
→ zurückweisen
abweisend
→ spröde
Abwendung
→ Abfall
abwertend
→ geringschätzig
abwesend → fort
abwesend sein
→ fehlen
Abwesenheit
abwetzen (sich)
→ verschleißen
abwickeln
→ durchführen

abwickeln
→ erledigen
Abwicklung
→ Bewerkstelligung
abzahlen
→ bezahlen
Abzahlung
→ Zahlung
Abzeichen
abzeichnen
→ zeichnen
abzielen auf
→ beabsichtigen
Abzug → Rückzug
abzüglich → ohne
abzupfen
→ pflücken
Accessoires
→ Zubehör
achtbar
→ charakterfest
achtbar → ehrbar
Achtbarkeit
→ Biederkeit
ächten
→ brandmarken
achten → ehren
achten (auf)
→ beachten
achtgeben
→ aufpassen
achtgeben
→ beobachten
achtlos
→ unachtsam
Achtlosigkeit
→ Unachtsamkeit
achtsam
→ aufmerksam
achtsam
→ wachsam
Achtsamkeit
→ Konzentration
achtsam sein
→ wachen
Achtung
Ächtung → Bann
Achtung
→ Hochachtung
Achtung
→ Verehrung
ächzen → stöhnen
Acker → Feld
Ackerbau
→ Landwirtschaft
ad absurdum führen
→ widerlegen
adlig → vornehm
Administration
→ Behörde
Affäre → Sache
affirmativ → positiv
Affront
→ Beleidigung
aggressiv
→ angriffslustig
aggressiv
→ kämpferisch
agieren → handeln
agieren → spielen
Agilität
→ Wendigkeit
Agrarier → Bauer
Agrikultur
→ Landwirtschaft
ahnden → rächen
ahnden → strafen
ähnlich → verwandt
ahnungslos
→ unwissend
Ahnungslosigkeit
→ Unkenntnis
Ahnungslosigkeit
→ Unwissenheit
Airport
→ Flugplatz
Akklimatisierung
→ Gewöhnung
akkurat → genau
akkurat → präzise
Akkuratesse
→ Sorgfalt
Akribie → Sorgfalt
Akteur → Darsteller
Akteur
→ Schauspieler
Aktienkurs
→ Börsenkurs
aktiv
aktiv → tätig
Aktiva → Guthaben
Aktivität
aktuell → modern
akut → dringend
akzentuiert → betont
akzeptabel
→ erträglich
alarmieren
→ warnen
albern → kindisch
albern → lächerlich
albern → scherzen
Alkoholiker
→ Trinker
alle
alle → jeder
Allegorie → Sinnbild
allein
Alleinherrschaft
→ Diktatur
alleinig
→ ausschließlich
allein lassen
→ verlassen
Alleinsein
→ Einsamkeit
alleinstehend
→ ledig
allenfalls

→ höchstens
allenthalben
→ überall
allen zugänglich
→ öffentlich
allerdings → zwar
allerletzte → letzte
allerorten → überall
allesamt → alle
alles in allem
→ pauschal
Alleswisser
→ Besserwisser
alle Tage → täglich
alle viere von sich
strecken (ugs.)
→ liegen
allgemein
Allgemeinbildung
→ Bildung
Allgemeinheit
→ Öffentlichkeit
allgemein
verständlich
→ volkstümlich
Allianz → Bund
Allianz → Koalition
alliieren (sich)
→ verbünden (sich)
Alliierter
→ Verbündeter
allmächtig
→ mächtig
allmählich
→ langsam
allseits → überall
alltäglich → banal
alltäglich
→ durchschnittlich
alltäglich → täglich
alltäglich → üblich
Alltagsmensch
→ Durchschnittsbürger
allzuviel → zuviel
Alptraum → Traum
als Anlage
→ beiliegend
als erstes → zuerst
also
als unbedeutend
hinstellen
→ bagatellisieren
alt
altbewährt
→ bewährt
alteingesessen
→ einheimisch
Altenteil
→ Ruhestand
Alter
Alter→ Lebensabend
Alternativszene
→ Subkultur
altersschwach
→ gebrechlich
altersschwach
→ hinfällig
altertümlich → alt
althergebracht
→ herkömmlich
altruistisch
→ selbstlos
Amateur → Laie
am Bestehenden
festhalten
→ konservativ
Ambiente
→ Umgebung
Ambition → Ehrgeiz
ambitioniert
→ ehrgeizig
am Ende → fertig
sein
am Ende → hinten
am hellichten Tage
→ tagsüber
am Hungertuch
nagen → hungern
am laufenden Band
(ugs.) → immer
am Leben
→ lebendig
am Leben sein
→ leben
Amnestie
→ Begnadigung
amorph → formlos
am Rande
→ nebenbei
am Schluß → zuletzt
Amt
Amt → Behörde
amtlich → öffentlich
Amtsdeutsch
Amtsenthebung
→ Entlassung
Amtsnachfolger
→ Nachfolger
Amtsniederlegung
→ Rücktritt
Amtszimmer → Büro
amüsant → lustig
Amüsement
→ Unterhaltung
amüsieren (sich)
→ belustigen (sich)
amüsieren (sich)
→ unterhalten
analog
→ vergleichbar
Analogie → Parallele
analysieren
→ zergliedern
Anarchie → Chaos
Anbau → Bebauung
anbauen
→ bearbeiten
anbauen → pflanzen

anbei
anbei → beiliegend
anbelangen
→ betreffen
anbeten → beten
Anbetung
→ Verehrung
anbieten
anbieten → bieten
anbieten
→ empfehlen
anbieten
→ feilbieten
anbieten → reichen
anbinden → binden
Anblick → Blick
anblicken
→ ansehen
anblicken → blicken
anbohren → bohren
anbringen
→ befestigen
anbringen
→ festmachen
Anbruch → Anfang
andächtig
→ aufmerksam
andauern → dauern
an den Mann
bringen
→ loswerden
an den Tag legen
→ bekunden
Andenken
an der Frontseite
→ frontal
an der Seite
→ neben
an der Spitze gehen
→ vorangehen
ändern
andernfalls → oder
ändern (sich)
→ wandeln
andersartig
→ verschieden
anders werden
→ wandeln
Änderung
→ Umwandlung
andeutungsweise
→ ausweichend
andeutungsweise
→ schattenhaft
andeutungsweise
→ vage
an die Öffentlichkeit
dringen → verlauten
an diesem Ort
→ hier
andieserStelle→ hier
Andrang → Zustrom
aneignen (sich)
→ nehmen
aneinanderfügen
→ verbinden
aneinander messen
→ vergleichen
anerbieten (sich)
→ vorschlagen
anerkannt
→ angesehen
anerkennen
→ würdigen
anerkennend
→ zustimmend
anerkennenswert
→ verdienstvoll
Anerkennung
→ Achtung
Anerkennung → Lob
anfahren → rammen
anfällig
→ empfindlich
Anfang
anfangen
Anfänger
anfassen
→ berühren
anfassen → fassen
anfechten
→ beanstanden
Anfeindung
→ Angriff
anfertigen
→ herstellen
anfertigen
→ machen
anflehen
→ bedrängen
anfordern
→ bestellen
Anforderung
→ Anspruch
an fremdem
Eigentum vergreifen
(sich) → stehlen
Anführer → Führer
anfüllen → füllen
angeben → prahlen
Angeberei (ugs.)
→ Übertreibung
angeberisch
→ protzig
Angeber (ugs.)
angeblich
→ anscheinend
angeblich
→ scheinbar
Angebot
→ Empfehlung
Angebot
→ Vorschlag
angebracht
→ sinnvoll
angedickt → sämig
angeheitert
→ betrunken
angehen

→ betreffen
Angehörige
→ Verwandtschaft
Angehöriger
→ Nachkomme
angekleidet
→ bekleidet
Angelegenheit
→ Fall
Angelegenheit
→ Sache
angeln → fischen
angemessen
angemessen
→ recht
angenehm → nett
angepaßt
→ bürgerlich
angeschlagen
→ entnervt
angeschlossen
→ zugehörig
angesehen
angesehen
→ volkstümlich
Angesicht
→ Gesicht
angestammt
→ bodenständig
angestellt
→ berufstätig
angestrahlt
→ beleuchtet
angetan mit
→ bekleidet
angetrunken
→ betrunken
angewidert sein
→ verabscheuen
angewiesen
→ abhängig
angezeigt → ratsam
angezogen
→ bekleidet
angreifen
angreifend
→ angriffslustig
Angriff
Angriff → Vorstoß
angriffslustig
angriffslustig
→ kämpferisch
Angst
Angst → Furcht
angsterfüllt → bang
Angsthase (ugs.)
→ Feigling
ängstigen (sich)
→ fürchten
ängstlich
ängstlich → feige
ängstlich → zaghaft
Ängstlichkeit
→ Angst
Ängstlichkeit
→ Feigheit
angstvoll
→ ängstlich
anhalten → bremsen
anhalten
→ stehenbleiben
anhaltend
→ dauernd
anhaltend
→ nachhaltig
Anhaltepunkt
→ Halt
Anhänger
anhänglich → treu
anhäufen
→ sammeln
Anhäufung
→ Ansammlung
anheben
→ heraufsetzen
Anhebung
→ Erhöhung
anheften
→ befestigen
anheimelnd
→ behaglich
anheimelnd
→ gemütlich
anheimstellen
→ raten
anhören (sich)
→ zuhören
animalisch
→ tierisch
animieren
→ anregen
an jenem Ort → dort
an jener Stelle
→ dort
ankämpfen
→ bekämpfen
Ankauf → Kauf
an keinem Ort
→ nirgends
an keiner Stelle
→ nirgends
Anklage → Klage
Anklang finden
→ ankommen
anklingeln (ugs.)
→ telefonieren
anklopfen → pochen
ankommen
ankreiden (ugs.)
→ vorwerfen
ankreuzen
→ markieren
ankündigen
→ sagen
Ankunft → Empfang
Anlage → Talent
anlangen
→ ankommen
anlasten → belasten

anlegen
→ festmachen
anlegen → zahlen
Anleihe → Kredit
Anleitung
→ Ausbildung
Anleitung → Rezept
an letzter Stelle
→ hinten
an letzter Stelle
→ zuletzt
Anliegen → Wunsch
anliegend
→ beiliegend
Anlieger → Nachbar
anlocken → locken
anmachen
→ befestigen
anmachen
→ scharfmachen
anmalen
→ streichen
anmaßend
anmaßen (sich)
→ erdreisten (sich)
anmaßen (sich)
→ herausnehmen (sich)
Anmeldung
→ Empfang
anmerken → äußern
anmontieren
→ festmachen
Anmut
anmutig
anmutig → hold
anmutig → hübsch
anmutig → lieblich
annähern an (sich)
→ herangehen
annähernd
→ ungefähr
annähernd
→ ziemlich
Annäherungsversuch
→ Zudringlichkeit
annehmen
→ empfangen
annehmen
→ glauben
annehmen
→ vermuten
annehmen (sich)
→ versorgen
Annehmlichkeit
→ Bequemlichkeit
Annonce → Anzeige
Anomalie
→ Abweichung
anonym
anonym
→ namenlos
anonym
→ unbekannt
anordnen
→ befehlen
anordnen
→ erlassen
anordnen
→ veranlassen
anordnen
→ zusammenstellen
Anordnung
→ Auftrag
Anordnung
→ Ordnung
Anordnung
→ Weisung
anormal
→ widernatürlich
anpacken
→ zupacken
anpassen (sich)
→ unterordnen
Anpassung
→ Gewöhnung
anpassungsfähig
→ wandelbar
Anpfiff (ugs.)
→ Rüffel (ugs.)
anpflanzen
→ pflanzen
Anpflanzung
→ Bebauung
Anprall
→ Zusammenstoß
anprangern
→ verurteilen
anpreisen
→ anbieten
anpreisen → werben
Anpreisung
→ Empfehlung
anpumpen → leihen
anraten → beraten
anraten
→ empfehlen
Anraten
→ Empfehlung
anraten → raten
anrechnen
→ berücksichtigen
Anrecht → Anspruch
Anrecht → Recht
Anrede → Titel
anregen
anregen → beleben
anregend
→ interessant
Anregung → Rat
anreichern
→ bereichern
anrichten
→ zubereiten
anrüchig
→ fragwürdig
anrüchig
→ verdächtig
anrücken

→ kommen
Anruf
→ Telefongespräch
anrufen → rufen
anrufen
→ telefonieren
anrühren
→ berühren
Ansager → Sprecher
ansammeln
→ sammeln
ansammeln (sich)
→ zusammenballen (sich)
Ansammlung
ansässig
→ beheimatet
ansässig
→ einheimisch
anschauen
→ ansehen
anschauen
→ besichtigen
anschauen
→ betrachten
anschaulich
anschaulich
→ drastisch
anschaulich
→ plastisch
Anschauung
→ Meinung
Anschein → Schein
anscheinend
anscheinend
→ wahrscheinlich
Anschlag → Überfall
anschließen (sich)
→ begleiten
anschließen (sich)
→ nachfolgen
Anschluß → Kontakt
anschmieren (ugs.)
→ tricksen (ugs.)
anschuldigen
→ bezichtigen
anschuldigen
→ vorwerfen
Anschuldigung
→ Beschuldigung
anschwärzen (ugs.)
→ verdächtigen
ansehen
Ansehen
Ansehen
→ Bedeutung
ansehen
→ besichtigen
Ansehen → Ruf
Ansehen → Würde
Ansehen haben
→ bedeuten
ansehnlich
→ stattlich
ansetzen
→ anfangen
Ansicht → Meinung
ansiedeln (sich)
→ zuziehen
ansonsten
→ außerdem
ansonsten → ferner
Anspannung
→ Spannung
Ansporn
→ Anregung
Ansprache → Rede
Ansprache
→ Vortrag
ansprechbar
→ empfänglich
ansprechen auf
→ reagieren
ansprechend
→ anziehend
ansprechend
→ sympathisch
Anspruch
Anspruch → Recht
Anspruch erheben
→ beanspruchen
anspruchslos
→ bescheiden
anspruchslos
→ einfach
anspruchslos
→ enthaltsam
Anspruchslosigkeit
→ Einfachheit
anspruchsvoll
→ heikel
anstacheln
→ scharfmachen
Anstand → Würde
anständig
anständig → redlich
anständig
→ tugendhaft
anstandslos
anstandslos
→ bereitwillig
anstandslos → gern
anstarren
→ beschauen
anstatt → dafür
anstatt → statt
anstehen lassen
→ hinhalten
anstellen (sich)
→ zieren (sich)
anstelle von → statt
Anstellung
→ Stellung
ansteuern → zielen
Anstieg → Erhöhung
Anstoß → Anregung
anstößig
anstößig → pikant
→ unsittlich

anstößig
→ verdorben
Anstoß nehmen
→ tadeln
anstreben → streben
anstreben → wollen
anstrengen (sich)
→ bemühen (sich)
anstrengen (sich)
→ strapazieren
Anstrengung
→ Strapaze
Ansturm → Zustrom
Antagonismus
→ Gegensatz
antagonistisch
→ gegensätzlich
Anteil → Beitrag
Anteilnahme
→ Teilnahme
Antipathie
→ Abneigung
Antipode
→ Widersacher
antiquiert
→ unzeitgemäß
antizipieren
→ vorwegnehmen
Antlitz → Gesicht
Antrag → Gesuch
Antrag → Vorschlag
antragen
→ anbieten
Antrag stellen
→ beantragen
antreiben → treiben
Antrieb → Trieb
antun → zufügen
Antwort
→ Erwiderung
Antwort → Lösung
antworten
→ erwidern
antworten
→ reagieren
anverwandt
→ verwandt
anvisieren → zielen
Anwalt
→ Verteidiger
anwandeln
→ befallen
anwandeln
→ heimsuchen
anwärmen
→ wärmen
anwehen → blasen
anweisen
→ befehlen
anweisen
→ erlassen
anweisen
→ verordnen
Anweisung
→ Auftrag
Anweisung
→ Befehl
Anweisung → Rat
Anweisung
→ Vorschrift
anwerben → werben
Anwesen → Gut
anwesend sein
→ beiwohnen
Anwesenheit
→ Gegenwart
Anwohner
→ Bewohner
Anwohner
→ Nachbar
Anzahl → Masse
Anzahl → Quantität
Anzahl → Zahl
Anzeichen
→ Zeichen
anzeichnen
→ markieren
Anzeige
Anzeige
→ Beschwerde
anzeigen → verraten
anziehend
anziehend → hold
Anziehungskraft
→ Reiz
Anzucht → Kultur
anzünden → zünden
an zweiter Stelle
→ nebensächlich
apart → hübsch
Apparat
→ Maschine
Appetit → Hunger
appetitlich
appetitlich → lecker
applaudieren
→ klatschen
Applaus → Beifall
Ära → Zeitraum
Arbeit
Arbeit → Aufgabe
arbeiten
Arbeit geben
→ beschäftigen
arbeitsam → fleißig
Arbeitseifer
→ Tatendrang
Arbeitskampf
→ Streik
Arbeitsleistung
→ Leistung
Arbeitslohn → Lohn
arbeitslos
Arbeitsniederlegung
→ Streik
Arbeitsraum
→ Werkstatt
arbeitsscheu → faul
Arbeitsverhältnis

→ Arbeit
Ärger
ärgerlich → empört
ärgerlich
→ ungehalten
ärgern
Arglist
Arglist
→ Hinterhältigkeit
Arglist → Tücke
Arglist
→ Unaufrichtigkeit
arglistig
→ unaufrichtig
arglos → einfältig
arglos → sorgenlos
Arglosigkeit
→ Einfältigkeit
arg (ugs.)
→ schlimm
Argwohn
→ Verdacht
Argwohn → Zweifel
argwöhnisch
→ kritisch
argwöhnisch
→ mißtrauisch
argwöhnisch sein
→ beargwöhnen
aristokratisch
→ vornehm
Arkaden → Bogen
arm
arm → bedürftig
Armleuchter
→ Kerzenständer
ärmlich
ärmlich → dürftig
Ärmlichkeit → Elend
armselig → ärmlich
armselig → dürftig
Armut → Dürftigkeit
Armut → Elend
Aroma → Duft
Aroma
→ Geschmack
Arrangement
→ Verabredung
arrangieren
→ einfädeln
arrangieren
→ organisieren
arrangieren
→ veranstalten
arrangieren (sich)
→ übereinkommen
Arrangierung
→ Bewerkstelligung
arrogant
→ eingebildet
arrogant
→ hochmütig
Arroganz
→ Hochmut
Arroganz
→ Überheblichkeit
Arsenal
→ Sammlung
artig → anständig
artig
artig → höflich
Artigkeit
→ Kompliment
Artikel → Ware
artikulieren
→ sprechen
Arznei
→ Medikament
ärztlich betreuen
→ behandeln
aschblond → blond
aschfahl → bleich
aschfahl
→ leichenblaß
aschgrau
→ leichenblaß
aseptisch
→ keimfrei
Askese
→ Enthaltsamkeit
asketisch
→ enthaltsam
Assistent → Helfer
assistieren → helfen
Ast → Zweig
Asyl → Quartier
Asyl → Zuflucht
Atelier → Werkstatt
Atem → Luft
atemberaubend
→ spannend
Atempause
→ Ruhepause
Atmosphäre → Luft
Atmosphäre
→ Stimmung
Attacke → Angriff
Attacke → Vorstoß
attackieren
→ angreifen
attackieren
→ kritisieren
Attentat → Überfall
attraktiv
→ anziehend
attraktiv → hold
Attribut
→ Eigenschaft
ätzen → beißen
ätzend → zersetzend
auch
Auditorium
→ Publikum
auf alle Fälle
→ unbedingt
aufbauen → bauen
aufbauschen
→ hochspielen
→ übertreiben

aufbegehren
aufbegehren
→ rebellieren
aufbegehren
→ trotzen
Aufbesserung
→ Erhöhung
Aufbesserung
→ Steigerung
aufbewahren
→ aufheben
aufbewahren
→ behalten
Aufbewahrung
→ Verwahrung
aufbrauchen
→ verbrauchen
aufbrausend
→ cholerisch
aufbrausend
→ hitzig
aufbrausend
→ reizbar
aufbrechen
→ weggehen
aufbringen
→ ärgern
aufbringen
→ beschaffen
aufbürden
→ belasten
aufbürden → laden
aufdecken
aufdecken
→ wegziehen
auf den Fersen sein
→ verfolgen
auf den Leim gehen
→ hereinfallen
auf den Weg
machen (sich)
→ entfernen
auf der anderen
Seite → jenseits
auf der Hand liegend
→ plausibel
auf der Hut
→ wachsam
auf der linken Seite
→ links
auf die Beine stellen
→ organisieren
auf die Beine stellen
→ veranstalten
auf die Beine stellen
→ zustande bringen
auf die hohe Kante
legen (ugs.)
→ sparen
auf die lange Bank
schieben
→ verschieben
auf diese Weise
→ so
aufdrängen (sich)
→ behelligen
aufdringlich
→ zudringlich
Aufdringlichkeit
→ Belästigung
Aufeinanderfolge
→ Reihe
aufeinanderfolgend
→ hintereinander
aufeinanderfolgend
→ nacheinander
aufeinandertreffen
→ begegnen
aufeinandertreffen
→ zusammenstoßen
Aufenthalt → Halt
auferlegen
→ beauftragen
auferlegen
→ vorschreiben
auffahren auf
→ rammen
auffahrend → hitzig
Auffahrt
→ Zubringer
auffallen
→ beeindrucken
auffallen
→ bemerken
auffallen
→ hervortreten
auffallend
auffallend
→ ausgefallen
auffallend
→ interessant
auffangen → fangen
auffassen
→ verstehen
Auffassung
→ Begriff
Auffassung
→ Meinung
auffinden → finden
Auffindung → Fund
auf freien Fuß
setzen → freilassen
aufführen → spielen
aufführen (sich)
→ benehmen (sich)
Aufführung
→ Vorstellung
auffüllen → tanken
Aufgabe
Aufgabe → Dienst
aufgeben
→ abbrechen
aufgeben
aufgeben
→ beauftragen
aufgeben
→ hinwerfen
aufgeben
→ lossagen (sich)

aufgeblasen
→ eingebildet
aufgeblasen
→ hochmütig
aufgebracht
→ empört
aufgeheitert
→ sonnig
aufgehen → quellen
aufgeilen (sich)
→ scharfmachen
aufgekratzt (ugs.)
→ ausgelassen
aufgelöst → flüssig
aufgeregt → erregt
aufgeregt → fahrig
aufgeregt → fiebrig
aufgeregt
→ turbulent
aufgeregt
→ zappelig
aufgerichtet sein
→ stehen
aufgerieben
→ entnervt
aufgeschlossen
→ empfänglich
aufgeschlossen
→ zugänglich
aufgeschmissen
(ugs.) → ratlos
aufgewacht → wach
auf Gewinn bedacht
→ habgierig
aufgliedern
→ zergliedern
aufgrund → wegen
aufhalten
→ hinhalten
aufhalten (sich)
→ befinden (sich)
aufhalten (sich)
→ bleiben
aufhalten (sich)
→ leben
aufhalten (sich)
→ weilen
aufhängen
→ henken
aufheben
→ sonnig
aufheben → behalten
aufheben → heben
aufheben
→ zurücklegen
aufheitern → trösten
aufhellen → lichten
aufhetzen
→ scharfmachen
aufhören
→ abbrechen
aufhören → beenden
aufhören
→ beschließen
auf keinen Fall
→ keineswegs
Aufklärung
→ Lösung
Aufklärung
→ Rechenschaft
aufkommen für
→ versorgen
aufkreuzen (ugs.)
→ kommen
auf kurze Zeit
→ vorübergehend
auflachen → lachen
aufladen → beladen
Auflage
→ Bedingung
Auflage → Fassung
auf Lager → vorrätig
Auflauf
→ Ansammlung
auflehnen (sich)
→ aufbegehren
auflehnen (sich)
→ erheben (sich)
auflehnen (sich)
→ rebellieren
auflehnen (sich)
→ trotzen
Auflehnung
→ Opposition
Auflehnung
→ Widerstand
auflesen
→ aufheben
auflisten → buchen
Auflistung → Liste
auflockern
→ lockern
auflösen
→ aufgeben
auflösen
→ enträtseln
auflösen → lösen
auflösend
→ zersetzend
Auflösung
→ Lösung
Auflösung
→ Scheidung
aufmachen → öffnen
Aufmachung
→ Aufzug
Aufmachung → Putz
aufmerken
→ aufpassen
aufmerksam
aufmerksam
→ höflich
aufmerksam
→ wachsam
Aufmerksamkeit
→ Interesse
Aufmerksamkeit
→ Konzentration
Aufmerksamkeit
→ Rücksicht

aufmerksam machen
→ hinweisen
aufmucken
→ aufbegehren
aufmuntern
→ trösten
aufmuntern
→ zerstreuen
aufmüpfig
→ aufsässig
Aufnahme
Aufnahme
→ Fotografie
aufnahmebereit
→ empfänglich
aufnehmen
→ beherbergen
aufopfernd
→ liebevoll
aufopfernd
→ selbstlos
aufopfern (sich)
→ opfern
Aufopferung
→ Edelmut
Aufopferung
→ Hingabe
Aufopferung
→ Opfer
aufpassen
aufpassen
→ beachten
aufpassen
→ beobachten
aufpassen auf
→ beaufsichtigen
aufpeitschend
→ anregend
Aufprall
→ Zusammenstoß
Aufpreis
→ Zuschlag
aufputschen
→ anregen
aufputschen
→ beleben
Aufputz → Putz
aufquellen
→ quellen
aufräumen
→ ordnen
aufrecht → gerade
aufrecht
→ standhaft
aufrechterhalten
→ beibehalten
aufrechterhalten
→ wahren
aufregen
→ verstören
aufregend
→ packend
Aufregung
→ Erregung
aufreiben → reiben
aufreiben (sich)
→ verausgaben (sich)
aufreißen → öffnen
aufreizend
→ herausfordernd
aufrichten
→ stärken
aufrichten (sich)
→ erheben (sich)
aufrichtig
aufrichtig
→ freimütig
aufrichtig → lauter
aufrichtig
→ rechtschaffen
Aufrichtigkeit
→ Offenheit
Aufrichtung → Trost
Aufruf → Ruf
Aufruhr → Aufstand
aufrühren → hetzen
aufrüsten → rüsten (sich)
aufsagen
→ vortragen
aufsässig
aufsässig
→ dickköpfig
aufsaugen
→ saugen
aufschauen zu
→ bewundern
aufschieben
→ hinauszögern
aufschieben
→ vertagen
Aufschlag
→ Zusammenstoß
Aufschlag
→ Zuschlag
aufschließen
→ öffnen
aufschlußreich
aufschlußreich
→ belehrend
aufschlußreich
→ interessant
aufschnappen
→ erfahren
aufschneiden
→ prahlen
Aufschneider
→ Angeber (ugs.)
Aufschneiderei
→ Übertreibung
Aufschub
→ Stundung
Aufschwung
→ Blüte
Aufsehen erregen
→ beeindrucken
aufsehenerregend

→ auffallend
aufsehenerregend
→ ausgefallen
aufsehenerregend
→ phänomenal
aufsehen zu
→ bewundern
Aufseher → Wächter
aufs Geratewohl
→ wahllos
auf sich beruhen
lassen → belassen
aufsitzen
→ hereinfallen
aufsparen
→ zurücklegen
aufspüren
→ herausfinden
aufspüren → orten
aufstacheln
→ hetzen
aufstacheln
→ reizen
Aufstand
Aufstand
→ Revolution
Aufständischer
→ Rebell
aufstehen
→ erheben (sich)
aufsteigen
→ erheben (sich)
aufsteigen
→ steigen
Aufsteiger
→ Emporkömmling
aufstellen → stellen
Aufstieg
Aufstieg
→ Beförderung
aufstöbern (ugs.)
→ orten
aufstöhnen
→ stöhnen
aufstören → wecken
aufsuchen
→ besuchen
Auftakt → Anfang
auftanken → tanken
auftauchen
→ herauskommen
auftauen → tauen
Auftrag
Auftrag → Befehl
auftragen
→ darbieten
auftragen
→ servieren
Auftrag erteilen
→ bestellen
Auftreten
→ Benehmen
auf und davon sein
→ weg sein
aufwachsen
→ heranwachsen
aufwachsen
→ wachsen
aufwallen → wallen
Aufwand
aufwärmen
→ wärmen
aufwarten
→ darbieten
aufwärts → herauf
aufwärts gehen
→ hinaufgehen
Aufwartung
→ Besuch
aufwecken
→ wecken
aufwendig → teuer
Aufwendung
→ Aufwand
aufwerten → steigern
aufwiegeln → hetzen
aufwühlen
→ zerfurchen
aufwühlend
→ rührend
aufzählen → zählen
Aufzählung → Liste
aufzehren
→ verbrauchen
aufzeichnen
→ schreiben
aufzeichnen
→ zeichnen
Aufzeichnung
→ Aufnahme
Aufzeichnung
→ Niederschrift
aufzeigen
→ hinweisen
aufziehen
aufziehen → necken
Aufzucht → Zucht
Aufzug
Augenblick
augenblicklich
→ gleich
augenblicklich
→ jetzt
augenscheinlich
→ offenkundig
Augenzeuge
→ Zeuge
ausarbeiten
→ bearbeiten
ausarbeiten
→ entwerfen
ausarten
→ überhandnehmen
ausbauen
→ vertiefen
ausbedingen (sich)
→ verlangen
ausbessern
→ erneuern

ausbessern
→ flicken
ausbessern
→ reparieren
Ausbesserung
→ Erneuerung
ausbilden → bilden
Ausbildung
Ausbildung → Lehre
ausbitten (sich)
→ bitten
Ausblick → Blick
ausbohren → bohren
ausbrechen
→ wüten
ausbreiten
→ verbreiten
ausbreiten (sich)
→ weiten
ausbrüten → brüten
ausbürgern
Ausbürgerung
→ Verbannung
Ausdauer → Geduld
ausdauernd
ausdauernd
→ beharrlich
ausdehnen (sich)
→ zunehmen
Ausdehnung
Ausdehnung
→ Länge
Ausdehnung
→ Weite
aus dem Amt
scheiden
→ zurücktreten
aus dem Leben
scheiden
→ hinscheiden
aus dem Weg gehen
→ ausweichen
ausdenken (sich)
→ dichten
ausdenken (sich)
→ erfinden
aus der Fassung
bringen → verstören
aus der Fassung
geraten
→ vergessen (sich)
aus der Haut fahren
→ explodieren
aus diesem Grund
→ deshalb
ausdrücken
→ äußern
ausdrücklich
→ besonders
ausdrücklich
→ nachdrücklich
ausdrücklich
→ namentlich
Ausdruckstanz
→ Tanz
ausdrucksvoll
→ poetisch
ausdrucksvoll
→ stattlich
ausdünnen
→ lichten
ausdünsten
→ absondern
aus eigenem Antrieb
→ freiwillig
auseinanderbrechen
→ brechen
auseinanderbrechen
→ zerbrechen
auseinanderbringen
→ trennen
auseinanderfallen
→ zerfallen
Auseinandergehen
→ Trennung
auseinanderhalten
→ unterscheiden
auseinandernehmen
→ teilen
auseinandernehmen
→ zergliedern
auseinanderschnei-
den → schneiden
auseinandersetzen
→ besprechen
auseinandersetzen
→ erklären
auseinandersetzen
→ erörtern
auseinandersetzen
(sich) → zanken
(sich)
Auseinandersetzung
→ Kampf
Auseinandersetzung
→ Streit
Auseinandersetzung
→ Zwist
auseinandertreiben
→ zerstreuen
Ausfall → Versagen
ausfallen
→ wegfallen
ausfindig machen
→ finden
ausfindig machen
→ herausfinden
ausfindig machen
→ orten
Ausflüchte machen
→ herausreden
(sich)
Ausflug → Fahrt
Ausformung
→ Form
aus freien Stücken
→ freiwillig
ausführen
→ aussagen

ausführen → durchführen
ausführen → vollziehen
ausführlich → breit
ausführlich → eingehend
Ausführung → Aussage
Ausführung → Darlegung
Ausführung → Erklärung
Ausführung → Vortrag
ausfüllen → füllen
Ausgabe → Fassung
Ausgaben → Aufwand
Ausgang → Ende
Ausgangspunkt → Basis
Ausgangspunkt → Grundlage
ausgeben → zahlen
ausgedehnt → breit
ausgedehnt → lang
ausgefallen
ausgefallen → phänomenal
ausgefeilt → ausgewogen
ausgefuchst (ugs.) → pfiffig
ausgeglichen
ausgeglichen → bedächtig
ausgeglichen → proportioniert
ausgehen → enden
ausgehöhlt → hohl
ausgehungert → hungrig
ausgekocht → pfiffig
ausgelassen
ausgelassen → fidel
ausgelaugt → erschöpft
ausgeliefert → schutzlos
ausgeliefert → wehrlos
ausgeprägt → markant
ausgereift → ausgewogen
ausgereift → reif
ausgeruht → frisch
ausgeschlafen → wach
ausgestoßen → rechtlos
ausgetrocknet → trocken
ausgewogen
ausgewogen → proportioniert
ausgewogen → regelmäßig
Ausgewogenheit → Harmonie
ausgezeichnet
ausgießen → schütten
Ausgleich → Vergleich
Ausgrabung → Fund
aushalten → dulden
aushalten → durchhalten
aushalten → hinnehmen
aushalten → leiden
aushalten → standhalten
aushändigen → geben
Aushang → Plakat
ausharren → durchhalten
aushelfen → vertreten
Aushilfe → Helfer
Aushilfskraft → Hilfskraft
aushöhlen → bohren
ausklammern → weglassen
ausklamüsern (ugs.) → tüfteln
auskleiden → ausziehen
ausklügeln → erfinden
ausknobeln (ugs.) → tüfteln
auskommen → hinkommen
auskommen → zurechtkommen
auskundschaften → forschen
auslachen → verspotten
Auslage → Schaufenster
Ausland → Fremde
auslassen
auslassen → weglassen
auslaufend → rückläufig
auslaugen → zehren
ausleeren → leeren
ausleeren → schütten
Auslegware → Teppich

ausleihen (sich)
→ leihen
Auslese → Auswahl
ausliefern
→ preisgeben
Auslieferung
→ Lieferung
auslöschen
→ zerstören
auslösen
→ verursachen
auslösen → zünden
auslüften → lüften
ausmalen
→ beschreiben
Ausmaß → Größe
Ausmaß → Länge
Ausmaß → Umfang
ausmerzen
→ entfernen
ausmessen
→ messen
Ausnahme
→ Abweichung
auspacken (ugs.)
→ gestehen
ausprobieren
→ versuchen
ausquartieren
→ hinauswerfen
ausrangieren
→ wegwerfen
ausrechnen
→ rechnen
Ausreden gebrauchen
→ herausreden (sich)
ausreichen
→ reichen
ausreichend
ausrücken
→ davonlaufen
ausrufen → rufen
ausruhen (sich)
→ pausieren
ausruhen (sich)
→ ruhen
ausrupfen
→ herausreißen
ausrüsten
→ ausstatten
ausrutschen
→ rutschen
Aussage
Aussage
→ Behauptung
Aussage → Zeugnis
aussagen
ausscheiden
→ absondern
ausschlagen
→ ablehnen
ausschlagen
→ zurückweisen
ausschlaggebend
→ maßgeblich
ausschließlich
ausschließlich
→ nur
ausschmücken
→ schmücken
ausschmücken
→ zieren
Ausschmückung
→ Verzierung
ausschütten
→ leeren
ausschütten
→ schütten
Ausschweifung
Außenbezirk
→ Randgebiet
Außenseite
→ Oberfläche
Außenseiter
Außenstehender
→ Außenseiter
Außenstelle
→ Zweigstelle
außer → ohne
Außerachtlassung
→ Nichtachtung
außerdem
außerdem
→ zusätzlich
außergewöhnlich
außergewöhnlich
→ beachtlich
außergewöhnlich
→ imponierend
außergewöhnlich
→ interessant
außerhalb
→ draußen
äußerlich
→ oberflächlich
Äußerlichkeit
→ Oberflächlichkeit
äußern
äußern → reden
äußern (sich)
→ sprechen
außerordentlich
→ außergewöhnlich
außerordentlich
→ phänomenal
außerstande
→ unfähig
äußerste → letzte
Äußerung
→ Aussage
aussetzen
→ preisgeben
aussetzen
→ stehenbleiben
aussetzen
→ stocken
aussetzen

→ versagen
aussichtslos
aussichtslos
→ hoffnungslos
aussichtsreich
→ rosig
aussiedeln
→ ausbürgern
aussondern
→ wegwerfen
ausspannen
→ erholen (sich)
aussparen
→ auslassen
aussprechen
→ sprechen
ausstaffieren
→ ausstatten
Ausstand → Streik
ausstatten
ausstatten
→ versorgen
Ausstattung
→ Einrichtung
ausstechen
→ übertreffen
Ausstellung
→ Schau
Ausstrahlung
→ Sendung
ausstreuen
→ verbreiten
ausströmen
→ fließen
austauschen
→ wechseln
austeilen
→ verteilen
austeilen → zuteilen
austoben (sich)
→ toben
Austräger → Bote
Austritt → Rücktritt
austüfteln → tüfteln
ausüben
→ betreiben
ausüben
→ verrichten
Auswahl
Auswahl → Wahl
auswaschen
→ waschen
ausweglos
→ aussichtslos
ausweglos
→ hoffnungslos
ausweichen
ausweichen
→ weichen
ausweichend
ausweisen
→ ausbürgern
ausweisen
→ hinauswerfen
Ausweisung
→ Verbannung
ausweiten
→ strecken
ausweiten → weiten
Ausweitung
→ Ausdehnung
Auswirkung
→ Ergebnis
Auswirkung → Folge
auszahlen (sich)
→ nützen
auszanken
→ schelten
auszeichnen
→ ehren
ausziehen
ausziehen
→ wegziehen
Auszubildender
→ Lehrling
auszuhalten
→ zumutbar
auszupfen
→ herausreißen
autark
→ selbständig
Autarkie
→ Selbständigkeit
authentisch
→ echt
authentisch
→ verbürgt
Auto
Auto → Fahrzeug
Auto → Wagen
Autobahnzubringer
→ Zubringer
Autobiographie
→ Lebensgeschichte
Autobus → Omnibus
Autofahrer → Fahrer
automatisch
Automobil → Auto
autonom
→ selbständig
Autonomie
→ Selbständigkeit
Autor
→ Schriftsteller
autorisiert
→ zuständig
autoritär
→ herrisch
Autorität → Macht
Avantgardist
→ Schrittmacher
Aversion
→ Abneigung

B

Bearbeitung
→ Behandlung
Bearbeitung
→ Fassung
beargwöhnen
beaufsichtigen
→ aufpassen
beaufsichtigen
beaufsichtigen
→ hüten
beaufsichtigen
→ überwachen
Beaufsichtigung
→ Überwachung
beauftragen
Beauftragter
→ Abgeordneter
beäugen (ugs.)
→ beschauen
bebauen
bebauen → pflanzen
Bebauung
beben → zittern
bechern (ugs.)
→ trinken
Bedacht
bedächtig
bedachtsam
bedanken (sich)
→ danken
Bedarf → Bedürfnis
Bedarfsartikel
Bedarfsgüter
→ Bedarfsartikel
bedauerlich
→ betrüblich
bedauerlicherweise
→ leider
bedauerlicherweise
→ schade
bedauern
bedauernswert
bedecken
bedecken
→ zudecken
bedeckt → bewölkt
bedenken
Bedenken
Bedenken
→ Verdacht
Bedenken
→ Zweifel
bedenkenlos
→ anstandslos
bedenkenlos
→ gewissenlos
bedenkenlos
→ leichtsinnig
Bedenkenlosigkeit
→ Rücksichts-
losigkeit
bedeuten
→ aussagen
bedeuten
bedeuten
→ verkörpern
bedeutend
bedeutend
→ belangvoll
bedeutsam
→ bedeutend
bedeutsam
Bedeutung
bedeutungslos
bedeutungsvoll
→ aufschlußreich
bedeutungsvoll
→ bedeutsam
bedienen
→ betätigen
bedienen
→ servieren
Bediensteter
→ Diener
bedienstet sein
→ dienen
bedingt
Bedingung
bedingungslos
→ radikal
bedingungslos
→ unbedingt
bedingungslos
→ vorbehaltlos
bedrängen
bedrängen → flehen
Bedrängnis → Not
bedrängt
bedrohen → drohen
Bedrohung
→ Gefahr
bedrücken
→ belasten
bedrückt
bedrückt
→ sorgenvoll
Bedrückung → Joch
bedürfen
→ brauchen
Bedürfnis
bedürftig → arm
bedürftig
beeiden
beeiden → schwören
beeilen (sich)
beeilen (sich)
→ eilen
beeilen (sich)
→ hasten
beeindrucken
beeindrucken
→ blenden
beeindruckend
→ beachtlich
beeindruckend
→ bemerkenswert
beeinflussen
Beeinflussung
→ Einfluß

→ Begierde
begehrt
begeistern
begeistern (sich)
→ berauschen (sich)
begeistert
Begeisterung
Begeisterung
→ Leidenschaft
Begierde
Begierde
→ Leidenschaft
begierig
begierig → scharf
Beginn → Anfang
beginnen
→ anfangen
beglaubigen
Beglaubigung
→ Bescheinigung
begleichen → zahlen
Begleichung
→ Zahlung
begleiten
Begleiter → Betreuer
beglücken
beglücken → freuen (sich)
beglückt → glücklich
Begnadigung
Begnadigung
→ Gnade
begnügen (sich)
begraben
→ beerdigen
begreifen
begreifen
→ verstehen
begreiflich
begreiflich
→ naheliegend
begreiflich
→ plausibel
begrenzen
Begriff
Begriffsstutzigkeit
→ Borniertheit
Begriffsstutzigkeit
→ Dummheit
begrüßen
Begrüßung
→ Empfang
begucken (ugs.)
→ beschauen
begünstigen
→ bevorzugen
begünstigen
→ fördern
begutachten
begutachten
→ beurteilen
begütert → reich
begütigen
→ beruhigen
behaart → haarig
behaglich
Behaglichkeit
→ Bequemlichkeit
behalten
behandeln
behandeln
→ durchnehmen
Behandlung
beharren auf
→ bestehen auf
beharrlich
→ ausdauernd
beharrlich
behaupten
behaupten (sich)
→ durchsetzen (sich)
Behauptung
beheben
→ beseitigen
beheimatet
behelfsmäßig
→ notdürftig
behelfsweise
→ versuchsweise
behelligen
behelligen → stören
Behelligung
→ Belästigung
Behelligung
→ Störung
behende
beherbergen
beherrschen
beherrschend
→ führend
beherrscht
→ besessen
Beherrschung verlieren
→ vergessen (sich)
beherzigen
→ befolgen
beherzt
beherzt → tapfer
behexen → bannen
behilflich
→ hilfsbereit
behindern → hindern
Behinderter
→ Invalide
Behinderung
→ Hindernis
Behörde → Amt
Behörde
Behördensprache
→ Amtsdeutsch
behördlich
→ bürokratisch
behüten
behüten
→ verschonen
Behütetsein
→ Geborgenheit
behutsam

behutsam
→ sorgfältig
behutsam
→ vorsichtig
behutsam → zart
Behutsamkeit
→ Sorgfalt
beibehalten
beibehalten
→ wahren
beibringen
→ einprägen
beibringen → lehren
Beichte
→ Bekenntnis
beichten
→ gestehen
beidseitig
Beifall
Beifall → Lob
Beifall klatschen
→ klatschen
Beifallsbezeugung
→ Beifall
Beifallskundgebung
→ Beifall
Beifallssturm
→ Beifall
beifallswürdig
→ bewundernswert
beifügen
beifügen
→ hinzufügen
Beigabe
Beigabe → Zubehör
beige
beigeben
→ beifügen
beigefügt → anbei
Beihilfe → Hilfe
Beihilfe → Zuschuß
Beilage → Beigabe
beiläufig
→ nebenbei
beilegen → beifügen
beilegen
→ bereinigen
Beileid → Teilnahme
beiliegend → anbei
beiliegend
beimischen
→ beifügen
beinahe
beipflichten
→ billigen
beipflichtend
→ zustimmend
Beirat → Ratgeber
beirren
beirren
→ verstören
beirren
→ verunsichern
beisammen
→ zusammen
Beisammensein
beiseite gehen
→ ausweichen
beiseite legen
→ sparen
beiseite legen
→ speichern
beiseite legen
→ zurücklegen
beiseite schaffen
→ wegbringen
beiseite stellen
→ wegräumen
beisetzen
→ beerdigen
Beispiel
Beispiel → Vorbild
beispiellos
beißen
beißend → brennend
beißend
→ durchdringend
Beistand → Helfer
Beistand → Hilfe
Beistand leisten
→ helfen
beistehen
beistehen → helfen
beistehen → stützen
beisteuern
→ beitragen
beistimmen
→ bejahen
Beitrag
beitragen
beiwohnen
beizeiten → früh
bejahen
bejahend → positiv
Bejahrtheit
→ Lebensabend
Bejahung
→ Bestätigung
bejammern
→ beklagen
bekämpfen
bekannt → berühmt
bekannt → vertraut
bekanntermaßen
bekanntgeben
bekanntlich
→ bekanntermaßen
bekannt machen
→ vorstellen
Bekanntmachung
→ Anzeige
bekannt werden
→ verlauten
Bekehrung
→ Läuterung
bekennen
→ gestehen
bekennen
→ zugeben

Bekenntnis
beklagen
→ bedauern
beklagen
beklagenswert
→ bedauernswert
beklagenswert
→ jämmerlich
bekleckern (ugs.)
→ beflecken
beklecksen (ugs.)
→ beflecken
bekleidet
Bekleidung
→ Kleidung
beklommen
→ ängstlich
beklommen
→ befangen
Beklommenheit
→ Angst
bekommen
bekömmlich
bekräftigen
→ beglaubigen
bekräftigen
→ versichern
Bekräftigung
→ Bestätigung
bekritteln → nörgeln
bekümmern
bekümmert
→ sorgenvoll
bekümmert
→ wehmütig
bekunden
Bekundung
→ Zeugnis
beladen
belagern
Belang
→ Bedeutung
belangen
belanglos
→ bedeutungslos
belanglos
→ unbedeutend
belanglos → wertlos
Belanglosigkeit
→ Nebensache
belangvoll
belassen
belasten
belasten → laden
belasten
→ strapazieren
belastet
belästigen
→ behelligen
belästigen → stören
Belästigung
Belästigung
→ Störung
Belästigung
→ Zudringlichkeit
Belastung
Belastung → Last
Belastungsmaterial
→ Beweis
belauschen
→ lauschen
beleben
beleben
→ erquicken
belebend
→ anregend
belebt → lebendig
Belebung
→ Erholung
Beleg → Nachweis
belegen → beweisen
belegt → verbürgt
Belehnung
→ Darlehen
belehrend
Belehrung → Rat
beleibt → dick
beleidigen
Beleidigung
Beleidigung
→ Verleumdung
Beleihung
→ Darlehen
belesen → gebildet
beleuchtet
beleuchtet → hell
Beleuchtungskörper
→ Lampe
beliebig
beliebig → wahllos
beliebt
beliefern → liefern
belobigen → rühmen
Belobigung → Lob
belohnen
Belohnung → Lohn
belüften → lüften
belügen → täuschen
belustigend → lustig
belustigen (sich)
bemächtigen (sich)
→ nehmen
bemängeln → rügen
bemänteln
→ beschönigen
bemerken
bemerken
→ wahrnehmen
bemerkenswert
→ aufschlußreich
bemerkenswert
bemessen
bemitleiden
→ bedauern
bemitleidenswert
→ bedauernswert
bemühen (sich)
Bemühung
→ Belastung

benachbart → nah
benachrichtigen
Benachrichtigung
→ Botschaft
benachteiligen
→ zurückstellen
Benachteiligung
benebelt (ugs.)
→ benommen
Benehmen
benehmen (sich)
benennen
→ bezeichnen
Bengel (ugs.)
→ Junge
Benimm (ugs.)
→ Benehmen
benommen
benommen
→ taumelig
benoten
→ zensieren
benötigen
→ brauchen
Benotung → Zensur
benutzen
beobachten
Beobachter
→ Zuschauer
beordern → berufen
bepacken
→ beladen
bepflanzen
→ bebauen
bepudern → pudern
bequem → handlich
Bequemlichkeit
beraten
Berater → Ratgeber
beratschlagen
→ beraten
Beratung
Beratung → Rat
berauben → rauben
berauschen (sich)
berauscht
→ betrunken
berechnen
berechnen → messen
berechnen
→ rechnen
berechnet
→ taktisch
berechtigt → befugt
Berechtigung
→ Recht
bereden
→ beeinflussen
beredsam
→ redegewandt
beredt
→ wortgewandt
Beredtheit
→ Redekunst
Bereich
Bereich → Gebiet
Bereich → Zweig
bereichern
bereinigen
bereisen
bereit
bereiten
→ zubereiten
bereits → längst
bereits → schon
bereitstellen
→ bieten
bereitstellen
→ vorbereiten
bereitwillig → bereit
bereitwillig
bereitwillig → gern
Bereitwilligkeit
→ Eifer
bereuen → bedauern
Berg
bergauf gehen
→ hinaufgehen
bergen → retten
bergig → uneben
Bergmann
Bericht
berichten → sagen
Berichterstatter
Berichterstattung
→ Vortrag
berichtigen
berichtigen
→ korrigieren
Berichtigung
→ Verbesserung
bersten
→ explodieren
bersten → platzen
berücken (sich)
→ berauschen (sich)
berücksichtigen
→ beachten
berücksichtigen
Berücksichtigung
→ Rücksicht
Beruf → Arbeit
Beruf
Beruf → Broterwerb
berufen
berufen → ernennen
Berufsausbildung
→ Ausbildung
berufstätig
Berufung → Ruf
beruhigen
beruhigen
→ normalisieren
beruhigend
→ tröstlich
Beruhigungsmittel
Beruhigungspille
→ Beruhigungsmittel

beschwatzen (ugs.)
→ bearbeiten
Beschwerde
Beschwerde
→ Einspruch
beschwerlich
→ lästig
beschwerlich
→ schwer
Beschwerlichkeit
→ Strapaze
beschwichtigen
→ beruhigen
beschwichtigen
→ entspannen
beschwindeln
→ lügen
beschwindeln
→ täuschen
beschwingt
beschwingt
→ schwungvoll
beschwipst (ugs.)
→ betrunken
beseelt → besessen
besehen
→ betrachten
beseitigen
beseitigen
→ entfernen
beseitigen → löschen
beseligen
→ beglücken
besessen
Besessenheit
→ Raserei
besichtigen
→ ansehen
besichtigen
Besichtigung
→ Besuch
besiedeln → wohnen
besiedelt
→ bevölkert
Besiedlung
→ Bebauung
besiegen → bannen
besiegen
besinnen (sich)
→ erinnern (sich)
besinnlich
→ beschaulich
Besitz
Besitz → Reichtum
besitzen → haben
Besitzer
besitzgierig
→ habgierig
besonders
besonnen
→ bedachtsam
Besonnenheit
→ Bedacht
besorgen
→ herbeischaffen
Besorgnis → Sorge
besorgt → bang
besprechen
Besprechung
→ Beratung
Besprechung
Besserung
→ Läuterung
Besserwisser
Bestand
beständig
→ ausdauernd
beständig
→ beharrlich
Beständigkeit
→ Treue
Bestandteil
→ Element
Bestandteil → Teil
bestärken
Bestärkung
→ Bestätigung
Bestätigung
bestatten
→ beerdigen
bestaunen
→ bewundern
bestechlich
bestechlich
→ unzuverlässig
bestehen
bestehen
→ herrschen
bestehen auf
Bestehende (das)
→ Existenz
bestehen können
→ standhalten
bestehenlassen
→ beibehalten
bestehlen → stehlen
besteigen → steigen
Besteigung
→ Aufstieg
bestellen
→ bebauen
bestellen
bestellen
→ beziehen
Bestellung → Auftrag
Besteuerung
→ Steuer
bestialisch → brutal
Bestialität
→ Grausamkeit
bestimmen
→ festlegen
bestimmen
→ verordnen
bestimmt
bestimmt → fest
Bestimmung
→ Gesetz
Bestimmung → Ziel

bestrafen
bestrafen → strafen
Bestrafung → Strafe
Bestrafung
→ Züchtigung
bestrahlen
→ röntgen
Bestreben → Ziel
bestrebt → eifrig
bestreiten
bestreiten
→ bezahlen
bestreiten
→ leugnen
bestricken
→ bezaubern
bestrickend
→ verlockend
bestürmen → flehen
bestürzend
→ schrecklich
bestürzt → betroffen
bestürzt
→ entgeistert
Bestürzung
Besuch
besuchen
besuchen
→ hereinschauen
Besucher
→ Publikum
Besuch machen
→ besuchen
besudeln
→ beflecken
besudeln
→ verunreinigen
besudelt → fleckig
betagt → alt
betasten → tasten
betätigen
betätigen (sich)
→ arbeiten
betätigen (sich)
→ tun
Betätigung → Arbeit
Betätigung
→ Tätigkeit
Betätigungsdrang
→ Aktivität
betätscheln
→ tätscheln
betäuben
betäubt
→ benommen
beteiligen (sich)
→ teilnehmen
Beteiligte
→ Teilnehmer
beteiligt sein
Beteiligung
→ Teilnahme
beten
beteuern
→ behaupten
beteuern
→ versichern
Beteuerung
→ Zusicherung
betiteln
→ bezeichnen
betonen
betonen
→ versichern
betont
Betonung
→ Hervorhebung
betörend
→ hinreißend
betörend
→ zauberhaft
Betörung → Zauber
betrachten
→ ansehen
betrachten
→ besichtigen
betrachten
betrachten
→ zuschauen
Betrachter
→ Zuschauer
beträchtlich
→ bemerkenswert
beträchtlich
→ respektabel
Betrachtung
→ Darlegung
Betrag → Preis
betragen (sich)
→ benehmen (sich)
betrauen
→ beauftragen
betreffen
betreffend
→ bezüglich
betreffend
→ hinsichtlich
betreffs → bezüglich
betreiben
betreiben
→ verrichten
betretbar
→ begehbar
betreten
Betreuer
Betreuung → Pflege
Betrieb
betriebsam → aktiv
betriebsam → eifrig
betriebsam → rege
Betriebsamkeit
→ Trubel
betrinken (sich)
betroffen
betroffen → bewegt
Betroffener
→ Trauernder
Betroffenheit
→ Bestürzung

Betroffenheit
→ Ergriffenheit
betrüben
→ bekümmern
betrüben (sich)
→ sorgen (sich)
betrüblich
Betrübnis → Trauer
betrübt → traurig
Betrug
Betrug → Täuschung
betrügen
betrügen
→ hintergehen
Betrüger
Betrügerei → Betrug
betrügerisch
→ heuchlerisch
betrunken
Bett
bettelarm → arm
betteln → flehen
Bettgestell → Bett
Bettstatt → Bett
betulich
→ tantenhaft
beugen
beugen (sich)
→ neigen (sich)
beugsam
→ nachgiebig
beunruhigen
→ bekümmern
beunruhigen
→ verunsichern
beunruhigen (sich)
→ plagen
beurkundet
→ bezeugt
beurlauben
→ befreien
beurteilen
→ begutachten
beurteilen
beurteilen
→ kritisieren
beurteilen
→ zensieren
Beurteilung
→ Befund
bevölkert
Bevölkerung
Bevölkerung
→ Öffentlichkeit
bevollmächtigt
→ befugt
bevormunden
bevorstehen
bevorstehen
→ drohen
bevorstehende Zeit
→ Zukunft
bevorzugen
Bevorzugung
→ Vorzug
bewachen
→ beaufsichtigen
bewachen → hüten
Bewachung
→ Schutz
bewaffnen (sich)
→ rüsten (sich)
bewahren → hüten
bewahren → wahren
bewahren vor
→ verschonen
bewahrheiten (sich)
bewährt
bewaldet → waldig
bewältigen
bewältigen
→ vollbringen
bewandert
→ beschlagen
bewegen
bewegen → rücken
bewegend
→ rührend
Beweggrund
→ Grund
Beweggrund
→ Veranlassung
beweglich
Beweglichkeit
→ Biegsamkeit
bewegt
Bewegung
bewegungslos
→ reglos
bewegungsunfähig
machen → lähmen
beweihräuchern
beweinen → trauern
Beweis
Beweis → Nachweis
beweisbar
→ nachweislich
beweisen
beweiskräftig
→ stichhaltig
Beweismaterial
→ Beweis
Beweisstück
→ Nachweis
bewenden lassen
→ belassen
bewerben → werben
Bewerbung
Bewerbungs-
schreiben
→ Bewerbung
bewerkstelligen
→ erledigen
bewerkstelligen
→ leisten
bewerkstelligen
→ veranstalten
bewerkstelligen
→ vollbringen

Bewerkstelligung
bewerten
→ begutachten
bewerten
→ beurteilen
bewilligen
→ erlauben
bewilligen
→ zubilligen
Bewilligung
Bewilligung
→ Erlaubnis
bewirken
→ verursachen
bewirten
→ servieren
bewirtschaften
→ bearbeiten
bewirtschaften
→ bebauen
bewohnen
→ beziehen
bewohnen
→ wohnen
Bewohner
bewölken (sich)
→ bedecken
bewölkt
bewundern
bewundernswert
Bewunderung
→ Achtung
bewunderungswürdig
→ bewundernswert
bewußt
→ absichtlich
bewußt
bewußt
→ vorsätzlich
Bewußtheit
→ Bewußtsein
bewußtlos
→ ohnmächtig
Bewußtlosigkeit
→ Bewußtseinsstörung
Bewußtlosigkeit
→ Ohnmacht
Bewußtsein
Bewußtseinsstörung
Bewußtseinstrübung
→ Bewußtseinsstörung
bewußt werden (sich)
→ fühlen
bezahlen
bezahlen → zahlen
Bezahlung
→ Zahlung
bezaubern
bezaubernd
→ anmutig
bezaubernd
→ reizend
bezaubernd
→ zauberhaft
Bezauberung
→ Zauber
bezeichnen
bezeichnen
→ nennen
bezeichnend
→ charakteristisch
bezeugen
→ beglaubigen
bezeugt
bezichtigen
Bezichtigung
→ Belastung
beziehen
beziehen
→ verdienen
Beziehung
→ Freundschaft
Beziehung
→ Verbindung
beziehungslos
→ heimatlos
beziehungsweise
→ oder
beziffern
→ numerieren
Bezirk → Gebiet
bezogen → bewölkt
Bezüge → Einkünfte
bezüglich
Bezugsquelle
→ Quelle
bezwecken
→ beabsichtigen
bezweifeln
→ zweifeln
bezwingen
→ beherrschen
bezwingen
→ besiegen
bezwingen
bezwingen (sich)
→ zusammennehmen (sich)
Bezwinger → Held
bibbern (ugs.)
→ frieren
Bibliothek
→ Bücherei
bieder
Biederkeit
Biederkeit
→ Schlichtheit
biegen → beugen
biegen
biegsam
→ beweglich
biegsam → elastisch
biegsam
→ nachgiebig
Biegsamkeit
Biegung
bieten

bluffen
blühen
Blume → Blüte
Blume → Pflanze
Blumenarrangement
→ Blumenstrauß
Blumenbukett
→ Blumenstrauß
Blumenstrauß
Blutbad
blutbefleckt
→ blutig
Blüte
Blütenblatt → Blatt
blutend → blutig
blütenrein → rein
Blütenstand → Blüte
blütenweiß → weiß
Blütezeit → Reife
blutig
blutleer
Bluttat → Tötung
blutüberströmt
→ blutig
Blutvergießen
→ Blutbad
bockbeinig
→ halsstarrig
bockbeinig
→ widerspenstig
bockig
bockig
→ eigensinnig
Boden
Boden → Grund
Bodenbelag
→ Teppich
bodenlos → tief
bodenständig
Bogen → Biegung
Bogen
Bogengang
→ Bogen
Bogen Papier
→ Blatt
Bohle → Brett
bohnern
bohren
bohren → rammen
bohren → stechen
böig → luftig
Bollwerk
→ Befestigungs-
anlage
Bombe
→ Sprengkörper
Bommel → Quaste
Bon → Quittung
Boom → Blüte
Boot
Bord → Rand
borgen (sich)
→ leihen
Borke → Schale
Born → Quelle
borniert
borniert → einfältig
borniert
→ stumpfsinnig
Borniertheit
Börsenkurs
borstig → haarig
bösartig → böse
Bösartigkeit
→ Bosheit
böse
böse → schlimm
boshaft → böse
boshaft
→ niederträchtig
Boshaftigkeit
→ Bosheit
Bosheit
Bosheit
→ Gemeinheit
Boß → Vorgesetzter
Boß (ugs.) → Leiter
Böswilligkeit
→ Hinterhältigkeit
Bote
Botenjunge → Bote
Botschaft
Botschafter
Boxer
Boykott → Sanktion
boykottieren
→ hintertreiben
brach → öde
Brache → Brachland
Brachfeld
→ Brachland
Brachland
brachliegen
brachliegendes Land
→ Brachland
Branche → Zweig
Brand
branden
→ rauschen
brandmarken
brandmarken
→ verurteilen
Brandung
Brandung → Welle
braten
Brauch
brauchbar
→ nützlich
brauchbar
→ tauglich
Brauchbarkeit
→ Qualität
brauchen
Brauchtum → Sitte
braun
brausen → rauschen
brausen → wüten
brav → artig
brav → lieb

brechbar
→ zerbrechlich
brechen
Brecher → Welle
Brei
breit
breitdrücken
→ zermalmen
bremsen
brennen
brennen → lodern
brennend
brennend
→ dringend
Brennmaterial
→ Brennstoff
Brennstoff
brenzlig → kritisch
Brett
Bretterbude → Bude
Brief
Brief → Post
Brief → Schreiben
Briefpartner
→ Briefschreiber
Briefschreiber
Briefträger
Briefverkehr
→ Schriftwechsel
Briefwechsel
→ Korrespondenz
Briefwechsel
→ Schriftwechsel
Briefzusteller
→ Briefträger
bringen
brisant
bröckelig → mürbe
Brocken → Bissen
brodeln → kochen
brodeln → wallen
Brodem → Nebel
Broschüre → Schrift
Broterwerb
Bruch
Bruch → Falte
Bruch → Sprung
Bruchstück → Stück
Bruchstück → Teil
bruchstückhaft
→ lückenhaft
bruchstückhaft
→ unvollständig
Brücke
brüderlich
Brühe (ugs.)
→ Nebel
brüllen → schreien
brummeln (ugs.)
→ raunen
brummig
Brunnen → Quelle
brüsk
brüsk → rüde
brüsk → schroff
brüskieren
→ herausfordern
Brust
Brüste → Brust
brüsten (sich)
→ prahlen
Brustkorb → Brust
brutal
brüten
Bruthitze → Hitze
Bruthitze (ugs.)
→ Wärme
brutzeln → braten
Bub → Junge
Buch
buchen
Bücherei
Bücherfreund
→ Leser
Büchersammlung
→ Bücherei
Bücherwurm
→ Leser
Büchse
buchstabengetreu
→ bürokratisch
buchstäblich
→ regelrecht
buchstäblich
→ wörtlich
Buchtitel → Titel
bücken → beugen
bucklig
bucklig → krumm
Bude
bügeln → glätten
Bühne
Bühnenkünstler
→ Darsteller
bullig → stämmig
Bulligkeit
→ Stämmigkeit
Bummel
bummeln
bummeln
→ spazierengehen
bummeln (ugs.)
→ trödeln (ugs.)
Bund
Bundesgenosse
→ Verbündeter
Bundestagsabgeordneter
Bund fürs Leben
→ Ehe
Bündnis → Bund
Bündnis → Koalition
bunt
bunt → farbig
buntscheckig
→ bunt
Bürde → Last
Burg
bürgen

C

Cafeteria → Café
Café
Camp → Lager
Casanova
→ Frauenheld
catchen → ringen
Chance
→ Möglichkeit
chancenlos
→ aussichtslos
Chaos
chaotisch
→ durcheinander
Charakter → Wesen
Charakterbildung
→ Erziehung
charakterfest
Charakteristikum
→ Kennzeichen
charakteristisch
charakteristisch
→ typisch
charakterlos
charakterlos
→ ehrlos
charakterlos
→ haltlos
charmant
→ freundlich
charmant
→ zauberhaft
Charme → Anmut
Charmeur
→ Frauenheld
Charmeur
→ Schmeichler
Chauffeur → Fahrer
chauffieren
→ steuern
Chef → Leiter
Chef → Vorgesetzter
chic → elegant
Chiffre
→ Kennzeichen
chiffrieren
chloroformieren
→ betäuben
Choleriker
cholerisch
cholerisch
→ reizbar
Chor
Clan → Familie
clever
clever → pfiffig
Cleverness
→ Schlauheit
Clique → Gruppe
Computer
Concierge
→ Pförtner
Couch → Liege
Coupon → Stück
Courage → Mut
couragiert
→ beherzt
couragiert → mutig
Creme → Salbe
cremefarben
→ beige
cremen
→ balsamieren

D

da → vorhanden
dabeisein
→ beiwohnen
Dabeisein
→ Gegenwart
dabeisein
→ teilnehmen
Dachboden
→ Boden
dafür
dagegenreden
→ widersprechen
daheim → privat
daher → deshalb
daherreden → faseln
dahin → vergangen
dahingehen
→ vergehen
dahingeschieden
→ tot
dahinscheiden
→ sterben
dahinschwinden
dahintreiben
→ driften
dalassen
→ zurücklassen
daliegen → liegen
damals
Dame → Frau
dämmern → dunkeln
dämmern → tagen
Dämmerung
Dampf
dämpfen → lindern
danach → also
danach → dann
danach → hinterher
daneben → neben
Dank
dankbar
Dankbarkeit → Dank
danke
danken
dankenswert
→ dankbar
dankerfüllt
→ dankbar
danke sehr → danke
danke vielmals
→ danke
Dank sagen
→ danken
Danksagung
→ Dank
dann
dann und wann
→ zuweilen
darauffolgend
→ nacheinander
darben
darben → hungern
darbieten
→ anbieten
darbieten
Darbietung
→ Vorstellung
Darbietung
→ Vortrag
darlegen
→ aussagen
darlegen → erklären
Darlegung
→ Aussage
Darlegung
Darlegung
→ Erklärung
Darlehen → Kredit
Darlehen
darreichen
→ darbieten
darreichen → reichen
darstellen
→ abbilden
darstellen
darstellen
→ verkörpern
Darsteller
Darsteller
→ Schauspieler
Darstellung
→ Beschreibung
darüber → über
darum → deshalb
das Geld
zusammenhalten
→ sparen
Dasein → Existenz
Dasein → Leben
Dasein → Sein
daseinsfreudig
→ lebenslustig
das Feld behaupten
→ standhalten
das Gegenteil
beweisen
→ widerlegen
das Große Los
→ Glück
das Weite suchen
→ weglaufen
das Wort
abschneiden
→ hineinreden
das Zeitliche segnen
→ hinscheiden
Datenverarbeitungs-
anlage → Computer
Datum → Termin
Dauer

Dauer → Länge
dauerhaft
dauern
dauernd
Däumling → Zwerg
Daune → Feder
davongehen
→ weggehen
davonjagen
→ vertreiben
davonkommen
→ durchkommen
davonlaufen
davonlaufen
→ weglaufen
dazu → zuzüglich
dazugehören
→ beteiligt sein
dazugehörend
→ zugehörig
dazutun → beitragen
dazutun
→ hinzufügen
dazuzählen
→ zählen
dazwischen
→ zwischen
dazwischenreden
dazwischenreden
→ hineinreden
dazwischentreten
→ eingreifen
debattieren
→ besprechen
debattieren
debattieren
→ erörtern
Debütant
→ Anfänger
dechiffrieren
→ enträtseln
decken → begatten
decken
decken → schützen
Deckung → Schutz
deckungsgleich
deduzieren
→ folgern
deduzieren
→ schließen
defekt → beschädigt
defekt → kaputt
Defekt → Mangel
Defensive → Abwehr
Definition
→ Erklärung
definitiv → endgültig
deformieren
→ entstellen
degradieren
→ herabsetzen
dehnbar → elastisch
dehnen → strecken
deklamieren
→ vortragen
Deklassierung
→ Erniedrigung
Dekor → Muster
Dekor → Zierde
Dekorateur
→ Raumausstatter
Dekoration
→ Verzierung
dekorieren
→ ausstatten
dekorieren
→ schmücken
dekorieren → zieren
Delegierter
→ Abgeordneter
Delegierter
→ Bundestagsabgeordneter
Delegierter
→ Volksvertreter
delikat → appetitlich
delikat → lecker
delikat → vorzüglich
Delikatesse
→ Leckerbissen
Delikt → Verstoß
dem Anschein nach
→ anscheinend
demaskieren
→ aufdecken
Dementi → Widerruf
dementieren
→ bestreiten
dementieren
→ widerrufen
dementsprechend
→ so
Demission
→ Rücktritt
demnach → also
demnach → zufolge
demnächst → bald
demokratisch
→ freiheitlich
demolieren
→ beschädigen
demolieren
→ zertrümmern
Demonstration
demonstrieren
→ zeigen
Demontage
→ Abbau
demontieren
→ zerlegen
demoskopische Untersuchung
→ Umfrage
Demut
demütig
demütigen
demütigen
→ erniedrigen
Demütigung

→ Erniedrigung
denkbar
→ anscheinend
denkbar
denkbar → möglich
Denken
denken
den Kopf zerbrechen
(sich) → rätseln
Denkprozeß
→ Denken
Denkungsart
→ Denkweise
Denkvermögen
→ Verstand
Denkweise
denkwürdig
→ unvergeßlich
Denkzettel (ugs.)
→ Strafe
dennoch
dennoch → trotz
den Prozeß machen
→ prozessieren
den Rechtsweg
beschreiten
→ prozessieren
den Tatsachen ins
Auge sehend
→ realistisch
denunzieren
→ verraten
deplaziert → verfehlt
deponieren
→ hinstellen
deponieren → lagern
deponieren
→ speichern
Depot → Lagerhaus
Depp (ugs.)
→ Dummkopf
Depression
→ Schwermut
depressiv
depressiv
→ schwermütig
deprimiert
deprimiert
→ entmutigt
deprimiert
→ niedergeschlagen
deprimiert
→ schwermütig
Deputierter
→ Bundestagsabge-
ordneter
derb
derb → grob
dereinst → später
dergestalt → so
der Norm
entsprechend
→ normal
der Reihe nach
→ hintereinander
derzeit → noch
derzeit → nun
Desaster
→ Katastrophe
desgleichen → auch
deshalb
Design → Form
designieren
→ berufen
designieren
→ ernennen
desillusionieren
→ enttäuschen
Desillusionierung
→ Enttäuschung
desinfiziert
→ keimfrei
Desinteresse
→ Gleichgültigkeit
Desinteresse
→ Leidenschafts-
losigkeit
desinteressiert
→ gleichgültig
desolat → schlecht
desolat → trostlos
despotisch
→ herrisch
Dessin → Muster
deswegen
→ deshalb
des weiteren
→ ferner
Detonation
→ Explosion
detonieren
→ explodieren
detonieren
→ platzen
deuten → erklären
deuten → zeigen
deutlich
Deutlichkeit
deutlich machen
→ betonen
deutlich vernehmbar
→ verständlich
Deutung
→ Erklärung
devot → demütig
devot → ehrfürchtig
devot → unterwürfig
Devotion
→ Unterwürfigkeit
dezent → gediegen
dezent
→ zurückhaltend
Diagnose → Befund
Diät
→ Schlankheitskur
dicht
dicht → eng
dichtbesiedelt
→ bevölkert

dichten
dichten → reimen
Dichter
→ Schriftsteller
dichterisch
→ poetisch
dichthalten (ugs.)
→ schweigen
Dichtkunst
→ Dichtung
Dichtung
dick
dick → fett
dick → füllig
dick → vollschlank
dickfellig
dickfellig → träge
dickhäutig
→ dickfellig
Dickicht
dickköpfig → bockig
dickköpfig
dickköpfig
→ eigensinnig
Dickkopf (ugs.)
→ Trotzkopf
Dickschädeligkeit
→ Eigensinn
Dickschädel (ugs.)
→ Trotzkopf
dick werden
→ zunehmen
Dieb → Bandit
Diebstahl
dienen
Diener
Diener machen
→ verneigen (sich)
dienern → verneigen (sich)
dienlich → tauglich
dienlich
→ vorteilhaft
Dienst
diensteifrig
→ beflissen
Diensteifrigkeit
→ Übereifer
Dienstgrad → Rang
Dienstmädchen
Dienststelle → Amt
dienstwillig
→ beflissen
diesbezüglich
diesig → nebelig
diesseitig → weltlich
diesseits → hier
diffamieren
→ verleumden
Differenz
→ Unterschied
differenzieren
→ nuancieren
differenzieren
→ unterscheiden
Diktatur
Dilemma → Konflikt
Dilemma
→ Schwierigkeit
Dilemma
→ Zwiespalt
Dilettant → Laie
Dilettant → Stümper (ugs.)
dilettantisch
→ laienhaft
dilettantisch
→ stümperhaft
Dimension
→ Umfang
Ding → Gegenstand
dinglich
→ gegenständlich
dinglich → real
Dinner
→ Abendessen
Diplomat
→ Botschafter
direkt
direkt → unmittelbar
Direktive → Rat
Direktive → Weisung
Direktor → Leiter
Dirigent
dirigieren → leiten
Dirne
diskontinuierlich
→ zusammenhanglos
diskreditieren
→ verleumden
Diskrepanz
→ Abweichung
diskret → heimlich
diskret
→ verschwiegen
Diskretion → Takt
diskriminieren
→ erniedrigen
Diskriminierung
→ Benachteiligung
Diskriminierung
→ Erniedrigung
diskutieren
→ besprechen
diskutieren
→ debattieren
diskutieren
→ erörtern
disponieren
→ entwerfen
Disposition
→ Entwurf
disputieren
→ debattieren
Distanz → Abstand
distanzieren (sich)
→ zurückziehen (sich)

Distrikt → Gebiet
Disziplin → Ordnung
Disziplin → Zucht
Divergenz
→ Gegensatz
divergierend
→ gegensätzlich
diverse → einige
dividieren → teilen
Diwan → Liege
doch → aber
doch → dennoch
doch
Dogma → Lehre
dogmatisch → starr
Doktrin → Lehre
Dokumentation
→ Bericht
Dokumentation
→ Sammlung
dokumentiert
→ bezeugt
dominieren
→ vorherrschen
Domizil → Wohnsitz
Don Juan
→ Frauenheld
doof (ugs.) → dumm
Doppel
doppeldeutig
→ doppelsinnig
doppeldeutig
→ mehrdeutig
Doppelgeschlecht-
lichkeit → Zwitter
doppelseitig
→ beidseitig
doppelsinnig
doppelsinnig
→ mehrdeutig
doppelsinnig
→ vieldeutig
doppelt
doppelzüngig
→ heuchlerisch
Dorf
Dorf → Ort
dörflich
Dorn → Spitze
dort
dorthin → hin
Dose → Büchse
dösen → schlafen
dösen (ugs.)
down (ugs.)
→ niedergeschlagen
dozieren
→ unterrichten
drakonisch → streng
Drall → Schwung
Dramatik
→ Spannung
dramatisieren
→ hochspielen
dramatisieren
→ übertreiben
Drang → Trieb
drängeln → drängen
drängen
drängen → schieben
Drängen
→ Verlangen
drangsalieren
drangsalieren
→ peinigen
drangsalieren
→ unterdrücken
drastisch
draußen
Dreck
Dreck → Schmutz
dreckig
→ schmutzig
Dreh → Trick
drehen
drehen um (sich)
→ betreffen
dreinreden
→ dazwischenreden
dreist → frech
dreist → schamlos
Dreistigkeit
→ Frechheit
Dreistigkeit
→ Zudringlichkeit
Dressur
→ Erziehung
driften
drillen → trainieren
dringen auf
→ bestehen auf
dringend
dringend → eilig
dringlich → dringend
dringlich → eilig
Dringlichkeit → Eile
Drink → Getränk
drinnen → innen
Droge → Stoff
drohen
dröhnen → schallen
drosseln → bremsen
drosseln
drüben → jenseits
Druck
Druck → Zwang
Druck ausüben
→ zwingen
Drückeberger
→ Feigling
drücken
drücken
→ quetschen
drückend → schwül
Druckmittel
→ Sanktion
Druckwerk → Schrift
dubios → verdächtig
ducken → beugen

Duft
Duft ausströmend
→ duftend
duften → riechen
duftend
dulden
dulden → leiden
duldsam → tolerant
dumm
Dummerjan (ugs.)
→ Dummkopf
dummerweise
→ schade
dummes Zeug reden
→ faseln
Dummheit
Dummheit
→ Unwissenheit
Dummkopf
dumpf → benommen
dumpf
dumpf → stumpf
dunkel
Dünkel → Standesbewußtsein
Dünkel
→ Überheblichkeit
dünkelhaft
→ anmaßend
dünkelhaft
→ eingebildet
dünkelhaft
→ herablassend
Dunkelheit
dunkeln
dünn
dünn
→ fadenscheinig
dünn → schlank
dünnflüssig
→ wäßrig
Dunst → Dampf
Dunst → Nebel
dünsten → braten
dunstig → nebelig
Duplikat → Abschrift
Duplikat → Doppel
durabel → haltbar
durchaus nicht
→ nein
durchbleuen (ugs.)
→ hauen
durchbrennen
→ davonlaufen
durchbringen
Durchbruch
→ Erfolg
durchdacht
→ planmäßig
durch den Kopf gehen lassen (sich)
→ durchdenken
durchdenken
durchdringen
durchdringend
durcheinander
durcheinander bringen → verwirren
Durchfahrt
durchfallen
durchfallen
→ durchfliegen
durchfliegen
Durchfuhr
→ Durchfahrt
durchführbar
→ möglich
durchführen
durchführen
→ vollziehen
Durchführung
→ Bewerkstelligung
Durchgang
→ Durchfahrt
durchgängig
→ generell
durchgedreht (ugs.)
→ entnervt
durchgedreht (ugs.)
→ närrisch
durchgehen
→ davonlaufen
durchgreifen
→ eingreifen
durchhalten
durchhalten
→ standhalten
durchhauen
→ hauen
durchkämpfen (sich)
→ durchsetzen (sich)
durchkommen
→ bestehen
durchkommen
durchlässig
durchleben
→ erfahren
durchlesen → lesen
durchleuchten
→ röntgen
durchlöchert
→ durchlässig
durchmachen
→ dulden
durchnässen
→ durchdringen
durchnäßt → naß
durchnehmen
durchnumerieren
→ numerieren
durchprobieren
→ probieren
durchqueren
→ bereisen
durchrasseln (ugs.)
→ durchfallen
durchrechnen
→ berechnen
durchreisen

→ bereisen
durchreisen
→ reisen
durchsausen (ugs.)
→ durchfallen
durchschauen
→ erkennen
durchscheinend
→ durchsichtig
Durchschnitt
→ Querschnitt
durchschnittlich
durchschnittlich
→ mäßig
Durchschnittsbürger
Durchschrift
→ Abschrift
Durchschrift
→ Doppel
durchseihen
→ filtern
durchsetzen (sich)
→ behaupten
durchsetzen (sich)
Durchsicht
→ Revision
durchsichtig
durchsickern
→ durchdringen
durchsieben
→ filtern
durchstehen
→ leiden
durchstöbern
→ durchsuchen
durchsuchen
Durchsuchung
durchtrennen
→ trennen
durchtrieben
→ listig
durchwandern
→ bereisen
durchwärmt → warm
durchweichen
→ durchdringen
durchwühlen
→ durchsuchen
durchziehen
→ einfädeln
durchziehen (ugs.)
→ verwirklichen
durchzucken
→ zucken
dürfen
dürftig
→ ärmlich
dürftig
Dürftigkeit
dürr → hager
Dürre
→ Trockenheit
dürstend → durstig
Durst haben
→ durstig
durstig
Durst löschen
→ trinken
Durst stillen
→ trinken
Dussel (ugs.)
→ Hohlkopf
düster → dunkel
Düsterkeit → Dunkelheit
Dutzendmensch
→ Durchschnittsbürger
Dynamik
→ Schwung
dynamisch
→ schwungvoll
dynamisch → temperamentvoll

E

eben → gerade
eben → jetzt
Ebene → Fläche
ebenfalls → auch
Ebenmaß
Ebenmaß
→ Schönheit
ebenmäßig → harmonisch
ebenmäßig → proportioniert
ebenso → auch
ebnen → bahnen
ebnen → glätten
Echo → Widerhall
echt
echt → natürlich
Eckchen → Bissen
edel
edel → fein
Edelmut
Edelsinn → Edelmut
edieren → herausgeben
Effekt → Erfolg
Effektenkurs → Börsenkurs
effektvoll → wirkungsvoll
effizient → wirkungsvoll
egal → gleichgültig
egalisieren
→ glätten
Egoismus → Selbstsucht
egoistisch
egoistisch → selbstsüchtig
Egozentrik → Selbstsucht
egozentrisch
→ egoistisch
egozentrisch
→ selbstsüchtig
Ehe
ehebrecherisch
→ untreu
Ehebruch → Seitensprung
Ehebund → Ehe
Ehefrau
Ehefrau → Frau
ehelichen → heiraten
ehemals → damals
Ehemann
Ehepartner
→ Ehefrau
Ehepartner
→ Ehemann
Ehepartner
→ Lebensgefährte
Ehescheidung
→ Scheidung
Ehescheidung
→ Trennung
Eheschließung
Eheschließung
→ Hochzeit
Ehestand → Ehe
ehrbar → charakterfest
ehrbar
Ehrbarkeit → Rechtschaffenheit
Ehre → Ansehen
Ehre erweisen
→ ehren
ehren
ehren → huldigen
ehren → würdigen
ehrenhaft → bieder
ehrenhaft → lauter
ehrenhaft → redlich
Ehrentag
→ Geburtstag
ehrenwert → ehrbar
Ehrenwort → Zusicherung
ehrerbietig
→ demütig
ehrerbietig → ehrfürchtig
Ehrfurcht → Hochachtung
Ehrfurcht → Verehrung
ehrfürchtig
ehrfurchtsvoll → ehrfürchtig
Ehrgeiz
ehrgeizig
Ehrgeizling → Streber
ehrlich → aufrichtig
ehrlich → rechtschaffen
Ehrlichkeit
→ Offenheit
ehrlos → charakterlos
ehrlos
ehrsam → charakterfest
ehrsam → ehrbar
Ehrsamkeit → Biederkeit
Ehrsucht → Ehrgeiz
ehrsüchtig → ehrgeizig

ehrvergessen
→ ehrlos
ehrvergessen
→ unzuverlässig
eichen → normen
Eid
Eidbruch → Wortbruch
eidbrüchig → treulos
eierschalfarben
→ beige
Eifer
Eifer → Fleiß
eifersüchtig sein
→ neiden
eifrig
eigen → eigenartig
Eigenart
eigenartig
eigenhändig → persönlich
Eigenheit
→ Eigenart
eigenmächtig
→ selbständig
Eigennutz → Selbstsucht
eigennützig → egoistisch
eigennützig
→ selbstsüchtig
Eigenschaft
Eigensinn
eigensinnig
eigensinnig → halsstarrig
eigensinnig
→ trotzig
Eigensinnigkeit
→ Eigensinn
eigenständig → originell
eigenständig
→ selbständig
Eigenständigkeit
→ Freiheit
Eigenständigkeit
→ Selbständigkeit
Eigensucht
→ Selbstsucht
eigensüchtig
→ selbstsüchtig
eigentlich
Eigentum → Besitz
Eigentümer
→ Besitzer
eigentümlich
→ seltsam
eigentümlich
→ typisch
Eigentümlichkeit
→ Eigenart
Eigentümlichkeit
→ Seltsamkeit
Eigentumsdelikt
→ Diebstahl
eignen (sich)
→ taugen
Eigner → Besitzer
Eile
Eile → Hast
Eile → Hetze
eilen → beeilen (sich)
eilen
eilig → dringend
eilig
einander ausschließend → paradox
einarbeiten → einfügen
ein Bad nehmen
→ baden
Einband → Umschlag
einbeziehen
→ berücksichtigen
einbeziehen
einbiegen
→ abbiegen
Einbildung
Einbildung
→ Hochmut
einbleuen (ugs.)
→ einprägen
Einblick
→ Erfahrung
einbrechen → eindringen
einbringen → ernten
einbringen → nützen
eincremen → einreiben
eindeutig
Eindeutigkeit
→ Deutlichkeit
eindringen → durchdringen
eindringen
eindringen → vorstoßen
eindringlich
→ betont
eindringlich → drastisch
eindringlich
→ intensiv
eindringlich → nachdrücklich
Eindruck
eindrücken → einprägen
Eindruck machen
→ beeindrucken
eindrucksvoll
→ fabelhaft
eindrucksvoll
→ nachhaltig
eindrucksvoll
→ stattlich

eine Ansprache halten → sprechen
eine Impfung vornehmen → impfen
ein Ende machen → enden
einen Eid ablegen → schwören
einengen → begrenzen
einengen → beschränken
einengen
Einengung → Hindernis
einen Preis haben → kosten
einen Schaden beheben → reparieren
einen Schreck bekommen → erschrecken
einen über den Durst trinken (ugs.) → betrinken (sich)
eine Predigt halten → predigen
eine Rede halten → vortragen
eine Wahl treffen → entscheiden
eine Wahl treffen → wählen
einfach → bescheiden
einfach
einfach → leicht
einfach → primitiv
einfacher Mann → Durchschnittsbürger
Einfachheit
einfädeln
Einfall
Einfall → Idee
einfallen → verfallen
einfallen → zusammenbrechen
einfallslos
einfallsreich
Einfallsreichtum
Einfallsreichtum → Phantasie
Einfalt → Schlichtheit
einfältig
einfältig → harmlos
einfältig → stumpfsinnig
einfältig → töricht
Einfältigkeit
Einfältigkeit → Torheit
Einfaltspinsel → Narr
einfangen → fangen
einfärben → färben
einfarbig
einfassen → einrahmen
Einfassung → Einrahmung
Einfassung → Fassung
Einfassung → Rahmen
einfinden (sich) → hinkommen
einfinden (sich) → kommen
einflößen → tränken
Einfluß
Einfluß → Macht
Einfluß haben (auf) → beeinflussen
Einflußnahme → Einfluß
Einfluß nehmen → beeinflussen
einförmig → einfallslos
einförmig → langweilig
einförmig → schematisch
Einfriedung → Zaun
einfrieren → tiefkühlen
einfrosten → tiefkühlen
einfügen
einfügen → einordnen
einfühlen (sich) → nachfühlen
einfühlsam → feinfühlig
einfühlsam → zartbesaitet
Einfühlungsvermögen → Verständnis
einführen → vorstellen
Einführung → Einleitung
Einführung → Vorspiel
Einführung → Vortrag
Eingabe → Gesuch
Eingang → Tür
eingängig → volkstümlich
eingebildet
eingebogen → hohl
eingeboren → beheimatet
eingeboren → einheimisch

Eingebung → Einfall
eingedickt → sämig
eingeengt
→ bedrängt
eingeengt → eng
eingefleischt
→ unverbesserlich
eingehend → breit
eingehend
Eingekochtes → Eingemachtes
Eingemachtes
eingerechnet → einschließlich
eingeschränkt
→ sparsam
Eingeständnis
→ Bekenntnis
Eingeständnis
→ Offenbarung
eingestehen
→ gestehen
eingestehen
→ zugeben
ein Gesuch stellen
→ beantragen
Eingewecktes
→ Eingemachtes
Eingewöhnung
→ Gewöhnung
eingießen → füllen
eingleisig → einseitig
eingliedern → einbeziehen
eingliedern → einordnen
eingraben → einprägen
eingravieren
→ ritzen
eingreifen
eingrenzen
→ begrenzen
Eingriff → Operation
einhalten
→ befolgen
Einhalt gebieten
→ verbieten
einhandeln (sich)
→ zuziehen
einheimisch
→ bodenständig
einheimisch
Einheimischer
→ Bewohner
Einheit
einheitlich
Einheitlichkeit
→ Einheit
einheizen → heizen
einhellig → einmütig
Einhelligkeit
→ Übereinstimmung
einhüllen → verpacken
einig
einige
einige → paar
einigen (sich)
→ übereinkommen
einigermaßen
→ leidlich
einigermaßen
→ ziemlich
Einigkeit
Einigkeit → Frieden
Einigkeit → Harmonie
Einigung → Vergleich
Einkauf → Kauf
einkaufen → kaufen
Einkaufsbummel
→ Bummel
Einkehr → Besuch
einkesseln
→ belagern
einkesseln → einkreisen
Einklang → Übereinstimmung
Einkommen → Broterwerb
Einkommen → Einkünfte
einkreisen
→ belagern
einkreisen
Einkünfte
einladen → laden
einladend → verlockend
Einladung
→ Empfang
Einlage → Zwischenspiel
einlagern → lagern
einlaufen
→ schrumpfen
Einleitung
Einleitung → Vorspiel
Einleitung
→ Vorwort
einlenken → nachgeben
einleuchten
→ begreifen
einleuchtend
→ begreiflich
einleuchtend
→ glaubhaft
einleuchtend
→ plausibel
einleuchtend
→ zwingend
einmalig → phantastisch

einmischen (sich) → hineinreden
einmütig
Einmütigkeit → Einigkeit
Einnahmen → Einkünfte
Einnahmen haben → verdienen
einnehmen → kassieren
einnehmen → verdienen
einnehmend → anziehend
einnehmend → nett
einnehmend → sympathisch
Einöde → Öde
einölen → einreiben
einordnen
einpacken
einpacken → verpacken
einpassen → einfügen
einpauken (ugs.) → durchnehmen
einpflanzen → setzen
einplanen → einbeziehen
einprägen
einprägen (sich) → lernen
einprägsam → anschaulich
einprägsam → markant
einpudern → pudern
einrahmen
Einrahmung
einräumen → zugeben
einreiben → balsamieren
einreiben
einreichen → beantragen
einreihen → einordnen
einreißen → niederreißen
einrenken (ugs.) → bereinigen
einrichten → zusammenstellen
Einrichtung
einritzen → ritzen
einrollen → einpacken
einrosten → rosten
einsam → allein
Einsamkeit
einschärfen → einprägen
einschätzen → begutachten
einschätzen → beurteilen
Einschiebung → Ergänzung
einschläfern → betäuben
einschlagen → einpacken
einschleichen (sich) → eindringen
einschließen → belagern
einschließen → einbeziehen
einschließlich
einschneidend → spürbar
Einschnitt → Bruch
einschränken → beschränken
einschränken → einengen
einschränken → herabsetzen
Einschränkung → Bedingung
Einschränkung → Hindernis
einschreiten → eingreifen
Einschub → Ergänzung
einschüchtern → beängstigen
einschüchtern
einseitig
einseitig → parteiisch
einseitig → ungerecht
Einsicht → Vernunft
Einsicht → Verständnis
einsichtig → begreiflich
einsichtig → verständnisvoll
einsichtig machen → zeigen
einsichtsvoll → vernünftig
einsiedlerisch → zurückgezogen
einsilbig → schweigsam
einsilbig → verschwiegen
einsilbig → wortkarg
einspringen → vertreten

Einspruch
Einspruch erheben
→ widersprechen
einspurig → einseitig
einst → damals
einstäuben
→ pudern
einstehen → bürgen
einsteigen → eindringen
einstellen
→ beenden
einstellen → berufen
einstellen
→ beschäftigen
einstellen (sich)
→ hinkommen
einstudieren → üben
einstürzen → zusammenbrechen
einstweilen
→ vorerst
einstweilen
→ zunächst
eintauchen
→ tauchen
eintauschen
→ tauschen
einteilen → ordnen
eintönig → langweilig
Eintracht
→ Einigkeit
Eintracht → Frieden
einträchtig → brüderlich
einträchtig → einig
einträchtig → einmütig
einträchtig
→ friedlich
einträglich
→ lohnend
einträglich → nutzbringend
eintreffen
→ ankommen
eintreffen → bewahrheiten (sich)
Eintreffen
→ Empfang
eintreffen
→ kommen
eintreiben → kassieren
eintreten → betreten
eintrichtern (ugs.)
→ durchnehmen
eintrocknen
→ schrumpfen
eintrocknen
→ trocknen
eintunken
→ tauchen
einüben → üben
Einvernehmen
→ Einigkeit
Einvernehmen
→ Harmonie
einverstanden
→ zustimmend
einverstanden sein
→ billigen
Einverständnis
→ Zustimmung
einwachsen
→ bohnern
Einwand → Einspruch
einwandfrei
→ richtig
einwandfrei
→ tadellos
einweihen
→ eröffnen
einwickeln → einpacken
einwilligen → sanktionieren
Einwilligung
→ Bewilligung
Einwilligung
→ Erlaubnis
Einwilligung
→ Zustimmung
einwirken → beeinflussen
Einwirkung
→ Einfluß
Einwohner
→ Bewohner
Einwohnerschaft
→ Bevölkerung
Einzahlung
→ Zahlung
Einzäunung → Zaun
Einzelfall → Beispiel
einzeln
Einzelperson → Individuum
Einzelwesen → Individuum
Einzelwesen
→ Person
einziehen
→ beschlagnahmen
einziehen
→ beziehen
einziehen → kassieren
einzigartig → beispiellos
einzigartig → phänomenal
Einzug halten
→ hereinkommen
einzusehen → verständlich

Eisenbahnzug
→ Zug
eisern → standhaft
eisig
eisig → kalt
eiskalt → eisig
eitel
Ekel → Abneigung
ekelerregend
→ ekelhaft
ekelhaft
eklig → ekelhaft
Ekstase → Rausch
ekstatisch
→ besessen
Elan → Schwung
elastisch
→ beweglich
elastisch
Elastizität → Biegsamkeit
elegant
elegant → fein
elegant → nobel
elegisch → schwermütig
Elektronengehirn
→ Computer
Element
Element → Teil
elementar → grundlegend
elend
Elend
Elend → Not
elfenbeinfarben
→ beige
eliminieren → entfernen
Elite → Oberschicht
eloquent → redegewandt
elternlos → heimatlos
Elysium → Paradies
Emblem
→ Abzeichen
Emblem → Sinnbild
Emotion → Gefühl
emotional
→ gefühlsmäßig
Empfang → Aufnahme
Empfang
empfangen
→ begrüßen
empfangen
→ bekommen
empfangen
empfänglich
empfänglich
→ zugänglich
Empfangsgerät
→ Fernsehgerät
empfehlen
→ beraten
empfehlen
empfehlen → vorschlagen
Empfehlung
Empfehlung → Rat
Empfehlungsschreiben → Bewerbung
empfinden → fühlen
Empfinden → Gefühl
empfindlich
empfindlich → feinfühlig
empfindlich → nachtragend
empfindlich → zartbesaitet
empfindsam
empfindsam → feinfühlig
Empfindung → Eindruck
Empfindung
→ Gefühl
empfindungslos
→ blutleer
Emphase → Nachdruck
empor → herauf
empörend
→ unerhört
Emporkommen
→ Aufstieg
Emporkömmling
emporranken
→ ranken
emporsteigen → hinaufgehen
empört
Empörung → Ärger
Empörung → Zorn
emsig → fleißig
Endbetrag
→ Summe
Ende
enden
endgültig
endigen → enden
endlich
endlich → zeitlich
Endlichkeit → Sterblichkeit
endlos → ewig
endlos → unendlich
Endlosigkeit
→ Ewigkeit
Energie
Energie → Tatkraft
energielos → willensschwach
energisch → drastisch
energisch
energisch → fest

eng
engagieren → beschäftigen
engagieren (sich) → bemühen (sich)
enganliegend → prall
eng beieinander → dicht
Enge
Engpaß → Enge
engstirnig → eng
engstirnig → spießig
Engstirnigkeit → Enge
enorm → toll
Ensemble → Gruppe
Entäußerung → Aufgabe
entbehrlich → überflüssig
entbehrlich → unnötig
Entbehrung
entbinden → gebären
Entbindung → Geburt
entdecken → finden
entdecken → herausfinden
Entdeckung → Fund
entehren → schänden
enteignen → beschlagnahmen
enteignen
entfachen → zünden
entfahren → herausplatzen (ugs.)
entfallen → vergessen
entfallen → wegfallen
entfalten (sich) → entwickeln (sich)
entfalten (sich) → öffnen
entfalten (sich) → weiten
Entfaltung → Entwicklung
entfärben → verblassen
entfernen → abmachen
entfernen
entfernen → wegbringen
entfernt → fern
entfernt → weit
Entfernung → Abstand
entflammbar → feuergefährlich
entflammen → reizen
entflammen (sich) → berauschen (sich)
entflammt → begeistert
entführen → rauben
entgegen → wider
entgegenhalten → widersprechen
entgegenhandeln → zuwiderhandeln
Entgegenkommen → Dienst
Entgegenkommen → Zugeständnis
entgegenkommend
entgegenkommend → hilfsbereit
entgegennehmen → empfangen
entgegennehmen → nehmen
entgegenwirken → bekämpfen
entgegnen → erwidern
Entgegnung → Erwiderung
entgehen → entkommen
entgeistert → betroffen
entgeistert
entgeistert → fassungslos
Entgelt → Lohn
Entgleisung → Fehler
enthalten (sich) → verzichten
enthaltsam
Enthaltsamkeit
enthemmen → lockern
enthüllen → aufdecken
enthüllt → nackt
Enthüllung → Offenbarung
Enthusiasmus → Begeisterung
entkleiden → ausziehen
entkleidet → bar
entkommen
entkommen → fliehen
entkräften → widerlegen
entkräftet → entnervt
entkräftet → fertig sein

Entkräftigung
→ Erschöpfung
entkrampfen → entspannen
entkrampfen
→ lockern
entkrampft → entspannt
Entladung
→ Explosion
entlassen
entlassen → freilassen
entlassen → hinauswerfen
Entlassung
entlasten
→ erleichtern
entlasten (sich)
→ rechtfertigen (sich)
entlaufen → fliehen
entlaufen
→ weglaufen
entledigen (sich)
→ loswerden
entleeren → leeren
entlegen → abgelegen
entleihen → leihen
entlohnen
→ belohnen
entmündigen
→ bevormunden
entmutigen
→ beängstigen
entmutigen → einschüchtern
entmutigt → deprimiert
entmutigt
entnehmen → wegnehmen
entnervt
enträtseln
enträtseln → lösen
entrechtet
→ rechtlos
entreißen → rauben
entreißen → wegnehmen
entrichten → zahlen
entrinnen → entkommen
Entrücktheit
→ Taumel
entrüstet → empört
entrüstet → zornig
entsagen → verzichten
Entsagung → Enthaltsamkeit
Entsagung
→ Hingabe
Entsagung → Opfer
entschädigen
→ belohnen
entschädigen
Entschädigung
entscheiden
entscheidend
→ nachhaltig
Entscheidendes
→ Hauptsache
Entscheidung
entschieden → fest
entschlafen
→ sterben
Entschlafen → Tod
entschleiern
→ lüften
entschließen (sich)
→ entscheiden
Entschließung
→ Entscheidung
entschlossen
→ energisch
entschlossen → zielbewußt
Entschlossenheit
entschlüpfen → entkommen
entschlüpfen → herausplatzen (ugs.)
Entschluß → Entscheidung
Entschluß → Wille
entschlüsseln
→ enträtseln
Entschlußfähigkeit
→ Entschlossenheit
Entschlußfreudigkeit
→ Entschlossenheit
Entschlußkraft
→ Entschlossenheit
Entschlußkraft
→ Geistesgegenwart
entschlußlos
→ zögernd
entschuldigen
entschuldigen
→ verzeihen
entschuldigen (sich)
Entschuldigung
Entschuldigung
→ Nachsicht
entschwinden → vergehen
entschwunden
→ zurückliegend
Entsetzen
→ Schrecken
entsetzlich
→ furchtbar
entsinnen (sich)
→ erinnern (sich)
entspannen
entspannen (sich)
→ ruhen
entspannt

Entspannung
→ Frieden
entsprechend
→ angemessen
entsprechend → verhältnismäßig
Entsprechung
→ Parallele
entstehen → entwickeln (sich)
entstellen
entstellt
Entstellung → Fratze
enttäuschen
enttäuscht → unzufrieden
Enttäuschung
entwaffnet → waffenlos
entwässert → wasserarm
entweichen
→ davonlaufen
entweihen
→ schänden
entwenden
→ nehmen
entwenden
→ stehlen
entwenden → wegnehmen
Entwendung
→ Diebstahl
entwerfen
entwickeln (sich)
entwickeln (sich)
→ wachsen
Entwicklung
Entwicklungsphase
→ Wachstum
Entwicklungsprozeß
→ Entwicklung
Entwicklungsstufe
→ Phase
entwirren → enträtseln
entwischen
→ davonlaufen
entwischen (ugs.)
→ entkommen
entwöhnen
entwürdigen
→ demütigen
entwürdigen
→ schänden
Entwurf
Entwurf → Plan
entwurzelt → heimatlos
entziffern → lesen
entzücken → begeistern
entzücken
→ bezaubern
Entzücken → Vergnügen
entzückend
→ lieblich
entzückend
→ reizend
entzückend → zauberhaft
entzündbar → feuergefährlich
entzünden
→ zünden
entzündlich → feuergefährlich
entzwei → kaputt
entzweien
→ trennen
entzweien (sich)
→ streiten
entzweigehen
→ reißen
Entzweiung
→ Hader
en vogue → modern
Epigone → Nachahmer
Epilog → Nachwort
Episode → Zwischenfall
Epoche → Zeitraum
Erbarmen → Mitleid
erbärmlich → bedauernswert
erbärmlich → elend
erbärmlich → jämmerlich
erbarmungslos
→ herzlos
erbarmungslos
→ unerbittlich
erbauen → bauen
erbaulich
→ beschaulich
Erbe
Erbe → Nachlaß
Erbe → Schenkung
erbitten → bitten
erblicken → sehen
erblindet → blind
erbost → zornig
erbrechen (sich)
→ übergeben
Erbschaft → Erbe
Erbschaft
→ Nachlaß
Erbteil → Erbe
Erdball → Welt
Erdboden → Boden
Erde → Boden
Erde → Welt
erdenklich
→ denkbar
erdichten → dichten
erdichten → phantasieren

erdreisten (sich)
erdreisten (sich)
→ herausnehmen
(sich)
erdulden → ertragen
Ereignis
Ereignis → Fall
erfahren
→ beschlagen
erfahren
erfahren → reif
Erfahrenheit → Reife
Erfahrung
Erfahrung → Wissen
erfassen → buchen
erfassen
→ erkennen
erfassen → verstehen
Erfassung
→ Sammlung
erfinden
erfinderisch → einfallsreich
erfinderisch → originell
Erfindungsgabe
→ Einfallsreichtum
Erfolg
erfolglos → ruhmlos
erfolglos → vergeblich
erfolgreich → wirkungsvoll
erfolgversprechend
→ günstig
erforderlich → nötig
Erfordernis → Notwendigkeit
erfrechen (sich)
→ erdreisten (sich)
erfreuen
→ beglücken
erfreuen → freuen
(sich)
erfreulich → positiv
erfrischen
→ erquicken
erfrischen (sich)
→ baden
erfrischen (sich)
→ laben (sich)
Erfrischung
→ Stärkung
ergänzen
ergänzen → hinzufügen
ergänzen → nachtragen
ergänzen → zufügen
Ergänzung
ergeben → demütig
ergeben → treu
ergeben → unterwürfig
Ergebenheit
→ Demut
Ergebenheit
→ Unterwürfigkeit
ergeben (sich)
→ hingeben
Ergebnis
Ergebnis → Folge
ergebnislos
→ fruchtlos
ergehen (sich)
→ wandeln
ergiebig → dankbar
ergiebig
ergiebig → nutzbringend
Ergiebigkeit → Produktivität
ergießen (sich)
→ fließen
ergo → also
Ergötzen → Vergnügen
ergreifen → fassen
ergreifen → packen
ergreifend
→ rührend
ergriffen → bewegt
Ergriffenheit
ergründen
→ ermitteln
ergründen → forschen
ergründen → suchen
erhaben → feierlich
erhaben → würdevoll
erhalten
→ bekommen
erhalten → schützen
erhalten → unterhalten
Erhaltung → Pflege
erhängen → henken
erhärten → festigen
erheben (sich)
Erhebung → Aufstand
erheitern → belustigen (sich)
erhoffen → wünschen
erhofft → hoffentlich
erhöhen → bereichern
erhöhen → heraufsetzen
erhöhen → steigern
Erhöhung
Erhöhung → Steigerung
erholen (sich)
erholen (sich)
→ ruhen
erholt → frisch

Erholung
Erholung → Ruhepause
Erholungsheim
→ Sanatorium
Erholungspause
→ Rast
erinnern (sich)
Erinnerung
Erinnerung → Rückblick
Erinnerungsstück
→ Andenken
Erinnerungsvermögen → Erinnerung
erkämpfen
→ gewinnen
erkennen
erkenntlich
→ dankbar
erkenntlich zeigen (sich) → danken
Erkenntnisvermögen
→ Verstand
Erker → Nische
erklären
erklären → rechtfertigen (sich)
erklärlich
→ begreiflich
Erklärung
→ Bescheinigung
Erklärung
erklimmen
→ steigen
erklingen → tönen
erkrankt → leidend
Erkrankung
→ Krankheit
erkühnen (sich)
→ erdreisten (sich)
erkühnen (sich)
→ wagen
erkunden → forschen
erkundigen (sich)
→ fragen
Erkundung → Frage
erküren → wählen
erlahmen → nachlassen
erlahmen → versagen
erlangen
→ gewinnen
Erlaß → Gesetz
erlassen
erlassen → verordnen
erlauben
Erlaubnis
Erlaubnis
→ Sanktion
Erlaubnis haben
→ dürfen
erlaucht → vornehm
erlauschen
→ lauschen
erläutern → erklären
Erläuterung
→ Erklärung
Erläuterung
→ Vortrag
erledigen → bewältigen
erledigen
erledigen → regeln
erleichtern
erleichtert → froh
erleiden → dulden
erleiden → ertragen
erlernen → lernen
erlesen → edel
erlesen → elegant
erlesen → fein
erleuchtet
→ beleuchtet
Erlös → Gewinn
erlösen → befreien
erlösen → retten
ermächtigt
→ zuständig
ermächtigt sein
→ dürfen
ermahnen
→ mahnen
ermahnen
→ zurechtweisen
ermäßigen → verbilligen
Ermäßigung
→ Preisnachlaß
Ermattung
→ Erschöpfung
ermitteln
ermitteln → forschen
Ermittlung → Frage
Ermittlung → Nachforschung
ermöglichen
→ bieten
ermorden → töten
Ermordung
→ Tötung
ermüdet → müde
ermuntern
→ anregen
ermuntern
→ bestärken
Ermunterung
→ Anregung
Ermunterung → Rat
ermutigen
→ bestärken
ermutigen → trösten
Ernährung
→ Nahrung
ernennen → berufen

ernennen
ernennen → wählen
erneuern
erneuern → renovieren
Erneuerung
Erneuerung → Neugestaltung
erneut → wieder
erniedrigen → demütigen
erniedrigen
Erniedrigung
ernst
ernsthaft → ernst
ernsthaft
→ schlimm
ernstlich → ernst
ernten
ernten → pflücken
Ernüchterung → Enttäuschung
eröffnen
Eröffnung → Anfang
Eröffnung → Einleitung
Eröffnung → Offenbarung
erörtern
→ besprechen
erörtern → darstellen
erörtern → debattieren
erörtern
Erörterung
→ Beratung
Eros → Liebe
erpressen
→ zwingen
erproben → prüfen
erproben → versuchen
erprobt → bewährt
erquicken
erquicken (sich)
→ laben (sich)
Erquickung
→ Stärkung
erregen → reizen
erregend
→ spannend
erregt
Erregtheit
→ Erregung
Erregung
errichten → bauen
errichten → gründen
erröten → schämen (sich)
erschaffen
→ erzeugen
erschallen
→ schallen
erschauern → zittern
erscheinen → herauskommen
erscheinen → hinkommen
erscheinen lassen
→ herausgeben
Erscheinungsart
→ Eigenschaft
erschöpfen
→ zehren
erschöpft
erschöpft → fertig sein
Erschöpfung
Erschöpfung
→ Schwäche
erschrecken
→ beängstigen
erschrecken
erschreckend
→ schrecklich
Erschrockenheit
→ Bestürzung
erschüttert → fassungslos
Erschütterung
→ Bestürzung
Erschütterung
→ Ergriffenheit
erschweren
→ hindern
erschwinglich
→ billig
ersehnen → wünschen
ersinnen → dichten
ersinnen → erfinden
erspähen → sehen
ersparen → sparen
Ersparnisse → Guthaben
Erstaunen
erstaunen → wundern (sich)
erstaunlich
erstaunlich → verblüffend
erstehen → kaufen
erstellen
→ erzeugen
Erstellung → Herstellung
ersten Ranges
→ bedeutend
erstklassig
erstmalig → neu
erstrangig
→ erstklassig
erstrangig → hochwertig
Erstürmung
→ Vorstoß
ersuchen → bitten
Ersuchen → Wunsch

ertappen → überraschen
Erteilung
ertönen → tönen
Ertrag → Gewinn
Ertrag → Nutzen
ertragen → dulden
ertragen
ertragen → hinnehmen
ertragen → verkraften
erträglich
erträglicher machen → erleichtern
ertragreich → ergiebig
ertragreich → fruchtbar
ertragreich → nutzbringend
erträumen (sich) → wünschen
eruieren → ermitteln
Eruption → Explosion
Erwachsensein → Reife
erwachsen werden → heranwachsen
erwacht → wach
erwägen → bedenken
erwägen → überlegen
Erwählung → Wahl
erwähnen → nennen
erwähnenswert → bemerkenswert
erwähnenswert → interessant
erwärmen → wärmen
erwarten → vermuten
erwarten → warten
Erwartung → Spannung
erwartungsvoll → fiebrig
erwartungsvoll → ungeduldig
erwehren (sich) → verteidigen
Erweis → Nachweis
erweitern → weiten
Erweiterung → Ausdehnung
Erwerb → Kauf
erwerben → kaufen
erwerbslos → arbeitslos
erwerbstätig → berufstätig
Erwerbstätigkeit → Broterwerb
erwidern
erwidern → reagieren
Erwiderung
erwiesenermaßen → nachweislich
erwischen → fangen
erwünscht → begehrt
erwünscht → hoffentlich
erzählen
erzeugen
erzeugen → herstellen
erzeugen → verursachen
Erzeuger
Erzeugnis → Ware
erziehen → bilden
Erzieher → Lehrer
Erziehung → Ausbildung
Erziehung → Bildung
Erziehung
erzielen → ernten
erzielen → gewinnen
erzürnen → vergessen (sich)
erzürnt → ungehalten
Eskalation → Steigerung
eskalieren → steigern
Eskapade → Seitensprung
Esprit → Geist
essen
essentiell → wesentlich
Essen zubereiten → kochen
essigsauer → sauer
Eßwaren → Nahrungsmittel
Establishment → Oberschicht
etablieren (sich) → gründen
etabliert → bürgerlich
etappenweise → stufenweise
Ethik → Sitte
ethisch → sittlich
etliche → einige
etliche → paar
Etui → Hülle
Eulenspiegel → Schelm
Euphorie → Rausch

evident → naheliegend
evident → offenkundig
ewig
Ewigkeit
exakt → eindeutig
exakt → genau
exakt → präzise
Examen → Prüfung
examinieren → prüfen
Exempel → Beispiel
Exil → Verbannung
existent → real
Existenz
Existenz → Leben
Existenz → Sein
Existenzkampf → Konkurrenz
existieren → bestehen
existieren → leben
existieren → sein
existierend → vorhanden
exklusiv → nobel
exklusive → ohne
Exkursion → Fahrt
Expansion → Ausdehnung
Experiment → Probe
Experte → Fachmann
explodieren
explodieren → platzen
explodieren → wüten
Explosion
explosiv → brisant
Export → Handel
Exposition → Schau
exquisit → edel
Extra → Zubehör
extraordinär → außergewöhnlich
extravagant → überspannt
extrem
extrem → radikal
extrovertiert → gesellig
exzellent → ausgezeichnet
exzellent → trefflich
Exzeß → Ausschweifung
exzessiv → extrem

F

Fassung
fassungslos
→ betroffen
fassungslos
fassungslos → verblüfft
fast → beinahe
fast → ungefähr
fasten → darben
fasten → hungern
Fastenkur
→ Schlankheitskur
Fastnachtsumzug
→ Fastnachtszug
Fastnachtszug
fast nie → selten
Faszination → Reiz
faszinieren
→ bezaubern
faszinierend
→ interessant
faszinierend
→ spannend
fatal → tragisch
fatal → unglücklich
Fata Morgana
→ Vision
fauchen → zischen
faul
faul → tatenlos
faulen
Faulenzer
faulig → faul
Faulpelz (ugs.)
→ Faulenzer
Faustkämpfer
→ Boxer
favorisieren
→ bevorzugen
Fazit → Ergebnis
Feder
federführend
→ maßgeblich
federleicht → leicht
federn
federnd → elastisch
Fee → Zauberin
Fehde → Feindschaft
Fehlen → Abwesenheit
fehlen
Fehler
fehlerhaft → falsch
fehlerlos → richtig
Fehlerlosigkeit
→ Untadeligkeit
fehlgehen → verirren (sich)
fehlgeschlagen
→ verfehlt
Fehlgriff → Fehler
Fehlschlag
Fehlschlag → Mißerfolg
Fehlschlag → Niederlage
fehlschlagen
→ scheitern
Feier
Feierabend
→ Freizeit
feierlich
Feierstunde → Feier
Feiertag → Ruhetag
feige
Feigheit
feigherzig → feige
Feigling
feilbieten
→ anbieten
feilbieten
feilbieten → verkaufen
feilhalten → feilbieten
feilschen
fein
fein → nobel
fein → zart
Feind
feindlich
Feindschaft
Feindseligkeit
→ Feindschaft
feinfühlig → empfindsam
feinfühlig
feinfühlig → zartbesaitet
Feinfühligkeit
→ Feingefühl
Feingefühl
Feinheit → Takt
feinnervig → feinfühlig
feist → dick
feixen (ugs.)
→ lächeln
Feld
Feldbau → Landwirtschaft
Feldherr
feminin → weiblich
Femme fatale
→ Verführerin
Ferientag
→ Ruhetag
fern
fernab → fern
fernbleiben → fehlen
Ferne → Fremde
Ferne → Weite
ferner → außerdem
ferner
Fernsehapparat
→ Fernsehgerät
Fernsehempfänger
→ Fernsehgerät
Fernseher → Fern-

sehgerät
Fernsehgerät
Fernsprecher
Fernsprechnummer
→ Telefonnummer
fertig
fertigbringen
→ zustande bringen
Fertigkeit
fertigmachen (ugs.)
→ erledigen
fertig sein
fertigstellen → vollenden
Fertigung → Herstellung
fertigwerden mit
→ verkraften
fertigwerden (ugs.)
→ zurechtkommen
fesselnd → packend
fesselnd
→ spannend
fest
Fest
fest → hart
Festakt → Feier
festbinden → binden
Feste → Burg
festgefahren
→ ratlos
festgefahren sein
→ festliegen
festgesetzt sein
→ festliegen
festhalten → beibehalten
festhalten → halten
festhängen
→ haften
festigen
festigen → stärken
festigen → vertiefen
Festigkeit
Festigkeit → Stärke
Festigung
→ Stärkung
Festival → Fest
Festivität → Fest
festknoten → binden
festlegen
festlegen → vorschreiben
festlegen (sich)
→ binden (sich)
festlich → feierlich
Festlichkeit → Fest
festliegen
festmachen → befestigen
festmachen
festnehmen
Festrede → Rede
festsetzen → festlegen
festsitzen → festliegen
Festspiel → Fest
feststellen
→ bemerken
feststellen
→ ermitteln
Feststellung
→ Behauptung
festumrissen → eindeutig
Festung → Befestigungsanlage
Festung → Burg
Festveranstaltung
→ Feier
Fete (ugs.) → Feier
fett → dick
fett
fetthaltig → fettig
fettig
fetttriefend → fettig
feucht
feucht → naß
feucht → saftig
feuchtwarm
→ schwül
feudal → vornehm
Feuer → Brand
Feuereifer → Tatendrang
feuergefährlich
Feuerkopf → Choleriker
Feuer machen
→ heizen
feuern → schießen
Feuersbrunst
→ Brand
feurig → brennend
feurig → leidenschaftlich
Fiasko → Mißerfolg
fidel
fieberhaft → ruhelos
fieberkrank
→ fiebrig
fiebern → phantasieren
fiebrig
Fighter → Boxer
figürlich → gegenständlich
Fiktion → Phantasie
fiktiv → scheinbar
Filiale → Zweigstelle
Filmstar → Schauspieler
Filmtheater → Kino
filtern
filtrieren → filtern
Finale → Ende
finanzieren
→ bezahlen

Fluß
flüssig → fließend
flüssig
flüssig → zahlungsfähig
Flüssigkeit
→ Wasser
Flußlauf → Fluß
flüstern
fluten → fließen
Flutlicht → Scheinwerferlicht
Folge
Folge → Reihe
Folge leisten
→ befolgen
folgen
folgendermaßen
→ so
folgerichtig
folgern
folgern → schließen
Folgezeit → Zukunft
folglich → also
folgsam → lieb
Folgsamkeit
→ Gehorsam
Folter
foltern → peinigen
Fond → Hintergrund
foppen → aufziehen
foppen → necken
förderlich → nützlich
förderlich → vorteilhaft
fordern → beanspruchen
fördern
fordern → herausfordern
Forderung
→ Rechnung
Forderungen erfüllen
→ befriedigen
Form
Format → Umfang
formelhaft
formelhaft → schematisch
formen → bilden
Formgebung
→ Form
Formgefühl
→ Geschmack
förmlich → regelrecht
formlos
formulieren → reden
formulieren
→ schreiben
formulieren → verfassen
formvollendet
→ schön
Formvollendung
→ Schönheit
forschen
forschen → suchen
Forst → Wald
Fort → Burg
fort
Fortbestand
→ Bestand
Fortbestand
→ Dauer
fortbewegen
→ bewegen
fortbewegen (sich)
→ gehen
fortbewegen (sich)
→ laufen
fortdauernd
→ dauernd
fortfallen → wegfallen
fortführen → fortsetzen
Fortgang → Dauer
fortgehen
→ scheiden
fortgehen → weggehen
fortgesetzt → immer
fortgezogen → verzogen
fortjagen → hinauswerfen
fortlassen
→ weglassen
Fortpflanzung
→ Befruchtung
fortpflanzungsfähig
→ fruchtbar
fortschaffen
→ beseitigen
fortschaffen
→ räumen
fortschaffen → wegbringen
fortschicken → hinauswerfen
fortschicken → wegschicken
Fortschritt
→ Wachstum
Fortschritte machen
→ vorangehen
fortschrittlich
fortschrittsfeindlich
→ rückständig
Fortschrittsglaube
→ Optimismus
fortsetzen
Fortuna → Glück
fortwährend
fortwerfen → wegwerfen
Foto → Aufnahme
Foto → Fotografie

Fotografie
Fotokopie
Fracht → Ladung
Fracht → Sendung
Frage
fragen
fragil → zerbrechlich
fraglich → ungewiß
fraglich → zweifelhaft
Fraglichkeit → Ungewißheit
fraglos
Fragment → Teil
fragmentarisch → lückenhaft
fragmentarisch → unvollständig
fragwürdig
Fraktion → Partei
Franse → Quaste
frappant → erstaunlich
frappant → verblüffend
frappieren → überraschen
frappierend → erstaunlich
Fratze
Frau
frauenhaft → weiblich
Frauenheld
fraulich → weiblich
frech
frech → schamlos
frech → unartig
Frechheit
frei
freigeben
freigeben → loslassen
freigiebig
freigiebig → großzügig
freihalten → vorbestellen
Freiheit
freiheitlich
freiheitsliebend → freiheitlich
freilassen → auslassen
freilassen → entlassen
freilassen → freigeben
freilassen
freilassen → loslassen
freilich → aber
freilich → gern
freimachen → befreien
Freimut → Offenheit
freimütig → aufrichtig
freimütig
freimütig → offen
freisetzen → freigeben
freisprechen von Schuld → vergeben
freistehen → dürfen
freistellen → befreien
freiweg → freimütig
freiwillig
Freizeit
Freizeitbeschäftigung → Hobby
freizügig → freigiebig
freizügig → tolerant
fremd
fremd → unbekannt
fremdartig → fremd
Fremde
Fressalien (ugs.) → Nahrungsmittel
fressen
Freude
Freude → Vergnügen
Freude bereiten → beglücken
Freude bereiten → freuen (sich)
Freudenmädchen → Dirne
freudig → froh
freudlos → trostlos
freuen (sich)
Freund
Freund → Kamerad
Freund → Liebhaber
freundlich → entgegenkommend
freundlich
freundlicherweise → bitte
freundlichst → tunlichst
Freundschaft
Freundschaft aufkündigen → brechen
freundschaftlich → brüderlich
Frevel → Sünde
Frevel → Verstoß
frevelhaft → lästerlich
freveln → zuwiderhandeln
Frieden
Friedenszustand → Frieden

friedfertig
→ friedlich
friedlich
friedlich → harmonisch
friedlos → ruhelos
friedvoll → friedlich
frieren
frisch
Frische → Kälte
Frist → Zeit
fristgemäß
→ pünktlich
fristgerecht
→ pünktlich
Frisur
frivol → lose
frivol → pikant
froh
frohen Mutes → froh
fröhlich → heiter
fröhlich → lustig
Fröhlichkeit
→ Freude
frohlocken → jubeln
Frohlocken → Vergnügen
Frohnatur
→ Optimist
Frohsinn → Humor
fromm
Fron → Joch
Front
frontal
frösteln → frieren
frostig → eisig
frottieren → reiben
frotzeln (ugs.)
→ necken
fruchtbar
Fruchtbarkeit
→ Zeugungskraft
fruchtbringend
→ fruchtbar
fruchten → nützen
fruchtlos
fruchtlos
→ zwecklos
früh
Frühe → Tagesanbruch
früher → damals
Frühjahr → Frühling
Frühling
frühzeitig → früh
Frustration → Enttäuschung
frustrieren → enttäuschen
frustriert → unzufrieden
Fuge → Lücke
fügen (sich)
→ befolgen
fügsam → unterwürfig
Fügsamkeit
→ Gehorsam
Fügsamkeit
→ Unterwürfigkeit
Fügung
→ Schicksal
Fügung → Zufall
fühlen
fühlen → tasten
fühlen (sich)
→ befinden (sich)
Fuhre → Ladung
führen
führend
Führer
Führung → Spitze
Führungskraft
→ Führer
Fuhrwerk
→ Fahrzeug
Fülle
Fülle → Masse
füllen
füllig
Fund
Fundament → Basis
Fundament
→ Grundlage
fundamental
→ grundlegend
fundamental → prinzipiell
Fundsache → Fund
Funk → Rundfunk
funkeln → leuchten
funkelnd
→ blendend
Funkspruch → Telegramm
Funktion → Aufgabe
funktionieren
→ laufen
Funzel (ugs.)
→ Lampe
für → pro
für → zugunsten
furchen → runzeln
furchen → zerfurchen
Furcht → Angst
Furcht
furchtbar
fürchten
fürchterlich
→ furchtbar
furchtlos → tapfer
Furchtlosigkeit
→ Tapferkeit
furchtsam → bang
Furchtsamkeit
→ Furcht
für den Fall → falls
für den Fall → wenn

für eine Sache sprechen → befürworten
für möglich halten → vermuten
fürs erste → vorerst
für sich behalten → vorenthalten
Fürsorge → Pflege
Fürsorge → Sorge
Fürsorger → Betreuer
fürsorglich
fürsprechen → rechtfertigen (sich)
Fürsprecher → Verteidiger
für wahr halten → glauben
Fußboden → Boden
Fußgängerweg → Gehweg
fußhoch → niedrig
Futteral → Hülle
Futter geben → füttern
füttern
futtern (ugs.) → essen

G

Gabe
gaffen (ugs.)
→ zuschauen
Gala → Prunk
gallenbitter → bitter
gallig → bitter
galoppieren → reiten
Gang → Bewegung
gangbar
→ begehbar
gangbar machen
→ bahnen
gängeln → bevormunden
gängeln → lenken
gängig → regulär
gängig → üblich
Ganove → Gauner
ganz
ganz → heil
ganz → lückenlos
Ganzes → Einheit
Ganzheit → Einheit
gänzlich → ganz
gänzlich → total
ganz und gar
→ total
Garantie → Bürgschaft
Garantie
→ Sicherheit
garantieren
→ haften
garantieren
→ schwören
garantieren
→ zusagen
garantiert
→ bezeugt
Garderobe
→ Kleidung
gar nichts → nichts
garnieren
→ schmücken
Garten → Park
Garten Eden
→ Paradies
Gästehaus → Hotel
gastfrei → gastlich
gastfreundlich
→ gastlich
Gasthof → Hotel
gastlich
Gatte → Ehemann
Gatter → Zaun
Gattin → Ehefrau
Gattin → Frau
Gattung → Klasse
Gaul → Pferd
Gaumenfreude
→ Leckerbissen
Gauner → Betrüger
Gauner
Gauner → Schuft
Gaunerei → Betrug
geachtet → angesehen
geächtet → rechtlos
Geächteter
→ Außenseiter
gebändigt → zahm
Gebärde
→ Bewegung
Gebärde
gebärden (sich)
→ benehmen (sich)
gebären
Gebärfähigkeit
→ Zeugungskraft
Gebäude → Haus
gebefreudig → freigiebig
Gebeine → Leiche
geben
Gebete sprechen
→ beten
gebeugt → bucklig
Gebiet → Bereich
Gebiet → Fläche
Gebiet
Gebiet → Land
Gebiet → Raum
Gebiet → Zweig
gebieten → befehlen
gebieten → beherrschen
gebieten → herrschen
gebieterisch → herrisch
gebieterisch
→ streng
gebietsweise → stellenweise
Gebilde → Gegenstand
gebildet
Gebildetsein
→ Bildung
Gebirge → Berg
Gebirgsmassiv
→ Berg
Gebiß → Zahnersatz
gebogen
gebogen → krumm
geborgen
Geborgenheit
Geborgensein
→ Geborgenheit
geboten → nötig

Gebräuche
→ Brauch
gebrauchen
→ benutzen
gebrauchen
→ brauchen
gebräuchlich
→ regulär
gebräuchlich
→ üblich
Gebrauchsanweisung → Rezept
Gebrauchsgegenstand → Bedarfsartikel
Gebrauchsgüter
→ Bedarfsartikel
gebrechlich
gebrechlich → hinfällig
gebrechlich
→ leidend
gebrochen → verzweifelt
gebrochen → zerrüttet
gebühren → verdienen
gebührend → angemessen
gebunden → sämig
Geburt
Geburtsland
→ Heimat
Geburtsname
→ Familienname
Geburtstag
Gebüsch → Dickicht
gedacht
→ scheinbar
gedämpft → dumpf
gedämpft → leise
gedämpft → verhalten
Gedanke → Einfall
Gedanke → Idee
Gedankenarbeit
→ Denken
gedankenlos
→ leichtfertig
Gedankenlosigkeit
→ Zerstreutheit
Gedanken machen (sich) → denken
Gedanken machen (sich) → nachdenken
Gedankentiefe
→ Tiefsinn
gedankenverloren
→ verträumt
gedeihen → blühen
gedeihen
→ wachsen
gedeihlich → vorteilhaft
Gedenken
→ Andenken
gedenken → erinnern (sich)
Gedenktag → Jahrestag
Gedichte schreiben
→ reimen
gediegen
Gedränge
→ Ansammlung
Gedränge → Trubel
gedrängt → eng
gedrückt → belastet
gedrückt → niedergeschlagen
gedrungen
→ stämmig
Gedrungenheit
→ Stämmigkeit
Geduld
gedulden (sich)
→ warten
geduldig
geeignet → fähig
geeignet sein
→ taugen
Gefahr
gefährden → drohen
Gefährdung
→ Gefahr
gefährlich
Gefährlichkeit
→ Gefahr
gefahrlos → sicher
Gefährt → Fahrzeug
Gefährte → Freund
Gefährte
→ Kamerad
gefahrvoll
→ gefährlich
gefallen
Gefallen
gefallen → zusagen
gefallen lassen (sich)
→ hinnehmen
gefällig → höflich
Gefälligkeit
→ Dienst
Gefälligkeit
→ Gefallen
gefälligst → tunlichst
gefallsüchtig → eitel
gefangennehmen
→ festnehmen
Gefangenschaft
gefaßt → geistesgegenwärtig
gefaßt → gemessen
Gefaßtheit
→ Gleichmut
Gefecht → Kampf
gefestigt → reif

Gefieder → Feder
Geflunker → Lüge
gefragt → begehrt
gefrieren → frieren
gefrieren → tiefkühlen
gefügig → hörig
Gefügigkeit → Gehorsam
Gefühl
Gefühl → Instinkt
gefühllos → eisig
gefühllos → lieblos
Gefühllosigkeit → Leidenschaftslosigkeit
Gefühllosigkeit → Rücksichtslosigkeit
gefühlsarm → temperamentlos
gefühlsbetont → romantisch
gefühlsbetont → tränenreich
gefühlsduselig (ugs.) → rührselig
gefühlskalt → kalt
Gefühlskälte → Hartherzigkeit
Gefühlskälte → Kälte
gefühlsmäßig
gefühlsselig → tränenreich
gefühlvoll → empfindsam
gefühlvoll → romantisch
gefühlvoll → würdevoll
gefüllt → voll
gegeben → tatsächlich
gegebenenfalls → falls
Gegebenheit → Wirklichkeit
gegen → wider
Gegenbewegung → Reaktion
Gegendruck → Widerstand
gegeneinander abwägen → vergleichen
Gegenkultur → Subkultur
gegenläufig → rückläufig
Gegenleistung → Entschädigung
Gegenmaßnahme → Sanktion
Gegenmaßnahme → Vergeltung
Gegenpartei → Opposition
Gegensatz
gegensätzlich
gegensätzlich → paradox
Gegensätzlichkeit → Gegensatz
Gegenschlag → Vergeltung
Gegenseite → Opposition
Gegenseite → Rückseite
gegenseitig → wechselseitig
Gegenspieler → Widersacher
Gegenstand
gegenständlich
gegenständlich → real
gegenstandslos → grundlos
gegenstandslos → hinfällig
Gegenstück
Gegenteil → Gegenstück
gegenüber
gegenüber → jenseits
gegenüberliegend → gegenüber
Gegenüberstellung → Vergleich
Gegenwart
gegenwärtig → noch
gegenwärtig → nun
Gegenwehr → Abwehr
Gegenwirkung → Reaktion
Gegner → Feind
Gegner → Widersacher
gegnerisch → feindlich
Gehalt → Bedeutung
Gehalt → Einkünfte
Gehalt → Inhalt
Gehalt → Lohn
Gehaltlosigkeit → Leere
gehaltvoll → fett
gehaltvoll → nahrhaft
gehaltvoll → tiefsinnig
gehässig → böse
gehässig → schadenfroh
Gehässigkeit → Gemeinheit
gehbehindert → lahm

geheimhalten → verheimlichen
geheimnisvoll → rätselhaft
Geheiß → Befehl
gehemmt
→ befangen
gehemmt → verlegen
Gehemmtheit
→ Hemmung
Gehemmtsein
→ Hemmung
gehen → befinden (sich)
gehen
gehetzt → hastig
Gehilfe → Helfer
Gehilfe → Lehrling
Gehölz → Wald
gehorchen
gehören → haben
gehören (sich)
→ ziemen (sich)
gehörlos → taub
gehorsam → artig
Gehorsam
gehorsam sein
→ gehorchen
Gehör schenken
→ hören
Gehsteig
→ Gehweg
Gehweg
Geißel → Peitsche
Geist
Geisterglaube
→ Aberglaube
geistesabwesend
→ zerstreut
Geistesarmut
→ Leere
Geistesblitz (ugs.)
→ Einfall
Geistesgegenwart
geistesgegenwärtig
geistesgestört
geistesgestört
→ verrückt
geistesgestört
→ wahnsinnig
geisteskrank
→ blöde
geisteskrank → geistesgestört
geistig → ideell
geistiges Band
→ Band
geistlich
geistlos → banal
geistlos → einfallslos
geistlos → leer
geistlos → oberflächlich
Geistlosigkeit
→ Oberflächlichkeit
Geistlosigkeit
→ Stumpfsinn
geistreich
→ anregend
geisttötend
→ stumpfsinnig
geistvoll → einfallsreich
geistvoll → originell
Geiz
Geizhals → Geizkragen
geizig → sparsam
Geizkragen
Geizkragen → Neider
gekleidet
→ bekleidet
gekrümmt
→ gebogen
gekünstelt
→ künstlich
gelähmt → lahm
Gelände → Land
gelassen → ausgeglichen
gelassen
→ geduldig
Gelassenheit
→ Geduld
Gelassenheit
→ Gleichmut
Gelassenheit
→ Ruhe
geläufig → fließend
Geldbuße → Buße
Geldgier → Geiz
geldgierig → habgierig
Geldinstitut → Bank
Geldschein
→ Schein
gelegen
→ befindlich
Gelegenheit → Möglichkeit
Gelegenheit
→ Zufall
gelegen sein
→ befinden (sich)
gelegentlich
→ kaum
gelegentlich
→ manchmal
gelegentlich
→ selten
gelehrt → gebildet
Gelehrtheit
→ Wissen
gelenkig
→ beweglich
gelichtet → licht
Geliebter → Lieb-

haber
gelingen
gellend → grell
geloben → versprechen
gelockert → entspannt
gelockert → locker
gelockert
→ wackelig
gelockt → lockig
gelöst → entspannt
gelöst → locker
gelöst → zwanglos
gelten → sein
geltend machen
→ verlangen
Geltung → Ansehen
Gelübde → Eid
Gelüste → Begierde
Gelüste → Hunger
Gelüste → Lust
gemächlich
→ bedächtig
gemächlich
→ gemessen
gemächlich
→ langsam
Gemahl → Ehemann
Gemahlin → Ehefrau
Gemälde → Bild
gemäß → nach
gemäß → zufolge
gemäßigt → ausgeglichen
gemäßigt → mäßig
gemein
gemein
→ gewöhnlich
gemein → niederträchtig
Gemeinde → Dorf
Gemeinde
→ Kommune
Gemeinheit
→ Bosheit
Gemeinheit
gemeinhin
→ generell
gemeinsam
gemeinsam
→ zusammen
Gemeinschaft
→ Gesellschaft
gemeinschaftlich
→ gemeinsam
gemeinschaftlich
→ geschlossen
Gemenge
→ Mischung
gemessen → feierlich
gemessen
Gemessenheit
→ Würde
Gemetzel → Blutbad
Gemisch
→ Mischung
Gemüt → Seele
gemütlich
→ behaglich
gemütlich
Gemütslage
→ Stimmung
genau
genauer gesagt
→ nämlich
genau festgelegt
→ bestimmt
genaugenommen
→ eigentlich
Genauigkeit
→ Sorgfalt
genehmigen
→ erlauben
genehmigen
→ sanktionieren
genehmigt
→ zulässig
Genehmigung
→ Bewilligung
Genehmigung
→ Erlaubnis
Genehmigung
→ Zustimmung
genehm sein
→ gefallen
geneigt → bereit
geneigt → schräg
geneigt → wohlwollend
Geneigtheit
→ Zuneigung
geneigt sein → tendieren
generalisieren
→ verallgemeinern
generell
Genesungsheim
→ Sanatorium
genial → begabt
Genie → Geist
Genie → Talent
genieren (sich)
→ schämen (sich)
genieren (sich)
→ zieren (sich)
genießen
→ schwelgen
genießerisch
Genossenschaft
→ Verband
Gentleman → Herr
genug
genügen → reichen
genügend → ausreichend
genügend → zureichend

Genüge tun → befriedigen
genügsam → enthaltsam
genügsam → zufrieden
Genuß
genußfreudig → genießerisch
genüßlich → genießerisch
geöffnet → offen
geordnet → bürgerlich
geordnet → ordnungsgemäß
gepfeffert → scharf
geplant → vorsätzlich
Gepränge → Prunk
gerade
gerade → jetzt
Gerade → Linie
geradeaus → vorwärts
geradeheraus → aufrichtig
geradeheraus → direkt
geradeheraus → rundheraus
gerädert (ugs.) → entnervt
geradestehen → bürgen
geradewegs → direkt
geradezu → regelrecht
Geradheit → Schlichtheit
geradlinig → unmittelbar
Gerät → Maschine
geraten → ratsam
Geräusch → Lärm
Geräusch → Schall
geräuschlos → ruhig
geräuschlos → still
Geräuschlosigkeit → Stille
geräuschvoll → laut
gerecht
gerecht → recht
Gerechtigkeit
Gerede → Gerücht
Gerede → Klatsch
gereift → weise
gereinigt → rein
gereizt → erregt
Gereiztheit → Erregung
Gereiztheit → Verdruß
Gereiztheit → Verstimmung
Gereiztheit → Zorn
Gerichtbarkeit → Justiz
gerichtlich belangen → belangen
Gerichtsverfahren → Rechtsstreit
Gerichtswesen → Justiz
geringachten → mißachten
geringachten → verachten
geringfügig
Geringfügigkeit → Kleinigkeit
geringschätzen → mißachten
geringschätzen → verachten
geringschätzig
geringschätzig → wegwerfend
Geringschätzung → Mißachtung
Geringschätzung → Nichtachtung
geringstenfalls → mindestens
geringstenfalls → zumindest
gerissen → listig
gern
Gernegroß → Angeber (ugs.)
gern gesehen → beliebt
Gerte → Peitsche
gertenschlank → schlank
Gerücht
Geruch wahrnehmen → riechen
gerührt → bewegt
geruhsam → bedächtig
geruhsam → gemessen
gerundet → bauchig
Gesamtbetrag → Summe
Gesamtwerk → Werk
Gesandter → Botschafter
Gesang → Lied
Gesangsverein → Chor
Gesäß → Hinterteil
gesättigt → satt
gesäubert → rein
gesäubert → sauber

gesäuert → sauer
Geschädigter
→ Opfer
Geschäft → Beruf
Geschäft → Laden
Geschäfte machen
→ handeln
geschäftig → fleißig
geschäftig → rege
Geschäftigkeit
→ Hektik
Geschäftsaufgabe
→ Bankrott
Geschäftsführer
→ Leiter
Geschäftslokal
→ Laden
Geschäftsverkehr
→ Handel
geschärft → scharf
geschätzt → angesehen
geschätzt → beliebt
Geschehen
→ Ereignis
geschehen
→ zustoßen
geschehen lassen
→ zulassen
gescheit
gescheit → vernünftig
Geschenk → Gabe
Geschenk
→ Schenkung
Geschick
→ Geschicklichkeit
Geschick
→ Schicksal
Geschicklichkeit
→ Fertigkeit
Geschicklichkeit
geschickt → fingerfertig
geschickt
geschickt → tüchtig
Geschlecht
→ Familie
geschlossen
Geschlossenheit
→ Einheit
Geschmack
geschmacklos
geschmacklos
→ taktlos
Geschmacklosigkeit
→ Kitsch
geschmackvoll
→ elegant
Geschmeide
→ Schmuck
geschmeidig
→ anmutig
geschmeidig
→ beweglich
Geschmeidigkeit
→ Biegsamkeit
Geschöpf → Mensch
Geschöpf → Wesen
Geschrei machen
→ johlen
Geschwätz
→ Klatsch
Geschwätz
→ Phrase
geschwätzig
→ schwatzhaft (ugs.)
Geschwätzigkeit
→ Redseligkeit
Geschwätzigkeit
→ Schwatzhaftigkeit (ugs.)
geschwind
→ schnell
Geschwindigkeit
geschwungen
→ gebogen
gesellig
Geselligkeit → Beisammensein
Geselligkeit
→ Gesellschaft
Gesellschaft
Gesellschafter
→ Teilhaber
Gesetz
Gesetzesbrecher
→ Verbrecher
gesetzlich
Gesetzlosigkeit
→ Chaos
gesetzmäßig → vorschriftsmäßig
gesetzt den Fall
→ falls
gesetzwidrig
Gesichertheit
→ Sicherheit
Gesicht
Gesichtspunkt
→ Blickwinkel
Gesichtszüge
→ Gesicht
Gesinnung → Denkweise
gesittet → anständig
gesittet
→ tugendhaft
gespalten → zwiespältig
gespannt → straff
Gespanntheit
→ Interesse
Gespenst → Geist
Gespensterglaube
→ Aberglaube
Gespött → Spott
Gespräch → Unterhaltung

gesprächig
→ schwatzhaft (ugs.)
Gesprächigkeit
→ Redseligkeit
Gespür → Instinkt
Gestalt → Form
Gestalt → Körper
gestalten → bearbeiten
gestalten → bilden
Gestaltung
→ Beschreibung
Geständnis
→ Bekenntnis
gestatten
→ erlauben
gestatten → sanktionieren
gestattet → zulässig
Geste → Bewegung
Geste → Gebärde
gestehen
gestorben → tot
gestrafft → straff
gestreßt
→ erschöpft
Gestrüpp → Dickicht
Gesuch
gesucht → begehrt
gesunder Menschenverstand → Vernunft
Gesundheit
gesund machen
→ heilen
getan → fertig
Getöse → Lärm
Getränk
getreu → treu
getrost → zuversichtlich
Getümmel → Trubel
Gewächs → Pflanze
gewagt → gefährlich
Gewähr → Bürgschaft
Gewähr
→ Sicherheit
gewahren → wahrnehmen
gewähren lassen
→ lassen
gewährleistet → verbürgt
Gewahrsam
→ Gefangenschaft
Gewährung → Bewilligung
gewahr werden
→ wahrnehmen
Gewalt → Macht
Gewalt → Zwang
Gewaltherrschaft
→ Diktatur
gewaltsam vordringen → vorstoßen
Gewalttäter → Täter
gewalttätig → brutal
Gewalttätigkeit
→ Grausamkeit
gewandt → behende
gewandt
→ geschickt
Gewandtheit → Fertigkeit
Gewandtheit
→ Übung
Gewandtheit
→ Wendigkeit
Gewässer → See
Gewässer → Wasser
Gewebe → Stoff
Gewebe → Zeug
gewellt → lockig
Gewerbe → Beruf
gewesen → vorbei
Gewesenes → Vergangenheit
gewetzt → scharf
Gewicht → Last
gewichtig → schwer
gewichtig
→ wesentlich
Gewichtigkeit
→ Nachdruck
gewichtslos → leicht
gewieft (ugs.)
→ pfiffig
gewillt → bereit
gewillt sein
→ wollen
Gewinn
Gewinn → Nutzen
Gewinn → Plus
Gewinn → Preis
gewinnbringend
→ nutzbringend
gewinnbringend
→ wirtschaftlich
gewinnen
gewinnend
→ anziehend
gewinnend
→ reizend
gewinnend → sympathisch
gewinnen für
→ überzeugen
Gewinnsucht
→ Habgier
gewiß → bestimmt
gewiß → sicher
gewissenhaft
→ genau
gewissenhaft
→ sorgfältig
Gewissenhaftigkeit
→ Sorgfalt
gewissenlos
Gewissenlosigkeit

→ Rücksichtslosigkeit
Gewissensbisse
→ Schuldgefühl
gewissermaßen
→ eigentlich
Gewißheit
→ Wahrheit
Gewißheit → Wissen
gewittrig → schwül
gewitzt → clever
gewitzt → listig
gewogen → wohlwollend
gewöhnlich → banal
gewöhnlich
→ durchschnittlich
gewöhnlich
gewohnt → vertraut
Gewöhnung
gewölbt → bauchig
gewölbt → gebogen
gewürzt → scharf
gezackt → zackig
gezähmt → zahm
gezähnt → zackig
Gezänk → Zank
geziemend → angemessen
geziemen (sich)
→ ziemen (sich)
geziert → eitel
gezwungenermaßen
→ notgedrungen
gezwungen sein
→ müssen
Gier → Begierde
gierig → unersättlich
gießen → regnen
Gigant → Riese
Gipfel → Berg
Gipfel
Gipfel → Höhepunkt
Gischt → Brandung
glänzen → leuchten
glänzen → prunken
glänzend → blank
glänzend
Glanzleistung
→ Höchstleistung
Glanzpunkt → Gipfel
glanzvoll
→ glänzend
gläsern → durchsichtig
glatt
glätten
glattgehen
→ gelingen
glauben
glaubhaft
gläubig → fromm
gläubig sein
→ glauben
glaubwürdig
→ glaubhaft
glaubwürdig
→ zuverlässig
gleich
gleichartig
→ deckungsgleich
gleichartig → einheitlich
gleichberechtigt
gleichbleibend
→ formelhaft
gleichermaßen
→ auch
gleichförmig
→ regelmäßig
gleichgerichtet
→ parallel
Gleichgesinntheit
→ Übereinstimmung
gleichgestellt
→ gleichberechtigt
gleichgültig → dickfellig
gleichgültig
Gleichgültigkeit
Gleichgültigkeit
→ Teilnahmslosigkeit
Gleichklang → Übereinstimmung
gleichkommen
→ herankommen
gleichlaufend
→ parallel
Gleichmaß
→ Ebenmaß
Gleichmut → Geduld
Gleichmut
gleichmütig
→ geduldig
gleichnishaft
→ bildlich
gleichrangig
→ gleichberechtigt
gleichsetzen → vergleichen
gleichtun → nachahmen
gleichwertig
→ gleichberechtigt
gleichwohl
→ dennoch
gleichzeitig
gleißend
→ blendend
gleiten → driften
gleiten → rutschen
Glied
gliedern → ordnen
Gliederung
→ Ordnung
glimmen → glühen
glitschen (ugs.)
→ rutschen

glitschig → glatt
glitzern → flimmern
global → allgemein
glorifizieren
→ beweihräuchern
glorifizieren → verherrlichen
glorreich
→ lobenswert
Glück
glücken → gelingen
gluckern → plätschern
glücklich → froh
glücklich
glücklicherweise
glückselig
→ glücklich
Glücksfall → Glück
Glückslos → Los
glückverheißend
→ verheißungsvoll
glühen
glühen → scheinen
glühend → brennend
Glut → Leidenschaft
Gluthitze → Hitze
Gnade → Begnadigung
Gnade
gnadenlos → roh
Gnadenlosigkeit
→ Strenge
Gnom → Zwerg
Gondel → Boot
gönnen (sich)
→ leisten
Gott anrufen → beten
gottesfürchtig
→ fromm
gotteslästerlich
→ lästerlich
Gotteslästerung
→ Sakrileg
gottlob → glücklicherweise
Gott sei Dank
→ glücklicherweise
Grabrede → Nachruf
Gram → Leid
grämen (sich) → sorgen (sich)
grämen (sich)
→ trauern
gramvoll → sorgenvoll
Granate → Sprengkörper
grandios
→ bedeutsam
grantig → verdrießlich
Grasdecke → Rasen
grasen → fressen
gräßlich
→ abscheulich
gräßlich
→ schrecklich
gratis → kostenlos
grau → trübe
Grauen
→ Schrecken
grauen → tagen
grauenvoll
→ furchtbar
grausam → barbarisch
Grausamkeit
Grausen
→ Schrecken
Grazie → Anmut
grazil → fein
grazil → zierlich
graziös → anmutig
Greenhorn
→ Anfänger
Greis → Alter
Greisenalter
→ Lebensabend
grell
grenzenlos
→ unendlich
griesgrämig → mürrisch
griesgrämig → verdrießlich
grillen → braten
grillenhaft → launisch
Grimasse → Fratze
grinsen → lächeln
grob → brüsk
grob → derb
grob
grobschlächtig
→ grob
grobschlächtig
→ hölzern
grobschlächtig
→ lümmelhaft
groggy (ugs.) → entnervt
grollen → zürnen
grollend → nachtragend
groß
groß → hochgewachsen
groß → lang
großartig
→ fabelhaft
Großbrand → Brand
Größe
Größe → Länge
großherzig → edel
Großmama → Oma
Großmutter → Oma
Großpapa → Opa
großspurig

→ protzig
Großtat → Tat
größtenteils → überwiegend
großtuerisch
→ protzig
großtun (sich)
→ prahlen
Großvater → Opa
großziehen → aufziehen
großzügig
grübeln → denken
grübeln → nachdenken
grübeln → rätseln
Grubenarbeiter
→ Bergmann
Grünanlage → Park
Grund
Grund → Veranlassung
gründen
Grundlage → Basis
Grundlage
grundlegend
grundlegend → prinzipiell
gründlich → eingehend
gründlich → intensiv
gründlich → sorgfältig
grundlos
grundsätzlich
→ grundlegend
grundsätzlich
→ prinzipiell
Grundstock
→ Bestand
Grundstoff
→ Element
Grünfläche → Park
Gruppe
gruppieren
→ zusammenstellen
grüßen → begrüßen
gültig → verbindlich
Gültigkeit verlieren
→ verjähren
Gunst → Gnade
günstig
günstig → positiv
günstig → rosig
Günstling
→ Schützling
gut
Gut
gut → lieb
Gutachten
→ Befund
gutartig → gut
gut aufgehoben
→ geborgen
gut aufgelegt
→ fidel
gutaussehend
→ hübsch
gutbürgerlich → bürgerlich
Güte → Qualität
gute Eigenschaft
→ Vorzug
Güteklasse → Qualität
Gutes nachsagen
→ rühmen
gut gefüllt → prall
gut gelungen → gut
gut gewürzt
→ würzig
gutgläubig
→ harmlos
gutgläubig → naiv
Guthaben
gutheißen
→ bejahen
gutheißen
→ billigen
gutherzig → lieb
gütig → barmherzig
gütig → gut
gütig → mild
Gutshof → Gut
guttun
→ bekommen
gut zu handhaben
→ handlich
gut zureden

H

haargenau
→ präzise
haarig
haarlos → kahl
Haarmode → Frisur
Haarschnitt
→ Frisur
haarsträubend (ugs.)
→ unerhört
Haartracht → Frisur
Habe → Besitz
Haben → Guthaben
haben
haben (sich) → zieren (sich)
Habgier → Geiz
Habgier
habgierig
Habseligkeiten
→ Besitz
Hab und Gut
→ Besitz
Hackordnung (ugs.)
→ Rangordnung
Hader
Hader → Streit
Haft → Gefangenschaft
haftbar → schuldig
haftbar → verantwortlich
haften
haftpflichtig → verantwortlich
hager
hager → schlank
Hain → Wald
halb
Halbdunkel → Dämmerung
halbe-halbe machen (ugs.) → halbieren
halbieren
halblaut → leise
halb und halb
→ halb
halbwegs befriedigend → leidlich
halbwüchsig → jung
Halbwüchsiger
→ Jugendlicher
Hall → Schall
hallen → schallen
Halluzination → Einbildung
Halluzination
→ Illusion
Halluzination
→ Trugbild
Halluzination
→ Vision
Hals → Rachen
halsstarrig → eigensinnig
halsstarrig
halsstarrig → trotzig
Halsstarrigkeit
→ Eigensinn
Halt
Halt → Rast
haltbar → dauerhaft
haltbar
halten → haften
halten
Halter → Besitzer
Haltestelle → Halt
haltlos
haltlos → willensschwach
haltmachen → pausieren
haltmachen
→ rasten
Haltung → Stellung
Haltung → Würde
Halt verlieren
→ fallen
Halunke → Schuft
hämisch → schadenfroh
hämmern → pochen
hamstern (ugs.)
→ sammeln
handarbeiten
→ basteln
handarbeiten
→ nähen
Handbewegung
→ Bewegung
Handbuch
→ Lehrbuch
Handel
handeln → feilschen
handeln
handeln um (sich)
→ betreffen
Handelsware → Ware
handfertig → fingerfertig
handfest → derb
Handfeuerwaffe
→ Pistole
handgerecht
→ handlich
handhaben
→ behandeln
handhaben → betätigen
Handhabung
→ Operation

Handlanger → Hilfskraft
handlich
Handlung → Tat
handlungsunfähig
→ ohnmächtig
handlungsunfähig
machen → lähmen
Handschrift → Niederschrift
Handschrift
→ Schrift
Handstreich
→ Überfall
handwarm → lau
Handzeichen
→ Gebärde
Hang → Neigung
hängen
hängen → henken
hänseln → verspotten
hantieren
hantieren mit
→ betätigen
Häppchen → Bissen
Happen → Bissen
harmlos
Harmonie
→ Ebenmaß
Harmonie
Harmonie
→ Schönheit
harmonieren → verstehen (sich)
harmonisch → ausgeglichen
harmonisch
harmonisieren
→ vertragen (sich)
harren → warten
hart
hart → herzlos
Härte → Festigkeit
Härte → Stärke
hartherzig → herzlos
Hartherzigkeit
hartnäckig
→ beharrlich
haschen → fangen
Hasenfuß
→ Feigling
Hasenherzigkeit
→ Feigheit
Haß empfinden
→ hassen
hassen
häßlich
→ abscheulich
häßlich
Hast → Eile
Hast
Hast → Hetze
hasten → eilen
hasten
hastig
hastig → schnell
hätscheln → liebkosen
hätscheln → tätscheln
hauchen → blasen
hauen
hauen → schlagen
Hauer → Bergmann
Haufen
häufig
Haupt → Kopf
Hauptbetriebszeit
→ Saison
Hauptdarsteller
→ Hauptperson
Hauptfigur → Hauptperson
Hauptperson
Hauptrolle → Hauptperson
Hauptsache
hauptsächlich
→ besonders
hauptsächlich
→ vorwiegend
Haus
Hausangestellte
→ Dienstmädchen
Hausbewohner
→ Bewohner
Hausdiener
→ Diener
Hausdurchsuchung
→ Durchsuchung
hausen → wohnen
Hausgehilfin
→ Dienstmädchen
haushälterisch
→ sparsam
Haushaltshilfe
→ Dienstmädchen
haushoch → hoch
Haut
→ Schale
Hautevolee → Oberschicht
Headline → Schlagzeile
heben
hecheln → röcheln
Heerführer
→ Feldherr
heftig
heftig → hitzig
heftig → intensiv
heftig werden
→ wüten
Hegemonie → Vorherrschaft
hegen → pflegen
hegen → schonen (sich)

Hehler → Betrüger
heikel
heil → ganz
heil
Heilanstalt → Krankenhaus
Heilbehandlung → Behandlung
heilen
Heiligabend → Weihnachten
heillos → wirr
Heilmittel → Medikament
Heilstätte → Sanatorium
Heim → Haus
Heim
Heim → Wohnsitz
Heimat
Heimatland → Heimat
heimatlos
Heimfahrt → Rückkehr
heimisch → beheimatet
heimisch → einheimisch
heimisch → privat
Heimkehr → Rückkehr
heimkehren
heimkommen → heimkehren
heimlich
heimreisen → heimkehren
heimsuchen → befallen
heimsuchen
Heimsuchung → Katastrophe
Heimtücke → Tücke
heimzahlen → rächen
Heirat → Eheschließung
Heirat → Hochzeit
heiraten → binden (sich)
heiraten
heiser
heiß → warm
heißblütig → leidenschaftlich
Heißhunger → Hunger
heiter
heiter → sonnig
Heiterkeit → Freude
heizen
heizen → wärmen
Heizmaterial → Brennstoff
Heizstoff → Brennstoff
Hektik → Erregung
Hektik → Hast
Hektik
hektisch → erregt
hektisch → fahrig
hektisch → turbulent
Held → Hauptperson
Held
heldenhaft → verwegen
heldenmütig → verwegen
helfen
helfen → zupacken
Helfer
hell
hell → licht
hellblau → blau
hellblond → blond
hellbraun → braun
Helle → Licht
hellerleuchtet → beleuchtet
heller Tag → Tageslicht
hellichter Tag → Tageslicht
Helligkeit → Licht
Helligkeit → Schein
hellsehen
hellseherisch
hellsichtig → scharfsinnig
Hellsichtigkeit → Scharfsinn
hell werden → tagen
hemmen → hindern
hemmen → zurückhalten
Hemmnis → Hindernis
Hemmung
hemmungslos
henken
her
herab
herabkommen → hinuntergehen
herablassend
herabmindern → drosseln
Herabminderung → Verminderung
herabsetzen → demütigen
herabsetzen → erniedrigen
herabsetzen
herabsetzen → unterschätzen

Herabsetzung → Erniedrigung
Herabsetzung → Mißachtung
heran → her
herangehen
herangewachsen → reif
heranholen → hinzuziehen
herankommen
herankommen → nahen
herankommen → nähern (sich)
herannahen → aufziehen
herannahen → bevorstehen
herannahen → nahen
heranreichen → herankommen
heranreifen → heranwachsen
heranschaffen → herbeischaffen
herantreten → treten
heranwachsen
heranwachsen → wachsen
heranwachsend → jung
heranziehen → züchten
heranziehen → zusammenballen (sich)
heranziehen → zuziehen
herauf
heraufbeschwören
heraufsetzen
heraufsetzen → steigern
heraufziehen → bevorstehen
heraufziehen
heraufziehen → nahen
heraus → her
herausbekommen → erfahren
herausbekommen → orten
herausbilden (sich) → entwickeln (sich)
herausfinden
herausfinden → lösen
herausfordern
herausfordern → reizen
herausfordernd
herausgeben → freigeben
herausgeben
herausheben → betonen
herauskommen
herauskristallisieren (sich) → entwickeln (sich)
herausnehmen (sich)
herausnehmen (sich) → wagen
herausplatzen (ugs.)
herausreden (sich)
herausreißen
herausreißen → losreißen
Herausstellung → Hervorhebung
heraustreten → quellen
heraustretend → plastisch
herausziehen → ausziehen
herausziehen → herausreißen
herb → bitter
herb → trocken
herbei → her
herbeibringen → bringen
herbeieilen
herausfordern
herausfordern → reizen
herausfordernd
herausgeben → freigeben
herausgeben
herausheben → betonen
herauskommen
herauskristallisieren (sich) → entwickeln (sich)
herausnehmen (sich)
herausnehmen (sich) → wagen
herausplatzen (ugs.)
herausreden (sich)
herausreißen
herausreißen → losreißen
Herausstellung → Hervorhebung
heraustreten → quellen
heraustretend → plastisch
herausziehen → ausziehen
herausziehen → herausreißen
herb → bitter
herb → trocken

herbei → her
herbeibringen
→ bringen
herbeieilen
→ zusammenlaufen
herbeiführen → hervorrufen
herbeiholen → hinzuziehen
herbeirufen → rufen
herbeischaffen
→ beschaffen
herbeischaffen
herbeischaffen
→ holen
herbeiströmen
→ zusammenlaufen
Herberge → Heim
Herberge → Hotel
Herberge → Quartier
herbringen → herbeischaffen
Herde
hereinfallen
hereinkommen
hereinlegen
→ betrügen
hereinschauen
hereinspazieren
→ hereinkommen
herfallen über
→ angreifen
Hergang → Lauf
Hergang → Vorgang
hergeben
hergeben → hingeben
herholen → holen
Herkommen
herkömmlich
Herkunft → Herkommen
herleiten → folgern
herleiten → herstammen
hernach → dann
Heros → Held
Herr
Herr → Mann
herrichten → vorbereiten
herrichten → zubereiten
herrisch
herrlich
herrlich → schön
Herrschaft
herrschen
herrschen über
→ beherrschen
Herrscher
herrühren → herstammen
herschaffen
→ bringen
herschenken → hergeben
herstammen
herstellen
→ erzeugen
herstellen
herstellen → machen
Hersteller
→ Erzeuger
Herstellung
herumfuhrwerken
→ hantieren
herumhacken
→ nörgeln
herumhantieren
→ hantieren
herumrätseln
→ rätseln
herumsprechen
(sich) → verlauten
herumstreifen
→ wandern
hervorragend → ausgezeichnet
hervorragend
→ beachtlich
hervorrufen → heraufbeschwören
hervorrufen
hervorstechend
→ auffallend
hervortreten
Herzblatt → Liebling
Herzchen → Liebling
herzen → liebkosen
herzhaft → würzig
Herzklopfen → Nervosität
herzlich
→ freundlich
herzlichen Dank
→ danke
herzlos
herzu → her
herzzerreißend
→ jämmerlich
Hetze → Eile
Hetze → Hast
Hetze
hetzen
hetzen (sich) → eilen
Hetzerei → Hetze
Heuchelei
→ Falschheit
Heuchelei → Unaufrichtigkeit
heucheln
Heuchler
→ Schmeichler
heuchlerisch
heuchlerisch
→ unaufrichtig
heulen
heulen (ugs.)

hinlänglich → leidlich
hinlänglich → zureichend
hinlegen → legen
hinnehmen
hinnehmen → zulassen
hinneigen zu → tendieren
hinreichen → darbieten
hinreichend → ausreichend
hinreichend → genug
hinreichend → zureichend
hinreißend
hinscheiden
Hinscheiden → Tod
hinschleudern → hinwerfen
hinsetzen (sich) → niedersetzen
hinsetzen (sich) → setzen
hinsichtlich
hinstellen
hinstellen → legen
hinten
hintenanstehen → nachstehen
Hinterbliebener → Trauernder
hintereinander
Hintergedanke → Hintergrund
hintergehen
Hintergehung → Betrug
Hintergrund
hintergründig → tiefsinnig
hintergründig → vieldeutig
Hinterhalt
hinterhältig
hinterhältig → unaufrichtig
Hinterhältigkeit → Arglist
Hinterhältigkeit
Hinterhältigkeit → Unaufrichtigkeit
hinterher
hinterher → nachträglich
hinterherkommen → folgen
hinterherlaufen
hinterherrennen → hinterherlaufen
hinterher sein → verfolgen
hinterlassen
hinterlassen → vererben
hinterlassen → zurücklassen
Hinterlassenschaft → Erbe
Hinterlassenschaft → Nachlaß
Hinterlist → Hinterhältigkeit
hinterlistig
Hintern → Hinterteil
Hinterseite → Hinterteil
Hinterseite → Rückseite
hinters Licht führen → täuschen
Hinterteil
hintertreiben
Hintertreiber → Querulant
hinterziehen
hin und wieder → zuweilen
hinunter → herab
hinunterfallen → hinabstürzen
hinuntergehen
hinunterklettern → hinabsteigen
hinunterschlingen → hinunterschlucken
hinunterschlucken
hinunterspringen
hinuntersteigen → hinabsteigen
hinunterstürzen → hinunterspringen
hinunterwürgen → hinunterschlucken
hinwegsetzen (sich)
Hinweis
Hinweis → Rat
Hinweis → Zeichen
hinweisen
hinwenden (sich) → zuwenden (sich)
hinwerfen
hinziehen (sich) → dauern
hinzufügen
hinzufügen → nachtragen
hinzufügen → zufügen
hinzukommend → zuzüglich
hinzuziehen
hinzuziehen → zuziehen

Hirngespinst → Einbildung
Hirngespinst → Illusion
Hirngespinst → Trugbild
hirnverbrannt (ugs.)
hissen
Hitze
Hitze → Wärme
hitzig → heftig
hitzig
Hitzkopf → Choleriker
hitzköpfig → cholerisch
hitzköpfig → reizbar
Hobby
hoch
hochachten → schätzen
hochachten → verehren
Hochachtung → Achtung
Hochachtung
hochaktuell → brisant
hochaufgeschossen → hochgewachsen
hochfahrend → hochmütig
Hochgenuß → Genuß
hochgewachsen → groß
hochgewachsen
hochgewachsen → stattlich
hochheben → heben
hochheben → lüften
hochherzig → großzügig
hochhieven → hissen
hochintelligent → begabt
hochklettern → ranken
Hochmut
Hochmut → Überheblichkeit
hochmütig
hochnäsig → anmaßend
hochputschen → hochspielen
hochragend → hoch
hochschätzen → bewundern
hochspielen
hochspielen → übertreiben
höchst → sehr
hochsteigen → hinaufgehen
höchstens
Höchstleistung
höchstpersönlich → persönlich
hochwertig
hochwertig → kostbar
Hochzeit → Eheschließung
Hochzeit
hochziehen → aufziehen
hocken → sitzen
höckerig → holprig
Hof → Gut
hoffentlich
Hoffnung
hoffnungsfroh → optimistisch
hoffnungslos → aussichtslos
hoffnungslos
hoffnungsvoll
hoffnungsvoll → optimistisch
hoffnungsvoll → verheißungsvoll
hoffnungsvoll → zuversichtlich
hofieren → schmeicheln
höflich → aufmerksam
höflich
Höflichkeitsbekundung → Kompliment
Höhe → Größe
hoheitsvoll → herablassend
Hoheitszeichen → Abzeichen
Höhepunkt → Gipfel
Höhepunkt
höher als → über
hohl
Hohlkopf
Hohn → Spott
höhnisch → spöttisch
Hokuspokus → Zauber
hold
holen
Hölle
holprig
hölzern
Holzkopf → Hohlkopf
Honorigkeit → Biederkeit
hoppeln → springen
hopsen → springen
Hopser → Sprung
hörbar → lärmend

horchen
horchen → lauschen
Horde → Haufen
hören
Hörfunk
→ Rundfunk
hörig → abhängig
hörig
Horror → Schrecken
horten → lagern
horten → sammeln
Hospital → Krankenhaus
Hotel
hübsch
hübsch → niedlich
hübsch → reizend
hübsch → schön
hügelig → uneben
Huld → Gnade
huldigen
Hülle
Hülle → Schale
Hülle → Umschlag
hüllenlos → nackt
human → fürsorglich
Humanität → Nächstenliebe
Humor
humorlos → ernst
hundertprozentig
→ ganz
hundertprozentig
→ total
Hüne → Riese
hünenhaft
→ stattlich
Hunger
Hungerkur
→ Schlankheitskur
Hunger leiden
→ hungern
hungern
Hungersnot
→ Hunger
hungrig
hüpfen → federn
hüpfen → springen
Hüpfer → Sprung
Hürde
Hürde → Schranke
hurtig → eilig
hurtig → flink
hurtig → schnell
hüten → beaufsichtigen
hüten
Hüter
→ Wächter
Hygiene → Reinlichkeit
Hypothek → Darlehen
Hypothese
→ Behauptung

I

ichbezogen → egoistisch
ichbezogen → selbstsüchtig
Ichbezogenheit → Selbstsucht
Ideal
Idealist → Optimist
idealistisch → lebensfremd
idealistisch → romantisch
idealistisch → selbstlos
Idee → Begriff
Idee → Einfall
Idee
ideell
ideenreich → einfallsreich
Ideenreichtum → Einfallsreichtum
identifizieren → erkennen
identisch → gleich
Ideologie → Denkweise
Idiot → Dummkopf
idiotisch → blöde
idiotisch → geistesgestört
Idol → Ideal
Idol → Vorbild
idyllisch → friedlich
Ignoranz → Unkenntnis
ignorieren → übersehen
ignorieren → verachten
illegal → gesetzwidrig
illegal → widerrechtlich
illoyal → untreu
Illoyalität → Untreue
Illusion
illusorisch → trügerisch
Illustration → Bild
illustrativ → bildhaft
Illustrierte → Zeitschrift
imaginär → ideell
Imagination → Phantasie
im allgemeinen → generell
im Anschluß an → nach
im Anzug sein → heraufziehen
im äußersten Fall → höchstens
im Endeffekt → letztlich
im Flüsterton → verhalten
im Freien → draußen
im Gefängnis sein → sitzen
im großen und ganzen → generell
im großen und ganzen → pauschal
im Grunde → eigentlich
im Grünen → Natur
im Hinblick auf → hinsichtlich
im Innern → innen
imitieren → nachahmen
im Laufe von → binnen
immateriell → ideell
immer
immerfort → fortwährend
immerwährend → bleibend
immerwährend → ewig
immun → widerstandsfähig
immunisieren → impfen
im nachhinein → nachträglich
im Nu → blitzschnell
impertinent → schamlos
impertinent → unartig
impfen
imponieren → gefallen
imponierend → bewundernswert
imponierend
Import → Handel
imposant → imponierend
imposant → stattlich
impotent
impotent → unfruchtbar
Impression → Ein-

druck
Impuls → Anregung
Impuls → Instinkt
Impuls → Trieb
impulsiv → temperamentvoll
impulsiv → unbesonnen
Impulsivität → Unbesonnenheit
im Sinn haben → planen
imstande → fähig
imstande sein → können
im Stich lassen → verlassen
im übertragenen Sinne → bildlich
im übrigen → außerdem
im Verdacht haben → verdächtigen
im Verhältnis zu → verhältnismäßig
im voraus → vorzeitig
im Widerspruch zu → wider
in → binnen
in
in → neumodisch
in Angriff nehmen → anfangen
in Begeisterung versetzen → begeistern
in aller Frühe → früh
in Anbetracht → hinsichtlich
in Anspruch nehmen → beanspruchen
in Auftrag geben → bestellen
in Augenschein nehmen → betrachten
in Bann schlagen → bannen
inbegriffen → einschließlich
in Bereitschaft → fertig
in Betrieb nehmen → eröffnen
in Betrieb sein → laufen
in bezug auf → bezüglich
in bezug auf → diesbezüglich
in Bezug auf → hinsichtlich
Inbrunst → Begeisterung
Inbrunst → Leidenschaft
in der Höhe → oben
in der Lage sein → fähig
in der Luft liegen → bevorstehen
in der Nähe → nah
in der Tiefe → tief
in der Tiefe → unten
in der Zeit von → binnen
indessen → aber
indessen → doch
indessen → während
in die Bresche springen → vertreten
in die Brüche gehen → zerbrechen
in die Enge getrieben → bedrängt
in die Falle gehen → hereinfallen
in die Höhe → herauf
in die Höhe ziehen → hissen
in die Irre gehen → verirren (sich)
in die Länge ziehen → hinauszögern
in die Luft fliegen → explodieren
in die Tat umsetzen → verwirklichen
in die Tiefe fallen → hinabstürzen
in die Wege leiten → anfangen
in die Wege leiten → einfädeln
in die Wege leiten → veranlassen
in die Zukunft sehen → hellsehen
in Diensten stehen → dienen
in diesem Moment → gerade
in diesem Punkt → diesbezüglich
indiskret → neugierig
indiskutabel → unmöglich
indisponiert → krank
indisponiert → leidend
individualistisch → individuell
individuell
Individuum
Individuum → Mensch

Individuum → Person
Indiz → Beweis
Industrieanlage → Betrieb
ineffizient → unfruchtbar
in Ehren halten → verehren
in einem fort → fortwährend
in Empfang nehmen → empfangen
in Erfahrung bringen → herausfinden
in erhöhtem Maße → zunehmend
in Erwägung ziehen → bedenken
in etwa → ungefähr
infam → gemein
infantil → kindisch
Inferno → Hölle
in Flammen stehen → lodern
in fliegender Hast → hastig
infolge → wegen
in Form → fit
Information → Nachricht
Informationsquelle → Quelle
informativ → belehrend
informativ → interessant
informieren → benachrichtigen
in Frage stellen → zweifeln
in Gang halten → treiben
in Gang setzen → veranlassen
Ingenium → Talent
in gleichen Abständen → regelmäßig
in großer Eile → hastig
in großer Zahl → zahllos
in guten Händen → geborgen
Inhaber → Besitzer
inhaftieren → festnehmen
Inhalt → Bedeutung
Inhalt
Inhaltsangabe → Zusammenfassung
inhaltslos → leer
inhaltslos → phrasenhaft
in Hülle und Fülle → reichlich
initiieren → veranlassen
in Kauf nehmen → hinnehmen
inklusive → einschließlich
inkognito → anonym
inkognito → namenlos
inkompetent → unfähig
Inkompetenz → Unfähigkeit
Inkongruenz → Verschiedenartigkeit
in Kürze → bald
in Lachen ausbrechen → lachen
inliegend → anbei
inliegend → beiliegend
inmitten → in
inmitten → zwischen
innehaben → betreiben
innehaben → haben
innehaben → verfügen
innehalten → halten
innehalten → stocken
innehalten → unterbrechen
innen
Innenarchitekt → Raumausstatter
innendrin → in
Innenleben → Seele
innerhalb → binnen
innerlich → innen
Innovation → Neugestaltung
in Ordnung → recht
in Ordnung bringen → normalisieren
in persona → persönlich
in Richtung auf → nach
ins Auge fassen → zielen
insbesondere → besonders
ins Bockshorn jagen (ugs.) → einschüchtern
in Schutz nehmen → rechtfertigen (sich)
Inserat → Anzeige
ins Freie gelangen → herauskommen

ins Gedächtnis zurückrufen → heraufbeschwören
insgeheim → heimlich
ins Gewissen reden → gut zureden
ins Gewissen reden → mahnen
ins Gleichgewicht bringen → normalisieren
in Sicherheit bringen → retten
insistieren → bestehen auf
ins Leben rufen → gründen
insolvent → bankrott
in spe → später
Inspektion → Durchsuchung
Inspektion → Revision
Inspiration → Idee
inspizieren → überwachen
ins Rollen bringen → hervorrufen
ins Schlepptau nehmen → ziehen
ins Schloß fallen → zufallen
instand halten → pflegen
inständig → nachdrücklich
instand setzen → erneuern
instand setzen → renovieren
Instandsetzung → Erneuerung
Instandsetzung → Wiederherstellung
Instinkt → Gefühl
Instinkt
Instinkt → Trieb
instinktiv → gefühlsmäßig
instinktiv → unbewußt
Institution → Einrichtung
in Streit geraten → zanken (sich)
instruieren → unterrichten
Instruktion → Vorschrift
instruktiv → interessant
in Stücke brechen → zerbrechen
in Stücke reißen → zerreißen
insultieren → beleidigen
ins Wort fallen → dazwischenreden
ins Wort fallen → stören
Inszenierung → Vorstellung
intakt → ganz
integer → rechtschaffen
integrieren → einfügen
integriert → zugehörig
Intellekt → Geist
intelligent → gescheit
Intelligenz → Verstand
intendieren → vorhaben
Intensität → Stärke
intensiv → heftig
intensiv
intensivieren → vertiefen
Interaktion → Kontakt
interessant → aufschlußreich
interessant
interessant → markant
Interesse
Interesse → Neigung
interesselos → gleichgültig
Interesselosigkeit → Gleichgültigkeit
Interesselosigkeit → Teilnahmslosigkeit
interessieren → reizen
interessiert → aufmerksam
interimistisch → inzwischen
Interludium → Zwischenspiel
Intermezzo → Zwischenspiel
intern → innen
intern → vertraulich
international
Interpretation → Erklärung
interpretieren → erklären
Interview → Umfrage
intim → vertraulich

Intimsphäre → Privatleben
in toto → pauschal
in Tränen ausbrechen → weinen
intrigant → tückisch
Intriganz → Hinterhältigkeit
Intrige → Arglist
Intrige → Verschwörung
in Trümmer legen → verwüsten
Intuition → Einfall
Intuition → Gefühl
intuitiv → gefühlsmäßig
in Umlauf bringen → verbreiten
in Unordnung bringen → verwirren
Invalide
in Versuchung bringen → verführen
in Verzug → nachträglich
in Verzug → säumig
in weiter Ferne → weit
in Worte fassen → äußern
in Zukunft → zukünftig
in Zusammenhang → zusammenhängen
in zwei Hälften teilen → halbieren
in Zweifel ziehen → zweifeln
inzwischen
inzwischen → während
irdisch → sterblich
irdisch → weltlich
ironisch → bissig
ironisch → spöttisch
irre → geistesgestört
irreführen → bluffen
irreführend → trügerisch
irrelevant → bedeutungslos
irremachen → beirren
irren (sich) → täuschen
irritieren → beirren
irrsinnig → wahnsinnig
Irrtum → Täuschung
Irrwitz → Sinnlosigkeit
isolieren (sich) → zurückziehen (sich)
isoliert → einzeln
isoliert → verlassen

J

Jagd
jahrelang → langjährig
Jahrestag
Jahreszeit → Saison
Jahrmarkt → Rummel (ugs.)
jähzornig → hitzig
jähzornig → reizbar
Jammer
Jammer → Klage
jämmerlich → elend
jämmerlich
jämmerlich → schäbig
jammern
jammern → klagen
jammerschade → schade
jammervoll → jämmerlich
japsen (ugs.) → röcheln
jauchzen → jubeln
jaulen → heulen
jdn. schädigen → zufügen
je → pro
jeden Tag → täglich
jeder → alle
jeder
jedermann → alle
jedermann → jeder
jedoch → aber
jedoch → doch
jedweder → jeder
jeglicher → jeder
Jemand → Person
jemand sein → bedeuten
Jenseits → Ewigkeit
jenseits → gegenüber
jenseits
Jenseits → Paradies
jetzt → heute
jetzt
Jetztzeit → Gegenwart
Job (ugs.) → Beruf
Joch
johlen
johlen → schreien
Journalist → Berichterstatter
jubeln
Jubiläum → Jahrestag
jubilieren → jubeln
Jugend
jugendlich → frisch
Jugendlicher
Jugendlichkeit → Jugend
Jugendzeit → Jugend
jung
Junge
junge Generation → Jugend
Jünger → Anhänger
jungfräulich
Junggeselle sein → ledig
Jüngling → Jugendlicher
jüngst → kürzlich
jüngst → neulich
Justiz
Juwelen → Schmuck
Jux (ugs.) → Scherz

K

Kabel → Leitung
kaffeebraun
→ braun
Kaffeehaus → Café
Kaff (ugs.) → Dorf
kahl
kahlköpfig → kahl
Kahlschlag
→ Schneise
Kahn → Boot
Kalamität → Konflikt
Kalamität → Schwierigkeit
Kalkulation
→ Schätzung
kalkulieren
→ berechnen
kalt
kalt → lieblos
kaltblütig → geistesgegenwärtig
Kälte
Kaltschnäuzigkeit
→ Frechheit
Kamerad → Freund
Kamerad
Kameradschaft
→ Freundschaft
kameradschaftlich
→ brüderlich
Kampagne
→ Saison
Kampf
kämpfen → ringen
kämpferisch
→ angriffslustig
kämpferisch
Kampflinie → Front
Kandare → Zügel
Kante → Rand
Kanzlei → Büro
Kanzleistil → Amtsdeutsch
Kapazität → Könner
Kapellmeister
→ Dirigent
kapieren (ugs.)
→ begreifen
kapitalkräftig → zahlungsfähig
Kapitän → Befehlshaber
kapriziös → launisch
kaputt
Karambolage
→ Zusammenstoß
karg → ärmlich
karg → dürftig
Kargheit → Dürftigkeit
Kargheit → Entbehrung
Karikatur → Fratze
Karikatur → Satire
karitativ → selbstlos
Karnevalszug
→ Fastnachtszug
Karriere → Beförderung
Karriere
→ Lebenslauf
Karrierist → Streber
Karton → Schachtel
kaschieren → tarnen
kaschieren → verbergen
Kassenzettel
→ Quittung
kassieren
Kaste → Klasse
Kastengeist → Standesbewußtsein
katalogisieren
→ zusammenstellen
katapultieren
→ werfen
katastrophal
→ schrecklich
Katastrophe
Kategorie → Klasse
Katharsis → Läuterung
kauern → sitzen
Kauf
kaufen
Käufer → Kunde
Kaufhaus → Laden
kaufkräftig → zahlungsfähig
käuflich
→ bestechlich
kaum
kaum etwas
→ wenig
kaum hörbar → verhalten
Kaution
→ Sicherheit
Kauz → Original
Kavalier → Herr
keck → frech
keck → patzig
Kehle → Rachen
Kehre → Kurve
Kehricht → Abfall
Kehricht → Schmutz
Kehrseite → Rückseite
kehrtmachen
→ umkehren

Keilerei (ugs.)
→ Schlägerei
keimfrei
keinen Rat wissen
→ ratlos
keiner → niemand
keine Ruhe geben
→ bedrängen
keines Blickes würdigen → übersehen
keinesfalls → keineswegs
keineswegs
keineswegs → nein
kein gutes Haar lassen → verreißen
kein Mensch
→ niemand
Kenner
→ Fachmann
Kenntnis
→ Erfahrung
Kenntnis → Wissen
Kenntnisse aneignen (sich) → lernen
Kennwort → Losung
Kennwort
→ Stichwort
Kennzeichen
kennzeichnen
→ markieren
kennzeichnend
→ charakteristisch
kennzeichnend
→ typisch
Kerbe → Falte
Kernpunkt → Hauptsache
kerzengerade
→ gerade
Kerzenhalter → Kerzenständer
Kerzenleuchter
→ Kerzenständer
Kerzenständer
keß → frech
keuchen → röcheln
keusch → jungfräulich
keusch
→ unschuldig
keusch → züchtig
Kind
Kindbett → Geburt
Kinder bekommen
→ gebären
kinderleicht → leicht
kindisch
Kindskopf
→ Hohlkopf
Kinkerlitzchen (ugs.)
→ Tand
Kino
kippeln (ugs.)
→ wackeln
kippen → schütten
Kirchendiebstahl
→ Sakrileg
kirchlich → geistlich
Kirmes → Rummel (ugs.)
Kitsch
kitschig
→ geschmacklos
kitten → kleben
Klage
→ Beschwerde
Klage
Klage führen
→ beklagen
Klage führen
→ belangen
klagen → heulen
Klagen → Jammer
klagen
klagen → prozessieren
kläglich → elend
kläglich → jämmerlich
klamm → feucht
Klamotten (ugs.)
→ Kleidung
Klang → Schall
Klang → Ton
klanglos → heiser
klappen (ugs.)
→ gelingen
klappern → rappeln
Klaps → Schlag
klar → eindeutig
klar → präzise
klar → sonnig
klären → bereinigen
klar erkennbar
→ deutlich
klarer Verstand
→ Vernunft
Klarheit → Deutlichkeit
klarkommen (ugs.)
→ zurechtkommen
klarmachen
→ begreifen
Klasse
Klassenbewußtsein
→ Standesbewußtsein
Klatsch
klatschen
klatschnaß (ugs.)
→ naß
Klatschsüchtigkeit
→ Schwatzhaftigkeit (ugs.)
kleben
Klecks → Fleck
Kleider → Kleidung
Kleidung

Kleidung → Zeug
klein
klein beigeben → nachgeben
Kleinbürger → Spießer
kleinbürgerlich → bieder
kleinbürgerlich → spießig
Kleinigkeit
kleinkariert → banausisch
kleinkariert → kleinlich
kleinlich
kleinlich → pedantisch
Kleinmut → Feigheit
kleinmütig → feige
kleistern → kleben
Klemme → Zwiespalt
klemmen → quetschen
klerikal → geistlich
klettern → steigen
Klient → Kunde
klingeln → läuten
klingen → schallen
Klinik → Krankenhaus
klipp und klar (ugs.) → eindeutig
klobig → hölzern
klobig
klopfen → pochen
klotzig → hölzern
klotzig → klobig
Kluft → Abgrund
Kluft → Tiefe
klug → gescheit
klug → scharfsinnig
klug → vernünftig
klug → weise
Klugheit → Schlauheit
Klugheit → Vernunft
Knabe → Junge
knacken → rascheln
knallig (ugs.) → bunt
knapp → klein
knapp
knapp → kurz
Knappheit → Dürftigkeit
Knappheit → Entbehrung
Knappheit → Mangel
knappsitzend → knapp
knebeln → unterdrücken
knechten → unterdrücken
Knechtschaft → Unfreiheit
kneifen → quetschen
kneifen → stechen
kneten → quetschen
Knick → Falte
knicken → biegen
knicken → brechen
Knicker (ugs.) → Geizkragen
Knickrigkeit (ugs.) → Geiz
Kniff → Trick
knirschen → rascheln
knistern → rascheln
knitt(e)rig → runzelig
knittern → zerknittern
knittrig → faltig
knöcheltief → seicht
knochenhart → hart
knochig → hager
Knoten → Schlinge
Know-how → Erfahrung
Knute → Peitsche
koalieren → verbünden (sich)
Koalition → Bund
Koalition
Kobold → Zwerg
kochen
Kochnische → Nische
Köder
ködern → locken
kodieren → chiffrieren
koitieren → paaren (sich)
kokett → eitel
Kollekte → Sammlung
Kollektion → Auswahl
kollidieren → zusammenstoßen
Kolonne → Zug
kolorieren → färben
Kolorit → Farbe
Koloß → Riese
kolossal → groß
Kombinationsgabe → Scharfsinn
Komfort → Bequemlichkeit
komfortabel → prunkvoll
Komik → Humor
Kommandant → Befehlshaber

Kommandant → Feldherr
kommandieren → führen
kommandieren → lenken
Kommen → Besuch
kommen
Kommendes → Zukunft
kommen lassen → rufen
Kommentator → Berichterstatter
Kommune
kommunikationsfreudig → gesellig
Komödiant → Schauspieler
Komödie
Kompagnon → Teilhaber
kompakt → dicht
kompakt → stämmig
Kompetenz → Zuständigkeit
komplett → geschlossen
komplett → voll
komplett → vollständig
komplettieren → ergänzen
Komplexität → Schwierigkeit
Kompliment
Komplize → Verbündeter
kompliziert → heikel
kompliziert → problematisch
kompliziert → schwierig
Komplott → Verschwörung
Kompresse → Umschlag
Kompromiß → Zugeständnis
kompromißlos → halsstarrig
kompromißlos → radikal
kompromittieren → bloßstellen
Kompromittierung → Bloßstellung
Kompromittierung → Schande
Konferenz → Tagung
konferieren → tagen
konfiszieren → beschlagnahmen
Konflikt
Konflikt → Streit
Konflikt → Zwiespalt
Konflikt → Zwist
Konfrontation → Vergleich
Konfusion → Chaos
kongruent → deckungsgleich
kongruent → gleich
Kongruenz → Übereinstimmung
konkret → gegenständlich
Konkurrent → Rivale
Konkurrenz
Konkurs → Bankrott
Können → Fähigkeit
können
Könner
Konsequenz → Folge
konservativ → bürgerlich
konservativ
konservativ → rückständig
Konservativer
Konservenbüchse → Büchse
Konserviertes → Eingemachtes
konsolidieren → festigen
Konspiration → Verschwörung
konsterniert → entgeistert
konstituieren → gründen
Konsulat → Botschaft
konsultieren → hinzuziehen
Konsumgüter → Bedarfsartikel
konsumieren → verbrauchen
Kontakt
kontaktfähig → gesellig
kontemplativ → beschaulich
kontern → erwidern
kontern → widersprechen
kontinuierlich → fortwährend
kontinuierlich → immer
Kontor → Büro
Kontrahent → Feind
Kontrahent → Widersacher
Kontrast → Gegensatz

Kontrast → Unterschied
kontrastierend → gegensätzlich
Kontrolle → Prüfung
Kontrolle → Überwachung
Kontrolle → Zensur
kontrollieren → nachprüfen
kontrollieren → prüfen
kontrollieren → überwachen
Kontrolluhr → Stempeluhr
Kontroverse → Zwist
Kontur → Umriß
Konversation → Unterhaltung
Konversation machen → unterhalten
Konzentration
Konzentrationslager → Lager
Konzentrationsschwäche → Zerstreutheit
Konzept → Entwurf
Konzept → Plan
Konzeption → Entwurf
Konzession → Zugeständnis
konzipieren → entwerfen
kooperativ → gemeinsam
Kopf
kopfscheu machen → verstören
Kopfzerbrechen → Denken
Kopie → Abschrift
Kopie → Doppel
Kopie → Fotokopie
Kopie → Wiedergabe
kopieren → vervielfältigen
kornblumenblau → blau
Körper
Körperbehinderter → Invalide
Körpererziehung → Sport
Körperpflege → Reinlichkeit
Körperteil → Glied
Korpsgeist → Standesbewußtsein
korpulent → füllig
korpulent → vollschlank
korrekt → richtig
Korrektur → Verbesserung
Korrelat → Gegenstück
Korrespondent → Berichterstatter
Korrespondent → Briefschreiber
Korrespondenz → Brief
Korrespondenz
Korrespondenz → Schriftwechsel
korrigieren → berichtigen
korrigieren
korrodieren → rosten
korrupt → bestechlich
Koryphäe → Könner
Kosmos → Welt
Kost → Nahrung
kostbar → hochwertig
kostbar
kostbar → teuer
kosten
Kosten → Preis
kosten → probieren
Kostenaufstellung → Rechnung
kostenfrei → kostenlos
kostenlos
köstlich → appetitlich
köstlich → vorzüglich
Köstlichkeit → Leckerbissen
kostspielig → teuer
kostümieren (sich) → verkleiden (sich)
Krach → Lärm
Krach machen → lärmen
krächzend → heiser
Kraft → Energie
Kraft → Fähigkeit
Kraft → Macht
Kraft → Stärke
kraft → wegen
Kraftaufwand → Strapaze
Kraftfahrer → Fahrer
Kraftfahrzeug → Auto
Kraftfahrzeug → Fahrzeug
kräftig
kräftig → robust

kräftig → saftig
kräftigen → festigen
kräftigen → stärken
Kräftigung → Stärkung
kraftlos → hinfällig
kraftlos → impotent
kraftlos → lahm
kraftlos → schwach
Kraftlosigkeit → Schwäche
kraftstrotzend → kräftig
kraftvoll → kräftig
kraftvoll → mächtig
Kraftwagen → Wagen
krakeelen (ugs.) → johlen
Kram → Zeug
krank
kränken → beleidigen
kränken → verletzen
Krankenhaus
Krankheit
kränklich → krank
Kränkung → Beleidigung
kratzen
kratzen → ritzen
Kratzer → Schramme
kraus → lockig
krausen → runzeln
Kraut → Pflanze
Krawatte
Kreativität → Einfallsreichtum
Kreatur → Wesen
kreatürlich → sinnlich
kredenzen → servieren
Kredit
Kredit → Darlehen
Kreditanstalt → Bank
kreidebleich → bleich
kreideweiß → leichenblaß
kreischen → johlen
kreischen → schreien
kreiseln → rollen
kreisen → drehen
kreisförmig → rund
Krempel (ugs.) → Zeug
Kreuz → Joch
kribbeln → kratzen
Kriecherei → Unterwürfigkeit
kriecherisch → unterwürfig
Krieg → Kampf
kriminell → gesetzwidrig
Krimineller → Verbrecher
Krimskrams (ugs.) → Tand
Kritik → Besprechung
Kritik
kritisch → brisant
kritisch → heikel
kritisch
kritisch → problematisch
kritisieren → beanstanden
kritisieren
kritisieren → tadeln
Krönung → Höhepunkt
krümelig → mürbe
krumm → bucklig
krumm → gebogen
krumm
krümmen → beugen
krummnehmen (ugs.) → verübeln
Krümmung → Biegung
Kruste → Schale
kugeln → rollen
kugelrund → rund
kühl → kalt
Kühle → Kälte
kühn → beherzt
kühn → mutig
Kühnheit → Mut
Kühnheit → Tapferkeit
kulant → entgegenkommend
kulinarisch → genießerisch
kullern → rollen
Kult → Verehrung
kultivieren → bebauen
kultivieren → züchten
kultiviert → gebildet
Kultur
Kummer → Leid
Kummer → Sorge
Kummer → Unglück
kümmerlich → ärmlich
kümmerlich → dürftig
kümmerlich → knapp
kümmerlich → unfruchtbar

kümmerlich → wenig
Kummer machen → bekümmern
kümmern (sich) → sorgen (sich)
kümmern (sich) → versorgen
Kumpan (ugs.) → Freund
Kumpel → Bergmann
Kumpel (ugs.) → Kamerad
Kunde → Botschaft
Kunde
kundgeben → bekanntgeben
kundgeben → bekunden
kundig → gebildet
kündigen → entlassen
kündigen → zurücktreten
Kündigung → Entlassung
kundtun → bekunden
kundtun → sagen
kundwerden → verlauten
künftig → später
künftig → zukünftig
kunstfertig → fingerfertig
Kunstfertigkeit → Fertigkeit
Kunstfertigkeit → Geschicklichkeit
Kunstgriff → Trick
künstlich
Kunsttanz → Tanz
Kurheim → Sanatorium
Kurier → Bote
kurieren → heilen
Kurpfuscher → Stümper (ugs.)
Kurs → Börsenkurs
Kurs → Richtung
Kurve → Biegung
Kurve
kurz → klein
kurz
kurz angebunden → brüsk
kürzen → beschneiden
kürzen → streichen
Kurzfassung → Zusammenfassung
kurzfristig → bald
kurzfristig → kurz
kurzlebig → vergänglich
kurzlebig → zeitlich
kürzlich
kürzlich → neulich
kurzsichtig → borniert
kurzweilig → interessant
küssen → liebkosen
kutschieren → fahren
Kuvert → Umschlag

L

laben → erquicken
laben (sich)
labil → schwankend
lächeln
lachen
lächerlich
lachhaft
→ lächerlich
Lade → Schublade
laden
Laden
lädiert → beschädigt
lädiert → kaputt
Ladung
Lady → Frau
Lage
Lage → Zustand
Lager
Lagerhaus
lagern
lagern → liegen
Lagerung → Verwahrung
lahm
lahm → temperamentlos
lähmen
lahmlegen
→ lähmen
Laie
laienhaft
Lakai → Diener
Lake → Salzlake
lakonisch
→ wortkarg
lamentieren
→ jammern
lamentieren
→ klagen
Lampe
Lampenfieber
→ Nervosität
Land → Feld
Land
Landbau → Landwirtschaft
Landeplatz → Flugplatz
landläufig → üblich
ländlich → dörflich
Landmann → Bauer
Landschaft → Natur
Landsitz → Gut
Landstreicher
→ Vagabund
Landwirt → Bauer
Landwirtschaft
lang → hochgewachsen
lang
langatmig
→ umständlich
Länge → Dauer
lange → lang
Länge
lange her → vergangen
lange her → zurückliegend
langer Lulatsch
(ugs.) → Riese
langfristig → lang
langgestreckt
→ lang
langjährig
langlebig → haltbar
Langmut → Geduld
langmütig
→ geduldig
langsam → lahm
langsam
längst
langweilig
langweilig → öde
langweilig
→ stumpfsinnig
Langweiligkeit
→ Stumpfsinn
Lappalie → Kleinigkeit
läppisch → kindisch
Lärm
lärmen
lärmend
lasch
lasch (ugs.)
→ schlaff
lassen
lässig
lässig → unbefangen
Last
Laster
lasterhaft
lasterhaft
→ unsittlich
lasterhaft
→ zuchtlos
lästerlich
lästig
lästig → zudringlich
lästig fallen
→ behelligen
latent → verborgen
Latte → Brett
lau
lau → mild
Laubengang
→ Bogen
Laudatio → Lobrede

lebhaft → rege
lebhaft → temperamentvoll
lebhaft → wild
Lebhaftigkeit
→ Temperament
leblos
lechzend → durstig
leck → durchlässig
lecken
lecker → appetitlich
lecker
Leckerbissen
ledern → zäh
ledig
lediglich → ausschließlich
lediglich → nur
leer → hohl
leer
Leere
Leere → Nichts
leeren
legal → gesetzlich
legal
legen
Legende → Gerücht
Legende
leger → entspannt
leger → lässig
legiert → sämig
legitim → gesetzlich
legitim → rechtmäßig
lehmfarben → beige
Lehrbuch
Lehre → Ausbildung
Lehre
lehren
lehren → unterrichten
Lehrer
Lehrjunge
→ Lehrling
Lehrkraft → Lehrer
Lehrling
Lehrmädchen
→ Lehrling
Lehrmeinung
→ Lehre
Lehrmeister
→ Lehrer
lehrreich
→ belehrend
lehrreich
→ interessant
Lehrsatz → Lehre
Leib → Bauch
Leib → Körper
Leibeserziehung
→ Sport
Leibesübungen
→ Sport
leibhaftig → persönlich
Leiche
leichenblaß
→ bleich
leichenblaß
Leichenrede
→ Nachruf
Leichnam → Leiche
leicht
leicht brennbar
→ feuergefährlich
leichtfertig
leichtfertig → leichtsinnig
leichtfüßig
→ beschwingt
leichtfüßig gehen
→ tänzeln
Leichtfuß (ugs.)
leichtgläubig → treuherzig
leichthin → flüchtig
leichtlebig
leichtlebig → lose
leichtsinnig
leicht verdaulich
→ bekömmlich
Leid
Leiden → Krankheit
leiden
Leiden → Pein
leidend
Leidenschaft
→ Begierde
Leidenschaft
leidenschaftlich
→ begeistert
leidenschaftlich
leidenschaftslos
→ temperamentlos
Leidenschaftslosigkeit
leider
leidig → unangenehm
leidlich → erträglich
leidlich
Leidtragender
→ Trauernder
Leihbibliothek
→ Bücherei
leihen
leimen → kleben
Leine → Seil
leise
leise → still
leise → verhalten
leisten
leisten → vollbringen
Leistung
leistungsfähig
→ rüstig
Leistungsfähigkeit
→ Produktivität

lindern → erleichtern
lindern
Linie
linker Hand → links
linkisch
linkisch → unbeholfen
links
liquid → zahlungsfähig
lispeln → zischen
List
Liste
listig
Literatur → Dichtung
Lob
loben
loben → preisen
loben → würdigen
lobenswert
Lobgesang → Lobrede
lobhudeln (ugs.) → beweihräuchern
löblich → rühmlich
löblich → verdienstvoll
Loblied → Lobrede
lobpreisen → loben
lobpreisen → verherrlichen
Lobrede
Lob spenden → preisen
Lob zollen → rühmen
locken
locker
locker → mürbe
locker machen → lockern
lockern → entspannen
lockern
lockig
Lockmittel → Köder
Lockvogel → Köder
lodern → brennen
lodern
logieren → wohnen
Logis → Quartier
logisch → folgerichtig
logisch → sachlich
lohen → brennen
lohen → lodern
Lohn → Dank
Lohn → Einkünfte
Lohn
lohnend → dankbar
lohnend
lohnend → wirtschaftlich
Lokalzeitung → Zeitung
Los
los → lose
Los → Schicksal
löschen
lose → locker
lose
lösen → abmachen
lösen → entspannen
lösen
lose sein → wackeln
losgelöst → locker
loslassen → lassen
loslassen
loslegen (ugs.) → anfangen
losreißen
lossagen (sich)
lossteuern auf → herangehen
Losung
Lösung
Losung → Stichwort
Losungswort → Losung
loswerden
löten
lotsen → leiten
lotterhaft → lose
Loyalität → Treue
Lücke
lückenhaft
lückenhaft → unvollständig
lückenlos
lückenlos → vollständig
Luft
luftdurchlässig → luftig
lüften → heben
lüften
Lufthauch → Luft
luftig
Luftikus → Leichtfuß (ugs.)
Luftschloß
Luftzug → Zug
Lüge
lügen
lügenhaft → hinterhältig
Lügner → Betrüger
lügnerisch → hinterhältig
lukrativ → ergiebig
lukrativ → lohnend
lukullisch → genießerisch
Lümmel → Flegel
lümmelhaft
lümmelhaft → rüpelhaft
lümmeln (sich)

→ räkeln (sich)
Lump → Schuft
lupfen (ugs.)
→ heben
Lust → Genuß
Lust
lüstern → begierig
lüstern sein
→ hungrig
Lustgefühl → Lust
lustig → fidel
lustig
lustig machen (sich)
→ necken
lustlos
Lustspiel
→ Komödie
lustwandeln
→ wandeln
lutschen → lecken
lutschen → saugen
luxuriös
→ prunkvoll
Luzifer → Teufel

M

machen
machen → tun
Machenschaft → Betrug
Macht → Fähigkeit
Macht
Machthaber → Herrscher
mächtig
machtlos → hilflos
machtlos → ohnmächtig
machtlos → waffenlos
Machtlosigkeit → Ohnmacht
machtvoll → mächtig
Machtvollkommenheit → Macht
mager → hager
mager → schlank
Magie → Zauber
Magierin → Zauberin
mahlen → zermahlen
mahnen
mahnen → warnen
Mahnung → Rat
Majorität → Mehrheit
Makel → Fehler
makellos → lauter
Makellosigkeit → Reinheit
Makellosigkeit → Sauberkeit
Makellosigkeit → Untadeligkeit
mäkeln → beanstanden
mäkeln (ugs.) → nörgeln
Mal → Zeichen
malade → krank
maliziös → schadenfroh
malträtieren → drangsalieren
Manager → Betreuer
mancherorts → stellenweise
manchmal
Mandant → Kunde
Mangel
mangelhaft → laienhaft
Mangel leiden → darben
mangeln → fehlen
Manieren → Benehmen
manierlich → artig
manipulieren → beeinflussen
Manko → Mangel
Mann
mannigfaltig → bunt
Mannigfaltigkeit → Vielfalt
männliches Wesen → Mann
Mannsbild (ugs.) → Mann
Manöver → Operation
manövrieren → steuern
Märchen → Legende
märchenhaft → phantastisch
marineblau → blau
markant
markieren
markieren → vortäuschen
markig → kräftig
Marktflecken → Dorf
Marktplatz → Platz
marschieren → gehen
Marter → Folter
Marter → Qual
martern → peinigen
martern → schikanieren
marternd → quälend
Martyrium → Folter
Martyrium → Qual
Masche → Schlinge
Maschine
maskieren (sich) → verkleiden (sich)
Maskierung → Tarnung
Massaker → Blutbad
Masse
massenhaft → reichlich
Massenkundgebung → Demonstration
maßgebend → maßgeblich
maßgeblich
maßgeblich → vordringlich
maßgeblich → vorwiegend
mäßig → durch-

schnittlich
mäßig
massig → schwer
mäßigen → bändigen
maßlos → extrem
maßlos → unersättlich
Maßnahmen ergreifen → vorgehen
Maßregel → Strafe
maßregeln → bestrafen
maßregeln → schelten
maßregeln → strafen
maßregeln → zurechtweisen
Maßregelung → Züchtigung
Maßstab → Norm
maßvoll → mäßig
Mast → Pfosten
Match → Spiel
Material → Zeug
Materie → Element
Materie → Stoff
matt → blind
matt → dumpf
Mattscheibe (ugs.) → Fernsehgerät
Mauer
Mauerwerk → Mauer
Maulheld (ugs.) → Angeber (ugs.)
maximal → höchstens
Maximum → Höhepunkt
mechanisch → automatisch
meckern (ugs.) → rügen
Medikament
Medizin → Medikament
Mehl → Pulver
mehr als → über
mehrdeutig → doppelsinnig
mehrdeutig
mehrdeutig → vieldeutig
mehrere → einige
mehrere → paar
mehrfach → oft
mehrfarbig → bunt
Mehrheit
mehrjährig → langjährig
mehrmals → häufig
Mehrpreis → Zuschlag
Mehrzahl → Mehrheit
Meineid → Wortbruch
meinen → bedeuten
meinen → glauben
Meinung
meisterhaft → vollkommen
Meisterleistung → Tat
meistern → bewältigen
meistern → können
Meisterwerk → Werk
Melancholie → Schwermut
melancholisch → depressiv
melancholisch → schwermütig
melancholisch → traurig
melden → benachrichtigen
Meldung → Beschwerde
Meldung → Nachricht
Melodie → Lied
Memme (ugs.) → Feigling
Menge → Herde
Menge → Masse
Menge → Quantität
mengen → mischen
Mensch
Menschenfreundlichkeit → Nächstenliebe
merken → bemerken
merken (sich) → behalten
merklich → deutlich
merklich → spürbar
Merkmal → Eigenschaft
Merkmal → Kennzeichen
Merkmal → Zeichen
Merkwort → Stichwort
merkwürdig → eigenartig
merkwürdig → seltsam
Merkwürdigkeit → Seltsamkeit
messen
Methode → Verfahren
methodisch → planmäßig
Metier → Beruf
Meute → Herde

Miesmacher (ugs.) → Pessimist
mild
mild → warm
Milde → Nachsicht
mildern → erleichtern
mildern → lindern
mild(tätig) → barmherzig
Milieu → Umwelt
Mime → Schauspieler
mimosenhaft → empfindlich
minderbegabt → talentlos
Minderheit
minderjährig → jung
minderwertig → stümperhaft
minderwertig → wertlos
Minderzahl → Minderheit
mindestens
mindestens → zumindest
Minorität → Minderheit
mischen
Mischung
miserabel → schlecht
miserabel → unglücklich
Misere → Unglück
mißachten → hinwegsetzen (sich)
mißachten
Mißachtung
Mißachtung → Verachtung
Mißbehagen → Unlust
mißbilligen → rügen
Mißbilligung → Kritik
Mißbilligung → Rüffel (ugs.)
mißbrauchen → schänden
Mißerfolg → Fehlschlag
Mißerfolg
Mißerfolg → Niederlage
mißgelaunt → schlechtgelaunt
mißgelaunt → verdrießlich
Mißgeschick → Pech
Mißgeschick → Schaden
mißgestaltet → häßlich
mißgönnen → neiden
Mißgriff → Fehler
mißgünstig sein → neiden
Mission → Auftrag
mißlaunig → mürrisch
mißliebig → unbeliebt
Mißlingen → Fehlschlag
mißlingen → scheitern
mißmutig → brummig
Mißstimmung → Spannung
Mißstimmung → Verstimmung
mißtrauen → beargwöhnen
Mißtrauen → Verdacht
Mißtrauen → Zweifel
mißtrauisch
mit Absicht → beabsichtigt
mitarbeiten → mitmachen
Mitarbeiter → Teilnehmer
mit Bargeld → bar
mitbekommen → erfahren
mit belegter Stimme → heiser
mitberücksichtigen → berücksichtigen
Mitbewerber → Rivale
Mitbewohner → Nachbar
mit Bezug auf → diesbezüglich
miteinander → gemeinsam
miteinander → zusammen
mit einem Male → plötzlich
mit Einschränkung → bedingt
mit Fug und Recht → rechtmäßig
mitfühlen → nachfühlen
mit Füßen treten → treten
Mitgefühl → Mitleid
Mitgefühl → Teilnahme
Mitgefühl → Verständnis

mitgehen
→ begleiten
mit gesundem Menschenverstand
→ normal
Mitglied → Glied
Mitglied des Bundestags → Bundestagsabgeordneter
mit Holz verkleiden
→ täfeln
Mitinhaber → Teilhaber
mitkommen
→ folgen
mit leerem Magen
→ nüchtern
Mitleid
mitleidlos → herzlos
mitleidlos → rücksichtslos
mitmachen
mit Nachdruck
→ nachdrücklich
mit nackten Füßen
→ barfüßig
mit Namen
→ namentlich
mitreißen → begeistern
mit sich führen
→ tragen
mit sich uneins
→ zwiespältig
mitteilen → bekanntgeben
mitteilen → benachrichtigen
mitteilen → erzählen
mitteilsam
→ schwatzhaft (ugs.)
Mitteilsamkeit
→ Redseligkeit
Mitteilung → Nachricht
mittellos → arm
mittelmäßig
→ durchschnittlich
mittelmäßig → mäßig
Mittelpunkt
→ Hauptsache
Mittelsmann → Vermittler
mittendrin → zwischen
mittlerweile → inzwischen
mit Überlegung
→ bedachtsam
mitunter → bisweilen
mit Verspätung
→ nachträglich
mit Vorsicht
→ bedachtsam
mitwirken → mitmachen
mitwirken → teilnehmen
Mitwirkende → Teilnehmer
Mitwirkender → Darsteller
Mitwirkung → Teilnahme
mit Ziffern versehen
→ numerieren
mixen → mischen
Mixtur → Mischung
Mobilität → Wendigkeit
mobil machen
→ rüsten (sich)
Modell → Muster
modelliert → plastisch
Moderator
→ Sprecher
modern → fortschrittlich
modern
modern → neumodisch
modifizieren
→ ändern
modifizieren → verändern
modisch → modern
modrig → dumpf
mogeln → bluffen
mogeln (ugs.)
mögen → lieben
möglich → denkbar
möglich
Möglichkeit
möglichst → tunlichst
mohnrot → rot
mokant → spöttisch
mollig → weich
Moment → Augenblick
momentan → nun
Monarch → Herrscher
monieren → mahnen
Monopol → Vorrecht
monoton → einfallslos
monströs → riesengroß
monumental → riesengroß
Moor → Sumpf
Moral → Sitte
Moral → Tugend
moralisch → sittlich
moralisieren → predigen

Morast → Sumpf
Moratorium
→ Stundung
Mord → Tötung
morden → töten
Morgengrauen
→ Dämmerung
Morgengrauen
→ Tagesanbruch
morsch → baufällig
morsch → mürbe
Motiv → Grund
Motiv → Veranlassung
müde
Mühe → Strapaze
Mühe geben (sich)
→ bemühen (sich)
mühelos → einfach
mühelos → problemlos
mühen (sich)
→ bemühen (sich)
Müll → Abfall
Müll → Schmutz
munter → heiter
mürbe
murksen (ugs.)
→ pfuschen (ugs.)
murmeln → raunen
mürrisch
mürrisch
→ schlechtgelaunt
Mus → Brei
muskulös → kräftig
müssen
Mußestunden
→ Freizeit
müßig → faul
müßig → tatenlos
müßig → zwecklos
Müßiggänger
→ Faulenzer
Muster → Beispiel
Muster
mustergültig → vollkommen
Mustergültigkeit
→ Untadeligkeit
mustern
→ beschauen
Musterschüler
→ Streber
Mut
mutig → beherzt
mutig
mutig → tapfer
mutlos → deprimiert
mutlos → entmutigt
mutlos → feige
Mutlosigkeit
→ Feigheit
mutmaßen → vermuten
mutmaßlich → wahrscheinlich
mutterseelenallein
→ verlassen
mutwillig → bewußt

N

nach
nachäffen → nachahmen
nachahmen
Nachahmer
nach Arbeitsschluß → Freizeit
Nachbar
Nachbarschaft → Nähe
Nachbarschaft → Umgebung
nachbeten → nachplappern (ugs.)
nachbilden → abbilden
nachdenken → bedenken
nachdenken → brüten
nachdenken → denken
nachdenken
nachdenken → überlegen
Nachdruck
nachdrücklich → drastisch
nachdrücklich
Nachdrücklichkeit → Hervorhebung
Nachdrücklichkeit → Nachdruck
nacheifern → nachfolgen
nacheifern → streben
nacheinander → hintereinander
nacheinander
nachempfinden → nachfühlen
Nachfolge antreten → nachfolgen
nachfolgen
nachfolgend → nach
nachfolgend → nacheinander
Nachfolger
nachforschen → forschen
nachforschen
Nachforschung
Nachfrage → Bedürfnis
nachfühlen
nachfüllen → tanken
nachgeben
nachgeben → unterordnen
nachgerade → regelrecht
nachgiebig
nachgiebig → willensschwach
nach Gutdünken → beliebig
Nachhall
Nachhall → Widerhall
nachhaltig → intensiv
nachhaltig
nachher → hinterher
nach hinten → rückwärts
Nachhut → Nachzügler
nachjagen → hinterherlaufen
nachjagen → verfolgen
Nachklang → Nachhall
Nachkomme
nachkommen → folgen
Nachlaß → Erbe
Nachlaß
nachlassen → abnehmen
nachlassen → hinterlassen
nachlassen
Nachlassen → Rückgang
nachlassen → verblassen
nachlassen → vererben
nachlassend → rückläufig
nachlässig → liederlich
nachlässig
nachlässig → säumig
nachlässig → unachtsam
Nachlässigkeit → Unachtsamkeit
nachlaufen → hinterherlaufen
Nachläufer → Nachahmer
nachmachen → nachahmen
Nachname → Familienname
nach oben → herauf
nachplappern (ugs.)

nachprüfen → nachforschen
nachprüfen
Nachprüfung
→ Revision
Nachricht → Kunde
Nachricht
Nachruf
nachrühmen
→ rühmen
nachsagen → verdächtigen
nachschauen
→ nachprüfen
Nachschlagewerk
→ Lehrbuch
Nachschrift
→ Nachwort
nachsehen → nachprüfen
Nachsehen haben
→ nachstehen
Nachsicht
nachsichtig
→ geduldig
nachsichtig → verständnisvoll
nachsichtig sein
→ entschuldigen
Nachsicht zeigen
→ verzeihen
nachsinnen
→ denken
nachsinnen → nachdenken
nachsprechen
→ nachplappern (ugs.)
nachspüren → nachforschen
nachstehen
nachstellen → verfolgen
Nachstellung → Jagd
Nächstenliebe
nächstens
→ zukünftig
nachsuchen
→ bitten
Nacht → Dunkelheit
Nachteil → Mangel
nachteilig
→ ungünstig
Nachtessen
→ Abendessen
Nachtfeuchtigkeit
→ Tau
nächtlich → dunkel
Nachtrag
→ Ergänzung
Nachtrag
→ Nachwort
nachtragen
nachtragen → übelnehmen
nachtragend
nachträglich
Nachtruhe → Schlaf
nachts
nach und nach
→ langsam
nach unten → herab
nach unten gehen
→ hinuntergehen
nachvollziehen
→ verstehen
nach vorn → vorwärts
nach Vorschrift
→ vorschriftsmäßig
nachweinen
→ beklagen
Nachweis
nachweisbar
→ nachweislich
nachweisen → aufdecken
nachweisen
→ beweisen
Nachweis erbringen
→ beweisen
nachweislich
Nachwelt → Nachkomme
nach wie vor
→ noch
Nachwirkung
→ Folge
Nachwort
Nachwuchs → Kind
nach Wunsch
→ beliebig
nachzahlen
→ bezahlen
nachzeichnen
→ zeichnen
nachzotteln (ugs.)
→ trödeln (ugs.)
Nachzügler
nackt
nagen → zehren
nagend → quälend
nah
Nähe
nahebei → nah
nahegehen
→ packen
nahekommen (sich)
→ nähern (sich)
naheliegend
nahen
nähen
nahen → nähern (sich)
nähern (sich)
→ nahen
nähern (sich)
nahestehend → vertraut

Niedergang
niedergedrückt
→ entmutigt
niedergedrückt
→ verzweifelt
niedergeschlagen
→ deprimiert
niedergeschlagen
Niedergeschlagenheit → Schwermut
niedergeschmettert
→ niedergeschlagen
niederhalten
→ drücken
niederhalten
→ unterdrücken
niederkommen
→ gebären
Niederkunft
→ Geburt
Niederlage → Fehlschlag
Niederlage
Niederlagen erleiden
→ verlieren
niederlassen (sich)
→ setzen
niederlassen (sich)
→ zuziehen
Niederlassung
→ Zweigstelle
niederlegen → hinstellen
niederlegen → legen
niedermachen
→ niederwerfen
niederreißen
niederringen
→ bezwingen
Niederschlag
niederschlagen
→ niederwerfen
niederschlagen
→ zusammenschlagen (ugs.)
niederschlagsarm
→ wasserarm
niederschmettern
→ niederwerfen
niederschreiben
→ verfassen
Niederschrift
niedersetzen
niederstellen → niedersetzen
Niedertracht
→ Bosheit
Niedertracht
→ Gemeinheit
niederträchtig
→ ehrlos
niederträchtig
→ gemein
niederträchtig
niederträchtig
→ tückisch
Niederung
→ Flachland
niederwerfen
niedlich
niedrig
niedrig → seicht
niemals → nie
niemand
nieseln → regnen
Niete (ugs.) → Versager
nirgends
nirgendwo → nirgends
Nische
Niveau → Qualität
niveaulos → primitiv
nivellieren → glätten
nobel → freigiebig
nobel
noch
noch einmal tun
→ wiederholen
nochmalig
→ nochmals
nochmals
nochmals → wieder
nominieren
→ ernennen
nonchalant → lässig
Nonsens → Unsinn
Nörgelei → Kritik
nörgeln
Nörgler → Querulant
Norm
normal
normalisieren
normen
Normen anpassen
→ normalisieren
normieren
→ normen
Not → Elend
Not
notdürftig
Note → Zensur
notgedrungen
notieren
→ schreiben
nötig
nötig → unentbehrlich
nötigen → zwingen
nötig haben
→ brauchen
Notiz → Niederschrift
notleidend
→ bedürftig
notwendig → unentbehrlich
Notwendigkeit
→ Bedürfnis

O

Obdach → Quartier
oben
obendrein
→ zusätzlich
obendrein (ugs.)
→ außerdem
obenerwähnt → obig
obengenannt → obig
Oberfläche
oberflächlich
→ fahrlässig
oberflächlich
→ flüchtig
oberflächlich → liederlich
oberflächlich
Oberflächlichkeit
oberflächlich lesen
→ durchfliegen
oberhalb → hoch
oberhalb → oben
oberhalb → über
Oberhand gewinnen
→ durchsetzen (sich)
Oberhaupt
→ Befehlshaber
Oberhoheit → Herrschaft
Oberschicht
Oberseite → Oberfläche
obgleich
obgleich → trotz
Obhut → Geborgenheit
Obhut → Schutz
obig
Objekt → Gegenstand
objektiv → gerecht
objektiv → sachlich
Objektivität
→ Gerechtigkeit
Obliegenheit
→ Aufgabe
Obliegenheit
→ Pflicht
obschon → obgleich
Observation → Überwachung
observieren → überwachen
obskur → lichtscheu
obszön → anstößig
obwohl → obgleich
obwohl → trotz
obzwar → obgleich
öde
Öde
öde → trostlos
oder
Odeur → Duft
Ödland → Öde
OEuvre → Werk
offen → aufrichtig
offen → freimütig
offen
offenbar
→ anscheinend
offenbaren
→ eröffnen
Offenbarung
offenbar werden
→ hervortreten
Offenheit
offenkundig
offensichtlich
→ offenkundig
offensiv → angriffslustig
Offensive → Angriff
offenstehend
→ offen
öffentlich
öffentliches Leben
→ Öffentlichkeit
Öffentlichkeit
→ Bevölkerung
Öffentlichkeit
offerieren
→ anbieten
offerieren → vorschlagen
Offerte → Vorschlag
Office → Büro
offiziell → öffentlich
öffnen
oft → häufig
oft
öfters → oft
oftmals → oft
ohne → bar
ohne
ohne Ausweg → verzweifelt
ohne Begleitung
→ allein
ohne Beispiel → beispiellos
ohne Ende → ewig
ohne Fehler
→ tadellos
ohne Frage
→ fraglos
ohnegleichen → beispiellos
ohne Hindernisse
→ reibungslos
ohne Hoffnung
→ verzweifelt

ohne Inhalt → leer
ohne jeden Halt
→ haltlos
ohne Namen
→ namenlos
ohne Tiefgang
→ oberflächlich
ohne Umschweife
→ direkt
ohne Umschweife
→ rundheraus
ohne Vorbedingung
→ vorbehaltlos
ohne weiteres
→ anstandslos
ohne weiteres
→ bereitwillig
ohne Wert
→ wertlos
ohne Würze
→ geschmacklos
ohne Würze → lasch
ohne Zögern
→ bereitwillig
ohne Zwischenfälle
→ reibungslos
Ohnmacht
ohnmächtig
ohnmächtig werden
→ zusammensinken
ohrenbetäubend
→ laut
ökonomisch
→ sparsam
ökonomisch → wirtschaftlich
ölen → balsamieren
ölig → fettig
Oma
Omi → Oma
Omnibus
Ondit → Gerücht
Opa
Operation
Opfer
opfern → hingeben
opfern
opponieren → aufbegehren
opponieren
→ trotzen
Opportunist
→ Streber
Opposition
oppositionell
→ gegensätzlich
optimieren → verbessern
Optimismus
→ Hoffnung
Optimismus
Optimist
optimistisch
optimistisch
→ zuversichtlich
Optimum → Höhepunkt
Opulenz → Überfluß
Opus → Werk
orakeln → hellsehen
Orchesterchef
→ Dirigent
Orchesterleiter
→ Dirigent
ordentlich
→ anständig
Order → Vorschrift
ordinär
→ gewöhnlich
ordinär → primitiv
ordnen
Ordnung
Ordnung → Zucht
ordnungsgemäß
ordnungsgemäß
→ vorschriftsmäßig
ordnungswidrig
Organ → Zeitung
Organisation
→ Bewerkstelligung
Organisation → Einrichtung
organisieren
organisieren → veranstalten
Organismus
→ Körper
Orgasmus → Höhepunkt
Orgie → Ausschweifung
Orgie → Völlerei
Original
originell
Ornament
→ Muster
Ornament → Verzierung
Ort
Ort → Fleck
Ort → Platz
Ort der Verdammnis
→ Hölle
orten
Örtlichkeit → Ort
Ortschaft → Ort
ortsfest
ortsfremd → fremd
ortsgebunden
→ ortsfest
Outsider → Außenseiter
Ovation → Beifall

P

paar
paaren (sich)
→ begatten
paaren (sich)
paarweise
→ doppelt
Päckchen
→ Packung
packen
Packen → Packung
packend
→ interessant
packend
Packung
Pädagoge → Lehrer
Paddelboot → Boot
paffen (ugs.)
→ rauchen
Page → Diener
Paket → Packung
Pakt → Koalition
paktieren → verbünden (sich)
Palais → Palast
Palast
palavern → plappern
Palazzo → Palast
Pamp (ugs.) → Brei
paneelieren → täfeln
Panikmache → Pessimismus
Panne → Störung
Panorama → Blick
Papierdeutsch
→ Amtsdeutsch
Pappschachtel
→ Schachtel
Paradies
paradox
paradox → sinnlos
parallel
Parallele
Parallelen ziehen
→ vergleichen
Pardon → Entschuldigung
Parfüm → Duft
parfümiert
→ duftend
parieren (ugs.)
→ gehorchen
Park
Parkanlage → Park
Parlamentarier
→ Volksvertreter
Parodie → Satire
Parole → Losung
Part → Rolle
Partei
Partei ergreifen
→ verteidigen
Parteigänger
→ Anhänger
parteiisch → einseitig
parteiisch
parteiisch → ungerecht
parteilich → parteiisch
Parteilichkeit → Vorurteil
Partie → Rolle
Partie → Spiel
partiell → teilweise
partizipieren
→ beteiligt sein
Partner → Lebensgefährte
Partner → Teilhaber
Partnerschaft
→ Freundschaft
partnerschaftlich
→ brüderlich
Party → Feier
Party → Fest
Parvenü → Emporkömmling
passabel
→ erträglich
Passage → Durchfahrt
Passagier → Reisender
passen → sitzen
passen → taugen
passend → treffend
passieren
→ zustoßen
Passion → Leidenschaft
passioniert → leidenschaftlich
passiv → tatenlos
passiv → zurückhaltend
passé → vorbei
Paste → Salbe
pathetisch → würdevoll
patzen (ugs.)
→ pfuschen (ugs.)
patzig → barsch
patzig
pauschal
Pause
Pause einlegen
→ pausieren
pausenlos → fortwährend

pausenlos → immer
pausenlos
pausieren
pausieren → unterbrechen
Pech
Pechsträhne (ugs.) → Pech
Pechvogel
pedantisch → kleinlich
pedantisch
pedantisch → sorgfältig
Pein
Pein → Qual
peinigen
peinigend → quälend
Peinigung → Folter
peinlich
peinvoll → quälend
Peitsche
Pendant → Gegenstück
pendeln → hängen
pendeln → schwingen
penibel → pedantisch
Penis → Glied
pennen (ugs.) → schlafen
Penner (ugs.) → Vagabund
Pension → Hotel
Pension → Ruhestand
Pensum → Quantität
perfekt → vollkommen
Periode → Phase
Periode → Zeitraum
periodisch → regelmäßig
Peripherie → Randgebiet
perlweiß → weiß
permanent → dauernd
Persiflage → Satire
Person → Mensch
Person
Personenwagen → Wagen
persönlich → individuell
persönlich
persönlich → vertraulich
persönlicher Bereich → Privatleben
Persönlichkeit → Person
Perspektive → Blickwinkel
pervers → abartig
pervers → widernatürlich
Pessimismus
Pessimist
Petition → Gesuch
petzen (ugs.) → verraten
Pfad → Weg
Pfahl → Pfosten
pfeifen → zwitschern
Pfeiler → Säule
pfeilschnell → blitzschnell
Pfennigfuchser (ugs.) → Geizkragen
Pferd
pfiffig → clever
pfiffig → listig
pfiffig
Pflanze
pflanzen
Pflege
Pflegeheim → Heim
pflegen
Pfleger → Wächter
pfleglich behandeln → pflegen
Pflicht
pflichtbewußt
pflichtbewußt → verantwortungsbewußt
pflichteifrig → beflissen
pflichteifrig → pflichtbewußt
pflichtgemäß → pflichtbewußt
pflichtgetreu → pflichtbewußt
Pflichttreue → Rechtschaffenheit
pflichtvergessen
pflichtvergessen → unzuverlässig
Pflock → Pfosten
pflücken
pflügen → zerfurchen
Pforte → Tür
Pförtner
Pfosten
Pfosten → Säule
pfuschen (ugs.)
Pfuscher (ugs.) → Stümper (ugs.)
phänomenal
Phantasie → Einfallsreichtum
Phantasie
phantasielos → einfallslos

phantasielos
→ reizlos
phantasielos → temperamentlos
phantasiereich
erzählen → fabulieren
phantasieren
→ fabulieren
phantasieren
phantasievoll → einfallsreich
Phantast → Träumer
phantastisch
Phase
phasenweise → stufenweise
Philanthropie
→ Nächstenliebe
Philister → Spießer
Phlegma → Leidenschaftslosigkeit
phlegmatisch
→ träge
Phobie → Angst
Phrase
Phrase → Redensart
phrasenhaft
piepen → zwitschern
piepsen → zwitschern
piesacken (ugs.)
→ plagen
piesacken (ugs.)
→ schikanieren
pikant
pikant → würzig
piksen (ugs.)
→ stechen
pingelig → kleinlich
pingelig (ugs.)
→ pedantisch
pingelig (ugs.)
→ sorgfältig
pink → rosig
Pistole
Pkw → Auto
Plage → Joch
Plage → Pein
plagen
plagen → schikanieren
Plagiator → Nachahmer
Plakat
Plakette → Abzeichen
plan → glatt
Plan
planen
Planke → Brett
planlos
planlos → ziellos
planmäßig
Planung → Plan
planvoll → planmäßig
planvoll → taktisch
plappern
plastisch
→ anschaulich
plastisch → bildhaft
plastisch
Plateau → Fläche
Platitüde → Phrase
plätschern
Plattform → Fläche
Platz → Ort
Platz
Platz → Raum
platzen
Platz machen
→ ausweichen
Platz nehmen → niedersetzen
Plauderei → Unterhaltung
plaudern → plappern
plaudern → sagen
plaudern → unterhalten
plausibel
→ glaubhaft
plausibel → naheliegend
plausibel
Playboy → Frauenheld
Plazet
→ Zustimmung
plazieren → hinstellen
plazieren → setzen
pleite (ugs.)
→ bankrott
plötzlich
plump → klobig
plump
Plunder (ugs.)
→ Tand
Plus
Plus → Vorteil
pochen
pochen auf → bestehen auf
Podium → Bühne
Poesie → Dichtung
poetisch
pointieren → betonen
pointiert → betont
polieren → bohnern
poliert → blank
poliert → glänzend
politische Gruppierung → Partei
poltern → lärmen
Pomp → Aufwand
Pomp → Prunk
pompös → imponierend

pompös → prächtig
pompös → prunkvoll
populär → berühmt
populär → volkstümlich
popularisieren → verbreiten
Population → Bevölkerung
porös → durchlässig
Portal → Tor
Portier → Pförtner
Porträt → Bildnis
Pose → Stellung
positiv → lebenslustig
positiv
Positur → Stellung
Posse → Komödie
Post
Postamt → Post
Postbote → Briefträger
Poster → Plakat
postieren → stellen
Postsendung → Post
Potential → Vorrat
potentiell → möglich
Potenz → Zeugungskraft
Pracht → Prunk
prächtig → herrlich
prächtig
prächtig → schön
prachtvoll → prächtig
prahlen
Prahlerei → Übertreibung
prahlerisch → protzig
Prahlhans (ugs.) → Angeber (ugs.)
praktisch → fingerfertig
praktisch → geschickt
praktizieren → verrichten
prall
Präludium → Vorspiel
prangen → prunken
Präsent → Gabe
präsentieren → vorstellen
prassen
prassen → schwelgen
Prasserei → Völlerei
präventiv → vorbeugend
präzise
Präzision → Sorgfalt
predigen
Predigt → Rede
Predigt → Vortrag
Preis
Preisanstieg → Preiserhöhung
Preisausschreiben → Quiz
Preisboxer → Boxer
preisen → loben
preisen
Preiserhöhung
Preise senken → verbilligen
Preisgabe → Bloßstellung
preisgeben
preisgegeben → schutzlos
preisgegeben → wehrlos
preisgekrönt → ausgezeichnet
preisgünstig → billig
Preislage → Preis
Preisnachlaß
Preisnachlaß → Preissturz
Preisrätsel → Quiz
Preissenkung → Preisnachlaß
Preissteigerung → Preiserhöhung
Preissturz
preiswert → billig
prekär → kritisch
prellen → hintergehen
preschen → rennen
pressen → drängen
Pression → Druck
Prestige → Ansehen
Pretiosen → Schmuck
prickelnd → spannend
primitiv → einfach
primitiv
Prinzip → Regel
prinzipiell
Priorität → Vorrang
privat
Privatleben
Privatsphäre → Privatleben
Privileg → Vorrecht
pro
probat → bewährt
Probe
proben → üben
probeweise → versuchsweise
probieren → kosten
probieren
Problem → Schwierigkeit

problematisch → heikel
problematisch
problematisch → schwierig
problemlos
Produkt → Ware
Produktivität
Produzent → Erzeuger
produzieren → erzeugen
produzieren → herstellen
profan → weltlich
Profession → Beruf
Profil → Umriß
Profit → Gewinn
Profitgier → Geiz
progressiv → fortschrittlich
pro Kopf → pro
Prolog → Vorwort
Prolongation → Stundung
promenieren → bummeln
promenieren → spazierengehen
Propaganda → Werbung
propagieren → werben
proper → sauber
prophetisch → hellseherisch
prophezeien → vorhersagen
prophylaktisch → vorbeugend
proportioniert
Proportioniertheit → Ebenmaß
Prostituierte → Dirne
Protagonist → Schrittmacher
protegieren → fördern
Protegé → Schützling
Protest → Demonstration
protestieren → widersprechen
Protestkultur → Subkultur
Protestmarsch → Demonstration
Prothese → Zahnersatz
protzen → prahlen
protzen → prunken
protzig
provinziell → dörflich
provinziell → spießig
provisorisch → versuchsweise
provokant → herausfordernd
provozieren → heraufbeschwören
provozieren → herausfordern
provozierend → herausfordernd
Prozeß → Rechtsstreit
Prozeß → Vorgang
prozessieren
Prozession → Zug
prüde → spröde
prüfen → probieren
prüfen
Prüfung
Prügel → Schlag
Prügelei → Schlägerei
prügeln
prügeln → schlagen
Prügelstrafe → Züchtigung
Prügel verabreichen → prügeln
Prunk → Aufwand
Prunk
prunken
prunkvoll → prächtig
prunkvoll
Psyche → Seele
Public Relations → Werbung
Publikation → Buch
Publikum
Puder → Pulver
pudern
pulsen → pulsieren
pulsieren
pulsieren → schlagen
Pulver
pulverisieren → zermahlen
pumpen (sich) (ugs.) → leihen
pünktlich → genau
pünktlich
pünktlich sein → zurechtkommen
puppig (ugs.) → niedlich
Püree → Brei
purpur → rot
pusten → blasen
Putsch → Aufstand
Putz
putzen
putzen → säubern
putzig → niedlich

Q

quacksalbern
→ pfuschen (ugs.)
Qual → Folter
Qual → Pein
Qual
quälen → ärgern
quälen → peinigen
quälend
Quälerei → Pein
Qualität
qualitätsvoll
→ hochwertig
qualmen → rauchen
Quantität
Quantum → Quantität
Quartier
Quartier geben
→ beherbergen
quasi → eigentlich
Quaste
Quelle
quellen
quengelig (ugs.)
→ unleidlich
quer
querbeet → quer
querfeldein
→ quer
Querkopf (ugs.)
→ Trotzkopf
Querschnitt
Quertreiber → Querulant
Querulant
quetschen
→ drücken
quetschen
Quittung → Bescheinigung
Quittung
Quiz

R

Rabatt → Preisnachlaß
Rache
Rache → Vergeltung
rächen
Rachen
rachsüchtig → nachtragend
Radau (ugs.) → Lärm
radikal → extrem
radikal
Radio
Radio → Rundfunk
Radioapparat → Radio
Raffgier → Habgier
Raffinesse → Trick
raffiniert → pfiffig
Raffiniertheit → Schlauheit
rahmen → einrahmen
Rahmen
Rahmung → Einrahmung
räkeln (sich)
rammen
Rampenlicht → Scheinwerferlicht
ramponieren → beschädigen
ramponiert → kaputt
Rand
Randgebiet
randvoll → voll
Rang
Rang → Titel
rangeln → balgen (sich) (ugs.)
Rangerhöhung → Aufstieg
Rangfolge → Rangordnung
Rangordnung
Ränke → Verschwörung
ranken
ranken → schlingen
Ranzen
rapide → rasant
rappeln
rappeln → rütteln
rar → selten
rasant
rasant → schnell
Rasanz → Geschwindigkeit
rasch → behende
rasch → rasant
rasch → schnell
rascheln
Rasen
rasen → rennen
rasen → wüten
Rasenfläche → Rasen
Raserei
rasieren
rasseln → rappeln
Rast → Pause
Rast
rasten
rasten → ruhen
rastlos → fahrig
rastlos
rastlos → zappelig
Rastlosigkeit → Hast
Rastlosigkeit → Hektik
Rast machen → rasten
Rat → Empfehlung
Rat
raten
raten → rätseln
Ratespiel → Quiz
Rat geben → raten
Ratgeber → Lehrbuch
Ratgeber
Ratio → Verstand
rational → nüchtern
rationell → sparsam
ratlos
Ratlosigkeit → Zwiespalt
ratsam
Ratschlag → Rat
rätselhaft → dunkel
rätselhaft
rätseln
Rätselspiel → Quiz
Raub → Diebstahl
rauben
Räuber → Bandit
rauchen
raufen → balgen (sich) (ugs.)
Rauferei → Schlägerei
rauh → derb
rauh
rauh → uneben
Rauhreif → Tau
Raum
Raumausstatter
räumen
Raumgestalter → Raumausstatter

Räumlichkeit
→ Raum
raunen → flüstern
raunen
Rausch
rauschen
Razzia → Durchsuchung
reagieren
Reaktion
Reaktionär → Konservativer
reaktionär → rückständig
reaktionsschnell
→ geistesgegenwärtig
Reaktionsschnelligkeit → Geistesgegenwart
Reaktionsvermögen
→ Geistesgegenwart
real
real → tatsächlich
real → wirklich
realisieren → verwirklichen
realistisch
realistisch
→ sachlich
Realität
→ Tatsache
Realität → Wirklichkeit
realiter → wirklich
Rebell
rebellieren → aufbegehren
rebellieren
Rebellion → Aufstand
Rechenanlage
→ Computer
Rechenschaft
Recherche → Nachforschung
recherchieren
→ ermitteln
recherchieren
→ nachforschen
rechnen
Rechner → Computer
Rechnung
Rechnung tragen
→ beachten
Recht → Anspruch
Recht → Gesetz
recht
Recht
rechte Hand
→ Helfer
Rechter → Konservativer
rechter Hand
→ rechts
rechtfertigen (sich)
Rechtfertigung
→ Rechenschaft
Rechthaber → Besserwisser
rechtlich
→ gesetzlich
rechtlich → legal
rechtlos
rechtmäßig
→ gesetzlich
rechtmäßig → legal
rechtmäßig
rechts
rechtschaffen
→ bieder
rechtschaffen
Rechtschaffenheit
Rechtsfall
→ Rechtsstreit
rechtskräftig → legal
Rechtsprechung
→ Justiz
rechtsseitig
→ rechts
Rechtsstreit
Rechtsverfahren
→ Rechtsstreit
Rechtswesen
→ Justiz
rechtswidrig → ordnungswidrig
rechtswidrig
→ widerrechtlich
rechtzeitig
→ pünktlich
Rede
Rede → Vortrag
Redegewalt → Redekunst
redegewaltig
→ wortgewandt
redegewandt
Redekunst
reden
reden → sprechen
Redensart → Phrase
Redensart
Redewendung
→ Redensart
redlich → rechtschaffen
redlich
Redlichkeit
→ Rechtschaffenheit
Rednergabe
→ Redekunst
redselig → schwatzhaft (ugs.)
Redseligkeit
Redseligkeit
→ Schwatzhaftigkeit

(ugs.)
reduzieren → verbilligen
Referat → Besprechung
Referat → Vortrag
reflektieren → denken
reflektieren → spiegeln
reflektieren → zurückwerfen
Reflexion → Denken
Reform → Erneuerung
Reform → Neuerung
Refugium → Zuflucht
rege → lebhaft
rege
Regel → Gesetz
Regel → Norm
Regel
regelmäßig
regeln
regelrecht → normal
regelrecht
Regelung → Regel
regen → bewegen
Regen → Niederschlag
regenarm → wasserarm
Regenarmut → Trockenheit
Regeneration → Erholung
regenerieren → erholen (sich)
Regent → Herrscher
Regie → Leitung
regieren → herrschen
Regierung → Herrschaft
Regierungsvertreter → Botschafter
Regime → Herrschaft
Region → Gebiet
Region → Land
registrieren → bemerken
registrieren → buchen
Registrierung → Sammlung
Reglement → Regel
reglementieren → vorschreiben
reglos
reglos → ruhig
reglos → starr
regnen
Regression → Rückgang
regsam → tätig
regulär
regulieren → normen
regulieren → regeln
reiben
Reibereien (ugs.) → Zank
reibungslos
reich
reichen → geben
reichen
Reichhaltigkeit → Reichtum
reichlich
Reichtum
Reichweite → Nähe
Reichweite → Weite
reif
Reif → Tau
Reife
Reifung → Wachstum
Reihe
Reihenfolge → Folge
Reime machen → reimen
reimen
rein → lauter
rein
rein → sauber
Reinfall (ugs.) → Mißerfolg
Reinheit
Reinheit → Sauberkeit
reinigen → putzen
reinigen → säubern
reinigen → waschen
Reinigung → Läuterung
reinlich → rein
Reinlichkeit
Reise → Fahrt
Reisegefährte → Reisender
reisen → fahren
reisen
Reisender
Reißaus nehmen (ugs.) → weglaufen
reißen
reißend
reißerisch → zugkräftig
reiten
Reitpferd → Pferd
Reitsport treiben → reiten
Reiz
reizbar
reizen → ärgern

reizen
reizend → hinreißend
reizend → lieblich
reizend
reizlos
reizvoll → hinreißend
rekapitulieren → wiederholen
Reklame → Werbung
reklamieren → beanstanden
Rekonvaleszenz → Erholung
Rekord → Höchstleistung
relativ → verhältnismäßig
relevant → wesentlich
Religionsfrevel → Sakrileg
Religionsvergehen → Sakrileg
religiös → fromm
Reminiszenz → Erinnerung
Renaissance → Wiederaufleben
Rendezvous → Treffen
Rendezvous → Verabredung
renitent → aufsässig
Renitenz → Widerstand
rennen → laufen
rennen
renommiert → angesehen
renovieren → erneuern
renovieren
Renovierung → Erneuerung
rentabel → ergiebig
rentabel → lohnend
rentabel → wirtschaftlich
Rente → Ruhestand
reparieren → flicken
reparieren
repetieren → wiederholen
Replik → Erwiderung
Report → Bericht
Reportage → Bericht
Reporter → Berichterstatter
Repräsentant → Abgeordneter
repräsentieren → verkörpern
Reproduktion → Wiedergabe
reproduzieren → abbilden
reproduzieren → vervielfältigen
Requiem → Totenmesse
Reserve → Vorrat
reservieren → vorbestellen
reservieren → zurücklegen
reserviert → verschwiegen
Reserviertheit → Bedenken
Reservoir → Vorrat
resigniert → niedergeschlagen
resigniert → verzweifelt
resistent → widerstandsfähig
resolut → energisch
Resonanz → Nachhall
Resonanz → Widerhall
Respekt → Achtung
Respekt → Hochachtung
respektabel
respektive → oder
Respektlosigkeit → Mißachtung
Respektlosigkeit → Nichtachtung
Ressort → Bereich
Rest
restaurieren → erneuern
restaurieren → renovieren
Restaurierung → Erneuerung
Restaurierung → Wiederherstellung
Restbestand → Rest
restlos → lückenlos
restlos → vollständig
Restposten → Rest
Resultat → Ergebnis
Resultat → Summe
Resümee → Zusammenfassung
retardieren → verzögern
Retrospektive → Erinnerung
Retrospektive → Rückblick

retten
Reue
reumütig → zerknirscht
Reumütigkeit → Reue
Revanche → Rache
Revanche → Vergeltung
revidieren → ändern
revidieren → berichtigen
revidieren → korrigieren
Revier → Gebiet
Revision
Revolte → Aufstand
Revolte → Revolution
revoltieren → rebellieren
Revolution → Aufstand
Revolution
revolutionär → bahnbrechend
Revolutionär → Rebell
Revolver → Pistole
Revue → Schau
rezensieren → besprechen
rezensieren → kritisieren
rezensieren → zensieren
Rezension → Besprechung
Rezension → Kritik
Rezept
Rezept ausstellen → verordnen
Rezitation → Vortrag
rezitieren → vortragen
Rhetorik → Redekunst
Rhetorik → Vortrag
Rhythmus → Takt
Rhythmus → Zeitmaß
richtig → echt
richtig → recht
richtig
Richtigkeit → Wahrheit
richtigstellen → berichtigen
Richtigstellung → Verbesserung
Richtlinie → Norm
Richtschnur → Regel
Richtung
richtunggebend → richtungweisend
richtungweisend
riechen
Riese
rieseln → plätschern
rieseln → quellen
rieseln → tropfen
riesengroß
riesig → groß
rigoros → rücksichtslos
rigoros → streng
Rigorosität → Strenge
rillen → ritzen
Rinde → Schale
ringeln (sich) → schlingen
ringen
ringförmig → rund
rings → ringsum
ringsum
ringsumher → ringsum
rinnen → fließen
rinnen → plätschern
Risiko → Gefahr
Risiko → Wagnis
risikolos → sicher
riskant → gefährlich
riskieren → wagen
Riß → Ritze
Riß → Schramme
rissig → rauh
Ritze → Lücke
Ritze
ritzen → kratzen
ritzen
Rivale → Feind
Rivale
Rivalität → Konkurrenz
robust
robust → widerstandsfähig
Robustheit → Festigkeit
röcheln
rocken (ugs.) → tanzen
roden
roh → barbarisch
roh
Roheit → Grausamkeit
Rohling → Barbar
Rolle
rollen → drehen
rollen → fahren
rollen
rollen → wälzen
romantisch
röntgen
Röntgenaufnahmen machen → röntgen

rosa → rosig
rosenfarbig → rosig
rosig
Roß → Pferd
Rost ansetzen → rosten
rösten → braten
rosten
rot
Route → Weg
Routine → Erfahrung
rubbeln (ugs.) → reiben
Rübe (ugs.) → Kopf
rubin → rot
Rubrik → Klasse
rubrizieren → ordnen
ruchbar werden → verlauten
ruchlos → lästerlich
Ruchlosigkeit → Gemeinheit
Ruck
Rückblick → Erinnerung
Rückblick
rücken
rucken → rütteln
Rückfahrt → Rückkehr
Rückfall → Rückschritt
Rückgang
Rückgang → Verminderung
rückgängig machen → aufheben
rückgängig machen → widerrufen
Rückhalt → Halt
Rückkehr
Rücklage → Vorrat
rückläufig
Rucksack → Ranzen
Rückschau → Rückblick
Rückschlag → Rückschritt
Rückschritt
rückschrittlich → konservativ
Rückseite
rückseitig → hinten
Rücksicht
Rücksichtnahme → Rücksicht
rücksichtslos → gewissenlos
rücksichtslos
Rücksichtslosigkeit
rückständig
Rückständigkeit
Rückteil → Hinterteil
Rücktritt
rückwärts
rückwärtsgerichtet → konservativ
Rückwirkung → Reaktion
Rückziehung → Rückzug
Rückzug
rüde → derb
rüde
rüde → schroff
Rudel → Herde
Ruderboot → Boot
Ruf
Ruf → Telefonnummer
rufen
rufen → schreien
Rüffel (ugs.)
Rufmord → Verleumdung
Rufnummer → Telefonnummer
Rüge → Tadel
rügen
Ruhe
Ruhe → Stille
ruhelos → rastlos
ruhelos
ruhelos → turbulent
ruhelos → ungeduldig
Ruhelosigkeit → Hektik
Ruhelosigkeit → Ungeduld
ruhen → dösen (ugs.)
ruhen → liegen
ruhen → rasten
ruhen
Ruhepause → Pause
Ruhepause
Ruhestand → Lebensabend
Ruhestand
Ruhetag
ruhig → bedächtig
ruhig → beharrlich
ruhig
ruhig → still
rühmen → loben
rühmen
rühmen → würdigen
rühmenswert → lobenswert
rühmenswert → rühmlich
rühmlich
rühmlich → verdienstvoll
ruhmlos
ruhmreich → lobenswert

ruhmreich
→ rühmlich
Ruhmsucht
→ Ehrgeiz
ruhmsüchtig → ehrgeizig
rühren → bewegen
rühren
rührend
rührig → aktiv
rührig → eifrig
rührig → rege
rührig → tätig
Rührigkeit → Eifer
rührselig
rührselig → tränenreich
Rührung → Ergriffenheit
Ruin → Bankrott
Ruin → Untergang
Ruine → Trümmer
ruinieren
ruinieren → zerstören
ruiniert → zerrüttet
Rummelplatz
→ Rummel (ugs.)
Rummel (ugs.)
rumoren → lärmen
rumpeln → lärmen
rund → gebogen
rund
Rundfunk
Rundfunkgerät
→ Radio
rundheraus → freimütig
rundheraus
rundherum
→ ringsum
rundum → ringsum
Rundung → Bauch
Rundung → Bogen
rundweg → freimütig
Runzel → Falte
runzelig
runzeln
runzlig → faltig
Rüpel → Flegel
rüpelhaft → lümmelhaft
rüpelhaft
rüpelhaft
→ unhöflich
rüpelig → rüde
ruppig
→ barsch
ruppig
→ schroff
rüsten (sich)
rüstig
Rüstigkeit
→ Gesundheit
rutschen
rutschig → glatt
rütteln → rappeln
rütteln

S

Saat
Saatgut → Saat
Sabotage → Störung
sabotieren → hintertreiben
sabotieren → stören
sachdienlich → zweckmäßig
Sache
Sachkenner → Könner
sachkundig → fachmännisch
Sachkundiger → Fachmann
Sachlage → Wirklichkeit
sachlich → nüchtern
sachlich → realistisch
sachlich
Sachschaden → Bruch
sacht → behutsam
sacht → mild
sacht → zart
Sachverhalt → Tatsache
Sachverständiger → Fachmann
Sachverständigkeit → Zuständigkeit
saftig
saftvoll → saftig
Sage → Legende
sagen
sagenhaft → fabelhaft
Saison
sakral → geistlich
Sakrileg
Sakrileg → Sünde
säkular → weltlich
Salbe
salben → balsamieren
salben → einreiben
salopp → lässig
Salzbrühe → Salzlake
Salzlake
Salzlösung → Salzlake
Samen → Saat
Sämerei → Saat
sämig
sammeln
sammeln (sich) → versammeln (sich)
Sammlung → Konzentration
Sammlung
sämtliche → alle
samtweich → weich
Sanatorium
sanft → behutsam
sanft → zärtlich
Sanktion
Sanktionen → Vergeltung
sanktionieren
Sarg
sarkastisch → zynisch
Sarkophag → Sarg
Satan → Teufel
Satire
satt
sättigen → füttern
sättigend → nahrhaft
sattsam → genug
sauber
Sauberkeit → Reinheit
Sauberkeit → Reinlichkeit
Sauberkeit
saubermachen → säubern
säubern → putzen
säubern
säubern → waschen
sauer
säuerlich → sauer
sauertöpfisch → lustlos
Säufer → Trinker
saugen
säugen → tränken
Säule
Saum → Rand
säumen → trödeln (ugs.)
säumig → pflichtvergessen
säumig
saumselig → säumig
säuseln → wehen
schaben → kratzen
Schabernack → Scherz
schäbig → fadenscheinig
schäbig
Schablone → Muster
schablonenhaft → schematisch
schablonisieren → verallgemeinern

schachern → feilschen
Schachtel → Packung
Schachtel
Schachzug → List
schade → betrüblich
schade
Schädel → Kopf
schaden
Schaden
schadenfroh
schadhaft → beschädigt
schadhaft → kaputt
schädigen → schaden
Schädigung → Schaden
schaffen → arbeiten
schaffen → bewältigen
Schaffen → Werk
schaffen → zustande bringen
Schaffensdrang → Produktivität
schäkern → scherzen
schal → lasch
schal
Schale → Hülle
Schale
Schalk → Schelm
Schall
schallen
schallen → tönen
Scham empfinden → schämen (sich)
schämen (sich)
schamlos
Schande
schänden
schändlich → niederträchtig
schändlich → schäbig
scharf → durchdringend
scharf
scharf → würzig
scharfblickend → scharfsinnig
scharf geschnitten → markant
scharf gewürzt → pikant
scharfkantig → zackig
scharfmachen
Scharfsichtigkeit → Scharfsinn
Scharfsinn
scharfsinnig
Scharfsinnigkeit → Scharfsinn
scharfzüngig → bissig
scharren → kratzen
schattenhaft
Schattenriß → Umriß
schattieren
Schätzchen → Liebling
schätzen → berechnen
schätzen
schätzen (sich) → vertragen (sich)
Schätzung
schätzungsweise → ungefähr
Schau
schauderhaft → schrecklich
schauen → blicken
schauen → sehen
Schauer → Niederschlag
schauerlich → furchtbar
Schaufel
Schaufenster
Schaukasten → Schaufenster
schaukeln → schwingen
schaulustig → neugierig
Schaum → Brandung
schäumen → wallen
Schaumkrone → Brandung
Schauplatz → Bühne
Schauspieler → Darsteller
Schauspieler
scheiden
scheiden → trennen
Scheidung
Schein
scheinbar
scheinen
scheinheilig → hinterlistig
Scheinheiligkeit → Falschheit
Scheinwerferlicht
scheitern
schellen → läuten
Schelm
schelten → rügen
schelten
schelten → tadeln
schematisch
schemenhaft → schattenhaft
schenken

schlecht und recht → notdürftig
schlecken → lecken
Schleife → Kurve
Schleife → Schlinge
schleifen → glätten
schlemmen → prassen
schlemmen → schwelgen
Schlemmerei → Völlerei
schlendern → bummeln
schlendern → gehen
schleppen → tragen
schleudern → werfen
schlicht → bescheiden
schlicht → einfach
schlichten → bereinigen
Schlichtheit
schließen → aufgeben
schließen
schließlich → endlich
schließlich → zuletzt
schlimm → böse
schlimm
Schlinge → Hinterhalt
Schlinge
schlingen
schlingen um (sich) → ranken
schlingern → schwanken
Schlips → Krawatte
schlittern → rutschen
Schlitz → Ritze
Schloß → Palast
schlotterig → schlaff
schlottern (ugs.) → zittern
Schlucht → Abgrund
Schlucht → Tiefe
schluchzen → weinen
schludern → pfuschen (ugs.)
schludrig (ugs.) → nachlässig
Schlummer → Schlaf
schlummern → dösen (ugs.)
schlummern → schlafen
Schlund → Rachen
schlüpfrig → glatt
schlüpfrig → pikant
schlüpfrig → verdorben
Schluß → Ende
schlußfolgern → folgern
schlüssig → folgerichtig
Schlußlicht → Nachzügler
Schluß machen → beenden
Schluß machen → beschließen
Schlußwort → Nachwort
Schluß ziehen → folgern
Schmach → Schande
schmachten → darben
schmächtig → dünn
schmächtig → schlank
schmächtig → zierlich
schmackhaft → lecker
schmähen → verletzen
schmähen → verleumden
Schmähung → Beleidigung
schmal → dünn
schmal → eng
schmälern → beschränken
schmalzig (ugs.) → rührselig
schmauchen → rauchen
schmausen → essen
schmausen → prassen
Schmeichelei → Kompliment
schmeicheln → beweihräuchern
schmeicheln
Schmeichler
schmelzen → tauen
Schmerz → Leid
Schmerz → Qual
schmerzvoll → quälend
schmettern → singen
schmettern → werfen
schmiegsam → nachgiebig
schmierig → fettig

schmierig
→ schmutzig
schmissig (ugs.)
→ schwungvoll
Schmöker (ugs.)
→ Buch
schmoren → braten
Schmuck → Putz
Schmuck
Schmuck → Zierde
schmücken
schmucklos
→ einfach
schmuddelig (ugs.)
→ schmutzig
schmuggeln
→ schieben
schmunzeln
→ lächeln
schmusen → liebkosen
Schmutz → Dreck
Schmutz
schmutzfrei
→ sauber
schmutzig
schnauben
→ blasen
schneiden
schneidern → nähen
schneidig → rasant
schneidig → zackig
Schneise
schnell → flink
schnell → hastig
schnell
schnellen
→ springen
schnellen → werfen
Schnelligkeit
→ Geschwindigkeit
schnell machen
→ beeilen (sich)
schnellstens → blitzschnell
schnippisch
→ bissig
schnippisch → spöttisch
schnitzeln
→ schneiden
schnöde → gemein
Schnörkel → Verzierung
Schnur → Band
Schnur → Faden
schnüren → binden
schokoladenbraun
→ braun
Scholle → Feld
schon
schön
schonend
→ behutsam
schonend → vorsichtig
schonen (sich)
schönfärben
→ beschönigen
Schönheit
Schönredner
→ Schmeichler
schöntun → schmeicheln
schonungslos → roh
schonungslos
→ unerbittlich
schonungsvoll
→ behutsam
Schöpfer
→ Erzeuger
schöpferisch → einfallsreich
Schöpfung → Leistung
Schößling
→ Ableger
schräg → quer
schräg
Schräge
Schräglage
→ Schräge
Schramme
Schranke
→ Blockade
Schranke
Schreck
→ Schrecken
Schrecken
schrecklich
→ furchtbar
schrecklich
Schreiben → Brief
schreiben
Schreiben
Schreiber → Briefschreiber
Schreiber → Schriftsteller
Schreibfeder
→ Feder
Schreibweise
→ Schrift
schreien → johlen
schreien
schreiend → grell
Schrein → Sarg
schreiten → gehen
Schrieb (ugs.)
→ Schreiben
Schrift
Schriftsteller
Schriftverkehr
→ Korrespondenz
Schriftverkehr
→ Schriftwechsel
Schriftwechsel
→ Korrespondenz
Schriftwechsel

schrill → durchdringend
schrill → grell
Schrittmacher
schrittweise
→ langsam
schroff → brüsk
schroff → rauh
schroff
Schroffheit
→ Unhöflichkeit
schrubben → reiben
schrullig → eigenartig
Schrulligkeit
→ Eigenart
schrumpfen
Schubfach
→ Schublade
Schubkasten
→ Schublade
Schublade
Schubs (ugs.)
→ Ruck
schüchtern
→ befangen
schüchtern
→ zaghaft
Schüchternheit
→ Hemmung
Schüchternheit
→ Verlegenheit
Schuft → Gauner
Schuft
Schulbildung
→ Ausbildung
Schulbuch
→ Lehrbuch
Schuld
schuldbeladen
→ belastet
schuldbeladen
→ schuldig
schuldbewußt → zerknirscht
Schuldbewußtsein
→ Reue
Schulden → Kredit
Schuldgefühl
schuldhaft
→ schuldig
schuldig
schuldig sprechen
→ verurteilen
Schuldkomplex
→ Schuldgefühl
schuldlos
→ unschuldig
Schuldverschreibung
→ Schuld
schuldvoll
→ belastet
schulen → bilden
schulen → trainieren
Schulklasse
→ Klasse
Schulranzen
→ Ranzen
Schultasche
→ Ranzen
Schulung
→ Erziehung
Schulung → Übung
schummeln (ugs.)
→ mogeln (ugs.)
Schummerlicht
→ Dämmerung
Schund → Dreck
Schund → Kitsch
Schund → Schmutz
Schürfung
→ Schramme
Schurke → Schuft
schurkisch → niederträchtig
Schürzenjäger
→ Frauenheld
Schüssel → Schale
Schußwaffe
→ Pistole
Schutt → Dreck
schütteln → rütteln
schütten → regnen
schütten
schütter → licht
Schutz → Sicherheit
Schutz
schutzbedürftig
→ hilflos
Schutzbefohlener
→ Schützling
schützen → decken
schützen
Schutz gewähren
→ behüten
Schützling
schutzlos
schutzlos → wehrlos
schwach → dünn
schwach
Schwäche → Laster
Schwäche → Sympathie
Schwäche
Schwächezustand
→ Schwäche
Schwachheit
→ Schwäche
Schwachkopf
→ Dummkopf
schwächlich
→ schwach
Schwächling → Versager
schwachsinnig
→ verrückt
schwachsinnig
→ wahnsinnig
Schwaden → Dampf

schwafeln → faseln
Schwangerschaftsabbruch → Abtreibung
Schwangerschaftsunterbrechung → Abtreibung
Schwank → Komödie
schwanken
schwanken → taumeln
schwankend
schwankend → wackelig
schwankend → zögernd
schwärmen → preisen
Schwärmerei → Begeisterung
schwärmerisch → begeistert
schwärmerisch → romantisch
Schwarzmalerei → Pessimismus
Schwarzmaler (ugs.) → Pessimist
Schwarzseher (ugs.) → Pessimist
schwatzen → plappern
Schwatzhaftigkeit (ugs.) → Redseligkeit
Schwatzhaftigkeit (ugs.)
schwatzhaft (ugs.)
schweben → fliegen
schweifen → wandern
schweigen
schweigend → schweigsam
schweigsam
schweigsam → verschwiegen
schweigsam → wortkarg
schwelen → glühen
schwelgen → prassen
schwelgen
Schwelgerei → Völlerei
schwer
Schwerbeschädigter → Invalide
schwer beweglich → hölzern
Schwere → Druck
schwerfällig → plump
schwerfällig
schwerfällig → träge
schwerhörig → taub
schwerlich → kaum
Schwermut
Schwermut → Trauer
schwermütig → bedrückt
schwermütig → depressiv
schwermütig
schwermütig → wehmütig
Schwerpunkt → Hauptsache
schwerwiegend → schlimm
schwerwiegend → schwer
schwierig → problematisch
schwierig
Schwierigkeit
Schwimmbad → Bad
schwimmen → baden
Schwindel → Täuschung
Schwindel (ugs.) → Lüge
schwinden → dahinschwinden
Schwindler → Betrüger
schwindlig → taumelig
schwingen → hängen
schwingen
schwirren → fliegen
schwören → beeiden
schwören
schwül
Schwüle → Hitze
Schwüle → Wärme
Schwund → Rückgang
Schwung
Schwung → Tatkraft
Schwung → Temperament
Schwungfeder → Feder
schwunglos → schwach
Schwunglosigkeit → Schwäche
schwungvoll → beschwingt
schwungvoll
schwungvoll → temperamentvoll
Schwur → Eid

Sedativum → Beruhigungsmittel
See
Seele
Seelenmesse → Totenmesse
Segen → Glück
sehbehindert → blind
sehen → blicken
sehen
sehr
seicht → niedrig
seicht
seidig → weich
Seifenartikel → Waschmittel
Seifenpulver → Waschmittel
seihen → filtern
Seil
sein → befinden (sich)
Sein → Existenz
Sein → Leben
sein
Sein
sein Amt niederlegen → zurücktreten
seinen Willen durchsetzen → durchsetzen (sich)
seiner Wege gehen → weggehen
seinerzeit → damals
sein Herz verlieren → verlieben (sich)
sein Wort geben → versprechen
seit
seitdem → seit
seit dieser Zeit → seit
Seite → Blatt
Seitenhieb → Spitze
Seitensprung
seither → seit
seit langem → längst
seit langem → schon
seit langer Zeit → längst
seitlich → neben
Sekte → Partei
Sektor → Bereich
sekundär → nebensächlich
selbst → persönlich
selbständig → frei
selbständig
Selbständigkeit
Selbstbeherrschung → Zucht
Selbstbestimmung → Freiheit
selbstbewußt
Selbstbewußtsein
Selbstbildnis → Bildnis
Selbstbinder → Krawatte
selbstlos
Selbstlosigkeit → Demut
Selbstlosigkeit → Hingabe
Selbstporträt → Bildnis
selbstsicher → selbstbewußt
Selbstsicherheit → Selbstbewußtsein
Selbstsucht
selbstsüchtig → egoistisch
selbstsüchtig
selbsttätig → automatisch
Selbsttäuschung → Illusion
selbstüberzeugt → selbstbewußt
selbstverständlich → gern
Selbstvertrauen → Selbstbewußtsein
Selbstwertgefühl → Selbstbewußtsein
selig → glücklich
selten → kaum
selten
seltsam → eigenartig
seltsam
seltsam → verschroben
Seltsamkeit
senden → schicken
Sendung → Post
Sendung
sengen → glühen
senken (sich) → neigen (sich)
Sensation → Ereignis
sensationell → bedeutsam
sensationell → toll
sensibel → empfindsam
sensibel → feinfühlig
sensibel → zartbesaitet
sentimental → rührselig
sentimental → tränenreich

separat → einzeln
separieren
→ scheiden
Serie → Reihe
seriös → ernst
Sermon → Vortrag
Serpentine → Kurve
servieren
servil → unterwürfig
Servilismus → Unterwürfigkeit
Servilität → Unterwürfigkeit
setzen
Setzling → Ableger
seufzen → stöhnen
Show → Schau
sicher → geborgen
sicher
Sicherheit → Bürgschaft
Sicherheit
sichern
sichern → schützen
sicherstellen
→ beschlagnahmen
sicherstellen
→ sichern
Sicherung → Schutz
sich mit jdm. messen → ringen
Sicht → Blick
sichtbar machen
→ wegziehen
sichten → sehen
sickern → quellen
sickern → tropfen
Sie → Frau
sieben → filtern
sieden → kochen
siegen → gewinnen
Sieger → Held
Signallicht
→ Scheinwerferlicht
signifikant
→ wesentlich
silberweiß → weiß
Silhouette → Umriß
simplifizieren → vereinfachen
simulieren → vortäuschen
simultan → gleichzeitig
singen
Singgemeinschaft
→ Chor
Singkreis → Chor
sinken
Sinn → Bedeutung
Sinnbild
Sinnbild → Zeichen
sinnbildlich
→ bildlich
sinnen auf → vorhaben
sinnenfreudig
→ sinnlich
sinnenhaft
→ sinnlich
Sinnestaumel
→ Rausch
Sinnestäuschung
→ Einbildung
Sinnestäuschung
→ Trugbild
Sinnestäuschung
→ Vision
sinnfällig → folgerichtig
sinnig → sinnvoll
sinnlich
sinnlos
Sinnlosigkeit
sinnreich → sinnvoll
sinnvoll → ratsam
sinnvoll
sinnvoll → zweckmäßig
Sippe → Familie
Sippe → Verwandtschaft
Sitte → Brauch
Sitte
sittenlos
→ lasterhaft
sittenstreng
→ sittlich
sittlich
sittlich → züchtig
Sittlichkeit → Sitte
sittsam
→ tugendhaft
sittsam → züchtig
Sittsamkeit
→ Tugend
Situation → Lage
sitzen
Sitzplatz → Platz
Sitzung → Tagung
Skandal → Schande
Skepsis
→ Bedenken
Skepsis → Pessimismus
skeptisch → mißtrauisch
Skizze → Entwurf
Skizze → Plan
skizzieren → entwerfen
Sklaverei
→ Unfreiheit
Skonto → Preisnachlaß
Skrupel → Schuldgefühl
skrupellos → gewissenlos

skrupellos → rücksichtslos
skurril → überspannt
skurril → verschroben
Smog → Nebel
so
sodann → dann
soeben → gerade
Sofa → Liege
sofern → wenn
sofort → gleich
sogleich → schon
solidarisch → einig
solidarisieren
→ zusammenhalten
solide → dauerhaft
solide → gediegen
sollen → müssen
solo → allein
solvent → zahlungsfähig
somit → also
sonderbar
→ seltsam
sonderbar finden
→ befremden
Sonderfall → Abweichung
Sonderling
→ Außenseiter
Sonderling → Original
Song → Lied
sonnig
Sonntag → Ruhetag
sonst → oder
Sorge
sorgenlos
sorgenschwer
→ sorgenvoll
sorgen (sich)
sorgenvoll
→ bedrückt
sorgenvoll
Sorgfalt
sorgfältig
sorglos → leichtlebig
sorglos → sorgenlos
sorgsam → vorsichtig
sorgsam behandeln
→ schonen (sich)
sortieren → ordnen
Sortiment
→ Auswahl
Souvenir
→ Andenken
souverän → selbständig
sozial → fürsorglich
Sozialwesen
→ Gesellschaft
sozusagen
→ nämlich
Spalte → Ritze
Spaltung → Bruch
spannen → ziehen
spannend
→ packend
spannend
Spannkraft
→ Energie
Spannkraft → Tatkraft
Spannung
spannungsgeladen
→ brisant
sparen
(Spar)kasse → Bank
spärlich → dürftig
spärlich → knapp
spärlich → wenig
spärlich bewachsen
→ licht
Spärlichkeit → Dürftigkeit
sparsam
Sparte → Bereich
Spaß → Scherz
spaßen → scherzen
spaßig → lustig
Spaß machen
→ belustigen (sich)
Spaßmacher → Narr
Spaß verderben
→ verderben
Spaßvogel
→ Schelm
spät
spätabends → spät
Spaten → Schaufel
später → hinterher
später
später → zukünftig
späterhin → später
spazieren → gehen
spazieren
→ wandeln
spazierengehen
spazierengehen
→ wandern
speichern
Speicherung → Verwahrung
speisen → essen
spektakeln
→ lärmen
spektakulär
→ bedeutsam
spekulieren → feilschen
spendabel (ugs.)
→ freigiebig
Spende → Beitrag
Spende → Gabe
Spende → Opfer
spenden → opfern
Sperre → Blockade

Sperre → Schranke
spezifisch → original
spiegelblank → blank
spiegelblank → glänzend
spiegeln
spiegelnd → blank
Spiel → Rolle
Spiel
Spiele machen → spielen
spielen
spielend → verspielt
Spielerei → Spiel
spielerisch → verspielt
Spielfeld → Rasen
Spielraum → Platz
Spielzeit → Saison
Spießbürger → Spießer
spießbürgerlich → spießig
Spießer
spießig → banausisch
spießig → bieder
spießig
spinnefeind (ugs.) → feindlich
spionieren → nachforschen
spitz → spöttisch
Spitzbube → Gauner
Spitze → Gipfel
Spitze
Spitzenleistung → Höchstleistung
splittrig → zerbrechlich
spontan → unmittelbar
sporadisch → bisweilen
sporadisch → manchmal
sporadisch → selten
Sport
Spott
Spottgedicht → Satire
spöttisch
spöttisch → zynisch
sprechen → reden
sprechen
Sprecher
Sprechstunde → Beratung
Sprengkörper
Sprengladung → Sprengkörper
Sprengsatz → Sprengkörper
sprießen → blühen
springen
Spritzer → Fleck
spröde → rauh
spröde
Sprößling → Kind
sprudeln → wallen
Sprung
sprunghaft → unbeständig
Sprunghaftigkeit → Unbeständigkeit
Spukgestalt → Geist
spürbar → deutlich
spürbar
spüren → fühlen
spuren (ugs.) → gehorchen
spurlos verschwunden sein → weg sein
sputen (sich) → eilen
Staat → Land
Staat → Prunk
Staatsoberhaupt → Herrscher
Stab → Stange
stabilisieren → bestärken
stabilisieren → festigen
stabilisieren → stützen
Stabilität → Festigkeit
Stachel → Spitze
Stadtbibliothek → Bücherei
Stadtbummel → Bummel
Stadtrand → Randgebiet
Stagnation → Stillstand
stagnieren → stocken
Stählung → Stärkung
stammelnd → stockend
stämmig
stämmig → vollschlank
Stämmigkeit
stampfen
standardisieren → normen
Standarte → Fahne
Stand der Dinge → Lage
Standesbewußtsein
standhaft → fest
standhaft

standhalten → durchhalten
standhalten
ständig → pausenlos
ständig → unaufhörlich
standörtlich → ortsfest
Standpunkt → Blickwinkel
Stange
stänkern (ugs.) → hetzen
Stapel → Haufen
stapfen → stampfen
stark → kräftig
stark → mächtig
Stärke
stärken → bestärken
stärken → festigen
stärken
stärken (sich) → laben (sich)
Stärkung
starr → reglos
starr
starrköpfig → dickköpfig
starrsinnig → widerspenstig
Starrsinnigkeit → Eigensinn
Start → Anfang
starten → anfangen
stationär → ortsfest
statt
Stätte → Ort
stattgeben → zubilligen
statthaft → zulässig
stattlich → füllig
stattlich → groß
stattlich → respektabel
stattlich
stattlich → vollschlank
Stattlichkeit → Größe
Status → Zustand
Staub → Pulver
Staunen → Erstaunen
staunen → wundern (sich)
staunend → verblüfft
stechen
stechend → brennend
stechend → durchdringend
Stechuhr → Stempeluhr
Stecken → Stange
steckenbleiben → stocken
steckengeblieben sein → festliegen
Steckenpferd → Hobby
Steckling → Ableger
Steg → Brücke
Steg → Weg
stehen
stehenbleiben
stehlen → rauben
stehlen
steif → hart
steif → starr
steif machen → stärken
steigen
steigend → zunehmend
Steiger → Bergmann
steigern → bereichern
steigern
Steigerung
steil → schräg
Stelle → Ort
Stelle → Platz
stellen
Stellenbewerbung → Bewerbung
Stellengesuch → Bewerbung
stellenweise
Stellung → Rang
Stellung
Stellung nehmen → äußern
stellungslos → arbeitslos
stellvertretend → statt
Stempeluhr
sterben → hinscheiden
sterben
sterben → zugrunde gehen
sterblich
sterblich → vergänglich
sterbliche Überreste → Leiche
Sterblichkeit
stereotyp → formelhaft
stereotyp → phrasenhaft
stereotyp → schematisch
steril → keimfrei
Sternenzelt → Himmel

stetig
→ ausdauernd
stets → pausenlos
stets → unaufhörlich
Steuer
steuern → lenken
steuern
Steuerrad → Steuer
Steuerung → Steuer
Stichelei → Spitze
stichhaltig
stichhaltig
→ zwingend
Stichwort
stickig → dumpf
stickig → schwül
stiften → schenken
Stift (ugs.)
→ Lehrling
Stiftung
→ Schenkung
Stil → Geschmack
Stilgefühl
→ Geschmack
still → ruhig
still
Stille → Ruhe
Stille
stillen → füttern
stilliegen → brachliegen
stillos →
geschmacklos
stillschweigen
→ schweigen
Stillschweigen
→ Stille
stillschweigend
→ heimlich
Stillstand
stillstehen → versagen
stilvoll → elegant
Stimmung
stimmungsvoll
→ poetisch
Stimulation → Reiz
stimulieren
→ beleben
stimulieren → reizen
stimulierend
→ anregend
stinken → riechen
stirnseitig → frontal
stochern → bohren
stochern → stechen
Stock → Stange
stocken
stockend
stockheiser
→ heiser
Stockung → Stillstand
Stoff
stofflich → real
stöhnen
stolz → hochmütig
stolz → selbstbewußt
Stolz → Selbstbewußtsein
stoppen → stehenbleiben
stoppen → unterbrechen
stören → plagen
stören
störend
→ unbequem
störrisch → bockig
Störung
Störung → Zwischenfall
störungsfrei → reibungslos
Stoß → Haufen
Stoß → Ruck
stoßen → schieben
stoßen auf → finden
stottern → stocken
stotternd → holprig
stotternd
→ stockend
Strafe → Buße
Strafe
strafen
Straferlaß → Begnadigung
Strafe verbüßen
→ büßen
straff → prall
straff
straffgezogen
→ straff
sträflich → unverzeihlich
Straftäter → Verbrecher
strahlen → leuchten
strahlend
→ blendend
strähnig → zerzaust
stramm → prall
stramm → straff
Strandbad → Bad
Strang → Seil
Strapaze
strapazieren
strapazieren
→ zehren
strapazierfähig
→ haltbar
Straßenmädchen
→ Dirne
Strategie → Verfahren
strategisch → taktisch

sträuben (sich)
→ wehren (sich)
sträuben (sich)
→ zieren (sich)
Strauß → Blumenstrauß
Strebe → Säule
streben
streben → tendieren
Streben → Verlangen
Streber
streberhaft → ehrgeizig
Strebsamkeit
→ Eifer
Strebsamkeit
→ Fleiß
Strecke → Stück
strecken
streckenweise
→ stellenweise
Streicheleinheiten
(ugs.) → Zärtlichkeit
streicheln → liebkosen
streichen
streichen
→ weglassen
Streifzug → Bummel
Streik
Streit → Hader
Streit
streitbar → herausfordernd
streitbar → kämpferisch
streiten
Streitigkeiten
→ Zank
streitsüchtig → zänkisch
Streit vom Zaun brechen → herausfordern
streng → bitter
streng
Strenge
streunen
Strich → Linie
strichweise → stellenweise
Strick → Seil
strikt → streng
Striktheit → Strenge
strohblond → blond
Strohkopf
→ Hohlkopf
Strolch → Flegel
Strom → Fluß
strömen → fließen
strubbelig
→ struppig
strubbelig → zerzaust
strukturieren
→ ordnen
struppig → haarig
struppig
Stück
stückweise
→ zusammenhanglos
studieren
→ betrachten
studieren → lesen
Studio → Werkstatt
Stufe → Rang
stufenweise
stumm
→ schweigsam
stümperhaft → laienhaft
stümperhaft
stümpern (ugs.)
→ pfuschen (ugs.)
Stümper (ugs.)
stumpf
Stumpfheit → Teilnahmslosigkeit
Stumpfsinn
stumpfsinnig → hohl
stumpfsinnig
Stundung
stupid → stumpfsinnig
stupide → blöde
stupide → hohl
Stupidität
→ Stumpfsinn
stur → borniert
stur → starr
stürmen → rennen
stürmisch → leidenschaftlich
Sturz → Fall
Sturz → Preissturz
Sturz → Untergang
stürzen → fallen
Stütze → Halt
Stütze → Säule
stützen
stutzig machen
→ befremden
Subjekt
→ Individuum
subjektiv → individuell
subjektiv → parteiisch
subjektiv → persönlich
Subkultur
substantiell
→ wesentlich
Substanz → Inhalt
Substanz → Stoff
subsumieren
→ unterordnen

Subvention
→ Zuschuß
subversiv → zersetzend
suchen
Sucht → Abhängigkeit
suhlen (sich)
→ wälzen
Sühne → Buße
Sühneleistung
→ Buße
Summe
Sumpf
Sünde
sündigen → zuwiderhandeln
Suppe (ugs.)
→ Nebel
surrealistisch
→ übernatürlich
suspekt → fragwürdig
süßen → zuckern
Süßholzraspler
→ Schmeichler
süßlich → rührselig
Symbol → Sinnbild
symbolisch
→ bildlich
Sympathie
→ Gefallen
Sympathie
Sympathie
→ Zuneigung
Sympathisant
→ Anhänger
sympathisch → nett
sympathisch
sympathisieren
→ verstehen (sich)
sympathisieren
→ vertragen (sich)
synchron → gleichzeitig
synthetisch
→ künstlich
Systematik
→ Ordnung
systematisch
→ planmäßig

T

tabu
Tabu → Verbot
Tadel
tadellos
tadeln → mahnen
tadeln
tadelnswert
tafeln → essen
täfeln
Tagedieb → Faulenzer
tagen
Tagesanbruch
Tagesbeginn → Tagesanbruch
Tagesende → Dämmerung
Tageslicht
Tageszeitung → Zeitung
Tag für Tag → täglich
taghell → hell
Taghelle → Tageslicht
täglich
tagsüber
Tagträumer → Träumer
Tagung
Tag werden → tagen
Takt
Takt → Zeitmaß
taktisch
taktlos → schroff
taktlos
taktvoll → zurückhaltend
Talent → Begabung
Talent
talentiert → begabt
talentlos
Talsohle → Tiefpunkt
Tand → Kitsch
Tand
tanken
tantenhaft
Tanz
Tanzabend → Tanz
Tanzbein schwingen (ugs.) → tanzen
Tänzchen wagen → tanzen
tänzeln
tanzen
Tanzvergnügen → Tanz
Tapete
tapfer → mutig
tapfer
Tapferkeit → Mut
Tapferkeit
täppisch → tolpatschig (ugs.)
tapsig (ugs.) → tolpatschig (ugs.)
tarnen
tarnen → verbergen
tarnen (sich) → verkleiden (sich)
Tarnung
tasten
Tat
Tatbestand → Wirklichkeit
Tatendrang → Eifer
Tatendrang
Tatendurst → Tatendrang
tatenlos
Täter
tätig
tätigen → betreiben
Tätigkeit → Arbeit
Tätigkeit
tätig sein → handeln
tätig sein → tun
Tatkraft → Aktivität
Tatkraft
Tatsache
Tatsache → Wahrheit
Tatsache → Wirklichkeit
tatsächlich
tatsächlich → wirklich
Tatsächlichkeit → Tatsache
tätscheln
tatterig (ugs.) → gebrechlich
Tatzeuge → Zeuge
Tau → Seil
Tau
taub
tauchen
tauen
taugen
Taugenichts → Versager
tauglich
Taumel
taumelig
taumeln → schwanken
taumeln

taumelnd → taumelig
täuschen → blenden
täuschen → mogeln (ugs.)
tauschen
täuschen
täuschend → trügerisch
Tauschhandel → Handel
Täuschung
taxieren → schätzen
Team → Gruppe
Teenager → Jugendlicher
Teich → See
Teil → Folge
Teil
teilen
teilhaben → beteiligt sein
teilhaben → teilnehmen
Teilhaber
teilhaftig werden → beteiligt sein
Teilnahme → Mitleid
Teilnahme
Teilnahmslosigkeit → Gleichgültigkeit
Teilnahmslosigkeit → Stumpfsinn
Teilnahmslosigkeit
teilnehmen → beiwohnen
teilnehmen → mitmachen
teilnehmen
Teilnehmer → Publikum
Teilnehmer
teils → teilweise
teilweise
Teilzeitkraft → Hilfskraft
Telefon → Fernsprecher
Telefonanruf → Telefongespräch
Telefonanschluß → Fernsprecher
Telefonapparat → Fernsprecher
Telefonat → Telefongespräch
Telefonate führen → telefonieren
Telefongespräch
telefonieren
Telefonnummer
Telegramm
Temperament
temperamentlos
temperamentvoll → lebhaft
temperamentvoll → schwungvoll
temperamentvoll
temperiert → warm
Tempo → Geschwindigkeit
temporär → vorübergehend
Tempo verringern → bremsen
Tendenz → Richtung
tendenziös → befangen
tendieren
Teppich
Teppichboden → Teppich
Termin
termingemäß → pünktlich
Terminierung → Termin
Terrain → Grund
Territorium → Gebiet
Test → Probe
Testament
Testat → Bescheinigung
testen → prüfen
teuer
Teuerung → Preiserhöhung
Teufel
Texter → Schriftsteller
Theater → Bühne
Theaterrolle → Rolle
Theaterstück → Stück
theoretisch → lebensfremd
Therapie → Behandlung
These → Behauptung
Thronfolger → Nachfolger
Ticket → Fahrkarte
tief
Tief → Tiefpunkt
Tiefe → Abgrund
Tiefe
Tiefebene → Flachland
Tiefgang (ugs.) → Tiefsinn
tiefgehend → eingehend
tiefgehend → spürbar
tiefgründig → tiefsinnig
Tiefgründigkeit

→ Tiefsinn
tiefkühlen
Tiefland
→ Flachland
Tiefpunkt
tiefrot → rot
tiefschürfend → tiefsinnig
Tiefsinn
tiefsinnig
Tiefstand → Tiefpunkt
Tiergarten → Zoo
tierhaft → tierisch
tierisch
Tierpark → Zoo
tilgen → löschen
tilgen → streichen
Tip → Hinweis
Tip → Rat
tippeln (ugs.)
→ tänzeln
Titel → Rang
Titel → Schlagzeile
Titel
titulieren
→ bezeichnen
toben
toben → wüten
Tobsucht → Raserei
Tod
todbringend
→ tödlich
todesmutig → verwegen
tödlich
todunglücklich
→ depressiv
tolerant
tolerant → verständnisvoll
Toleranz → Nachsicht
tolerieren
→ zulassen
toll
toll → verrückt
tollen → toben
tollkühn
→ gefährlich
tollkühn
tolpatschig (ugs.)
tolpatschig (ugs.)
→ unbeholfen
tölpelhaft → schwerfällig
Tölpel (ugs.) → Narr
tölpisch → tolpatschig (ugs.)
Ton
tonangebend
→ führend
tonangebend
→ maßgeblich
tönen → färben
tönen → schallen
tönen
Tonfall → Ton
Tonfolge → Schall
Tönung
topfit → fit
Tor → Narr
Tor
Tor → Tür
Torbogen → Tor
Torheit
töricht → lächerlich
töricht
torkeln
→ schwanken
torkeln → taumeln
Tornister → Ranzen
Tortur → Qual
tosen → rauschen
tot
total
töten
totenbleich → leichenblaß
Totenmesse
Totenrede
→ Nachruf
Totenschrein
→ Sarg
totlachen (sich) (ugs.) → lachen
Totschlag → Tötung
totschlagen → töten
totschweigen
→ schweigen
Tötung
Tour → Fahrt
Tourist → Reisender
traben → reiten
Tracht → Kleidung
trachten → streben
Tradition → Brauch
traditionell → herkömmlich
traditionell → volkstümlich
tragbar → zumutbar
träge → schwerfällig
träge
tragen
tragen mit (sich)
→ befassen mit (sich)
tragisch
trainieren
trainieren → üben
trainiert → fit
Training → Übung
traktieren → drangsalieren
trällern → singen
Tramp → Vagabund
trampeln
→ stampfen

tränenreich
Trank → Getränk
tränken
Tranquilizer → Beruhigungsmittel
Transformation → Umwandlung
Transit → Durchfahrt
transparent → durchsichtig
Transparent → Plakat
Transport → Beförderung
transportieren → tragen
transzendent → übernatürlich
Trara (ugs.) → Rummel (ugs.)
tratschen (ugs.) → klatschen
Tratsch (ugs.) → Klatsch
trauen → vertrauen
trauen lassen (sich) → heiraten
trauen (sich) → wagen
Trauer
Trauerfeier → Totenmesse
Trauermesse → Totenmesse
trauern
Trauernder
träufeln → tropfen
traulich → behaglich
Traum
Traumbild → Traum
träumen → phantasieren
Träumer
Träumerei → Traum
träumerisch → verträumt
Traumtänzer → Träumer
traurig → betrüblich
traurig
Traurigkeit → Trauer
Trauung → Eheschließung
Trauung → Hochzeit
treffen → begegnen
Treffen → Beisammensein
treffen → beleidigen
Treffen
treffend → genau
treffend
Treffer → Tor
trefflich
treiben → driften
treiben
Treiben → Trubel
Treibjagd → Jagd
Trend → Richtung
trennen → scheiden
trennen
trennen (sich) → losreißen
Trennung → Bruch
Trennung → Scheidung
Trennung
treten
treu
Treue
Treuebruch → Untreue
treuherzig → einfältig
treuherzig → naiv
treuherzig
Treuherzigkeit → Einfältigkeit
treulos
treulos → untreu
Treulosigkeit → Untreue
Tribüne → Bühne
Trick → List
Trick
tricksen (ugs.)
Trieb → Instinkt
Trieb
triebhaft → sinnlich
triebhaft → tierisch
Triebkraft → Energie
triftig → stichhaltig
trimmen (ugs.) → trainieren
trinken
Trinker
Trip → Fahrt
trippeln → tänzeln
trist → trostlos
Triumph → Erfolg
Triumphator → Held
trivial → phrasenhaft
trocken
trocken → wasserarm
Trockenheit
trocknen
Troddel → Quaste
trödeln (ugs.)
tröpfeln → tropfen
tropfen
tropfnaß → naß
tropisch → schwül
Trost
trösten
tröstend → tröstlich
tröstlich
trostlos

trostreich
→ tröstlich
Tröstung → Trost
Trostworte → Trost
Trottel (ugs.)
→ Dummkopf
Trottoir → Gehweg
trotz
trotzdem → aber
trotzdem → dennoch
trotzen
trotzig
Trotzkopf
trotzköpfig → widerspenstig
trübe → blind
trübe
Trubel
trüben (sich)
trübselig
→ depressiv
trübselig → trostlos
trübselig → wehmütig
Trübsinn
→ Schwermut
trübsinnig
→ bedrückt
trübsinnig → traurig
Trugbild
Trugbild → Vision
trügerisch
→ scheinbar
trügerisch
Trümmer
Trümmerhaufen
→ Trümmer
Trumpf → Plus
Trunk → Getränk
Trunkenheit
→ Taumel
Trunksüchtiger
→ Trinker
Truppe → Gruppe
Tuch → Stoff
tüchtig → fleißig
tüchtig
Tücke → List
Tücke
tückisch
tüfteln → basteln
tüfteln
Tugend
tugendhaft
→ anständig
tugendhaft
tummeln (sich)
→ toben
Tümpel → See
tun → handeln
tun → machen
Tun → Tätigkeit
tun
tun → vorgehen
tunlichst → bitte
tunlichst
Tür
turbulent
Türhüter
→ Pförtner
türmen (ugs.)
→ weglaufen
turmhoch → hoch
Turnen → Sport
Turnier → Spiel
tuscheln → flüstern
typisch → charakteristisch
typisch
Tyrannei → Diktatur
tyrannisch → herrisch
tyrannisieren
→ schikanieren

U

Übel → Laster
übel → schlecht
übellaunig → verdrießlich
übelnehmen
→ nachtragen
übelnehmen
Übeltäter → Täter
übelwollen
→ schaden
übelwollend → böse
üben → trainieren
üben
über
überall
Überalterung
→ Rückständigkeit
Überangebot
→ Überfluß
überaus → sehr
überbieten → übertreffen
Überbleibsel (ugs.)
→ Rest
Überblick
überborden → überhandnehmen
überbringen → übergeben
überdauernd
→ bleibend
überdecken
→ decken
überdecken
→ zudecken
über den grünen Klee loben (ugs.)
→ beweihräuchern
über den Mund fahren → dazwischenreden
überdenken
→ durchdenken
überdies → ferner
überdies
→ zusätzlich
Überdruß
überdrüssig
→ lustlos
überdrüssig → satt
Übereifer
übereilt → unbesonnen
übereilt → vorschnell
übereinkommen
übereinkommen
→ verabreden
Übereinkunft
→ Abmachung
übereinstimmend
→ deckungsgleich
übereinstimmend
→ einheitlich
übereinstimmend
→ einmütig
übereinstimmend
→ gleich
übereinstimmend
→ parallel
Übereinstimmung
→ Einigkeit
Übereinstimmung
→ Parallele
Übereinstimmung
überempfindlich
→ empfindlich
überempfindlich
→ wehleidig
Überfall
überfallen
→ angreifen
überfallen
→ befallen
überfliegen → durchfliegen
überflügeln → übertreffen
Überfluß
→ Reichtum
Überfluß
überflüssig
→ nutzlos
überflüssig
überflüssig
→ unnötig
überfordern
→ belasten
Überführung
→ Brücke
überfüllt → voll
Übergang → Brücke
übergangslos
→ fließend
übergeben
über Gebühr
→ zuviel
übergenau
→ kleinlich
übergeschnappt (ugs.) → närrisch
überhandnehmen
überhaupt nichts
→ nichts
überheblich
→ anmaßend
überheblich → eingebildet
überheblich → hochmütig

Überheblichkeit
→ Hochmut
Überheblichkeit
überholt → unzeitgemäß
überholt → vorbei
überirdisch → übernatürlich
über Jahre → langjährig
überlassen → hingeben
Überlastung → Belastung
überlegen
→ bedenken
überlegen
→ führend
überlegen → nachdenken
überlegen
Überlegenheit
→ Größe
Überlegenheit
→ Vorherrschaft
überlegt → planmäßig
überliefert → herkömmlich
überlisten
→ betrügen
übermächtig
→ überlegen
Übermaß → Fülle
Übermaß
→ Überfluß
übermäßig → zuviel
übermitteln
→ liefern
übermütig → ausgelassen
übernatürlich
überprüfen → nachprüfen
Überprüfung
→ Prüfung
überragend
→ außergewöhnlich
überragend
→ erstklassig
überragend
→ führend
überragend → groß
überraschen
überraschend → verblüffend
überreden → bearbeiten
überreden → überzeugen
überreichen
→ geben
überreichen
→ reichen
Überrest → Rest
Übersättigtsein
→ Überdruß
Übersättigung
→ Überdruß
Überschau → Querschnitt
Überschlag
→ Schätzung
Überschrift
→ Schlagzeile
überschüssig
→ überflüssig
überschüssig
→ zuviel
Überschwang
→ Taumel
Überschwang
→ Übereifer
Überschwenglichkeit
→ Begeisterung
übersehen
Übersicht → Liste
Übersicht → Überblick
übersinnlich → übernatürlich
übers Ohr hauen (ugs.) → tricksen (ugs.)
überspannt
überspringen
→ weglassen
überstaatlich
→ international
überstehen → durchkommen
überstehen → verkraften
übersteigen → übertreffen
Überstellung → Lieferung
überstürzen → beeilen (sich)
überstürzt → vorschnell
Übertragung
→ Sendung
übertreffen
→ schlagen
übertreffen
übertreiben → hochspielen
übertreiben
Übertreibung
übertrieben
→ extrem
übertrieben → überspannt
übertrumpfen
→ übertreffen
übertünchen
→ streichen

übervorteilen → betrügen
übervorteilen → hintergehen
übervorteilen → mogeln (ugs.)
überwachen
Überwachung
überwältigen → besiegen
überwältigend → toll
überweisen → schicken
überwiegen → vorherrschen
überwiegend
überwinden → besiegen
überworfen → feindlich
überwuchern → überhandnehmen
Überzahl → Mehrheit
überzählig → überflüssig
überzeugen
überzeugend → zwingend
überzeugt → unverbesserlich
überziehen mit → beziehen
überzuckern → zuckern
Überzug → Oberfläche
üble Nachrede → Verleumdung
üblich → normal
üblich
üblicherweise → gewöhnlich
übrigbleiben → zurückbleiben
übriglassen → zurücklassen
Übung → Fertigkeit
Übung
Ulk → Scherz
ulken → scherzen
umarbeiten → verändern
umarmen (sich) → umfassen
Umarmung → Zärtlichkeit
um Auskunft bitten → fragen
umbiegen → biegen
umbringen → töten
umdisponieren → verschieben
umdrehen → umkehren
umfallen
umfallen → zusammensinken
Umfang
umfangen → umfassen
umfassen
umfassend → allgemein
umformen → ändern
umformen → verändern
Umformung → Umwandlung
Umfrage
Umgang → Behandlung
umgänglich → gesellig
umgänglich → zugänglich
Umgangsformen → Benehmen
Umgangsformen → Sitte
Umgebung → Nähe
Umgebung
umgehen mit → behandeln
umgehen mit → betätigen
Umgestaltung → Veränderung
umgezogen → verzogen
umhergetrieben → rastlos
umherreisen → reisen
umherschweifen → herumtreiben (sich)
umherstreifen → herumtreiben (sich)
umkehren
umkehren → zurückgehen
umkippen (ugs.) → umfallen
umklammern → umfassen
umkommen → sterben
Umkreis → Umgebung
Umrahmung → Einrahmung
Umrahmung → Rahmen
umranden → einrahmen
Umrandung

→ Rahmen
umreißen → entwerfen
umringen → einkreisen
Umriß
umrühren → rühren
Umschlag
umschlingen → umfassen
umschnüren → zuschnüren
umschwärmt → beliebt
umschwenken → umfallen
Umsetzung → Umwandlung
um sich greifen → überhandnehmen
Umsicht → Bedacht
Umsicht → Überblick
umsichtig → bedachtsam
umsiedeln → wegziehen
umsinken → umfallen
umsonst → kostenlos
umsonst → unnötig
umsonst → vergeblich
umsorgen → pflegen
umsorgen → sorgen (sich)
umständlich → tantenhaft
umständlich
umstritten → ungewiß
umstritten → zweifelhaft
Umsturz → Revolution
umstürzen → umfallen
Umstürzler → Rebell
umstürzlerisch → zersetzend
umtauschen → tauschen
um Verzeihung bitten → entschuldigen (sich)
umwälzend → bahnbrechend
Umwälzung → Wandel
umwandeln → ändern
Umwandlung
Umwandlung → Veränderung
umweglos → unmittelbar
Umwelt
umwerfend → außergewöhnlich
Umzäunung → Zaun
umziehen → wegziehen
umzingeln → belagern
umzingeln → einkreisen
Umzug → Zug
unabänderlich → endgültig
unabdingbar → unbedingt
unabdingbar → unentbehrlich
unabhängig → frei
unabhängig → selbständig
Unabhängigkeit → Selbständigkeit
unablässig → fortwährend
unablässig → unaufhörlich
unabsehbar → unberechenbar
unabsichtlich → zufällig
unabwendbar → unvermeidlich
Unabwendbarkeit → Notwendigkeit
unachtsam → nachlässig
unachtsam
Unachtsamkeit
Unähnlichkeit → Unterschied
unangebracht → verfehlt
unangenehm → peinlich
unangenehm
unannehmbar → unmöglich
Unannehmlichkeit → Zwischenfall
unansehnlich → häßlich
unanständig → anstößig
unanständig → lasterhaft
unanständig → pikant
unantastbar → tabu
Unantastbarkeit → Würde
unappetitlich → ekelhaft

unartig
→ frech
unartig
unartikuliert → verschwommen
unästhetisch
→ häßlich
unaufdringlich
→ zurückhaltend
Unaufdringlichkeit
→ Takt
unaufgefordert
→ freiwillig
unaufgeschlossen
→ borniert
unaufgeschlossen
→ zugeknöpft (ugs.)
unaufhörlich
→ immer
unaufhörlich → pausenlos
unaufhörlich
unaufmerksam
→ unachtsam
unaufmerksam
→ zerstreut
Unaufmerksamkeit
→ Abwesenheit
Unaufmerksamkeit
→ Unachtsamkeit
unaufrichtig
unaufrichtig → verlogen
Unaufrichtigkeit
→ Arglist
Unaufrichtigkeit
→ Falschheit
Unaufrichtigkeit
unaufschiebbar
→ vordringlich
unausbleiblich
→ unvermeidlich
unausführbar
→ unzumutbar
unausgegoren
unausgereift
→ unausgegoren
unausgewogen
→ unausgegoren
unausstehlich
→ unleidlich
unbändig → ausgelassen
unbändig → heftig
Unbändigkeit
→ Temperament
unbarmherzig → barbarisch
unbarmherzig
→ rücksichtslos
unbeabsichtigt
→ unbewußt
unbebaut sein
→ brachliegen
unbedacht → leichtsinnig
unbedacht
→ unachtsam
Unbedachtheit
→ Unachtsamkeit
Unbedachtsamkeit
→ Unbesonnenheit
unbedarft → dumm
Unbedarftheit → Einfachheit
unbedeutend
unbedingt
unbeeinflußt
→ gerecht
unbefangen → frei
unbefangen
unbefangen
→ zwanglos
unbefestigt → locker
Unbeflecktheit
→ Reinheit
unbegabt
→ talentlos
unbegreiflich
→ unfaßbar
unbegrenzt
→ unendlich
unbegründet
→ grundlos
unbegründet
→ haltlos
Unbehagen
→ Unlust
unbehaglich
→ unbequem
Unbehaglichkeit
→ Unbequemlichkeit
unbeherrscht → cholerisch
unbeherrscht
→ hemmungslos
unbeholfen → linkisch
unbeholfen
→ schwerfällig
unbeholfen
unbeirrbar → zäh
unbeirrt → zielbewußt
unbekannt → neu
unbekannt
→ ruhmlos
unbekannt
unbekehrbar
→ unverbesserlich
unbekleidet → nackt
unbekümmert
→ leichtlebig
unbekümmert → sorgenlos
unbelaubt → kahl
unbelebt → leblos
Unbelebtheit

→ Leere
unbelehrbar → halsstarrig
unbelehrbar → starr
unbelehrbar
→ unverbesserlich
unbeliebt
unbemittelt → arm
unbenutzt → neu
unbeobachtet
→ heimlich
unbequem → lästig
unbequem → unangenehm
unbequem
Unbequemlichkeit
unberaten → ratlos
unberechenbar
unberühmt
→ ruhmlos
unberührbar → tabu
unberührt → jungfräulich
unberührt
→ unschuldig
unbeschädigt → heil
Unbeschmutztheit
→ Sauberkeit
unbescholten
→ anständig
unbescholten
→ redlich
Unbescholtenheit
→ Tugend
unbeschreiblich
→ unfaßbar
unbeschuht → barfüßig
unbeschwert
→ heiter
unbeschwert → sorgenlos
unbesehen
→ anstandslos
unbesiegbar
→ unüberwindlich
unbesonnen
→ leichtfertig
unbesonnen
→ leichtlebig
unbesonnen
→ planlos
unbesonnen
Unbesonnenheit
unbesorgt → leichtlebig
unbeständig
unbeständig → veränderlich
unbeständig → wankelmütig
Unbeständigkeit
Unbeständigkeit
→ Unentschlossenheit
Unbeständigkeit
→ Vergänglichkeit
unbestechlich
→ charakterfest
Unbestechlichkeit
→ Gerechtigkeit
unbestimmt → allgemein
unbestimmt
→ ungewiß
unbestimmt → vage
Unbestimmtheit
→ Ungewißheit
unbestreitbar
→ zweifellos
unbestritten
→ fraglos
unbeugsam
→ standhaft
unbewachsen
→ kahl
unbewaffnet → waffenlos
unbeweglich
→ reglos
unbeweglich
→ träge
unbewegt → leblos
unbewiesen → zweifelhaft
unbewußt
unbezwinglich
→ unüberwindlich
unbillig → ungerecht
undenkbar
→ unmöglich
Underground → Subkultur
undeutlich
undeutlich → verschwommen
undicht → durchlässig
undifferenziert
→ verschwommen
undurchdringlich
→ dicht
undurchdringlich
undurchlässig
→ dicht
undurchlässig
→ undurchdringlich
undurchschaubar
→ wirr
undurchsichtig
→ unseriös
undurchsichtig
→ verdächtig
und zwar → nämlich
uneben → holprig
uneben → rauh
uneben
unecht → künstlich
Unehre → Schande

unehrlich → hinterlistig
unehrlich → unaufrichtig
unehrlich
→ unlauter
unehrlich → verlogen
Unehrlichkeit
→ Unaufrichtigkeit
uneigennützig
→ edel
uneigennützig
→ selbstlos
Uneigennützigkeit
→ Edelmut
uneingeschränkt
→ ausschließlich
uneingeschränkt
→ frei
unelastisch → hart
unelastisch
→ spröde
unempfindlich
→ robust
unempfindlich
→ taub
unempfindlich
→ widerstandsfähig
unendlich → bleibend
unendlich
unendlich → zahllos
Unendlichkeit
→ Ewigkeit
unentbehrlich
unentdeckt → unbekannt
unentgeltlich
→ kostenlos
unentschieden
→ zwiespältig
unentschlossen
→ wankelmütig
Unentschlossenheit
unentschuldbar
→ unverzeihlich
unerbittlich
→ herzlos
unerbittlich
→ streng
unerbittlich
Unerbittlichkeit
→ Strenge
unerfahren → naiv
unerforschlich
→ rätselhaft
unerforscht → jungfräulich
unerfreulich → blöde
unerfreulich
→ unangenehm
unergiebig
→ fruchtlos
unergründlich → rätselhaft
unerheblich
→ bedeutungslos
unerheblich
→ geringfügig
unerheblich → unbedeutend
unerhört
unerklärlich
→ unfaßbar
unerläßlich → nötig
Unerläßlichkeit
→ Notwendigkeit
unerlaubt → verboten
unermeßlich
→ unendlich
unermüdlich
→ beharrlich
unermüdlich
→ eifrig
unermüdlich
→ fleißig
unernst → verspielt
unersättlich
Unersättlichkeit
→ Habgier
unerschlossen
→ jungfräulich
unerschöpflich
→ reichlich
unerschrocken
→ beherzt
unerschrocken
→ mutig
Unerschrockenheit
→ Mut
Unerschrockenheit
→ Tapferkeit
unerschütterlich
→ standhaft
unersetzlich
→ unentbehrlich
unerwartet
→ plötzlich
unerwartet
→ zufällig
unerwünscht
→ lästig
unerwünscht
→ unbeliebt
unfähig
Unfähigkeit → Ohnmacht
Unfähigkeit
unfair
unfaßbar → unerhört
unfaßbar
unfein
→ gewöhnlich
unfertig → unausgegoren
unfertig → unvollständig
unfolgsam → trotzig

unförmig → plump
unfrei → abhängig
Unfreiheit
Unfreiheit → Zwang
unfreiwillig → notgedrungen
unfreundlich → barsch
unfreundlich → unhöflich
Unfreundlichkeit → Unhöflichkeit
Unfriede → Feindschaft
unfrisiert → struppig
unfruchtbar → impotent
unfruchtbar → öde
unfruchtbar
Unfug → Unsinn
ungeachtet → obgleich
ungebändigt → reißend
ungebändigt → wild
ungebärdig → reißend
ungebildet → banausisch
ungebrochen → rüstig
ungebührlich → anstößig
ungebührlich → unzumutbar
ungebunden → frei
Ungebundenheit → Freiheit
Ungeduld
ungeduldig
ungeduldig → unleidlich
ungefähr → beinahe
ungefähr
ungefähr → ziemlich
ungefährdet → sicher
ungefährlich → harmlos
ungefährlich → sicher
ungeformt → formlos
ungehalten → bärbeißig
ungehalten → brummig
ungehalten → empört
ungehalten
Ungehaltenheit → Verdruß
ungehemmt → hemmungslos
ungeheuerlich → unerhört
ungehindert → reibungslos
ungehobelt → roh
ungehobelt → schroff
ungeistig → banausisch
ungekämmt → zerzaust
ungeklärt → ungewiß
ungekocht → roh
ungekünstelt → natürlich
ungeläufig → interessant
ungelegen → ungünstig
ungelenk → linkisch
ungelenk → plump
ungelenk → schwerfällig
ungelenk → unbeholfen
ungelenkig → starr
ungelogen → wahr
ungelöst → offen
ungemein → sehr
ungemütlich → unbequem
Ungemütlichkeit → Unbequemlichkeit
ungenannt → anonym
ungenau → undeutlich
ungenau → vage
ungeniert → unbefangen
ungenützt sein → brachliegen
ungeöffnet → geschlossen
ungeordnet → durcheinander
ungeplant → ziellos
ungerechnet → zuzüglich
ungerecht
ungerührt → dickfellig
ungerührt → lieblos
Ungerührtheit → Hartherzigkeit
ungerüstet → waffenlos
ungesättigt → hungrig
ungeschickt → linkisch
ungeschickt → umständlich

ungeschickt → unbeholfen
ungeschlacht → derb
ungeschliffen → grob
ungeschliffen → stumpf
ungeschliffen → unhöflich
Ungeschliffenheit → Unhöflichkeit
ungeschult → unwissend
ungeschützt → schutzlos
ungesetzlich → gesetzwidrig
ungestaltet → formlos
ungestüm → ausgelassen
ungestüm → heftig
Ungestüm → Temperament
ungewiß → fragwürdig
ungewiß
Ungewißheit
ungewöhnlich → ausgefallen
ungewöhnlich → interessant
ungewohnt → fremd
ungezählte → viele
ungezähmt → wild
ungezogen → frech
ungezogen → unartig
Ungezogenheit → Frechheit
ungezügelt → hemmungslos
ungezwungen → formlos
ungezwungen → unbefangen
ungezwungen → zwanglos
Ungezwungenheit → Freiheit
unglaubhaft → zweifelhaft
unglaublich → phantastisch
unglaublich → unerhört
unglaublich → unwahrscheinlich
unglaubwürdig → fadenscheinig
unglaubwürdig → fragwürdig
ungleich → verschieden
Ungleichheit → Verschiedenartigkeit
Unglück → Katastrophe
Unglück
Unglück → Verderben
unglücklich → traurig
unglücklich
unglücklicherweise → leider
unglücklicherweise → schade
unglückselig → unglücklich
Unglücksrabe (ugs.) → Pechvogel
Unglückswurm (ugs.) → Pechvogel
ungültig → nichtig
ungültig werden → verjähren
ungünstig
Unheil → Pech
Unheil → Unglück
Unheilsprophet → Pessimist
unheilvoll → verderblich
unhöflich → rüde
unhöflich → rüpelhaft
unhöflich → taktlos
unhöflich
Unhöflichkeit
uni → einfarbig
uninformiert → unwissend
unintelligent → dumm
uninteressant → langweilig
uninteressant → reizlos
Union → Bund
universal → allgemein
universell → allgemein
Universum → Welt
unkalkulierbar → unberechenbar
unkameradschaftlich → unfair
unkenntlich machen → verbergen
Unkenntnis
Unkenntnis → Unwissenheit
unklar → dumpf
unklar → dunkel
unklar → undeutlich
unklug → töricht

Unklugheit → Dummheit
unkollegial → unfair
unkompliziert → problemlos
Unkompliziertheit → Einfachheit
unkonzentriert → zerstreut
unkorrekt → unlauter
unkultiviert → lümmelhaft
unkundig → unwissend
unlängst → neulich
unlauter → unfair
unlauter
unlauter → verlogen
unleidlich
unliebenswürdig → brüsk
unliebsam → unangenehm
unlogisch → paradox
Unlust → Abneigung
Unlust
unlustig → lustlos
unmäßig → unersättlich
Unmäßigkeit → Ausschweifung
Unmensch → Barbar
unmenschlich → brutal
unmißverständlich → deutlich
Unmißverständlichkeit → Deutlichkeit
unmittelbar
unmodern → unzeitgemäß
unmöglich
unmoralisch → unsittlich
unmotiviert → grundlos
Unmündigkeit → Abhängigkeit
Unmut → Ärger
unnachgiebig → radikal
unnachgiebig → unbequem
unnachgiebig → unerbittlich
Unnachgiebigkeit → Unbequemlichkeit
Unnachsichtigkeit → Hartherzigkeit
unnatürlich → abartig
unnormal → widernatürlich
unnötig → nutzlos
unnötig → überflüssig
unnötig
unnütz → nutzlos
Unordnung → Chaos
unorganisiert → planlos
unoriginell → reizlos
unparteiisch → gerecht
unparteiisch → unbefangen
Unparteilichkeit → Gerechtigkeit
unpäßlich → elend
unpäßlich → krank
unpäßlich → leidend
Unpäßlichkeit → Krankheit
unpraktisch → umständlich
unpräzise → undeutlich
unproblematisch → problemlos
unproduktiv → unfruchtbar
unpünktlich → säumig
unpünktlich → spät
unpünktlich → verspätet
Unpünktlichkeit → Verspätung
unqualifiziert → unfähig
Unrast → Eile
Unrast → Hektik
Unrast → Ungeduld
Unrat → Abfall
Unrat → Dreck
Unrat → Schmutz
unrealistisch
unrealistisch → weltfremd
unrechtmäßig → ordnungswidrig
unrechtmäßig → widerrechtlich
unredlich → pflichtvergessen
unredlich → unlauter
Unredlichkeit → Unaufrichtigkeit
unreell → unlauter
unreif → unausgegoren
unrichtig → falsch
Unrichtigkeit → Fehler
Unruhe → Nervosität
unruhig → ruhelos

unruhig → zappelig
unsauber
→ schmutzig
unschädlich
→ harmlos
unscharf → schattenhaft
unscharf → stumpf
unscharf
→ undeutlich
unschicklich
→ anstößig
unschicklich
→ unsittlich
unschicklich → verdorben
unschlüssig
→ schwankend
unschlüssig → wankelmütig
Unschlüssigkeit
→ Unentschlossenheit
unschlüssig sein
→ zögern
unschön → häßlich
unschuldig
unselbständig
→ abhängig
unselbständig
→ hilflos
unselbständig
→ hörig
Unselbständigkeit
→ Abhängigkeit
unselig
→ unglücklich
unseriös
unsicher → unwahrscheinlich
Unsicherheit
→ Ungewißheit
Unsicherheit
→ Zweifel
unsicher machen
→ verunsichern
Unsinn → Sinnlosigkeit
Unsinn
unsinnig → hirnverbrannt (ugs.)
unsinnig → sinnlos
unsinnig → widersinnig
Unsitte → Laster
unsittlich
unsittlich
→ zuchtlos
unsorgfältig
→ nachlässig
unsportlich → unfair
unstet → rastlos
unstet → unbeständig
unstet → ungeduldig
unstet → veränderlich
Unstetheit → Unbeständigkeit
unstillbar → unersättlich
unsympathisch
→ unbeliebt
unsystematisch
→ planlos
unsystematisch
→ ziellos
untadelig → tadellos
Untadeligkeit
untalentiert
→ talentlos
untätig → tatenlos
untauglich
→ unfähig
unten
unter → zwischen
unter allen Umständen → unbedingt
unterbewerten
→ unterschätzen
unterbrechen
→ dazwischenreden
unterbrechen
→ pausieren
unterbrechen
Unterbrechung
→ Pause
Unterbrechung
→ Rast
Unterbrechung
→ Störung
unterbreiten → vorschlagen
unterbringen
→ beherbergen
unterbrochen
→ zusammenhanglos
unterdessen
→ inzwischen
unterdessen
→ während
unter die Arme greifen → beistehen
unter Druck setzen
→ drohen
unter Druck setzen
→ einschüchtern
unterdrücken
unterdrücken
→ zurückhalten
Unterdrückung
→ Druck
Unterdrückung
→ Unfreiheit
unter freiem Himmel
→ draußen
Untergang → Niedergang

Untergang
untergehen
→ sinken
untergehen → verschwinden
untergehen
→ zugrunde gehen
untergeordnet
→ nebensächlich
Untergrund → Hintergrund
unterhalb → unten
Unterhalt → Lebensunterhalt
unterhalten
unterhaltsam
→ interessant
Unterhaltung
Unterhaltung → Zerstreuung
Unterhändler → Vermittler
Unterholz
→ Dickicht
unterjochen
→ bezwingen
Unterjochung
→ Unfreiheit
unter keinen Umständen → keineswegs
Unterkunft
→ Quartier
Unterkunft gewähren
→ beherbergen
Unterlage
→ Grundlage
unterlassen
→ lassen
Unterliegen → Niederlage
unterliegen → verlieren
untermauern
→ sichern
untermengen
→ mischen
unternehmend
→ aktiv
unternehmend
→ tätig
Unternehmungsgeist
→ Aktivität
Unternehmungslust
→ Tatkraft
unterordnen
unterrichten
→ lehren
unterrichten
unterrichtend
→ belehrend
untersagen → verbieten
untersagt → verboten
Untersagung
→ Verbot
unterschätzen
unterscheiden
Unterschied
unterschiedlich
→ verschieden
Unterschiedlichkeit
→ Verschiedenartigkeit
unterschlagen
→ hinterziehen
unterschwellig
→ unbewußt
untersetzt
→ stämmig
Untersetztheit
→ Stämmigkeit
unterstehen (sich)
→ wagen
unterstellen
→ bezichtigen
Unterstellung
→ Beschuldigung
unterstützen
→ fördern
unterstützen
→ stützen
Unterstützung
→ Hilfe
Unterstützung
→ Zuschuß
Untersuchung
→ Prüfung
untertags
→ tagsüber
untertänig → unterwürfig
Untertänigkeit
→ Unterwürfigkeit
untertauchen
→ tauchen
unter vier Augen
→ vertraulich
unter Vorbehalt
→ bedingt
unterwegs sein
→ reisen
unterwegs sein
→ weg sein
unterweisen
→ lehren
unterweisen
→ unterrichten
Unterweisung
→ Erziehung
Unterweisung → Rat
Unterwelt → Hölle
unterwerfen
→ bezwingen
unterwerfen (sich)
→ unterordnen
unterwürfig
→ demütig

unterwürfig Unterwürfigkeit
untief → seicht
untreu → treulos
untreu Untreue → Seitensprung
Untreue Untreue → Verrat
untröstlich sein → trauern
Untüchtigkeit → Unfähigkeit
Untüchtigkeit → Versagen
unüberlegt → planlos
unüberlegt → unbesonnen
Unüberlegtheit → Unbesonnenheit
unübersehbar → auffallend
unübersichtlich → undeutlich
unübersichtlich → wirr
unübertrefflich → erstklassig
unübertrefflich → herrlich
unüberwindbar → unüberwindlich
unüberwindlich
unüblich → ausgefallen
unumgänglich → unvermeidlich
unumstößlich → endgültig
unumwunden → direkt
unumwunden → rundheraus
ununterbrochen → dauernd
ununterbrochen → fließend
ununterbrochen → unaufhörlich
unverändert lassen → belassen
unverantwortlich → unverzeihlich
unverbesserlich
Unverblümtheit → Offenheit
unverbraucht → frisch
unverderblich → haltbar
unverdrossen → zäh
unverfälscht → echt
unverfälscht → natürlich
unverfroren → rüpelhaft
unverfroren → unartig
Unverfrorenheit → Frechheit
unvergänglich → ewig
Unvergänglichkeit → Ewigkeit
unvergessen → unvergeßlich
unvergeßlich
unvergleichlich → toll
unverheiratet → ledig
unverhofft → zufällig
unverkennbar → charakteristisch
unverkennbar → typisch
unverletzt → heil
unvermeidlich
unvermischt → naturrein
unvermittelt → plötzlich
Unvermögen → Unfähigkeit
unvermögend → bedürftig
Unvernunft → Torheit
unvernünftig → töricht
unverschämt → schamlos
unverschämt → taktlos
unverschämt → unartig
unverschämt → zudringlich
unversehrt → ganz
unversehrt → heil
unversöhnlich → nachtragend
Unverständigkeit → Borniertheit
unverständlich → dunkel
unverträglich → zänkisch
unvertraut → fremd
unvertretbar → unverzeihlich
unverwüstlich → dauerhaft
unverzagt → lebenslustig
unverzeihlich

unvollständig
→ lückenhaft
unvollständig
unvorsichtig → fahrlässig
unvorsichtig
→ unbesonnen
unvorstellbar
→ unwahrscheinlich
unvorteilhaft
→ ungünstig
unwägbar → unberechenbar
unwahrhaftig
→ heuchlerisch
Unwahrheit → Lüge
Unwahrheit sagen
→ lügen
unwahrscheinlich
→ phantastisch
unwahrscheinlich
unwegsam
→ undurchdringlich
unwesentlich
→ geringfügig
unwesentlich
→ unbedeutend
unwichtig → hinfällig
unwichtig → nebensächlich
unwiderlegbar
→ stichhaltig
unwiderruflich
→ endgültig
unwiderruflich
→ verbindlich
unwiderstehlich
→ verlockend
unwillig → bärbeißig
unwillig → brummig
unwillig → ungehalten
unwillkürlich
→ unbewußt
unwirklich → eingebildet
Unwirklichkeit
→ Phantasie
unwirsch → bärbeißig
unwirsch → grob
unwirsch
→ schlechtgelaunt
Unwirtlichkeit
→ Öde
unwissend
Unwissenheit
→ Unkenntnis
Unwissenheit
Unzahl → Masse
unzählbar → zahllos
unzählig → zahllos
unzeitgemäß
→ rückständig
unzeitgemäß
unzeremoniell
→ formlos
unzertrennlich
→ verbunden
unzivilisiert → barbarisch
unzüchtig
→ lasterhaft
unzüchtig
→ unsittlich
unzufrieden
unzugänglich
→ undurchdringlich
unzugänglich → wild
unzugänglich
→ zugeknöpft (ugs.)
Unzulänglichkeit
→ Versagen
unzulässig → verboten
unzumutbar
unzurechnungsfähig
→ geistesgestört
unzureichend → notdürftig
unzusammenhängend → zusammenhanglos
unzutreffend
→ falsch
unzuverlässig
→ pflichtvergessen
unzuverlässig
unzweifelhaft
→ zweifellos
üppig → fett
üppig → reichlich
Üppigkeit → Fülle
Üppigkeit
→ Überfluß
up to date
→ modern
up to date → neumodisch
urbar machen
→ roden
Urfassung
→ Quelle
Urheber → Erzeuger
urkundlich
→ bezeugt
Urlaub → Erholung
Urlaubstag
→ Ruhetag
Urnengang → Wahl
Ursache → Grund
Ursache → Veranlassung
Urschrift → Quelle
Ursprung → Quelle
ursprünglich
→ eigentlich

ursprünglich → natürlich
Urstoff → Element
Urteil → Entscheidung
urteilen → entscheiden
Urteilskraft → Bewußtsein
Urtext → Original
Utensilien → Zubehör
Utopie → Einbildung
Utopie → Luftschloß

V

Vagabund
vagabundieren
→ streunen
vage → allgemein
vage → ausweichend
vage
vage → verschwommen
Vakuum → Leere
Vakuum → Nichts
Vamp → Verführerin
variabel → veränderlich
variieren → verändern
Vaterland → Heimat
Vegetation
→ Pflanze
Vehemenz
→ Schwung
verabreden
verabreden (sich)
→ übereinkommen
Verabredung
→ Termin
Verabredung
verabscheuen
→ hassen
verabscheuen
verabscheuungswert → tadelnswert
verachten → mißachten
verachten
verächtlich
→ geringschätzig
verächtlich → wegwerfend
verächtlich machen
→ bloßstellen
Verächtlichmachung
→ Verachtung
Verachtung → Mißachtung
Verachtung
verallgemeinern
veraltet → unzeitgemäß
veränderbar → wandelbar
veränderlich
→ unbeständig
veränderlich
Veränderlichkeit
→ Unbeständigkeit
verändern
verändern
→ wechseln
Veränderung
Veränderung
→ Wandel
verängstigen
→ beängstigen
verängstigt
→ zaghaft
Veranlagung
→ Begabung
Veranlagung
→ Neigung
veranlassen
→ anregen
veranlassen
→ befehlen
veranlassen
→ erlassen
veranlassen
Veranlassung
veranschaulichend
→ bildhaft
Veranschaulichung
→ Darlegung
veranschlagen
→ berechnen
veranschlagen
→ schätzen
Veranschlagung
→ Schätzung
veranstalten → organisieren
veranstalten
verantwortlich
verantwortlich
→ zuständig
Verantwortung
→ Rechenschaft
verantwortungsbewußt → pflichtbewußt
verantwortungsbewußt
verantwortungsbewußt → zuverlässig
verantwortungslos
→ fahrlässig
verantwortungslos
→ leichtfertig
verantwortungsvoll
→ verantwortungsbewußt
verargen → übelnehmen
verargen
→ verübeln
verargen → zürnen
Verärgerung → Verstimmung
Verärgerung → Zorn
verausgaben (sich)

verderbenbringend
→ tödlich
verderbenbringend
→ verderblich
verderblich
Verderbnis → Verderben
verdichten → ballen
verdienen
Verdienst → Broterwerb
Verdienst → Leistung
verdienstvoll
→ rühmlich
verdienstvoll
verdoppelt → doppelt
verdorben → faul
verdorben
→ schlecht
verdorben
verdorren
→ trocknen
verdörrt → trocken
verdorrt → welk
verdrängen → wegschieben
verdrecken → verunreinigen
verdreckt → fleckig
verdreckt
→ schmutzig
Verdreckung
→ Dreck
verdreht (ugs.)
→ närrisch
verdreschen (ugs.)
→ prügeln
verdrießlich
→ brummig
verdrießlich
Verdrießlichkeit
→ Unlust
verdrossen
→ schlechtgelaunt
Verdrossenheit
→ Verdruß
Verdruß
verdunkeln (sich)
→ dunkeln
verdunkeln (sich)
→ trüben (sich)
Verdunklung
→ Dämmerung
verdutzt (ugs.)
→ entgeistert
verdutzt (ugs.)
→ verblüfft
verebben → dahinschwinden
verebben → nachlassen
veredeln → züchten
verehren → ehren
verehren → lieben
verehren
Verehrer
→ Anhänger
Verehrer → Liebhaber
Verehrung → Hochachtung
Verehrung
vereidigen
→ beeiden
Verein → Verband
vereinbaren
→ abmachen
vereinbaren → verabreden
Vereinbarung
→ Abmachung
Vereinbarung → Verabredung
vereinfachen
vereinfacht darstellen → vereinfachen
vereinheitlichen
→ vereinfachen
vereinigen → paaren (sich)
vereinigen → verbinden
vereinigen (sich)
→ zusammentun (sich)
vereinigt → verbunden
Vereinigung
→ Verband
vereint
→ gemeinsam
vereinzelt → einzeln
vereinzelt → verlassen
vereisen → frieren
vereiteln → hintertreiben
vereiteln → verhindern
Verelendung
→ Elend
vererben → hinterlassen
vererben
Verfahren
verfahren → vorgehen
verfahren → wirr
verfahren mit etw.
→ behandeln
Verfall → Niedergang
verfallen
→ abhängig
verfallen → baufällig
verfallen → hörig
verfallen

verfallen → verjähren
verfälschen → entstellen
verfälscht → entstellt
verfassen → schreiben
verfassen
Verfasser → Schriftsteller
Verfassung → Zustand
verfaulen → faulen
verfault → faul
Verfechter → Verteidiger
verfehlt
Verfehlung → Sünde
verfeindet → feindlich
verfeinern → verbessern
Verfemung → Fluch
verfertigen → herstellen
verfinstern (sich) → dunkeln
verfinstern (sich) → trüben (sich)
verflixt und zugenäht (ugs.) → verflucht
verflossen → vorbei
verflucht
verflüssigt → flüssig
verfolgen
Verfolgung → Jagd
verfranzen (sich) (ugs.) → verirren (sich)
verfrüht → vorzeitig
verfügbar → vorrätig
verfügen → befehlen
verfügen
verfügen → vorschreiben
Verfügung → Testament
Verfügung → Weisung
verführbar → bestechlich
verführen
Verführer → Frauenheld
Verführerin
verführerisch → verlockend
vergällen → verderben
vergangen
vergangen → zurückliegend
vergangene → letzte
Vergangenheit
vergänglich → endlich
vergänglich → flüchtig
vergänglich → sterblich
vergänglich
Vergänglichkeit → Sterblichkeit
Vergänglichkeit
vergeben → entschuldigen
vergeben
vergeben → verteilen
vergeben → verzeihen
vergebens → vergeblich
vergebens → zwecklos
vergeblich → fruchtlos
vergeblich
Vergebung → Begnadigung
Vergebung → Entschuldigung
vergehen
Vergehen → Verstoß
vergelten → belohnen
vergelten → bestrafen
vergelten → rächen
Vergeltung → Dank
Vergeltung
Vergeltungsmaßnahme → Rache
vergesellschaften → enteignen
vergessen
vergessen (sich)
vergeuden → verschwenden
vergewaltigen → schänden
vergewissern (sich) → überzeugen
Vergleich → Parallele
Vergleich
vergleichbar
vergleichen → messen
vergleichen
vergleichsweise → vergleichbar
Vergnügen → Freude
Vergnügen
vergnügen (sich) → unterhalten
vergnügt → heiter

verknüpfen → verbinden
verknüpfen
verknüpfen → zusammenfügen
Verknüpfung → Verbindung
verkommen → heruntergekommen
verkommen → verderben
verkommen → zugrunde gehen
verkörpern → sein
verkörpern
verkraften
verkrampft → verlegen
verkrümmt → krumm
verkünden → bekanntgeben
verkünden → predigen
verkünden → vorhersagen
verladen → beladen
verlangen → beanspruchen
verlangen
Verlangen
Verlangen → Wunsch
verlängern → strecken
Verlängerung → Stundung
verlangsamen → drosseln
verlangsamen → verzögern
verlassen → räumen
verlassen
verlassen
Verlassensein → Einsamkeit
verläßlich → verantwortungsbewußt
verläßlich → zuverlässig
Verläßlichkeit → Treue
Verlauf → Lauf
Verlauf → Vorgang
verlaufen
verlaufen (sich) → verirren (sich)
verlauten
verlegen → herausgeben
verlegen
Verlegenheit
verleiden → verderben
verleihen → leihen
verleiten → verführen
verletzen → beleidigen
verletzen
verletzend → bissig
Verletzung → Wunde
verleugnen → leugnen
verleugnen
verleugnen → widerrufen
verleumden
Verleumdung
verlieben (sich)
verlieren
verlocken → locken
verlocken → verführen
verlockend
Verlockung → Reiz
verlogen → hinterlistig
verlogen
verloren
verlorengehen → verschwinden
verlöten → löten
verlottert (ugs.) → heruntergekommen
Verluste erleiden → verlieren
vermachen → hinterlassen
vermachen → vererben
Vermächtnis → Erbe
Vermächtnis → Testament
vermählen (sich) → heiraten
Vermählung → Eheschließung
Vermählung → Hochzeit
vermasseln (ugs.) → verpfuschen (ugs.)
vermehren → vervielfältigen
vermehren (sich) → zunehmen
vermehrt → zunehmend
vermessen → messen
Vermessenheit → Überheblichkeit
vermessen sein → herausnehmen (sich)
vermindern → beschränken

verrückt
verrufen → lichtscheu
verrühren → rühren
versagen
Versagen
Versager
Versagung
→ Ablehnung
versammeln (sich)
versammeln (sich)
→ zusammenlaufen
Versammlung
→ Tagung
Versammlung
→ Treffen
versäumen
verschachern (ugs.)
→ verkaufen
verschaffen (sich)
→ beschaffen
Verschämtheit
→ Verlegenheit
verschandeln (ugs.)
→ beschädigen
verschandelt (ugs.)
→ entstellt
Verscheiden → Tod
verschenken
→ schenken
verscheuchen → vertreiben
verschicken
→ schicken
verschieben → hinauszögern
verschieben
→ rücken
verschieben
verschieben
→ zurückstellen
verschieden → tot
verschieden
verschiedenartig
→ verschieden
Verschiedenartigkeit
Verschiedenheit
→ Unterschied
verschießen → verblassen
verschlafen → müde
Verschlag → Bude
Verschlagenheit
→ Schlauheit
Verschlagenheit
→ Tücke
verschlampen (ugs.)
→ versäumen
Verschlechterung
→ Rückschritt
verschleiern
→ tarnen
verschleiert → verborgen
verschleißen
verschleudern → verschwenden
verschließen
→ zuschließen
verschlingen
→ fressen
verschlissen
→ schäbig
verschlossen
→ schweigsam
verschlossen
→ wortkarg
verschlucken → hinunterschlucken
verschlüsseln
→ chiffrieren
verschmähen
→ ablehnen
verschmähen
→ mißachten
verschmähen
→ zurückweisen
verschmerzen
→ ertragen
verschmerzen → verkraften
verschmutzen → trüben (sich)
verschmutzt
→ fleckig
verschmutzt → trübe
verschnaufen (sich)
→ pausieren
verschnaufen (sich)
→ rasten
Verschnaufpause
→ Pause
verschnüren → verpacken
verschnüren
→ zuschnüren
verschonen → schonen (sich)
verschonen
verschönern → verbessern
verschreckt
→ ängstlich
verschreiben → verordnen
Verschreibung
→ Rezept
verschroben
→ eigenartig
verschroben
verschrumpelt
→ runzelig
verschüchtert
→ ängstlich
Verschulden
→ Schuld
verschulden → verursachen

verschweigen
→ schweigen
verschweigen → verheimlichen
verschweißen
→ löten
verschwenden
verschwiegen
verschwiegen → vertraulich
verschwinden
verschwommen
→ schattenhaft
verschwommen
Verschwörung
→ Verrat
Verschwörung
verschwunden → fort
verschwunden
→ verloren
versehen
→ betreiben
versehen → versorgen
Versehrter
→ Invalide
versenken
→ rammen
Verse schmieden
→ reimen
versessen auf
→ begierig
versichern
→ beeiden
versichern
→ behaupten
versichern
versichern → versprechen
versiert
→ beschlagen
versiert → gebildet
versinken → sinken
versohlen (ugs.)
→ hauen
versonnen → verträumt
versorgen → ausstatten
versorgen → sorgen (sich)
versorgen
Versorgung
→ Lebensunterhalt
verspätet → spät
verspätet
Verspätung
versperrt
→ geschlossen
verspielt
versponnen
→ beschaulich
versponnen → unrealistisch
verspotten
versprechen
→ schwören
versprechen
versprechen
→ zusagen
Versprechen → Zusicherung
versprengen → zerstreuen
verstaatlichen
→ enteignen
Verstand
verständig → vernünftig
verständlich
verständlicher machen → vereinfachen
Verständnis
→ Nachsicht
Verständnis
verständnisvoll
verstärken
→ betonen
verstecken → verbergen
verstehen → fassen
verstehen → nachfühlen
verstehen
verstehen (sich)
verstehen (sich)
→ vertragen (sich)
verstellen → rücken
verstellen (sich)
→ heucheln
verstellt → hinterhältig
versterben
→ sterben
Verstimmung
→ Verdruß
Verstimmung
verstockt → eigensinnig
verstorben → tot
verstören
verstört → fassungslos
Verstoß
verstoßen → vertreiben
verstoßen gegen
→ hinwegsetzen (sich)
verstoßen (gegen)
→ zuwiderhandeln
verstreichen → vergehen
verstreichen lassen
→ versäumen
verströmen → verbreiten

verstrubbelt → zerzaust
Versuch → Probe
versuchen → kosten
versuchen → probieren
versuchen
Versuch machen → versuchen
versuchsweise
versündigen (sich) → vergehen
versüßen → zuckern
vertäfeln → täfeln
vertagen
vertan → verloren
vertauschen → tauschen
verteidigen
verteidigen (sich) → rechtfertigen (sich)
verteidigen (sich) → wehren (sich)
Verteidiger
Verteidigung → Abwehr
Verteidigungsanlage → Befestigungsanlage
verteilen
verteilen → zuteilen
Verteuerung → Preiserhöhung
vertiefen
vertrackt (ugs.) → problematisch
vertrackt (ugs.) → schwierig
vertragen (sich) → verstehen (sich)
vertragen (sich)
verträglich → bekömmlich
Vertrauen → Hoffnung
vertrauen
Vertrauen entgegenbringen → vertrauen
Vertrauensbruch → Verrat
vertrauensselig → treuherzig
vertrauensvoll → zuversichtlich
vertraulich → privat
vertraulich
verträumt → unrealistisch
verträumt
vertraut
Vertrauter → Freund
Vertrautheit → Nähe
vertreiben
Vertreibung → Verbannung
vertretbar → erträglich
vertreten
Vertretung übernehmen → vertreten
Vertrieb → Verkauf
vertrocknen → trocknen
vertrocknet → welk
vertrödeln (ugs.) → trödeln (ugs.)
vertrödeln (ugs.) → versäumen
vertrösten → hinhalten
vertun → durchbringen
verübeln → übelnehmen
verübeln
verübeln → zürnen
verunglimpfen → verleumden
Verunglimpfung → Beleidigung
verunreinigen
verunsichern
verunstalten → entstellen
verunstaltet → entstellt
veruntreuen → hinterziehen
verursachen → heraufbeschwören
verursachen → hervorrufen
verursachen
verurteilen → brandmarken
verurteilen
Verve → Schwung
vervielfältigen
Vervielfältigung → Fotokopie
Vervielfältigung → Wiedergabe
vervollkommnen → ergänzen
Vervollkommnung → Verbesserung
vervollständigen → ergänzen
Vervollständigung → Ergänzung
verwachsen → bucklig
verwahren → behalten
verwahren → speichern
verwahrlost → her-

untergekommen
Verwahrung
→ Gefangenschaft
Verwahrung
verwaist → heimatlos
Verwaltung
→ Behörde
verwandeln → verändern
Verwandlung
→ Umwandlung
verwandt
Verwandte → Verwandtschaft
Verwandtschaft
→ Familie
Verwandtschaft
verwarnen
→ warnen
verwässert → wäßrig
verweben → verknüpfen
verwegen
→ gefährlich
verwegen
→ tollkühn
verwegen
verwehren → verhindern
verwehrt → verboten
verweigern → verbieten
Verweigerung
→ Ablehnung
Verweigerung
→ Verbot
verweilen →
bleiben
verweilen → rasten
verweilen → weilen
Verweis → Tadel
verwelkt → welk
verwendbar
→ tauglich
verwenden
→ benutzen
verwerflich
→ tadelnswert
verwesen → faulen
verwickelt
→ schwierig
Verwicklung
→ Schwierigkeit
verwildern
→ zugrunde gehen
verwildert → heruntergekommen
verwildert → öde
verwirklichen
→ durchführen
verwirklichen
verwirren → beirren
verwirren
verwirrt → verlegen
Verwirrtheit
→ Bewußtseinsstörung
Verwirrung → Chaos
verwirtschaften
→ durchbringen
verwittern → verfallen
verwöhnt
verworren → durcheinander
verwühlen → verwirren
verwunden → verletzen
verwunderlich
→ seltsam
Verwunderlichkeit
→ Seltsamkeit
verwundern (sich)
→ wundern (sich)
verwundert → verblüfft
Verwunderung
→ Erstaunen
Verwundung
→ Wunde
verwünschen
→ fluchen
Verwünschung
→ Bann
Verwünschung
→ Fluch
verwurzelt → bodenständig
verwüsten
Verwüstung → Zerstörung
verzagt → deprimiert
verzagt → entmutigt
verzahnen → verknüpfen
verzärtelt → verwöhnt
verzaubern
→ bezaubern
verzehren → essen
verzehren → verbrauchen
verzehrend
→ quälend
verzeichnen
→ buchen
Verzeichnis → Liste
verzeihen → entschuldigen
verzeihen
Verzeihung → Entschuldigung
Verzeihung gewähren → vergeben
verzerrt → einseitig
Verzicht → Opfer
verzichten

verziehen → wegziehen
verzieren → schmücken
verzieren → zieren
Verzierung
Verzierung → Zierde
verzogen → verwöhnt
verzogen
verzögern → vertagen
verzögern
Verzögerung → Verspätung
Verzückung → Rausch
Verzug → Verspätung
verzweifelt
Veto → Einspruch
vibrieren → pulsieren
vibrieren → schwingen
vibrieren → zittern
vieldeutig → doppelsinnig
vieldeutig → mehrdeutig
vieldeutig
viele
vielfach → häufig
vielfach → oft
Vielfalt → Fülle
Vielfalt
vielfältig → bunt
Vielfältigkeit → Vielfalt
Vielgestaltigkeit → Vielfalt
Vielheit → Vielfalt
vielmals → häufig
vielsagend → tiefsinnig
vielversprechend → rosig
viel wert → kostbar
Vielzahl → Masse
vierschrötig → klobig
violett
vis-à-vis → gegenüber
Visage (ugs.) → Gesicht
Vision → Trugbild
Vision
Visitation → Durchsuchung
Visite → Besuch
vital → rüstig
Vitrine → Schaufenster
vogelfrei → rechtlos
Volk
volkreich → bevölkert
Volkserhebung → Revolution
Volksgemeinschaft → Volk
volkstümlich
Volksvertreter → Abgeordneter
Volksvertreter
voll → fett
voll → satt
voll
vollbringen → leisten
vollbringen
vollenden
vollendet → vollkommen
Völlerei
voller Liebe → liebevoll
voller Saft → saftig
vollführen → leisten
vollführen → vollziehen
völlig → ganz
völlig → vollständig
vollkommen → tadellos
vollkommen → total
vollkommen
Vollkommenheit → Untadeligkeit
vollkritzeln → beschreiben
Vollmacht → Zuständigkeit
vollpacken → beladen
vollschlank → füllig
vollschlank
vollschreiben → beschreiben
vollschütten → füllen
vollständig → lückenlos
vollständig
vollstrecken → vollziehen
volltanken → tanken
voll und ganz → total
vollziehen
voluminös → riesengroß
vom Halse schaffen (sich) → loswerden
von Bedeutung → belangvoll
von da an → seit
von Dauer sein

weisen
vorhanden
vorhanden → vorrätig
vorhanden sein
→ bestehen
Vorhandensein
→ Sein
Vorherrschaft
vorherrschen
vorherrschend
→ überwiegend
vorhersagen
vorhersehbar
vorhersehen → hellsehen
vorhersehend
→ hellseherisch
Vorkämpfer
→ Schrittmacher
Vorkommnis
→ Ereignis
vor kurzem
→ kürzlich
vor kurzem
→ neulich
vorladen → laden
Vorlage → Original
Vorlage → Vorbild
vorläufig → vorerst
vorläufig
→ zunächst
vorläufig bezahlen
→ vorschießen
vorlaut → patzig
vorlaut → taktlos
Vorleben → Vergangenheit
Vorlesung → Vortrag
Vorliebe → Neigung
Vorliebe → Sympathie
vorliebnehmen
→ begnügen (sich)
vorliegend → vorrätig
vormerken → vorbestellen
vornehm → nobel
vornehm
vornehmen (sich)
→ planen
vornehmlich → überwiegend
Vorrang
vorrangig → vordringlich
Vorrangstellung
→ Vorherrschaft
Vorrangstellung
→ Vorrang
Vorrat → Bestand
Vorrat
vorrätig
Vorratshaus
→ Lagerhaus
Vorrecht
Vorrecht → Vorrang
Vorrede → Vorwort
Vorrichtung → Einrichtung
vorrücken → vorstoßen
Vorsatz → Wille
vorsätzlich
→ absichtlich
vorsätzlich → beabsichtigt
vorsätzlich
vorschießen
Vorschlag → Rat
Vorschlag
vorschlagen → empfehlen
vorschlagen
vorschnell
vorschreiben
Vorschrift → Befehl
Vorschrift
vorschriftsmäßig
→ bürokratisch
vorschriftsmäßig
→ ordnungsgemäß
vorschriftsmäßig
vorsehen (sich)
→ aufpassen
Vorsehung
→ Schicksal
vorsetzen → servieren
vorsichtig
Vorsitz → Leitung
Vorsitzender → Vorgesetzter
Vorsitz führen
→ leiten
vorsorglich → vorbeugend
Vorspann → Vorspiel
Vorspiel
vorsprechen
→ besuchen
Vorsprung → Plus
Vorsprung → Vorteil
Vorsteher → Leiter
vorstellbar → verständlich
vorstellen
Vorstellung
→ Begriff
Vorstellung
Vorstellungskraft
→ Phantasie
Vorstoß
vorstoßen
vorstrecken → vorschießen
vortäuschen → heu-

cheln
vortäuschen
Vorteil → Nutzen
Vorteil → Plus
Vorteil
Vorteil → Vorzug
Vorteil bringen
→ zugute kommen
Vorteile verschaffen
(sich) → bereichern
vorteilhaft
→ günstig
vorteilhaft → positiv
vorteilhaft
Vortrag
vortragen
Vortragender
→ Sprecher
vortrefflich
→ trefflich
vortrefflich → vorzüglich
vortreten → treten
vorüber → vergangen
vorübergehen → vergehen
vorübergehend
Vorurteil
vorurteilsfrei
→ tolerant
vorurteilslos
→ sachlich
vorurteilsvoll → parteiisch
Vorwände benutzen
→ herausreden
(sich)
vorwärts
Vorwärtskommen
→ Beförderung
vorwärtskommen
→ vorangehen
vorwegnehmen
vorwerfen
vorwiegen → vorherrschen
vorwiegend → überwiegend
vorwiegend
vorwitzig
→ patzig
Vorwort → Einleitung
Vorwort
Vorwurf → Rüffel
(ugs.)
Vorzeit → Vergangenheit
vor Zeiten → damals
vorzeitig
vorziehen → bevorzugen
Vorzug
vorzüglich → ausgezeichnet
vorzüglich
→ erstklassig
vorzüglich
→ trefflich
vorzüglich
vorzugsweise
→ besonders
votieren
→ wählen
vulgär
→ gewöhnlich
vulgär → primitiv

W

wach
Wache halten
→ wachen
wachen
wachrufen
→ wecken
wachrütteln
→ wecken
wachsam
wach sein
→ wachen
wachsen
wachsend
→ zunehmend
Wachstum
Wächter
Wachtposten
→ Wächter
wackelig
wackeln
waffenlos
wagemutig → mutig
wagemutig
→ tollkühn
Wagen → Auto
wagen
Wagen
Wagestück
→ Wagnis
waghalsig
→ tollkühn
Wagnis
Wahl
wählen
wählerisch → heikel
wahllos
wahlweise
→ beliebig
wähnen → glauben
wähnen → vermuten
wahnsinnig → geistesgestört
wahnsinnig
Wahnvorstellung
→ Bewußtseinsstörung
Wahnwitz → Sinnlosigkeit
wahnwitzig → hirnverbrannt (ugs.)
wahr
wahren → schützen
wahren
während
während der Nacht
→ nachts
während des Tages
→ tagsüber
währenddessen
→ inzwischen
währenddessen
→ während
Wahrheit
wahrheitsgetreu
→ wahr
Wahrheit werden
→ bewahrheiten (sich)
wahr machen → verwirklichen
wahrnehmbar
→ sinnlich
wahrnehmen
→ fühlen
wahrnehmen
→ hören
wahrnehmen
wahrsagen → vorhersagen
wahrscheinlich
→ denkbar
wahrscheinlich
Wald
waldig
waldreich → waldig
Wald und Feld
→ Natur
Waldung → Wald
Wall → Hürde
Wall → Mauer
wallen
walten → herrschen
walzen → tanzen
wälzen
Wälzer (ugs.) → Buch
Wand → Mauer
Wandbekleidung
→ Tapete
Wandbespannung
→ Tapete
Wandel
wandelbar
wandeln
wandern → spazierengehen
wandern
Wanderungen machen → wandern
Wandlung
→ Wandel
wandlungsfähig
→ wandelbar
Wandteppich
→ Teppich
Wankelmut
→ Unentschlossenheit
wankelmütig
→ schwankend
wankelmütig

wehrlos → schwach
wehrlos
weiblich
weibliches Wesen
→ Frau
weich
weich → willensschwach
weich → zärtlich
weichen → räumen
weichen
weichherzig
→ barmherzig
weichlich → wehleidig
weiden → fressen
Weigerung → Widerstand
Weiher → See
weihevoll → würdevoll
Weihnachten
Weihnachtsabend
→ Weihnachten
Weihnachtsfeiertage
→ Weihnachten
Weihnachtsfest
→ Weihnachten
weil → wegen
Weile → Zeit
weilen → sein
weilen
weinen → heulen
weinen → jammern
weinen
weinerlich → wehleidig
Weise → Lied
weise
weisen → zeigen
Weisheit
weiß
weissagen → vorhersagen
weissagend → hellseherisch
weißlich → weiß
Weisung → Befehl
Weisung
weit
Weitblick
→ Scharfsinn
weitblickend
→ scharfsinnig
weitblickend
Weite
weiten
weiter → vorwärts
weiterführen → fortsetzen
weitergeben → übergeben
weitergehen
→ dauern
weiterhin → ferner
weiterkommen
→ durchkommen
weiterleiten → leiten
weitermachen
→ fortsetzen
weiterverfolgen
→ fortsetzen
weite Welt
→ Fremde
weitläufig → breit
weitläufig → weit
weiträumig → weit
weitschweifend
→ umständlich
Weitsicht
→ Bedacht
weitsichtig → weitblickend
welk → runzelig
welk
Welle
wellig → uneben
Welt
Weltall → Welt
Weltanschauung
→ Denkweise
weltentrückt → weltfremd
welterfahren
→ erfahren
welterfahren → weltgewandt
weltfremd → unrealistisch
weltfremd
weltgewandt
weltläufig → weltgewandt
weltlich
Weltmann → Herr
weltmännisch
→ weltgewandt
weltverloren → weltfremd
weltweit → international
Wende → Wandel
wenden → drehen
wenden
→ umkehren
wenden (sich)
→ wandeln
Wendigkeit → Biegsamkeit
Wendigkeit
wenig
wenigstens → mindestens
wenigstens
→ zumindest
wenn → falls
wenn
wenngleich
→ obgleich

wenngleich → trotz
werben
werbewirksam
→ zugkräftig
Werbung
Werbungskosten
→ Aufwand
Werdegang → Entwicklung
Werdegang
→ Lebenslauf
werfen
Werk → Betrieb
Werk
werkeln → basteln
werken → arbeiten
Werkstatt
Werkstätte → Werkstatt
werktätig → berufstätig
Wert → Nutzen
wert → teuer
wertbeständig
→ gediegen
werten → kritisieren
wertlos → nichtig
wertlos
wertschätzen
→ schätzen
wertschätzen → verehren
wertvoll → hochwertig
wertvoll → kostbar
Wesen → Mensch
Wesen → Natur
Wesen
Wesensart
→ Eigenart
Wesensart → Temperament
Wesenszug
→ Eigenart
wesentlich
→ belangvoll
wesentlich → vorwiegend
wesentlich
weshalb → warum
weswegen → warum
Wettbewerb → Konkurrenz
wetterwendisch
→ unbeständig
Wettkampf → Kampf
Wettlauf → Lauf
wettmachen → entschädigen
Wettspiel → Spiel
Wettstreit → Konkurrenz
wettstreiten
→ ringen
wichsen → bohnern
Wicht → Zwerg
wichtig → belangvoll
wichtig
→ wesentlich
Wichtigkeit
→ Bedeutung
wichtig machen
(sich) → prahlen
Wickel → Umschlag
wider
widerborstig → aufsässig
widerborstig
→ widerspenstig
widerfahren
→ zustoßen
Widerhall
→ Nachhall
Widerhall
widerlegen
widerlich
→ abscheulich
widernatürlich
widerrechtlich
→ ordnungswidrig
widerrechtlich
widerrechtliche
Aneignung → Diebstahl
Widerruf → Rückzug
Widerruf
widerrufen
Widersacher → Feind
Widersacher
widersetzen (sich)
→ aufbegehren
widersetzen (sich)
→ trotzen
widersetzen (sich)
→ wehren (sich)
widersetzlich
→ dickköpfig
widersinnig
→ sinnlos
widersinnig
widerspenstig
→ bockig
widerspenstig
widerspiegeln
→ spiegeln
widerspiegeln
→ zurückwerfen
widersprechen
Widerspruch
→ Widerstand
widersprüchlich
→ paradox
widerspruchsfrei
→ folgerichtig
Widerstand
Widerstand leisten
→ wehren (sich)
widerstandsfähig
→ robust

widerstandsfähig → Wiederaufleben
widerstandsfähig → zäh
widerstandslos → nachgiebig
widerstehen → wehren (sich)
Widerstreit → Zwiespalt
Widerwille → Abneigung
Widerwille → Unlust
widerwillig → lustlos
widmen (sich) → befassen mit (sich)
widmen (sich) → hingeben
wie bekannt → bekanntermaßen
wieder
Wiederaufleben
Wiederbelebung → Wiederaufleben
Wiederbelebung → Wiederherstellung
Wiedererstehung → Wiederherstellung
Wiedererweckung → Wiederaufleben
Wiedergabe → Beschreibung
Wiedergabe
wiedergeben → abbilden
wiedergeben → darstellen
wiedergeben → erzählen
wiedergeben → zurückgeben
Wiedergeburt → Wiederaufleben
wiedergutmachen → entschädigen
Wiedergutmachung → Buße
Wiedergutmachung → Entschädigung
wiederherstellen → renovieren
Wiederherstellung
wiederholen → nachplappern (ugs.)
wiederholen
wiederholend (sich) → formelhaft
wiederholt → oft
wiederkehren → zurückkommen
wiederkommen → zurückkommen
wiedersehen → begegnen
wiederum → wieder
Wiegenfest → Geburtstag
wie man weiß → bekanntermaßen
Wiese → Rasen
wieso → warum
wild → reißend
wild
Wille
willenlos → haltlos
willenlos → willensschwach
willensschwach
willens sein → wollen
willentlich → absichtlich
willentlich → vorsätzlich
willfährig → hörig
willkommen heißen → begrüßen
willkürlich → wahllos
wimmern → weinen
Wimpel → Fahne
winden → wehen
winden (sich) → schlingen
winden um (sich) → ranken
Windhauch → Luft
Windhund (ugs.) → Leichtfuß (ugs.)
windig → luftig
Wink → Bewegung
Wink → Hinweis
Wink → Rat
Winkel → Dorf
Winkel → Nische
Winkelzug → Arglist
Winkelzug → List
winzig → klein
wippen → federn
wippen → schwingen
wirken → arbeiten
wirken → tun
wirklich → real
wirklich → tatsächlich
wirklich → vorhanden
wirklich
Wirklichkeit
wirklichkeitsfern → weltfremd
wirklichkeitsnah → realistisch
Wirklichkeit werden → bewahrheiten (sich)

wirksam → wirkungsvoll
Wirkungskreis → Umwelt
wirkungsvoll
Wirkung zeigen → reagieren
wirr → durcheinander
wirr
Wirrkopf → Hohlkopf
wirr reden → phantasieren
wirtschaftlich → sparsam
wirtschaftlich
wispern → flüstern
wispern → raunen
Wißbegier → Interesse
wißbegierig → bildungshungrig
wißbegierig → neugierig
Wissen → Bildung
Wissen
wissensdurstig → bildungshungrig
wissenswert → interessant
wissentlich → bewußt
wittern → riechen
Witz → Humor
wobei → wodurch
Wochenmagazin → Zeitschrift
Wochenzeitschrift → Zeitschrift
wodurch
Woge → Welle
woher → wodurch
wohl → zwar
Wohlbefinden → Gesundheit
Wohlergehen → Gesundheit
wohlerzogen → artig
wohlfeil → billig
wohlgemut → fidel
wohlgenährt → füllig
Wohlgeruch → Duft
wohlgesinnt → wohlwollend
Wohlgestalt → Schönheit
wohlgestaltet → schön
wohlhabend → reich
wohlig → gemütlich
wohlklingend → harmonisch
wohlmeinend → wohlwollend
wohlproportioniert → harmonisch
wohlriechend → duftend
wohlschmeckend → appetitlich
wohlschmeckend → lecker
Wohlstand → Reichtum
wohltätig → fürsorglich
Wohltätigkeit → Nächstenliebe
wohlüberlegt → ausgewogen
wohlüberlegt → sinnvoll
wohlweislich → bewußt
Wohlwollen → Gefallen
Wohlwollen → Zuneigung
wohlwollend → entgegenkommend
wohlwollend → freundlich
wohlwollend
wohnen → leben
wohnen
Wohngemeinschaft → Kommune
Wohngruppe → Kommune
Wohnheim → Heim
wohnlich → gemütlich
Wohnsitz
Wohnung → Wohnsitz
Wolkenbruch → Niederschlag
Wolkenkuckucksheim → Luftschloß
wolkenlos → sonnig
wolkig → bewölkt
Wollen → Wille
wollen
womit → wodurch
wonach → wodurch
Wonne → Genuß
Wortbruch
wortbrüchig → treulos
Wortbrüchigkeit → Wortbruch
Worte → Vortrag
Wortführer → Sprecher
wortgetreu → wörtlich
wortgewandt → redegewandt

wortgewandt
wortkarg
→ schweigsam
wortkarg
wörtlich
wortwörtlich
→ wörtlich
wovon → wodurch
Wrack → Trümmer
Wucht → Druck
wuchtig → riesengroß
Wunde
Wunden zufügen
→ verletzen
wunderbar
→ interessant
Wunderglaube
→ Aberglaube
wunderlich → verschroben
wundern (sich)
wunderschön
→ herrlich
wunderschön
→ schön
Wunsch → Verlangen
Wunsch
Wunschbild → Ideal
wünschen → verlangen
wünschen
wünschenswert
→ hoffentlich
wunschlos
→ zufrieden
Wunschtraum
→ Luftschloß
Wunschtraum
→ Traum
Wunschvorstellung
→ Illusion
Würde
würdelos → charakterlos
würdevoll → feierlich
würdevoll
würdigen → huldigen
würdigen → loben
würdigen
würzig
Wut → Ärger
Wut → Zorn
Wutanfall
→ Raserei
wüten
wütend → zornig
wütend machen
→ ärgern
Wüterich → Barbar

Z

zackig → rasant
zackig
zagen → zögern
zaghaft
Zaghaftigkeit → Furcht
zäh
Zähigkeit → Festigkeit
Zahl
zahlen
zählen
zählen auf → vertrauen
zahllos
zahlreiche → viele
Zahlung
zahlungsfähig
zahlungskräftig → zahlungsfähig
zahlungsunfähig → bankrott
zahm
zähmen → bändigen
Zahnersatz
Zahnfüllung → Zahnersatz
Zahnprothese → Zahnersatz
Zank → Streit
Zank
zanken (sich) → streiten
zanken (sich)
zänkisch
zanksüchtig → zänkisch
zappelig → ruhelos
zappelig
zappeln → wackeln
zart
zartbesaitet
zartfühlend → feinfühlig
Zartgefühl → Feingefühl
Zartgefühl → Takt
zärtlich
Zärtlichkeit
Zauber
Zauberei betreiben → zaubern
zauberhaft
Zauberin
zaubern
zaudern → zögern
zaudernd → zögernd
Zaum → Zügel
Zaun → Hürde
Zaun
Zeche → Rechnung
zechen → trinken
zehren
Zeichen → Sinnbild
Zeichen
zeichnen
zeigen
Zeile → Linie
Zeit
Zeitabschnitt → Zeitraum
Zeitalter → Zeitraum
Zeitangabe → Termin
Zeiterfassungsuhr → Stempeluhr
zeitgebunden → zeitlich
zeitgemäß → fortschrittlich
zeitgemäß → modern
zeitgemäß → neumodisch
zeitgleich → parallel
zeitig → früh
zeitlich → sterblich
zeitlich → vergänglich
zeitlich
Zeitlichkeit → Sterblichkeit
Zeitlichkeit → Vergänglichkeit
zeitlos → ewig
zeitlos
Zeitlosigkeit → Ewigkeit
Zeitmaß → Takt
Zeitmaß
Zeitpunkt → Augenblick
Zeitpunkt → Termin
Zeitraum → Phase
Zeitraum
Zeitschrift
Zeitspanne → Phase
Zeitspanne → Zeit
Zeitung
zeitungebunden → zeitlos
Zeitvertreib → Unterhaltung
zeitweise → kurz
zeitweise → vorübergehend
Zeltlager → Lager
Zeltplatz → Lager
zensieren
Zensur

zerbrechen
zerbrechlich → zart
zerbrechlich
zerbröckeln → zerfallen
zerdrücken → zerknittern
zerfahren → zerstreut
Zerfall → Niedergang
Zerfall → Untergang
Zerfall → Verderben
zerfallen → verderben
zerfallen
zerfasern → zerreißen
zerfetzen → zerreißen
zerfleddert (ugs.) → schäbig
zerflossen → flüssig
zerfurchen
zerfurcht → faltig
zerfurcht → runzelig
zergehen → tauen
zergliedern → teilen
zergliedern
zerhacken → zerkleinern
zerkleinern → schneiden
zerkleinern
zerknautschen (ugs.) → zerknittern
zerknirscht
Zerknirschung → Reue
zerknittern
zerknittert → faltig
zerknüllen (ugs.) → zerknittern
zerkrümeln → zerkleinern
zerlassen → auslassen
zerlegen → teilen
zerlegen
Zerlegung → Abbau
zermahlen
zermalmen → stampfen
zermalmen
zermürben (sich) → verausgaben (sich)
zerquetschen → stampfen
zerquetschen → zermalmen
Zerrbild → Fratze
zerreiben → zermahlen
zerreißen
zerren → ziehen
zerrissen → zwiespältig
zerrupfen → zerreißen
zerrütten → ruinieren
zerrüttet
Zerrüttung → Niedergang
zerschellen → zerbrechen
zerschlagen → zertrümmern
zerschmettern → zertrümmern
zerschneiden → zerkleinern
zersetzend
zersetzen (sich) → zerfallen
Zersetzung → Zerstörung
zerspringen → platzen
zerspringen → springen
zerstampfen → zermalmen
zerstören → ruinieren
zerstören → verwüsten
zerstören
Zerstörung
zerstoßen → zermahlen
zerstreiten (sich) → streiten
zerstreiten (sich) → zanken (sich)
zerstreuen
zerstreut
Zerstreutheit → Abwesenheit
Zerstreutheit
Zerstreuung
zerstückeln → schneiden
zerstückeln → zergliedern
zerteilen → zerlegen
Zertifikat → Zeugnis
zertrümmern
Zerwürfnis → Hader
Zerwürfnis → Streit
zerzaust → struppig
zerzaust
Zeug
Zeuge
Zeugnis
Zeugnisnote → Zensur
Zeugung

→ Befruchtung
Zeugungsfähigkeit
→ Zeugungskraft
Zeugungskraft
zeugungsunfähig
→ impotent
ziehen → reißen
ziehen → strecken
ziehen
Ziel
zielbewußt
zielen
ziellos
zielsetzend → richtungweisend
Zielsetzung → Ziel
zielsicher → zielbewußt
zielstrebig → energisch
zielstrebig → zielbewußt
ziemen (sich)
ziemlich
Zierat → Tand
Zierde
zieren
zieren (sich)
zierlich → niedlich
zierlich
Ziffer → Zahl
Zimmer → Raum
zimperlich → wehleidig
zirka → beinahe
zirka → ungefähr
Zirkus → Rummel (ugs.)
zischeln → flüstern
zischeln → zischen
zischen
zittern
zittrig → wackelig
Zivilisation → Kultur
zögern
zögernd
→ schwankend
zögernd
Zoo
Zoologischer Garten
→ Zoo
Zorn → Ärger
Zorn
zornig
zornig sein
→ zürnen
zottig → struppig
zottig → zerzaust
Zubehör
zubeißen → beißen
zubereiten
→ machen
zubereiten
zu bewegen suchen
→ bedrängen
zu bewegen suchen
→ beeinflussen
zubilligen
→ bemessen
zubilligen → sanktionieren
zubilligen
zubinden
→ zuschnüren
zu Boden schlagen
→ zusammenschlagen (ugs.)
Zubringer
Zucht
züchten
züchtig
→ tugendhaft
züchtig
züchtigen
→ bestrafen
züchtigen → prügeln
züchtigen
→ schlagen
züchtigen → strafen
Züchtigung
zuchtlos
zucken
zuckern
zudecken
→ bedecken
zudecken → decken
zudecken
zudem → außerdem
zudem → ferner
zu denken geben
→ befremden
zu Diensten → hilfsbereit
zu diesem Zwecke
→ dafür
zudrehen (sich)
→ zuwenden (sich)
zudringlich
Zudringlichkeit
→ Belästigung
Zudringlichkeit
zu eigen haben
→ verfügen
Zueignung
→ Schenkung
zueinander halten
→ zusammenhalten
zu Ende gehen
→ enden
zuerst
zuerteilen → zuteilen
zu essen geben
→ füttern
Zufahrt → Tor
Zufahrt → Zubringer
Zufall
zu Fall kommen
→ fallen
zufallen

zufällig
Zufälligkeit → Zufall
zufassen
→ zupacken
zufließen
Zuflucht
Zufluchtsort
→ Zuflucht
zufolge
zufrieden
zufriedengeben (sich)
→ begnügen (sich)
zufriedenstellen
→ befriedigen
zufriedenstellend
→ recht
zufügen → hinzufügen
zufügen
Zufuhr
zuführen
→ zufließen
Zuführung → Zufuhr
zu Fuß gehen
→ laufen
Zug → Neigung
Zug
Zugabe → Beigabe
Zugang → Tür
zugänglich
→ begehbar
zugänglich → empfänglich
zugänglich
zugeben
→ gestehen
zugeben
zu Gebote stehen
→ verfügen
Zugegensein
→ Gegenwart
zugehen auf → herangehen
zugehörig
zugeknöpft (ugs.)
→ schweigsam
zugeknöpft (ugs.)
Zügel
zügellos → hemmungslos
zügeln → bändigen
Zügelung → Zügel
zugesellen (sich)
→ begleiten
zugespitzt → betont
zugespitzt → brisant
Zugeständnis
Zugeständnisse machen → nachgeben
zugestehen
→ erlauben
zugestehen → sanktionieren
zugestehen → zubilligen
zügig → eilig
zugig → luftig
zugkräftig
zugleich → gleichzeitig
zu Grabe tragen
→ beerdigen
zugreifen
→ zupacken
zugrunde gehen
zugrunde richten
→ zerstören
zugunsten
zugute kommen
Zuhause → Haus
Zuhause → Heim
zu Hause → privat
Zuhause → Wohnsitz
zu Hilfe holen
→ hinzuziehen
zuhören → horchen
zuhören
Zuhörer → Publikum
Zuhörerschaft
→ Publikum
zukehren (sich)
→ zuwenden (sich)
zu keiner Zeit → nie
zuklappen
→ zufallen
zukommen → verdienen
zukommen lassen
→ schenken
zu Kräften kommen
→ erholen (sich)
Zukunft
zukünftig
Zukunftsglaube
→ Optimismus
zukunftsgläubig
→ optimistisch
Zukunftsgläubiger
→ Optimist
zukunftsträchtig
→ verheißungsvoll
zulassen
zulässig
Zulauf → Zustrom
zulaufen → zufließen
zuleide tun
→ zufügen
zuleiten → schicken
Zuleitung → Leitung
Zuleitung → Lieferung
Zuleitung
→ Zubringer
zuletzt
zuliebe → zugunsten
zum Abschluß bringen → vollenden
zum Abschluß kom-

men → beschließen
zumachen
→ schließen
zumal → zwar
zum Angriff übergehen → angreifen
zum Ausdruck bringen → bekunden
zum Ausdruck bringen → reden
zum Ausdruck bringen → sprechen
zum Donnerwetter (ugs.) → verflucht
zu meinem Bedauern
→ leider
zum Erlöschen bringen → löschen
zumessen
→ bemessen
zum Gehen auffordern → wegschicken
zum Gespött machen → verspotten
zum Glück → glücklicherweise
zumindest → mindestens
zumindest
zum Kauf anbieten
→ feilbieten
zum Lachen bringend → lustig
zum Schaden gereichen → schaden
zum Stehen kommen
→ halten
zum Stillstand kommen → stehenbleiben
zum Teil → teilweise
zumutbar
zum Vorschein kommen → hervortreten
zum Vorteil von
→ zugunsten
zum Ziel setzen
→ vorhaben
zunächst → vorerst
zunächst → zuerst
zunächst
zu nächtlicher Stunde → nachts
zu nahe treten
→ treten
zunähen → nähen
Zuname → Familienname
zünden
zunehmen
zunehmend
Zuneigung → Liebe
Zuneigung → Sympathie
Zuneigung
Zuneigung fassen
→ verlieben (sich)
zungenfertig → redegewandt
zungenfertig → wortgewandt
zunichte machen
→ verhindern
zunutze machen (sich) → benutzen
zupacken
zupackend → energisch
zu Rate ziehen
→ fragen
zuraten → befürworten
zuraten → beraten
zuraten → gut
zureden
zur Besonnenheit mahnen → gut
zureden
zur Debatte stellen
→ besprechen
Zurechnungsfähigkeit → Bewußtsein
zu Recht → rechtmäßig
zurechtkommen
zurechtlegen (sich)
→ vorbereiten
zurechtmachen (sich)
→ putzen
zurechtstutzen
→ beschneiden
zurechtweisen
Zurechtweisung
→ Tadel
zureichend → ausreichend
zureichend → genug
zureichend
zur Hälfte → halb
zur Hand gehen
→ dienen
zur Hand haben
→ verfügen
zur Last legen
→ bezichtigen
zur Linken → links
zürnen
zur Rechten → rechts
zurren → reißen
zur Seite stehen
→ beistehen
zur selben Familie gehörig → verwandt
zur Stunde → jetzt
zurück → rückwärts
zurückbegeben (sich)
→ zurückgehen

zurückbeordern
→ zurückrufen
zurückbilden (sich)
→ zurückgehen
zurückbleiben
zurückblicken
→ erinnern (sich)
zurückblicken
→ zurückerinnern (sich)
zurückbringen
→ zurückgeben
zurückdenken
→ zurückerinnern (sich)
zurückerinnern (sich)
zurückerstatten
→ zurückgeben
zurückfallen
→ zurückbleiben
zurückgeben
Zurückgebliebenheit
→ Rückständigkeit
zurückgehen
→ umkehren
zurückgehen
zurückgewandt
→ rückwärts
zurückgezogen
Zurückgezogenheit
→ Einsamkeit
zurückhalten → vorenthalten
zurückhalten
zurückhaltend
→ spröde
zurückhaltend
zurückhalten (sich)
→ beherrschen
zurückkehren
→ heimkehren
zurückkehren
→ zurückkommen
zurückkommen
zurücklassen → hinterlassen
zurücklassen
zurücklegen → aufheben
zurücklegen
zurückliegend
Zurücknahme
→ Widerruf
zurücknehmen
→ widerrufen
zurückrufen
zurückschauen
→ zurückerinnern (sich)
zurückschlagen
→ verteidigen
zurückschneiden
→ beschneiden
zurückschnellen
→ federn
zurücksenden
→ zurückgeben
zurücksetzen
→ zurückstellen
Zurücksetzung
→ Benachteiligung
zurückstecken
→ nachgeben
zurückstehen
→ nachstehen
zurückstehen → verzichten
zurückstellen
zurückstrahlen
→ spiegeln
zurückstrahlen
→ zurückwerfen
zurücktreten
Zurückweichen
→ Rückzug
zurückweichen
→ weichen
zurückweisen
→ ablehnen
zurückweisen
zurückwerfen
zurückziehen (sich)
→ weichen
zurückziehen (sich)
Zuruf → Ruf
zur Verfügung stehen → dienen
zur Vernunft mahnen
→ gut zureden
zur Wehr setzen (sich) → aufbegehren
zur Wehr setzen (sich) → verteidigen
zur Zeit → noch
Zusage → Zusicherung
zusagen
→ gefallen
zusagen
zusammen
zusammenballen (sich)
Zusammenballung
→ Konzentration
zusammenbinden
→ zuschnüren
zusammenbrauen (sich) → heraufziehen
zusammenbrauen (sich) → zusammenballen (sich)
zusammenbrechen
Zusammenbruch
→ Bankrott
zusammendrängen
→ ballen
zusammendrücken

→ drücken
zusammenfahren
→ erschrecken
zusammenfahren
→ zucken
zusammenfallen
→ verfallen
Zusammenfassung
→ Überblick
Zusammenfassung
zusammenfügen
→ verbinden
zusammenfügen
Zusammenfügung
→ Verbindung
zusammengehörig
→ verbunden
zusammenhalten
zusammenhaltend
→ einig
zusammenhängen
zusammenhängend
→ einheitlich
zusammenhanglos
zusammenhauen
(ugs.) → zusammen-
schlagen (ugs.)
zusammenheften
→ zusammenfügen
Zusammenklang
→ Harmonie
zusammenklappen
(ugs.) → zusammen-
sinken
zusammenknäulen
→ ballen
zusammenknoten
→ verknüpfen
zusammenkommen
→ versammeln (sich)
zusammenkoppeln
→ verknüpfen
Zusammenkunft
→ Beisammensein
Zusammenkunft
→ Treffen
zusammenlaufen
zusammennähen
→ flicken
zusammennehmen
(sich)
zusammenpacken
→ einpacken
zusammenpacken
→ verpacken
zusammenprallen
→ zusammenstoßen
zusammenrechnen
→ rechnen
zusammenreißen
(sich) → zusammen-
nehmen (sich)
Zusammenrottung
→ Ansammlung
zusammenrufen
→ rufen
zusammensacken
(ugs.) → zusammen-
sinken
zusammenschlagen
(ugs.)
zusammenschließen
(sich) → verbünden
(sich)
Zusammenschluß
→ Bund
Zusammenschluß
→ Koalition
zusammenschrecken
→ erschrecken
zusammenschrump-
fen → schrumpfen
zusammenschütten
→ mischen
zusammenschweißen
→ löten
Zusammensein
→ Beisammensein
zusammensetzen
→ zusammenfügen
zusammensinken
→ umfallen
zusammensinken
zusammenstehen
→ zusammenhalten
zusammenstellen
Zusammenstoß
zusammenstoßen
zusammenströmen
→ zusammenlaufen
zusammenstürzen
→ zusammen-
brechen
zusammentreffen
→ begegnen
zusammentreffen
→ tagen
zusammentreffen
→ versammeln (sich)
zusammentun (sich)
zusammenzählen
→ zählen
zusammenziehen
(sich) → herauf-
ziehen
zusammenziehen
(sich) → zusammen-
ballen (sich)
zusammenzucken
→ zucken
zusätzlich
zuschauen → beob-
achten
zuschauen
Zuschauer → Zeuge
Zuschauer
zuschießen → bei-
tragen
Zuschlag

zuschließen → schließen
zuschließen
zuschnappen → zufallen
zuschnüren
Zuschrift → Schreiben
Zuschuß → Beitrag
Zuschuß
zusehen → zuschauen
zusenden → hinbringen
zusenden → liefern
zusenden → schicken
zusetzen → bedrängen
zusichern → versichern
Zusicherung
zu spät → spät
zu spät → verspätet
zusprechen → bemessen
Zuspruch → Bestätigung
Zuspruch → Trost
Zustand
zustande bringen
zuständig → befugt
zuständig
Zuständigkeit
zustatten kommen → zugute kommen
zustehen → verdienen
zustellen → hinbringen
zustellen → liefern
Zusteller → Briefträger
Zustellung → Sendung
zustimmen → befürworten
zustimmen → bejahen
zustimmen → billigen
zustimmend
Zustimmung → Erlaubnis
Zustimmung
zustoßen
Zustrom
zuströmen → zufließen
zu Tage fördern → heben
zutage treten → herauskommen
zutage treten → hervortreten
Zutat → Beigabe
zuteilen → verteilen
zuteilen
zuteil werden → bekommen
zu tief ins Glas schauen (ugs.) → betrinken (sich)
zutiefst → unten
zu Tode kommen → hinscheiden
zuträglich → bekömmlich
zuträglich sein → bekommen
Zutrauen → Hoffnung
zutraulich → treuherzig
zutraulich → zahm
zutreffend → treffend
zutreffend → wahr
zu trinken geben → tränken
Zutritt verschaffen (sich) → eindringen
zu tun gedenken → wollen
zuunterst → unten
zuverlässig
Zuverlässigkeit → Treue
Zuversicht → Hoffnung
Zuversicht → Optimismus
zuversichtlich → optimistisch
zuversichtlich
zuviel
zuvor → zuerst
zuvorkommen → vorwegnehmen
zuvorkommend → aufmerksam
zuvorkommend → höflich
Zuwachs → Steigerung
Zuwachs → Wachstum
zuwege bringen → zustande bringen
zuweilen
zuweisen → zuteilen
zuwenden (sich)
zuwenig → wenig
zuwiderhandeln
Zuwiderhandlung → Verstoß
zuwider sein → hassen
zuzahlen → bezahlen